grafit

Bibliografische Information der Deutschen Nationalbibliothek
Die Deutsche Nationalbibliothek verzeichnet diese Publikation
in der Deutschen Nationalbibliografie; detaillierte bibliografische Daten
sind im Internet über http://dnb.d-nb.de abrufbar.

MIX
Papier aus verantwortungsvollen Quellen
FSC® C083411
FSC
www.fsc.org

Cäcilienstraße 48, D-50667 Köln
Internet: http://www.grafit.de
E-Mail: info@grafit.de

Umschlaggestaltung: Nina Schäfer
Umschlagmotiv: Evelina Kremsdorf/Trevillion Images,
shutterstock.com/Goran Jakus
Gestaltung Innenteil: DÜDE Satz und Grafik, Odenthal
Lektorat: Nadine Buranaseda, typo18, Bornheim
Druck und Bindearbeiten: CPI – Clausen & Bosse, Leck
ISBN 978-3-89425-776-7
1. Auflage 2021

J. F. Dam

Brennende Zedern

Kriminalroman

grafit

J. F. Dam, geboren 1963, studierte in Wien Literatur, Sanskrit und indische Philosophie. Nach zahlreichen Auslandsaufenthalten in den USA, Indien und Südostasien lebt er heute mit seiner Familie in Salzburg. »Brennende Zedern« ist sein dritter Roman.

Für C., T. und J., vielleicht gefällt ihnen diese Geschichte

Alle Dinge, o Mönche, brennen …
Und wodurch brennen sie?
Sie brennen mit dem Feuer der Leidenschaft,
mit dem des Hasses und des Wahns.

Gautama Buddha, *Adittapariyayasutta*

… oder ein Muslim würde sich im Karneval hochsprengen,
das wäre auch gut.

Christian Lüth, damals AfD

… und das macht mittelfristig einen Bürgerkrieg
nicht unwahrscheinlich.

Heinz-Christian Strache, damals FPÖ

Prolog

Wie riesige Finger ragen zwei bleiche Holzstücke aus einem See aus Beton. Kräne stehen an den Baugruben weiter hinten. Gerüste und halb fertige Gebäude sind in der Dunkelheit zu erahnen, als die Stille von zwei Wagen durchschnitten wird, die, nach Hin- und Hergeschweife ihrer Scheinwerfer, vor dem kleinen Betonsee halten.

Wanderer, Michael Hanck und drei von Wanderers Leuten steigen aus.

»Da drüben, Kommissar«, ruft Hanck, worauf sie ihm alle zu dem frisch gegossenen Betonfundament folgen.

Es hat die Größe eines Volleyballfelds. Dort angekommen, nickt Hanck aufgeregt. Wanderer wischt sich den Schweiß von der Stirn, zückt seine Stabtaschenlampe, lässt den Lichtkegel die Holzfinger suchen. Als er sie entdeckt hat, schweigen sie alle sekundenlang und starren auf die graue Fläche hinaus.

Am späten Montagabend hat sich Hanck bei Wanderer gemeldet. Er und sein Kumpel Jossi hätten den Auftrag erhalten, erzählte er Wanderer am Telefon, am Sonntagmorgen hundertzwanzig Kubikmeter Beton der Konsistenzklasse F6, also fast flüssig, auf die Baustelle der Ausländersiedlung zu fahren und das abgetreppte Fundament damit zu füllen. Niemand war da außer so ’n dunkler Junge mit so ’nem Akzent, der habe sie eingewiesen.

»Glauben Sie mir, Herr Kommissar, ich dachte einfach, Architekturstudent aus dem Ausland, Praktikant. Und Auftrag war ganz offiziell. Meine Kollegen beim Betonwerk mussten deshalb auch arbeiten Sonntag.«

Warum er Wanderer anrufe?

Na, der Junge, sagte Hanck, weil, den habe er einmal gesehen, sei ihm erst später zu Bewusstsein … An so einer Araberklitsche, am Marienhof, er sei damals gerade mit 'nem Kumpel unterwegs gewesen. »Feierabendtour, Prämie, Sie wissen schon, Herr Kommissar. Hat mich stutzig … Ja und außerdem war keiner an der Rüttelmaschine gewesen. Niemand da außer dem Jungen. Alles eine ganze Länge sonderbarst.«

Worauf Wanderer, zunächst zögernd, nach ein paar Stunden Schlaf alarmiert hochgeschreckt war und Hanck um vier Uhr aus den Federn geholt hat.

»Kann man dorthin?«, fragt Wanderer, dessen Hand zu zittern beginnt. Er wirft jetzt einen strengen Blick auf Hanck, der sich auf die zerfurchte Erde gekniet hat, um ihn herumwuselt, schließlich vor Wanderer steht und ihm die Sicht nimmt.

Zaghaftes Morgenlicht zieht langsam über die Baustelle des zweiten Teils der »Mittellandsiedlung für Neue Bürger und Anwärter«, genannt »MilaNBA II«.

»Mit einer Bohle, ja, und mit einer gelben Schalungstafel d-d-drunter«, sagt Hanck.

Hanck ist gestern noch einmal rausgefahren zur MilaNBA, deren erster schon seit Jahren von Syrern bewohnter Bauabschnitt in Achenburg richtigen Wirbel verursacht hat. Ausgerechnet er, Hanck, dem diese Leute alle den Buckel runterrutschen könnten, müsse hier arbeiten. Und dabei habe er die Holzstücke gesehen. Und eine zertretene Sonnenbrille an der Grube, dazu Spuren von Autoreifen, die dort bestimmt nicht hingehörten. Seither habe er keine Sekunde Ruhe gehabt.

»Dann her damit.« Wanderer legt sein Leinenjackett ab und geht mitsamt Taschenlampe auf einem dicken Brett, das zwei seiner Leute auf eine Schalungstafel gelegt haben, hinaus auf die schon angesteifte, aber noch nicht tragfähige Betonfläche.

An den bleichen Bohlenstücken kniet sich Wanderer hin, legt die Lampe beiseite, schiebt einen Hemdsärmel hoch und gräbt mit der Hand entlang der herausstehenden Holzteile nach unten. Eine Handbreit unter der Oberfläche wird aus den zwei Holzstücken eine einzige dicke Bohle. Jetzt muss Werkzeug her.

Jemand reicht Wanderer eine Schaufel, mithilfe derer er einen Trichter um das schon erzeugte Loch freilegt. Daraufhin kniet er sich wieder hin und schiebt die Hand weiter hinab in den Beton.

Unten dreht Wanderer die Handfläche, als er auf eine Rundung trifft. Und fährt zurück, als hätte er in eine Stromleitung gegriffen. Mit seinem schönen Hemd legt er sich der Länge nach hin und gräbt mit den Fingern an der Vorderseite der Rundung weiter. Noch einmal zuckt er zurück.

»Höllenbrut«, murmelt Wanderer, als er sich ächzend wieder aufrichtet.

Er ist sich seines Funds sicher. Diesen Kopf kennt er.

»Her mit der ganzen Truppe«, sagt er mit heiserer Stimme zu seinen Leuten, die am Grubenrand stehen. »Dreißig, vierzig Meter Absperrung. Scheinwerfer nicht vergessen.«

Eine halbe Stunde später sind sämtliche Leute von der Spurensicherung, die Feuerwehr und eine Menge unnötiger Gesellen da, die Wanderer einen ganzen Zipfel des Tatorts zertrampeln. Die Spurenspezialisten machen mit ihrem Laser Panoramaaufnahmen der Umgebung des Betonfundaments. Feuerwehrmänner kriechen auf Platten hinaus zu der Bohle. Sie legen einen großen Trichter um die Bohle frei und befestigen mehrere Haken daran. Schalöl wird in den Betontrichter gegossen. »Damit es flutscht«, sagt der Kommandant der Feuerwehr zu Wanderer.

Die Sonne ist mittlerweile hinter den Hügeln aufgegangen. Die Hitze beginnt. Die Scheinwerfer in Wanderers Rücken sind noch an. Seine rechte Hand flattert wieder. Unwillkürlich macht er einen Schritt beiseite, als langsam der Leichnam aus der Grube hervortaucht. Zweiter Bürgermeister Johann Per Westgart. Das Gesicht und die ganze Gestalt betonfarben. Das Kinn hängt auf der Brust. Westgart erscheint noch größer, als er es ohnehin gewesen ist. Er ist beleibt und mausetot. Beton tropft zäh aus seinem Mund und Schalölschlieren rinnen als braunes Blut an ihm hinab.

Der gekreuzigte Westgart, denkt Wanderer und wankt wie ein knorriger Baum, in dessen Ästen sich der Wind zu schaffen macht.

Johann Per Westgart ist an eine zweieinhalb Meter lange, massive Holzbohle gebunden, deren oberes Ende einer zweizinkigen Gabel gleicht. Westgart hat die Schultern zurückgedrückt, die Arme sind über ein kleines, höchstens anderthalb Meter langes Querbrett, das man unter Schulterhöhe aufgenagelt hat, nach hinten geschlauft. Die Hände sind in Westgarts Rücken an der Hauptbohle fixiert und ein Strick ist um seinen Leib gewunden.

Wanderer zieht eine Zigarette aus der Packung Benson & Hedges in seiner Hosentasche, steckt sie an und macht drei tiefe Züge.

»Jeder hier vergisst eine Woche lang, was Schlaf ist!«, schreit er daraufhin all die erstarrten Gestalten um ihn herum an. »Ich will einen ganzen verfluchten Lastwagen voll mit Hinweisen. Und wer ein einziges Wort an irgendjemanden verliert, der mit einem von der Presse einmal vor zwanzig Jahren auf dem Klo gepinkelt hat, den verfrachte ich eigenhändig …«

Wanderers letzte Worte zerstieben in flatternden Luftmolekülen. Triebwerkslärm eines Airbus 320. Dreihundert Meter über dem Betongrab des gekreuzigten Bürgermeisters der Stadt Achenburg dreht der Airbus nach Norden ab. Frühflug nach Berlin.

I

Das fliegende Mädchen

Über mir trieft das Morgenlicht langsam durch die Blätteretagen eines großen Walnussbaums.

Ich stehe an meinem Wagen, fördere ein Gummistoffband zutage, lege den Kopf in den Nacken und wuchte einen Haarschwall von der Farbe nasser Baumrinde durch das Band hindurch. Bevor ich alles wieder in Normalposition bringe und den Blick auf das fliegende Mädchen und die Polizisten vor mir lege.

Die spätsommerliche Morgenhitze ist verblüffend. Und der pralle Milchhimmel, der über alles gezogen ist, wird sich demnächst als ein tiefblauer, gleißender Schmetterling entpuppen.

Ich winke den Polizisten zu. Vor ihnen stehen zwei Männer mit Schnauzbärten, Bauchansatz und Kurzarmhemden. Sie rauchen. Achenburger Kriminalpolizei. Wieso sehen die alle immer so aus? Und wo ist Wanderer, der alte Knurrzopf?

Hinter dem Absperrband, nur wenige Meter von den Männern entfernt, ist am Boden des Parkplatzes eine blutig hingemalte Silhouette mit der Andeutung von ausgebreiteten Armen zu sehen. Als hätte ein zehntausend Grad heißes Feuer die Umrisse eines Körpers dunkelrot in den Asphalt gebrannt. Und den Körper, der sich bloß Sekunden zuvor im Fliegen versucht hat, verdampft.

»Sie mailen mir eine Kurzfassung des Protokolls?«, frage ich eines der Kurzarmhemden. Sein Name ist Mandl.

Er zögert.

»Sollte kein großes Problem sein«, sagt Mandl doch noch rasch. Dazu streicht er sich verschämt über den Schnauzbart, die farblosen Augen flackern.

Wie mancher Beamter von Polizei oder Kripo fühlt er sich von mir sofort in die Ecke gedrängt. Es fällt ihnen allen schwer, mir etwas auszuschlagen: Frau, arabisch, nicht gerade hässlich, Ausrufezeichen, nicht gerade dumm, Ausrufezeichen, fordernder Blick. Obwohl nicht muslimisch, kann da so manches in die Hose gehen. Also besser nicken. Dazu kommt der Ehemann, wenn man auch hört, sie leben getrennt.

»Danke«, sage ich und bin froh, dass die Worte noch funktionieren und das ganze verdammte Leben noch da ist.

Die Szene vor mir ertrage ich nur, weil ich eine halbe Stunde zu spät gekommen bin. Der Krankenwagen mit der Leiche hinten drin ist schon weg. Gesine Wildung ist ihr Name. Einundzwanzig Jahre alt. Spektakulärer Suizid? Mord? Von der Loggia da oben im zweiten Stock, an der jetzt ein uniformierter Polizist steht. In der Hand hält er ein langes Maßband, das man hinunter zu den Abdrücken des Körpers auf dem Asphalt gezogen hat. Ist dort hinter ihm etwa die Fensterscheibe zerbrochen?

Während Mandls Kollege die Entfernung notiert, gehe ich zum Eingang des Wohnblocks und die Treppe in den zweiten Stock hinauf. Dabei bemerke ich, dass meine Jeans an den Oberschenkeln schlackern. Ich muss aufpassen, zwei oder drei Pfund zunehmen, denke ich und versuche einen Augenblick in der Normalität dieses Gedankens zu verharren.

Die Tür zu Gesine Wildungs Wohnung steht halb offen. Eine mollige Frau von der Spurensicherung ist gerade dabei, ihren Koffer zu ordnen und die kleinen Fundstückcontainer zu schließen. Ein Sack mit der Kleidung der Toten liegt neben ihr.

Ich sehe sie fragend an.

»Guten Morgen«, sagt sie, sie heißt Elisabeth Kramer, »nichts Interessantes für Sie, Laya. Tabletten auf dem Boden. Die war bestimmt unter Drogen. Fast leere Wodkaflasche,

Bierdosen. Wie zu erwarten. Und rein können Sie jetzt nicht. Wir versiegeln das gleich.«

»Und sonst?«

»Sonst?«

»Wie fühlt es sich an?«

»Sie müssten sich das ansehen«, sagt Elisabeth Kramer und hebt die Hand. »Ist abartig weit gesprungen, die Arme. War Schwimmerin. Wir haben ein großes Set von Schwimmbrillen gefunden und Schwimmanzüge.«

Ich mache zwei kleine Schritte in die Wohnung. Da ist aber ohnehin nichts zu sehen. Brennstellen auf dem abgewetzten Boden. Sofa, Matratze mitten im Raum, ein schmaler Schreibtisch. Daneben ein 3D-Streifenlichtscanner auf seinem spinnenartigen Stativ. Er ist bereits abgeschaltet.

Ich stelle mir vor: Gesine Wildung sitzt auf dem Sofa, ihr Blick schweift zu der leeren Wodkaflasche vor ihr. Sie fängt an zu zittern, wirft ihre brennende Zigarette auf das alte Parkett, klatscht sich die Hand mit den letzten Tabletten vor den Mund, ein paar fallen dabei auf den Boden, und schüttet mit der anderen eine halbe Dose Bier in sich hinein. Schließlich springt sie auf, rennt hinaus auf die nächtliche Loggia und macht, was wir alle vor zwei Stunden noch für unmöglich gehalten haben: Sie überspringt die Brüstung mit ausgebreiteten Armen und schlägt mit dem Gesicht voran auf dem Asphalt auf. Mich schaudert. Ich mag den Tod nicht. Und schon gar nicht diesen.

Und die Mordversion? Wie sollte die gehen?

»Mord möglich?«, frage ich Elisabeth Kramer, die sich mit ihrem Metallkoffer an mir vorbei aus der Wohnung schiebt und mir freundlich auf die Schulter tapst.

»Nein, würde ich sagen, nein.«

Ich rühre mich nicht von der Stelle. Das Einzige, was ich verstehe, das bin nur ich selbst. Seit damals hinter dem Flughafen von Beirut gehe ich an Leid nicht mehr mit der gleichen Distanz heran.

Der Polizist in Uniform kommt von der Loggia, nickt mir als Begrüßung wortlos lächelnd zu, händigt Elisabeth Kramer, die noch hinter mir auf dem Gang steht, das Maßband aus, wobei er fast meine Schulter berührt, und fängt an, das Scannerstativ zusammenzuklappen. Ich drehe mich weg von der Wohnung. Ordne in meinen Gedanken, was zu ordnen übrig geblieben ist. Ein paar Meter hinter der Frau von der Spurensicherung trotte ich die Treppe schweigend wieder hinunter.

»Grüßen Sie Wanderer«, sage ich am Hauseingang leise und so heiter wie möglich zu Mandl, als ich an ihm vorbei zu meinem MINI gehe. Dabei ist mir ganz nach Düsternis.

***

»Unreal City, drip drip drop«, surrt ein Lied im Radio und ich bin nicht fähig, es abzustellen.

Dieser Tag geht mir an die Nieren. Es ist ein trauriger Song und die Harfe im Hintergrund fasziniert mich. Meine kleinen Ohren und die oft bewunderte Nase halten die einen nicht davon ab, besonders differenziert zu hören, und die andere nicht, der Welt mit kleinlicher Skepsis zu begegnen. Als gäbe sie unpassende Gerüche von sich. In Gesine Wildungs Wohnung hat es nach Verzweiflung gerochen. Und muffigem Gummi.

Ich halte kurz an, schreibe Gesine Wildungs Namen und ein paar Worte über ihre Wohnung in die Notiz-App meines Telefons und trage blassrosa Lippenstift auf. Dazu einen Hauch Puder, um die Konturen meiner zwei Handvoll Sommersprossen zu verwischen. Wieder ein Versuch des normalen Seins, das man dem Tod entgegensetzt. Ich glaube, das ist ein Satz von Wanderer. Der Blick in den Kosmetikspiegel lässt mich noch mehr an diesem Morgen zweifeln. Die Wangen zu hoch, die grünbraunen Augen zu hohl. Die Modelagentur, die mit neunzehn hinter mir her war, würde sie mir heute Morgen einen Vertrag anbieten? Kleidermodel mit Augenfalten und Kalamitäten im Blick für reifere Kundinnen? Ich löse das Haar wieder aus dem Band, blecke kurz die Zähne, alles weiß, und fahre los.

Ich muss wenigstens so tun, als begegnete ich der Welt so wie sie mir: abgeklärt, widerspenstig, ohne Blöße.

Schon nach der großen Ampel in der Primgartenallee bremse ich ab und wende bei der nächsten Gelegenheit.

***

Zwanzig Minuten darauf sind von dem zermatschten Gesicht vor mir streng genommen nur noch zwei Piercings aus chirurgischem Edelstahl erkennbar. Unter den Lippen, links und rechts. Sonst regieren die Farben Rot, Rotschwarz, Hautfetzenbeige und ein paar Höcker Knochenweiß. Dazu rötlich braun gefärbte Haare. Und keine Einstiche an den Armen.

Übelkeit kommt, obwohl ich heute noch nichts gegessen habe. Ich sehe mich nach einer Möglichkeit zum Festhalten um. Geruch nach Formaldehyd. Doch da gibt es nur den Arzt und einen jungen Kripobeamten. Die Obduktion ist bereits vorüber. Der Stahltisch, auf dem Gesine Wildung liegt, kommt schon aus Pietätsgründen nicht infrage. Ihr Gesicht ist monströs in seiner rohen Nacktheit. Ich schiebe ein Bein etwas nach rechts, um eine größere Standfläche zu bekommen. Der Gedanke an das blutige Gesicht meiner Mutter drängt herein. Ich kenne den Gedanken genau, weiß um seine Schwächen und diesen Kampf gewinne ich.

»Und ein Wahnsinnscocktail im Magen«, sagt der Arzt. Er hat vorhin meinen Blick auf die möglichen Einstichzonen an den Unterarmen bemerkt. »Frau Niering?«

Der Rechtsmediziner, sein Name ist Wirsheim, glaube ich, wundert sich über meine Unkonzentriertheit. Wir haben uns schon einmal gesehen. Meine skeptisch gespitzten Lippen dürften ihm vertraut sein, denn er nimmt sie einfach hin, selbst dann, als ich dazu ungläubig den Kopf schüttle.

»Sie geben mir die Auflistung des Drogencocktails?«, frage ich konziliant.

»Können Sie ausnahmsweise haben, Frau Niering.« Wirsheim wirft dem Polizisten einen Blick zu.

»Aber keinesfalls vergessen.« Das kommt ziemlich streng. Für Feinheiten fehlt mir gerade die Kraft.

»Die wäre auch ohne Sprung in vier oder fünf Stunden hinüber gewesen«, sagt der Arzt ungerührt.

»Und warum?«, frage ich und sehe Wirsheim an.

»Warum was?«

»Warum Suizid durch Hechtsprung, noch dazu auf diese Weise, wenn Drogen und Alkohol das ein ganzes Stück angenehmer erledigt hätten?«

»Zugedröhnt bis oben. Alles möglich dann. Zuerst kommt der Rausch, dann die Verzweiflung und am Ende hätten die Drogen sie getötet. Darauf hat sie nicht gewartet, ist eben gesprungen.«

Wirsheim ist ein großer, schwerer, melancholischer Mann mit öligem Haar, ein Arzt, wie man ihn auf Krankenhausfluren nicht zu sehen bekommt. Mein Blick wandert wieder langsam zu Gesine Wildung zurück. Die Sache schmeckt mir ganz und gar nicht. Und wie ist das mit dem Blut?

»Blut schon analysiert?«, frage ich.

»Nein. Nur Mageninhalt. Blut kommt in ein paar Stunden. Ich schicke Ihnen das mit.«

Als wir die Kühlhalle verlassen haben und der Kriminalpolizist in seinem BMW verschwunden ist, überlege ich kurz und gehe über den glühenden Parkplatz noch einmal zurück. Die mediterrane Hitze und der Rest von Gesicht in dem Gebäude, auf das ich erneut zusteuere, vermengen sich unvorteilhaft. Ich bin jetzt fast wehrlos. Die Luft fängt an zu tanzen, meine Ohren surren, als nähmen sie den Anflug der israelischen Drohnen auf Beirut wahr.

Es war unser ganz normaler Feriensommer im Jahr 2006, den wir immer in der alten Heimat meiner Eltern verbracht haben. Für Abu endete eine lange Reise, die seiner Ehe, in dem halb zerstörten Land, das er, der melkitische Christ, fünfundzwanzig Jahre zuvor verlassen hatte, um sich ein Leben als Ingenieur in *Almanja* zu schaffen. Denn irgendjemand in Jerusalem war damals spontan auf die Idee verfallen, das Sommerloch doch mal wieder für das Libanon-in-Schutt-und-Asche-legen-Spiel zu nutzen. Und wir mittendrin.

Als ich um die Ecke biege, sehe ich Wirsheim vor dem Hintereingang der Prosektur in der sengenden Hitze stehen und Gauloises rauchen.

Noch bevor ich ihn erreiche, kommt unweigerlich der Satz, den ich ausgestoßen habe wie einen Zauberspruch: »Halt durch, Mama.« Immer wieder. Der Arm meiner Mutter hing wie ein kaputtes Puppenglied an ihr, ihr Gesicht war mit Blut vollgespritzt. Und der Splitter der Drohne hatte sich tief in den Autositz gebohrt.

Der Blick des Rechtsmediziners hebt sich mir schwerfällig entgegen.

»Wie war die Menge im Magen?«, frage ich und unterdrücke den Wunsch, ihn um eine Zigarette zu bitten. Ich hätte das jetzt nötig.

»'ne ganze Menge, das ist sicher.«

»Und wie ist das, wenn man ordentlich zugedröhnt ist?«

»Sie haben recht. Tja.« Er denkt nach. Hätte er schon vorher machen können, dieses Plattgesicht. »Wenn das also alles ins Blut geht«, sagt er, »ist im Magen nicht mehr viel vorhanden. Wenn Frau Wildung vorher nicht viel mehr geschluckt hat, war sie nicht besonders high. Alles noch im Magen.«

»Dachte ich mir's doch. Drogen nur zur Irreführung«, sage ich. Ich drehe mich um und werfe Wirsheim zum Abschied eine Art von kollegialem Blick zu. »Die hat das in vollem Bewusstsein durchgezogen.«

***

Kaum habe ich die Wiedengatter Straße erreicht, die bogenförmig in den Westen der Stadt führt, ruft Wanderer an. Ich drücke auf die grüne Taste auf dem eingebauten Bildschirm meines MINI und beachte den dreckig orangefarbenen Opel Kadett kaum, der schon eine Weile hinter mir herfährt. In die Wiedengatter Straße fahren nicht viele. Und dieses uralte Ding von Auto hat es offenbar ganz eilig mit der Wiedengatter Straße.

»Ich muss Sie sprechen, Laya«, sagt Wanderer. »Persönlich.«

»Ich Sie wohl auch.«

»Wenn das so ist, schlage ich übermorgen vor. Ich schicke Ihnen noch eine Nachricht betreffend Ort und Zeit, in Ordnung?«

»Und warum nicht heute?«

»Muss erst der ein oder andere Tag vergehen. Es handelt sich um ein gewagtes Unternehmen.«

»Wie das?«

»Da haben eine Menge Leute ihre Finger im Spiel und es ist nicht schön.«

»Sie klingen so anders, Wanderer.«

»Es ist auch alles ganz anders, Laya, als es noch vor fünf Stunden war.« Damit unterbricht Wanderer das Gespräch.

Mein Kopf ist in Bewegung. Ich will mich von Wanderer nicht irremachen lassen, drehe das Radio lauter und nehme einen ruhigen Umweg am Stadtrand entlang, einfach nur, um mir Zeit zu geben. Die Redaktion verkrafte ich in meinem Zustand noch nicht.

Inzwischen ist der Opel Kadett ungeduldig geworden. Er

setzt zum Überholen an, schafft es jedoch nicht. Am Ende hupt er. Geradezu hemmungslos. Lange und laut. Ich gebe Gas. Der stinkt ja zum Himmel. Jetzt bremst der Kadett scharf, kommt ins Schlingern und rutscht ein Stück auf einen Seitenstreifen aus Gras. Zwischen zwei Reihenhaussiedlungen gibt es an dieser Stelle hundert Meter lang nur Wiese und ein Wäldchen mit Weiden und Erlen. Der Abhang zu den Bäumen ist nur anderthalb Meter tief, aber abrupt. Und genau danach scheint es den Opel zu verlangen, eine Rutschpartie. Ich halte an und setze fünfzig Meter zurück. Ich steige aus meinem MINI und nähere mich dem Opel, der jetzt auf seiner Bodenplatte liegt. Ein Rad rotiert in der Luft, es dampft aus dem Kühler. Die Vordertür des Kadett springt auf und ein strohblondes Haarbüschel erscheint. Nach dem Büschel taucht eine Hornbrille hoch, unsagbares Gestell. Und darunter ein großer blutiger Fleck, der als Nase und angeschwollene Oberlippe durchgehen soll.

»Dachte schon, ich erwische Sie nicht mehr«, sagt die blutige Hornbrille. »Was nicht alles nötig ist, um ein bisschen Aufmerksamkeit zu erhaschen. Na? Jetzt schauen Sie sich diesen Wagen an. Alles nur wegen diesem blöden Ding da.« Hornbrille greift in seine Hosentasche. »Wo hab ich ihn denn nur gleich? Verdammt. Ach, da isser ja. Hat mich meine letzten funktionierenden Neuronen gekostet. Irgendwann kriegen die mich so oder so. Und dann ist Schluss mit traurig, he, aber ich seh schon, Sie haben wohl nicht vor, mir zu glauben. Nein?«

Hornbrille hält mir einen Speicherstick vor die Nase. Die Sonne knallt mir auf den Kopf.

»Was, zum Teufel, soll ich glauben?« Ich schaue ihn mit zusammengekniffenen Augen an.

Der Mann vor mir ist mittelgroß, schlaksig, abscheulich dunkelgraues T-Shirt. Kaum älter als ich, Mitte dreißig.

»Jetzt rufen wir mal schön die Feuerwehr«, sage ich und es soll mies gelaunt klingen, »danach die Nervenheilanstalt und für die totgefahrenen Frösche die Tierschützer. Die knüpfen Sie dann sowieso auf.«

»Da«, sagt Hornbrille und meint damit den Speicherstick, den er mir immer noch hoffnungsvoll entgegenstreckt. »War ein paar Tage richtig harte Arbeit. Ist keine Säurebombe oder so was.«

Ich zögere einen Augenblick und nehme den USB-Stick in Empfang.

»Und was soll ich damit?«, frage ich, stecke den Stick in eine Gesäßtasche meiner Jeans und ziehe für Hornbrille ein Taschentuch hervor.

»Ich hab das durchgezogen. Die sind in meine Bude, heute Morgen ... – Danke.« Hornbrille versagt für einen Moment die Stimme, während das Taschentuch unbenutzt in seinen Fingern baumelt. »Drei Pakistanis, vielleicht auch Türken oder Araber, wer weiß das schon so genau? Die Typen wussten, ich bin da an etwas dran. Den Stick haben sie aber nicht gefunden.« Er sieht durch mich hindurch, dorthin, wo ich den Speicherstick verstaut habe. »Der lag bei mir im Wagen unter dem Sitz. Und am Computer fanden sie keine Spur.«

Ich ziehe mein Telefon aus der Tasche und tippe die Notrufnummer der Feuerwehr.

»War gerade für so 'nen Typen ein paar Sachen auf der Spur, wetten, Sie wollen nichts Genaueres drüber wissen«, fährt Hornbrille fort. »Und was, glauben Sie, seh ich dann vor ein paar Tagen auf meinem PC?«

»Wieso kommen Sie mit alldem zu einer Journalistin von der Bergenpost?«, unterbreche ich ihn barsch, als sich jemand meldet.

***

Drei Minuten später stehen wir auf der gegenüberliegenden Straßenseite im Schatten einer Linde, nachdem ich der Frau vom Notruf unsere Position durchgegeben habe und wir auf den Abschleppwagen warten.

»Stinkt alles geradezu nach Tod«, sagt Hornbrille. »'ne Menge auf Arabisch und auf Deutsch und supersicher versteckt. In diesem Darknet? Wo zwielichtige Leute unbeobachtet ihre Sachen abziehen? Sind die gefährlichsten Typen auf dem Planeten, sag ich mir. Da denke ich an Sie ...«

»Dieser Auftrag hat ...?«, frage ich.

»Ja, ganz zufällig. Hab die Sicherheitsverschlüsselung geknackt.«

»Und das befindet sich alles auf dem Speicherstick?« Ich taste in meiner Jeans danach. Woher wusste der, wo ich mich diesen Morgen aufhalte? Davon haben doch nur die Leute in der Redaktion Kenntnis.

Hornbrille nickt. Seine Telefonnummer schreibt er auf meine Bitte hin auf einen Zipfel des Taschentuchs. Dazu seinen Namen. Ich sehe nicht hin, was er schreibt, mustere ihn stattdessen. Jetzt verwendet er zögerlich das restliche Tuch, um sich Blutreste aus dem Gesicht zu wischen. Ich lasse ihn machen. Es gibt etwas, das mir an ihm nicht behagt. Vielleicht das Zucken seiner Mundwinkel? Die zu flinken Blicke? Am Ende ein harmloser Typ, von dem man allerdings nicht weiß, was ihn wirklich antreibt.

Der Fahrer des Abschleppwagens lässt Hornbrilles Opel auf die Ladefläche ziehen, während ich meine smaragdgrüne Jil-Sander-Bluse zurechtzupfe. Ich fühle mich ausgesprochen unwohl. Hornbrille will im Abschleppwagen in die Stadt mitfahren, was ihm der Fahrer widerwillig erlaubt. Will wohl Abstand von mir, denn mich hat er gar nicht um eine Mitfahrgelegenheit gebeten. Der Fahrer hantiert mit einer Fernsteuerung und beglotzt mich die ganze Zeit von oben bis unten.

Weiß nicht, was es da zu sehen gibt, will ich ihm um die Ohren hauen.

Hornbrille sind die Blicke des Fahrers unangenehm. Er stiehlt sich davon, indem er gleich in das Führerhaus des Wagens steigt und das Fenster herunterlässt. Eine schöne Frau hat in dieser Männerwelt keine Sekunde Ruhe. Es ist wie ein Freiluftgefängnis aus Blicken. Wenn nicht Schlimmeres. Auch deshalb habe ich keine Fotos von mir auf meinem Facebook-Profil, das ich beruflich brauche, und Instagram meide ich wie die Hölle. Ich frage mich, wann das aufhört. Wenn ich fünfzig bin? Daher diese Abwehrreflexe, die man sich antrainiert, seit man dreizehn ist, und die frechen Erwiderungen.

Der Fahrer ist fast fertig, Hornbrilles Kadett ist schon auf die Ladefläche hochgezogen, unterdessen habe ich vorgegeben, auf meinem Handy wichtige Nachrichten zu schreiben. Ich stehe ja nur rum, hier im Schatten, um ganz sicherzugehen, dass er Hornbrille auch tatsächlich mitnimmt. Ich sehe kurz auf. Ins Leere hinein. Auch das lernt eine Frau, die als schön gilt: Augen ins Nirgendwo, deren Blicke absolut niemals einen Mann treffen.

Die Räder des Opel werden fixiert. Hornbrille kauert eichhörnchenhaft auf dem Beifahrersitz und schaut gebannt durch die Windschutzscheibe.

»Alles klar, Frau Niering«, sagt der Fahrer und grinst reichlich unsicher.

Ich ignoriere ihn und winke Hornbrille zu.

Der Abschleppwagen brummt in meinem Rücken, als ich zu meinem Wagen gehe, und zieht auf die Straße. Eigentlich wäre die Ehe der Ort gewesen, um mich vor jenen Männern zu schützen, die ich nicht will. Hat nicht funktioniert. Ehe in Trümmern, Gatte starrt auf seine Auflagenzahlen wie Hornbrille gerade noch aus dem Fenster. Und das nicht so nüchtern. Ich öffne die Autotür. Ein Schwall Hitze schlägt mir entgegen. Die Ledersitze würden glühen, wenn sie könnten. Ich lasse den Motor an, das Leder brennt unter mir. Verflucht, denke ich, wo ist Hornbrilles Telefonnummer? Ich suche meine Jeans ab, kann das Fitzelchen Taschentuch jedoch nicht finden. Draußen auf der Straße liegt nichts Weißes. Ich steige aus, schaue am MINI entlang. Der Papierfetzen liegt am Vorderreifen. Ich pflücke ihn darunter hervor, stelle fest, dass Hornbrille Manfred Koller heißt, steige wieder ein und fahre los.

Ich bin heute komplett von der Rolle. Was hast du dir nur gedacht, Gesine?

***

»Hey, Laya«, sagt Marina, die rechts am Newsdesk der Bergenpost sitzt. Sie sieht mich aber kaum an. Dafür hat sie gerade keine Zeit. Eigentlich hat sie die nie.

»Durchhalten, Leute«, sage ich.

Mark, dessen Platz links von Marina ist und der in dieser Vier-Stunden-Schicht den Chef vom Dienst geben muss, zeigt mir ein halbes Lächeln unter seinem dunklen Vollbart und den Daumen nach oben.

»Schaffen das schon«, sagt er. »Wie jeden verdammten Tag.« Dazu noch eine Art von dankbarem Seitenblick. Endlich ein Mensch, der nichts von ihm will und ihn nicht unter Druck setzt.

Vor zwei Minuten bin ich im vierten Stock aus dem Fahrstuhl gekommen. Gefilterte, klimatisierte Luft hat mich empfangen, der stets etwas Unwirkliches anhaftet. Dann die Aufgewühltheit einer stürmischen See. Unvorstellbar, dass der riesige Raum vor mir jemals einen Augenblick Stille erfahren hätte. Der Newsroom der Bergenpost, Deutschlands erster und größter reiner Onlinezeitung, quillt über von zwei Dingen: dieser physisch greifbaren, gallertartigen inneren Unruhe, die den ganzen Raum ausfüllt, sich hochtürmt wie Wellen, dazu mit unerträglichem Lärm. Stimmen, die einander zurufen, die telefonieren, die sich in Gesprächen zu zweit oder dritt befinden. Sechzig Leute, manchmal achtzig.

Bei Mark und Marina stehend, werfe ich einen Blick hinüber zur zweiten Stehung der Ressortleiter. Ich bin zu spät dran dafür. Ist mir aber schnuppe, ich bin nicht verpflichtet, daran teilzunehmen. Eigentlich ist es ein von Hermann Martinger gewährtes Privileg, teilnehmen zu dürfen, denn sonst sind nur die Ressortleiter oder ihre Stellvertreter eingeladen. Stehungen haben in modernen Newsrooms die Rolle von Sitzungen übernommen und das sagt bereits alles über den Büroalltag von Onlineredaktionen aus. Jede Stehung maximal eine halbe Stunde.

Ich streiche Marina über die Schulter und werfe einen Blick auf die Inhalte der Homepage und auf die Zahlen auf den Bildschirmen vor uns. Weniger, weil sie mich interessieren, einfach nur um Anteilnahme am panischen Alltag meiner Freunde zu zeigen.

Ich entkomme allem hier nur, weil Chefredakteur Martinger keine andere Wahl hatte, als mich zur Chefreporterin für Deutschland und im Grunde auch für den Rest des Globus zu machen. Falls sich die Bergenpost diesen Rest hin und wieder leisten will.

Der CIVIS-Medienpreis, den ich für meine Syrien-Reportage im MDR während der Flüchtlingskrise erhalten habe, zusammen mit Flora und dem Kameramann Edgar, hat geholfen, mir diese Freiheit zu verschaffen, der Name »Niering« ebenso, dazu mein Arsch, auf den Martinger von Anfang an ein Auge geworfen hat.

Der Newsdesk ist das Herz der Zeitung. Mark telefoniert inzwischen, mit der Mischung aus Widerwillen, Härte und Kooperation in der Stimme, die seine Rolle ausmacht. Albert, zu Marks Linker sitzend, zwinkert mir zu. Mark ist seit zehn Uhr der Chef vom Dienst, er muss die Homepage der Bergenpost komponieren. Muss die Wünsche der Ressortleiter nach besserer Platzierung moderieren, muss eine Menge Kollegen enttäuschen, kann nur wenige glücklich machen. Er nimmt aufgeregte Anrufe im Minutentakt an, geht nicht mehr dran, wenn jemand zu lästig wird.

Die Leiter der Ressorts »Nachrichten«, »Gesundheit und Wissenschaft«, »Wirtschaft«, »Sport und Auto« wollen nicht nur ihre Artikel mit mehr Traffic, also mit Klickzahlen und Visits, versorgen, wozu sie eine prominente Position auf der Homepage brauchen. Sie haben auch Verträge mit wichtigen Inserenten zu erfüllen, denen eine bestimmte Besucherzahl zu den von ihnen bezahlten Anzeigen, Specials und Inhalten in einem vereinbarten Zeitraum versprochen worden ist. Vertragsbruch bei Nichterfüllung, der Ressortleiter ist dafür verantwortlich, seine Karriere in Gefahr. Mark hat zwar nur eine Vier-Stunden-Schicht am Schaltpult des Wahnsinns zu absolvieren, aber in der wird er von nichts anderem als der Angst um seinen Job und von den Zahlen der Onlinenachrichtenseite auf den Bildschirmen an der Wand vor ihm beherrscht. Da können ihm auch Albert, der Suchmaschinenoptimierer, und die Social-Media-Spezialistin Marina nicht beistehen. Dazu kommen der glatzköpfige Videoredakteur, ein Neuer, dessen Namen ich nicht kenne, und zwei blonde Texteditorinnen, die die Meldungen von Nachrichtenagenturen aufmotzen und sogleich zur Publikation vorbereiten. Sie alle stehen unter der Schreckensherrschaft der serifenlosen, glatten Monster vor ihnen, der Zahlen, die ich gerade unter die Lupe nehme. Diese Zahlen hängen über der Zeitung, den Ressortleitern, den Chefs vom Dienst und daher über uns allen wie ein Damoklesschwert.

»Die haben's!«, ruft Marina und wirft ihr Haar wütend nach hinten. »Scheiße, die haben's wirklich.«

Ich weiß nicht, wovon genau sie spricht. Irgendeine andere Zeitung hat irgendeine Neuigkeit *vor* der *Bergenpost* gebracht. Dieses Wort sollte es im Zusammenhang mit den Konkurrenzseiten nicht geben: »vor«. Mehr muss ich nicht wissen. Niemand darf *vor* der Bergenpost etwas bringen. Das ist der Sinn des Lebens in der Redaktion. Denn sind nicht wir, sondern andere *vor*, werden wir bei der Suche nach einer Nachricht nicht gefunden oder nach hinten gereiht, was sich auf Klicks und Visits auswirkt. Mit einem Wort, wir haben gerade Geld verloren. Viel Geld.

Scheiße, denke ich. Jede Nachricht und die Schnelligkeit, mit der sie gebracht wird, hat ein verdammtes Preisschild um den Hals. Ich verdränge den Gedanken gleich wieder, den Gedanken an den wahren Feind des Journalismus, die Werbeeinnahmen. Ich will ja leben. Scheiße.

»Gib mir ein paar Sekunden«, ruft Connie, eine der blonden Editorinnen. »Gleich.«

Kaum bin ich hier, fange ich an zu fluchen. Ich konzentriere mich solidarisch auf den zentralen Bildschirm. Der zeigt sämtliche Artikel auf der Homepage mit den dazugehörigen Abrufzahlen.

Minutenaktuell sind die Unique-User-Zahlen und Visits von heute zu sehen. Sie zeigen an, wie viele Besucher gerade auf der Seite sind und wie häufig sie die einzelnen Inhalte wie Artikel, Bilder, Videos nutzen. Unique User sind Seitenbesucher, die in der Regel nur einmal am Tag gezählt werden. Kommt derselbe Besucher wieder, ist das nur ein Visit, und da dieser Besucher ihre Werbeflächen ja wahrscheinlich schon gesehen hat, sind die zweiten oder dritten Besuche für die Inserenten von nachrangigem Wert.

All diese Werte zeigen dem Chef vom Dienst, ob er die Seite erfolgreich arrangiert hat. Er prüft jede Minute, wie sich ein Artikel mit welcher Platzierung verhält. Rufen ihn nicht genug User ab, schiebt der CvD einen anderen Artikel nach oben. Dabei berücksichtigt er auch, wie viele Werbeeinnahmen er erzielt. Artikel über Gesundheit beispielsweise sind besonders wichtig, weil die Pharmafirmen teure Inserate schalten. Inserenten nehmen dadurch Einfluss auf die Nachrichten und ihre Platzierung, auf eine Weise, die keinem Nachrichtenleser jemals bewusst ist.

»Schon da!«, schreit Connie. »Mark!«

Mark hebt den Daumen und schiebt die Nachricht, die Connie gerade auf dem Server abgelegt hat, auf Platz eins. *Unglück bei Wahlkampfrally in Houston*, lese ich. *Zwei Tote.*

Wessen Wahlkampfrally?, denke ich und werfe noch einen Blick auf die anderen Monitore, bevor ich gehe. Es handelt sich um konkurrierende Onlinezeitungen im Netz. Es ist wichtig zu wissen, was sie bringen und auf welchem Rang eine Meldung beim SPIEGEL, bei der Süddeutschen, der ZEIT, der WELT oder der FAZ liegt. Wobei die BILD-Zeitung der wichtigste Maßstab ist. Und auf den restlichen drei Monitoren läuft der Facebook-Auftritt der Bergenpost, von Google News und ntv.

Mir schwindelt. Ich preise mein Schicksal.

»Ciao«, sage ich, »schaut gut aus. Love you all, guys.«

Marina nimmt meine Hand und drückt sie für eine Sekunde. Mark und Albert nicken. Ich kann nicht sagen, man mag mich in der Redaktion nicht. Allein die Tatsache, dass ich die Leute am Newsdesk nicht um Artikelplatzierungen anbettle oder bei Verschiebung eines Artikels nach unten mit der Apokalypse drohe, verschafft mir gegenüber sämtlichen Redakteuren einen enormen Vorsprung auf der Beliebtheitsskala.

Als ich meine Tasche auf den Schreibtisch plumpsen lasse, taucht vor mir eine Hand hinter einem großen Bildschirm auf.

»Das alte Polizeidepot, Darling«, sagt Walter. Außer der Hand ist von ihm nur der Haarschopf zu sehen. »Schicke es dir rüber.«

Ich verziehe keine Miene. Walter ist groß, trägt gute Hemden, sein Haar stammt aus Italien, seine Geburtsurkunde aus Leipzig, sein Name, er heißt Nietsch, auch, und er gefällt mir. Eigentlich.

»Sensationeller Einbruch, sind mit Lastwagen am Depot

vorgefahren. Völlig verrückt. Gibt dort nur ausrangiertes Zeug. Dachte, das könnte dich interessieren, Laya.«

Ich winke Walter, dessen Augen jetzt erscheinen, zur Begrüßung bloß zu und setze mich hin. Wie so oft hat Walter seinen kleinen Kontrollstress drauf. Er will ein Mindestmaß von dem wissen, was ich treibe, und wenn er mir zu diesem Zweck ein paar Dinge vorsortiert.

Ich werfe einen Blick auf meine Post, öffne aber nichts. Ich weiß immer noch nicht, was dieser Tag heute von mir will, außer mich richtig ranzunehmen.

»Danke, Walter. Und was haben die dann gestohlen?«, sage ich und wähle Hornbrilles Nummer.

»Ich frage Plank, wenn du willst.« Walter steht auf.

Wie ich erwartet hatte: Die Telefonnummer gibt es nicht. Hat mich reingelegt, der Kerl. Und Koller heißt er sicher auch nicht. Ich werfe das Handy wütend auf den Schreibtisch.

»Autsch«, sagt Walter und da er schon steht, denkt er sich jetzt einen fürsorglichen Grund dafür aus. »Kaffee? Doppelt?«

Plank ist der einzige Kontakt bei der Polizei, den Walter mir voraushat. Stellvertretender Polizeipräsident. Walter und ich hatten eine kurze Affäre. Aus uns hätte vielleicht etwas werden können. In diesem Punkt sind wir uns grundsätzlich einig. Es war unmittelbar nach der Trennung von Christian vor fast einem Jahr. Und das ist kein guter Zeitpunkt für etwas Neues, denke ich, denkt Walter aber nicht.

Ich nippe an meinem Kaffee, den Walter vor mich hingestellt hat, blende den Lärm um mich herum aus, lehne mich zurück, starre auf meinen Bildschirm, schiebe ein paar hereinstürmende Gedanken an Gesine Wildung weg, ziehe Hornbrilles Speicherstick hervor. Doch bevor ich ihn in einen USB-Ausgang an meinem Computer stecken kann, kommt die E-Mail von Wirsheim aus der Rechtsmedizin. Mit der Analyse von Gesine Wildungs Mageninhalt und ein paar Sätzen zum Blut.

Barbiturate habe man noch festgestellt, schreibt Wirsheim. Keine Amphetamine, aber LSD ist dabei. Ansonsten nur Alkohol. Und nicht einmal davon außerordentlich viel. Was mich in meiner Vermutung bestätigt und mit einem Grund versorgt, es ein paarmal vergeblich bei Mandl zu versuchen. Mandl ist jetzt für den Fall Wildung zuständig.

Am Ende ist es wohl etwas wie Intuition oder auch bloße Verzweiflung, denn Gesine Wildungs Tod scheint mir mit jeder Minute mehr zu entgleiten, etwas, das sie nicht verdient hat, dass ich am Nachmittag die Nummer von Heller wähle. Bei einem späten Lunch hatte ich Walter von Gesine Wildung erzählt. Walter war es auch, der Hellers Namen fallen ließ. Ich habe Heller nicht bei Gesines Wohnblock gesehen. Und deshalb sagt mir mein Gefühl, einer von der Bodentruppe der Kripo wie Heller – und nicht Wanderer oder Mandl – könnte etwas Genaueres von der Sache beim Polizeidepot wissen.

»Heller«, sagt er.

Walter, der ahnt, wer in der Leitung ist, guckt zu mir rüber und nickt.

»Beim Einbruch, Depot, Sie wissen schon«, sage ich, »da waren draußen bestimmt Kameras. Könnte man da vielleicht ’nen Blick …?«

Ich gebe mir Mühe, nicht zu nett zu klingen. Das riechen die. Du musst den Eindruck erwecken, es wäre dir nicht gar so wichtig.

»Leider nicht«, sagt Heller schnell. Er weiß genau, wovon ich spreche, war bestimmt vor Ort. Und dass ich frech nach den Überwachungsaufzeichnungen frage, haut ihn nicht um. »Da ist aber auch nichts Besonderes drauf. Ein paar Vermummte, ein Laster, zwei Frauen dabei.«

»Ach ja, und?«, frage ich.

»Von einer kann man das Gesicht sehen. Anfangs war die Maske noch drauf, beim Rauskommen war sie weg.«

»Einen Augenblick.«

Abu ruft an. Ich drücke Abu weg und sende ihm eine vorgefertigte Nachricht, ich sei in einer Besprechung. Ich habe Abu seit letzten Donnerstag nicht mehr angerufen, was ziemlich lang ist für eine libanesische Tochter.

»Sind Sie noch dran, Frau Niering?«

»Entschuldigen Sie, Heller. Geht schon wieder. Also, eine der Frauen hat die Maske während des Einbruchs runtergenommen?«

»Muss wohl so sein.«

»Und was sagt die Gesichtserkennungssoftware? Ihr müsst ja einen Datensatz haben. Mindestens von einer Demo.«

»Weiß nicht«, sagt Heller. »Verfassungsschutz jetzt.«

»Was? Wie heißt die Frau?«

»Wie gesagt, keine Ahnung. Vielleicht kein Datensatz. Und außerdem Verfassungsschutz. Abteilung zwei.« Heller wird ein kleines bisschen nervös.

»Verstehe«, sage ich.

Das ist superheiß. In Gedanken umarme ich Walter für den Tipp mit dem Depot. Denn Abteilung zwei, das sind die Herren, die sich bei Rechtsextremismus für zuständig halten. Walter steht auf und winkt mir zu. Er geht mit Albert noch einen trinken heute.

Bis morgen, mache ich mit den Lippen.

»Und die Haarfarbe?«, will ich von Heller noch wissen. Wieder mehr Intuition als Verdacht.

»Moment mal«, sagt Heller, so viel scheint zu gehen. »Rot oder rotbraun, sieht gefärbt aus. Und unter den Lippen Vampirstecker.«

»Was?«

»Vampirstecker«, wiederholt er, »so verrückte Piercings, die aussehen wie Vampirzähne, Edelstahlknöpfe, links und rechts gleich unter der Lippe.«

»Danke«, sage ich und zittere vor Aufregung.

Zum Glück ist Walter schon weg. Rotbraunes Haar,

Vampirstecker. Gleiche Haarfarbe, gleiche Piercings. Gesine Wildung ist beim Depot dabei gewesen, daran scheint mir in diesem Moment wenig Zweifel möglich. Und der Verfassungsschutz mag den Namen der Frau auf den Kamerabildern kennen oder auch nicht. Daher der sonderbare Gummigeruch. Es war nicht nur Gummi, es war der Geruch einer Lagerhalle, von Staub, Muff, Plastik. Vielleicht ein Schuss Maschinenöl. Das alles musste an Gesine Wildungs Kleidung gehaftet haben.

Ich nehme meine Tasche, laufe zu meinem MINI in die Tiefgarage, lasse mich in den Sitz fallen, atme ein paarmal ganz heftig durch und fahre hinauf auf die Straße. Warum also wollte Gesine Wildung, dass ihr Gesicht wegkommt? Dafür kann es nur *einen* rationalen Grund geben: weil sie verschwinden wollte, ohne mit den Bildern auf den Depotkameras in Verbindung gebracht zu werden. Tote wie sie werden fotografiert. Es mag Datensätze von Demos geben, die man zu ihr zurückverfolgen könnte. Jetzt wohl nicht mehr. Oder wollte jemand anders, dass sie derart vollständig verschwindet? Damit das eine nicht so leicht das andere ergibt? Eine andere Möglichkeit ist, sie war psychisch angeschlagen, wollte ihre Existenz so radikal wie möglich ausradieren. Halte ich das für möglich? Kaum.

Als ich über eine Stunde später, nach einem Stau auf der Stadtautobahn, im Fräsinger Viertel ankomme, ist es schon dunkel. Zutritt zu Gesine Wildungs Haus verschaffe ich mir, indem ich bei Nachbarn läute. Geht in einer solchen Gegend, da vergessen Leute zu Dutzenden ihre Schlüssel, wenn sie nachts besoffen nach Hause schlingern. Die Wohnung von Gesine im zweiten Stock ist noch versiegelt.

Ich gehe wieder hinunter, stelle mich auf den Parkplatz und nehme die Loggia ins Visier, von der sich Gesine Wildung gestürzt hat. Wie konnte das nur gehen? Ich wechsle die Position, ziehe mit dem Zoom der Kamerafunktion meines

Handys die Loggia heran. Tatsächlich, ein großer Teil der Fensterscheibe ist weg, da habe ich mich am Morgen nicht getäuscht, und nur ein kleiner Teil an der Seite steckt noch in der Glasfugendichtung. Wie ist die zu Bruch gegangen? Hat die so gewohnt?

Ich gehe zu meinem Wagen und steige in meine Sportschuhe, die ich immer im Kofferraum dabeihabe. Dann klettere ich auf eine Loggia im Erdgeschoss, von dort an einem Badezimmerfensterbrett und am Blitzableiter hoch bis zur nächsten Loggiabrüstung, schließlich zu ihrer Wohnung. Das geht alles nur, weil die Loggien zwanzig Zentimeter aus der Fassade rausspringen und große Schlitze den Übergang von der Deckenplatte zur Brüstung durchziehen. Schlitze, in denen meine Finger und meine Fußspitzen Halt finden.

Niemand kriegt von meiner Kletterei etwas mit. Überall laufen laut die Fernsehapparate hinter den geöffneten Glastüren, die Bierdosen sind leer und die Schnapsflaschen offen. Klettern habe ich immer gemocht. Nur ist mir das in den Bergen zu gefährlich.

Auf Gesine Wildungs Loggia hat man offenbar aufgeräumt. Alles steht sorgsam in eine Ecke sortiert: ein Klappstuhl, zwei Bananenkisten mit Plastikteilen, eine größere Hantel. In diesem Augenblick stocke ich mitten in der Bewegung. Gerade habe ich mich dem eingeschlagenen Fenster zuwenden wollen. Doch da war ein Geräusch, das all diese Fernsehapparate übertönt hat. Ist in der Wohnung jemand gestolpert?

Ich drücke mich ganz an die schmutzige Seitenwand der Loggia und halte den Atem flach. Da bewegt sich einer durch das Zimmer, und das ohne Taschenlampe. Wie eine Katze. Nur hin und wieder höre ich ein Schnaufen. Ich rutsche an der Wand hinunter und ducke mich unter die Fensterbrüstung. Dann schleiche ich hinüber zu dem Klappstuhl und den Kisten. Ein zusammengeklappter Werktisch lehnt an der Wand. Ich drücke mich in die Ecke neben dem Tisch und warte.

Zwei Minuten später springt eine lange, ganz in Schwarz gekleidete Gestalt aus dem Fenster und ritzt sich an einem Glassplitter die Hand auf. Der Mann wispert einen Fluch in die Dunkelheit, hievt sich jedoch sofort über die Loggiabrüstung und huscht aus meinem Blickfeld. Er klettert wohl hinunter, aber die Bewegung ist so schnell gewesen, dass ich an Springen denken muss. Als ich es wage, den Kopf über die Brüstung zu schieben, ist die Gestalt dort unten bereits verschwunden.

Viel kann der lange Kerl nicht gefunden haben, er scheint nichts mitgenommen zu haben. Ich klettere durch das Fenster in die Wohnung, passe dabei auf, mich nicht ebenfalls an den Glasscheibenresten zu schneiden, und mache drinnen Gebrauch von der Taschenlampenfunktion meines Handys. In diesem Lichtschein besehe ich mir das leer geräumte einzige Zimmer. Die Matratze liegt noch so auf dem Boden wie am Morgen, sonst gibt es nur eine Kommode, ein hüfthohes Regal, den schmalen Schreibtisch und das Minisofa mit Rissen in den Bezügen. Schnitte? Die Laden der Kommode sind leer, das Regal ebenso. Der Kühlschrank ist fast leer. In der Küchenecke nur ein wenig Geschirr, das Schimmel ansetzt. Mandl und seine Leute müssen sonst alles mitgenommen haben.

Ich wende mich dem Schreibtisch zu. Heute Morgen ist mir eine Menge Gekritzel an der Wand darüber aufgefallen. Auch auf dem Tisch selbst sehe ich jetzt Notizen, aber keine Namen, keine Wörter, nur Ziffern. Es handelt sich um Telefonnummern, die Gesine mit einem Stift einfach auf die Schreibtischplatte und auf die Wand darüber geschrieben hat. Ich schieße Fotos von den Nummern.

Im Licht des Fotoblitzes fällt mir etwas auf. Ein paar Sekunden lang stehe ich da und versuche, darauf zu kommen. Eine Disharmonie. Irgendetwas stört das Bild, das die Taschenlampe erhellt. Doch ich habe keine Ahnung, was es ist.

Dann ist da noch etwas. Brandgeruch. Ich laufe zur Kochnische, danach ins Bad. Kein Kurzschluss, keine schwelende Kochplatte, nichts als schmutzstarrende Leere. Raus auf die Loggia. Von unten am Eingang lodern in dem Moment, als ich ins Freie komme, bereits hohe Flammen in mein Gesichtsfeld hinein. Die Leute reißen die Fenster ihrer Wohnungen auf oder stehen an den Loggiabrüstungen. Ein schwerer Typ um die fünfzig will aus dem zweiten Stock springen, ist jedoch so betrunken, dass er das vielleicht nicht überleben würde. Hände halten ihn am Hosenbund fest, er schreit und schlägt panisch um sich.

Wenn ich nicht schnell mache, sitze ich in der Falle. Die Flammen kriechen schon die gedämmte Fassade hoch. Sie sind nur drei Meter von der rechten Seite meiner Loggia entfernt. Ich renne hinein und lasse mich zweimal mit aller Kraft gegen die Wohnungstür krachen. Sie springt nicht auf und der Hauseingang liegt praktisch im Feuer. Daher klettere ich auf der dem Feuer abgewandten Seite der Loggia über Brüstung, Blitzableiter und Vorsprünge die Fassade hinunter, was in dieser Geschwindigkeit nicht ungefährlich ist.

Ich bin die Einzige, die klettert. Die überhaupt ans Klettern denkt. Einige sind schon gesprungen. Einer liegt da und jammert, andere humpeln weg. Der Besoffene ruft ihnen zu, steht mit dem Mobiltelefon in der Hand da. Kaum einer hat es gewagt, den Eingang zu benutzen. Vor dem Haus versammelt sich bereits eine kleine Menschenmenge. Unten angekommen, fragt mich jemand, ob ich Hilfe brauche. Ich sage kein Wort, lächle und mache mich aus dem Staub. Das Feuer, zuerst von beeindruckender Größe, ist jetzt zahmer geworden, frisst sich an der Haustür entlang und kriecht mit einem saugenden Geräusch immer weiter die Fassadendämmung hoch. Da muss Benzin im Spiel gewesen sein.

Großformatiger Molotowcocktail, denke ich. Motiv? Die dunkle Gestalt aus der Wohnung? Danebengeworfen? Kein

Cocktail, sondern Benzinkanister? Als die Feuerwehr mit zwei Wagen eintrifft, sitze ich schon im Auto.

Gefährlicher Fassadenbrand im Fräsinger Viertel, das denke ich in den wahrscheinlichen Lokalschlagzeilen meiner Kollegen, die ich morgen lesen werde. Niemand hat mitgekriegt, wie es wirklich abgelaufen ist. Ich selbst werde darüber nicht schreiben.

Ein paar Minuten bleibe ich im Wagen sitzen und bin voller Wut. Was mich tröstet, ist die Tatsache, dass Gesine Wildungs Opfertod im Laufe des Tages zwar nicht weniger schrecklich geworden ist, er jedoch auch nicht ganz ohne Klang oder Missklang verschwinden wird. Er ist beschwert mit etwas. Einem ganzen Rattenschwanz von Verbrechen? Kein Opfer sollte völlig sinnlos sein. Der Lichtschein des Feuers drüben erleuchtet die schmale Grünanlage vor dem Wohnblock, die sich mit immer mehr Menschen füllt, und der Walnussbaum hinter ihnen reflektiert die flackernde Nacht. Ein Dieselmotor heult träge auf. Kommandos. Wasser. Schaum. Ich bin unsäglich müde.

Kassandra

Nachts sieht Achenburg von oben aus wie eine von den unzähligen leuchtenden Spinnen, die auf unserem Globus hocken. Gelber Kloß mit Beinchen. Tagsüber ist der Kloß grau im Gewerbeosten und grün im schicken Westen, mit rotbraunen Punkten im kleinbürgerlichen Nordwesten, während er im Süden, dort wo die Hinterhofmoscheen liegen, auf Autobahnstelzen Richtung Stuttgart, Mannheim und Nürnberg balanciert.

Mittendrin an diesem Morgen, halb im Nordwesten und noch ratloser als sonst: ich. Ein Zustand, zu dem auch Martingers E-Mail beiträgt.

Laya, hallo!

Das ist alles, was drinsteht. Wahrscheinlich heißt es: Wo bist du? Was machst du genau? Und wie steht es mit dem Freitagstermin? Dann kommt noch eine zweite Nachricht nachgeschossen.

Meine Liebe.

Okay, denke ich. Es ist ja bei Martinger so zweideutig, wie es nur sein kann. Beim letzten Sommerfest ist er aufs Ganze gegangen, gleich nachdem sie alle von meiner Trennung erfahren hatten. Mit dem Glas Weißwein in der Hand, er trinkt ja nichts anderes, muss aus der Wachau kommen, seinem bevorzugten Weingebiet, bewegten wir uns schrittchenweise aus den Lichtkegeln des Abends auf der Martinger'schen Terrasse hinüber zu dem riesenhaften, uralten, von zehntausend Läusen schwarzen Hibiskusstrauch, auf dessen fortgesetzt blühende Existenz Martinger so stolz ist. Was dann aus seinem Mund kam, war zwar keine Liebeserklärung, aber es war so nahe dran, wie ich nur vertragen konnte. Es schüttelt mich bei dem Gedanken. Ich mag ältere Männer, etwas weniger Bauchansatz und etwas mehr Agilität hätten es allerdings schon sein dürfen. Martinger ist ein schöner Mann, doch mit dem behäbigen Körper eines Bären kurz vor dem Winterschlaf.

Ich bin da. Ich stelle den Motor ab. Bevor ich aussteige, schreibe ich Martinger zurück. *Heiße Story, Hermann*, das ist die Message, die ihn eine Weile ruhigstellen wird. *Mach dir keine Sorgen. Freitag. Winkewinke.*

Neben dem Parkplatz mit den vielen Ahornbäumen hat man ein Betonungetüm in die Tiefe des alten Marsch- und Wiesenlands im Südwesten der Stadt gerammt. Gut gewachsene junge Leute mit Sporttaschen über den Schultern schlendern an mir vorbei. Nachdem ich den verlassenen Empfangstresen des Leistungszentrums passiert habe, gehe ich labyrinthische unterirdische Gänge entlang, in denen man Hundertmetersprint trainieren könnte. Der Kunststoffbelag hat bessere Zeiten gesehen und die Bullaugen, die rechts von mir auftauchen, zeigen mir ein Schwimmbecken von beeindruckenden Ausmaßen.

Die Tür zur Umkleide ist gelb und zweieinhalb Meter hoch.

»Da sind Sie ja«, sagt eine Frau, die der Star einer Werbung für Proteine sein könnte. Ihr Unterkörper steckt schon in Jeans.

Ich bleibe in der halb offenen Tür stehen. Geruch nach Chlor, Menschen und Metall. Die Brüste der Frau sind flach, das Gesicht jedoch unerwartet weiblich und angenehm. Sinnliche Nase. Sieht man von manchen Aspekten der Schwimmerfigur ab, kann sie auf den zweiten Blick als schön durchgehen.

Ich blicke Mareike Bittram in die Augen. Sie sind blau, die Haare blond, alles an ihr hat einen Schuss Walküre.

»Ich warte draußen«, sage ich.

Ich habe die Telefonnummern sortiert, die ich an Gesine

Wildungs Wand und Schreibtischplatte fotografiert habe. Die Nummern habe ich gestern nach dem Brand noch alle durchgerufen. Eine stellte sich als diejenige von einem Arbeitsamt heraus, eine war von der Arbeit ihres Vaters, der bei einer Speditionsfirma im Lager schuftet, zwei Nummern sind tot und eine gehört Mareike Bittram.

»Ach was, hier ist niemand«, sagt Mareike Bittram. »Es geht um Gesine Wildung?« Ihr Gesicht bekommt einen düsteren Ausdruck.

Überflüssigerweise nicke ich. Das weiß sie ja schon von unserem Telefonat.

»Ich habe es gestern Mittag erfahren. Ich kann's immer noch nicht fassen«, sagt Mareike Bittram mit einer Stimme, die von einem Augenblick auf den anderen rauer geworden ist. »Hatte Talent. Kam ja nicht von ungefähr. Der Vater, Sie verstehen?«

»Nein«, sage ich trocken und beschließe, sie zu schonen und Gesine Wildungs Gesicht nicht zu erwähnen.

»Gesines Vater ist Günther Wildung, der ehemalige Schwimmer. Olympia?«

»Noch nie gehört. Und wie ging es ihr? Schwer depressiv? Oder sonst wie …?«

»Iwo. Die war völlig okay. Nur der Alkohol, das schon. Vor einem Jahr hat Gesine plötzlich aufgehört mit Schwimmen. Als Brustschwimmerin war sie früher ziemlich unschlagbar in dieser Ecke des Landes. Rücken auch okay und Delfin. Ich hab lange versucht, sie zum Weitermachen zu überreden, obwohl der Zug bereits abgefahren war. Sie war damals schon zwanzig. Aber besser als Saufen. Man braucht ja etwas zum Festhalten im Leben, nicht wahr? Sie hatte auch keinen Freund. Früher vielleicht diesen Rainald. Strammer Typ, wenn Sie wissen, was ich meine.«

Mareike Bittram packt ihre nassen Schwimmsachen in eine am Boden stehende Sporttasche und sieht mich von unten an.

Schwer zu sagen, ob ihr Blick klug und abschätzend oder eine Spur spöttisch ist.

»Weiß ich nicht, nein«, sage ich.

»Also einer von den ganzen Patrioten. Nur wer ist das denn nicht, auf seine Art?« Mareike Bittram richtet sich wieder auf und lacht.

»Und Sie?«

»Ich?«

»Sie haben Kontakte zur Szene, der rechten?«

»Ich weiß nicht, was Sie das angehen sollte. Ich mache Bekanntschaften, ja, hier und dort. Hatte mal einen Freund, wir wollten heiraten und der war so in der Richtung. Aber intellektuell, wenn Sie wissen, was ich meine.«

»Und wie war das mit Ihrem Freund? Anstrengend?«

Mareike Bittram hat sich fertig angezogen und schultert ihre Sporttasche. »Kaffee? Oben in der Kantine?«

»Können auch zwei werden.« Jetzt lächle ich zum ersten Mal.

Wir gehen rauf in das kleine, etwas eklige Restaurant, das zum Trainingszentrum gehört, und setzen uns in eine Ecke auf unbequeme Sperrholzstühle. Wir bestellen Kaffee, Mareike Bittram ordert dazu einen Toast Hawaii und einen doppelten Fernet.

Bereitwillig kriege ich alles zu hören, was ich über Mareike Bittram wissen muss. Das abgebrochene Studium. Landesmeisterin im Freistil, dann ausgebildete Schwimmtrainerin. Zusätzlich arbeitet sie als Physiotherapeutin.

Der Toast Hawaii kommt.

Ich hatte nicht gewusst, dass Leute noch so etwas essen. Als Kind bin ich verrückt nach Toast Hawaii gewesen. Die Kombination von Ananas mit Schinken und Käse ruft heutzutage bloß noch Ekel in mir hervor.

»Sie haben schon recht«, sagt Mareike Bittram und schürzt die Lippen, dazu nickt sie bedächtig. Sie hat vorhin ja doch zugehört. »Anstrengend, das war mein Freund. Damals. So 'n Psychotyp ist der. Manchmal ficken wir heute noch … Oh, verzeihen Sie. Ich bin da recht umstandslos in meiner Art zu reden.« Sie vollführt einen kleinen Looping mit der Gabel, dann wendet sie sich, mit Messer und Gabel, wieder ihrem Toast zu.

»Psychotyp?«

»Die stellen alle möglichen Sachen mit dir an, ›Lob und Tadel‹ nenn ich es. Zuerst Honig ums Maul, dann wirst du niedergemacht. Ging mir ganz schön auf die Nerven. Die wollen Menschen beherrschen lernen. Pure Manipulation. Ich meine, die Intelligenten von der Sorte.« Dazu macht Mareike Bittram ihrem Fernet ein Ende und schiebt das Gläschen über den Tisch von sich weg. »Doch wenn man alles abzieht, was einem nicht so gefällt, ist der eigentlich ein geiler Typ.«

Schade nur, dass man immer so viel abziehen muss.

»Und Gesine Wildung, die hatte Kontakte in die Szene?«

»Davon gehe ich aus. Genaues weiß ich allerdings nicht.« Das kommt wieder langsamer, bedächtiger rüber.

»Und denken Sie, da könnte zurzeit was im Gange sein?« Irgendetwas wollen die Diebe vom Polizeidepot ja anstellen mit den Sachen, die sie haben mitgehen lassen.

»Nee … Mein Freund, der von vorhin, Sie verstehen, der ist in letzter Zeit ziemlich nervös. Die sind im Grunde alle harmlos. Die wollen ein anderes Land, aber was können sie schon machen? Die Türken loswerden? Verzeihen Sie, ich habe nichts gegen Türken. Nur für den Fall, dass Sie da irgendwelche Verwandtschaftsverhältnisse …«

Schnell winke ich ab. »Keine Türkin.« Klarer will ich in dem Punkt jetzt nicht werden.

»Stören tut mich nur der ganze Mist, der sonst so läuft. Riesenbauprojekte, Geheimverträge, überall Mobilfunktürme, 5G. Von denen habe ich meine Migräne. Wir sind das Schlachtvieh, das dann als Kunde gut genug ist. Is ja 'ne Schweinerei, ne?« Mareike Bittram schaut mir in die Augen. »Ein großes Bier bitte«, ruft sie der Kellnerin zu.

Ich sage kein einziges Wort.

»Wissen Sie«, fährt sie fort, zieht dabei die Mundwinkel nach unten und kneift voller Unverständnis die ganze Augenpartie zusammen, »die Leute wenden sich ab von diesem System, die glauben nicht mehr an Impfungen, sogenannte Experten, Schwatzbuden und diesen Megakapitalismus.« Sie macht eine Pause und nickt. »Das ist 'ne ganz breite Bewegung.«

»Klar«, sage ich gedankenverloren, weil ich die ganze Zeit an den Mann in Gesine Wildungs Wohnung denken muss. »Und wie heißt Ihr Freund, ich meine, mit dem Sie heute noch …?«

»Ach, der Lukas … Ja, Lukas heißt er.«

»Und sonst?«

»Lukas, das muss reichen.«

»Gesine Wildung«, sage ich und lehne mich vor, ich muss einen ersten Schlag anbringen. »Sie ist wahrscheinlich in den Suizid getrieben worden.« Was reine Spekulation ist, dennoch ist es genau das, was Journalisten anfangs oft so machen.

»Meinen Sie wirklich?« Mareike Bittram fängt an zu zittern.

»Und ich frage mich schon, warum.« Da kommt der zweite Schlag. »Sie war nämlich bei einem Einbruch in ein Polizeidepot dabei. Stunden vor ihrem Tod. Stellen Sie sich vor! Irgendetwas läuft da und wenn Sie es mir nicht sagen wollen, war Gesines Opfer wohl für die Katz.«

Mareike Bittrams Blick verhärtet sich. »Aber …«, presst sie hervor. Sie hat keine Ahnung, dass nur sie und ich jetzt von der Verbindung von Gesine zum Depot wissen.

»Sie mochten sie doch, oder?«

Jetzt wird sie butterweich. Genau die richtige Masche bei dieser Frau.

»War wie meine Tochter«, sagt Mareike Bittram in weinerlichem Ton. »Ich bin zwar nur zehn Jahre älter als sie. Nur was sagt das schon? Ich hab sie echt gemocht. So ein hübsches Mädel und dann total absacken. Nichts hat geholfen bei ihr gegen den Alkohol.« Sie macht eine Pause, in der sie sich fasst und auf ihrem Stuhl ein wenig aufrichtet. »Und wenn Sie mich fragen, ja, da ist wirklich was im Gange. Ich merke das den Typen an, schon an der Art, wie sie eine Frau anpacken.« Sie greift sich das Bierglas und trinkt es fast leer. Dann überlegt sie einen Moment lang, worauf ein großäugiger Blick in meine Augen folgt. »Irgendein Plan wird ausgeheckt«, sagt sie leise. »Eine waschechte Psychonummer, würd ich ma sagen.«

Mareike Bittram lacht gekünstelt auf und legt mir eine Hand auf den Unterarm. Sie bestellt noch einen Fernet, wieder doppelt.

Draußen schieben sich die Wolken zusammen und tauchen den Tag langsam in ein graugelbes Licht. Mareike Bittram stürzt den zweiten Fernet hinunter, dem sie kurz entschlossen noch ein kleines Bier hinterherspült.

Und als wir die Kantine verlassen wollen, merke ich, dass die Bittram ja unmöglich mit dem Wagen hier sein kann. Deshalb biete ich ihr an, sie in die Stadt mitzunehmen, zeige rauf in die dunkle Wolkendecke.

»Nö, danke«, sagt sie. »Ist nett. Aber ein Stück bis zur S-Bahn-Station bitte, das wäre schon in Ordnung.«

Sie steigt in meinen MINI und legt ihre schöne, langfingrige und zugleich breite Hand auf die Mittelkonsole. »Mit Gesine bin ich immer zusammen zur S-Bahn gegangen.«

Mareike Bittram dreht das Gesicht zum Fenster. Es ist etwas Bodenloses, Bedrückendes zu spüren bei ihr.

»Meine Nummer hast du ja«, sagt sie, bevor sie aussteigt. »Und besuch mich auf Facebook. Ich heiße dort Mareike Bitt.«

Ich nicke. Wir sind jetzt per Du, wie es scheint. Ich bin versucht, Mareike die Hand hinzustrecken und »Laya« zu sagen.

Stattdessen gebe ich Mareike meine Visitenkarte. Als sie weg ist, lese ich eine weitere E-Mail von Martinger. Er versucht es jetzt auf die süße Tour.

Schließlich fahre ich zurück in die Stadt. Ich bin sauer auf mich selbst. Da hätte ich mehr draus machen können. Wir hätten irgendwo zusammen eine Flasche geleert und wie von selbst hätte sich eine erste Story aus dem Dunst geschält, der die rechte Szene sonst immer umgibt. Hermann hätte gejubelt und der Freitagtermin hätte gehalten.

***

In einem Supermarkt kaufe ich zwei Sushiteller. Die ich aber nicht esse. Einfach etwas, das möglichst weit weg ist von einem Toast Hawaii. Diese neue, ungewohnte Art von Übelkeit hält mich gepackt. Wie gestern in der Rechtsmedizin. Übelkeit und Kotzen sind sonst ja meine Spezialdisziplinen. In manchen Wochen übergebe ich mich, wie sich andere die Nase putzen.

Mein ehemaliger Psychotherapeut war der Meinung, es handle sich um eine traumatische Reaktion auf Christians Trinken. Ich teile seine Meinung nicht, doch werden »Whisky Single Malt«, »Blended«, »Single Grain«, »Weizenwhisky«, »Roggenwhisky«, »Maiswhisky«, »Gerstenwhisky«, »Speyside« und »Tennessee« mir auf ewig geläufige Begriffe sein. Und dieser salzige Whisky, den sie in von der Gischt umspülten Fässern reifen lassen.

Nach drei Jahren Ehe und dem ersten großen Erfolg saß da allabendlich Christian Niering vor seinem Laptop und starrte abwechselnd auf den Bildschirm, wo ein viel zu unfertiger Text in das halb dunkle Arbeitszimmer hineinleuchtete, und in ein geschliffenes Whiskyglas von Arnstatt. Das Gläserset im Schrank kostete mehr als das reduzierte Sommerkleid von Bottega Veneta, das er mir letztes Jahr noch geschenkt hat.

Zur dritten Stehung an diesem Tag komme ich pünktlich. Schon um Martingers Nerven willen war mir das wichtig. Ich laufe schnell zu meinem Schreibtisch und stelle Walter die Sushiteller hin.

»Du liebst doch Japanisch«, sage ich und hauche ihm ein Küsschen auf die Stirn.

Sause wieder dorthin zurück, wo sich neun oder zehn Leute an einem runden Tisch in grotesker Weise die Beine in den Bauch stehen.

Anfangs, ich hatte gerade meine erste befristete Anstellung, war *ich* Christians Muse, nicht der Whisky. Nach zehn Jahren und zwei Fehlgeburten zog ich schließlich in ein Hotel, dann zu Anna, die sich gerade von Gerhard hatte scheiden lassen. Und als Anna nach Berkeley ging, um dort vier Semester Sozialwissenschaften zu lehren, blieb ich in ihrem Haus, ertrug Christians weinerliche Anrufe, bis ich ihm den Entwurf eines Scheidungsvertrags zuschicken ließ. Bloß als Drohung. Auf WhatsApp und Telegram habe ich ihn geblockt, seine E-Mails landen im Spamordner, ich sehe sie aber regelmäßig durch. Seine Anrufe nehme ich meist nicht an. Ich fürchte mich davor, eines Tages in seinen Texten aufzutauchen. Wobei ein Drehbuch am schlimmsten wäre.

Bei der Stehung befindet sich Sonya, unsere rotblonde Rumänin, rechts von mir, links Hartwig, der unsportliche, untersetzte Mann vom »Sport«. Sonya ist unsere stellvertretende Ressortleiterin »Gesellschaft«. Hartwig zwinkert mir durch seine Brille zu. Hat mich sicher schon eine Weile nicht gesehen. Wir mögen uns, das muss genug sein. Sybille von der »Politik«, eine drahtige, unruhige Person, die mir mit ihrer schrillen Stimme auf die Nerven geht, seit ich bei der Bergenpost arbeite – das Ressort erzeugt Stolz und Arroganz, bringt aber mäßige Werbeeinnahmen –, zeigt uns gerade die neuen, erträglichen Umfragen zur AfD.

Danach präsentiert ihr Stellvertreter Fabian eine eingekaufte Reportage über die Flüchtlingslager in der Südtürkei. In Gegenwart seiner Vorgesetzten schrumpft Fabian zu einer schlechten Kopie von Al Pacino mit eingezogenen Schultern zusammen, die er sonst nicht gerade ist, was ich seit Mai, wo er mich bei einem Abendessen furchtbar – und erfolglos – angebaggert hat, aus erster Hand weiß. Und ich denke, Martingers Blick auffangend, die Reportage hätte auch ich machen können. Martinger schüttelt langsam und bedächtig den Kopf. Nein, Laya, will er sagen, komm nicht auf Gedanken, das ist gerade nicht drin. Ich bin sauer, von dem Flüchtlingslagerbericht wusste ich nichts. Verdammt. Die Reportagen über Flüchtlinge und Immigranten stehen sonst mir zu. Neben ausgewählten lokalen Themen arbeite ich seit zwei Monaten an einer Reportage über Clan-Umtriebe hierzulande. Ergebnisse noch dürftig. Das weiß Martinger allerdings nicht. In den letzten beiden Wochen habe ich mich auf kurze Artikel für den Lokalteil beschränkt.

Ich klinke mich aus. Mache das Telefonzeichen Richtung Martinger, dazu ein Lächeln, weil mich die Sache echt ankotzt, und gehe ein paar Schritte nach hinten Richtung Newsdesk. Ich erbitte auf Facebook eine Freundschaft mit Mareike, die sie sofort bestätigt. Sie schreibt mir auf dem Messenger eine Begrüßungsnachricht, während ich ihre Seite in Augenschein nehme. Dabei stelle ich fest, dass Mareike Minuten zuvor etwas gepostet hat.

Das Posting zeigt das Foto einer Schauspielerin, das auf dem Kopf steht. Dazu die Bildunterschrift *Coraima Torres*. Nichts sonst.

Sollte ich diese Schauspielerin kennen? Ist Mareike ein Fan von ihr? Das Bild könnte aus einer Schnulze von Film stammen. Was bedeutet ein solches Bild, umgedreht? Unglückliche

Liebe? Männliche Besucher auf Mareikes Seite scheinen das so zu verstehen, denn sie setzen Fragezeichen und traurige Gesichter darunter. Kommentare kommen rein, einer dümmer als der andere.

Wieder zurück bei der Stehung – Margarethe vom Ressort »Gesundheit« bespricht die neue Kampagne der Pharmaunternehmen zu den Grippeimpfungen, die man nun zwar doch wieder kritisch beäugen darf, aber nur hier, unter uns, sonst ist das verbotenes Terrain, sie sind ja die besten Anzeigenkunden –, haften meine Gedanken zwei Minuten lang auf Margarethes Lippen, gleiten jedoch wieder ab zu Mareike, als Margarethe weitergeht zu *ihren* Zahlen. Macht sie gern, das Ressort ist reich, verstehe ich. Muss ich nicht hören. Ich stelle mir stattdessen vor, wie Mareike zu Hause auf ihrem Sofa herumlungert, das Smartphone in der Hand. Sie hat Migräne, das mit Gesine lässt sie nicht los und dieser Lukas kommt in die Wohnung. Er will eine Flasche Prosecco öffnen, sie in Bettlaune bringen, sie wimmelt ihn ab, sie will mit ihm reden, er macht bloß den Fernsehapparat an, in dem die Nachrichten des MDR laufen. Die schaut Lukas gerne. Er interessiert sich auch sonst für einiges, für die Ausländersiedlung am Stadtrand, die MilaNBA, für die Einwanderungszahlen, die Verbrechensrate unter Immigranten, die CDU-Regierung. Das bringt den in Rage. Er denkt Schlagworte wie »Schuldkult«, »Messermigration«, »Kulturbereicherer«, »Meinungsdiktatur«, »Lügenpresse«, »Passdeutsche«, »Volkswille«, »Remigration«, »Unrechtsrepublik« und »Machtergreifung«.

Walter läuft gerade hinter Hermann vorbei und winkt mir zu, was mich sekundenlang aus meinen Fantasien reißt. Wir wollen nachher einen Happen essen gehen. Walter hat jetzt Plank angerufen und ihn zum Einbruch im Polizeidepot befragt.

Fünf Minuten später ist das Ding ausgestanden. Sonya streicht mir freundschaftlich über den Oberarm, Fabian zwinkert mir zu, Sybille und ich ignorieren uns. Die anderen lächeln unverbindlich in die Runde. Wir laufen alle in verschiedene Richtungen auseinander. Als hätte jeder verlernt, was normale Bewegung ist. Entspannte Bewegungen sind definitiv nicht karrierefördernd. Nicht im Onlinejournalismus. »Wir sind das Internet auf zwei Beinen«, sagt Hermann gern, »nur nicht ganz so schnell, aber fast.« Sollte ein Witz sein. Es lacht aber nie einer. Kurzfristig erreicht der Lärmpegel sehr unangenehme Höhen, als die Ressortleiter zu ihren Ressorts zurückkehren.

Auch ich flüchte mich zu meinem Schreibtisch. Ich muss an Beirut denken. Es ist wegen Mareikes Posting. Die Christenfrauen von Beirut, die ich kenne, sie tragen altmodisch kurze Jeansröcke wie Señora Torres auf diesem Bild. Und das, während sie mit Spaghettiträgern an der Promenade stehen und neben ihnen ein Trupp schwarzer Geisterfrauen hinter Augenschleiern hervor auf das Meer hinausblickt. Ich lasse mich in meinen Stuhl fallen, schlage die Beine übereinander und tippe den Namen »Coraima Torres« in mein Handy. Den Computer fahre ich heute nicht mehr hoch. Ich stelle fest, dass Coraima Torres aus Venezuela stammt und in Telenovelas spielt. Diese Telenovelas heißen zum Beispiel »Cambio de Piel« oder »5 Viudas Sueltas«. Dann sehe ich, womit Frau Torres berühmt geworden ist. Und zwar mit der erfolgreichen Liebesschnulze »Kassandra«. Interessant, denke ich mir bloß. Und: Soll das jemandem etwas sagen? Mir? Kassandra auf dem Kopf stehend? Traue ich Mareike einen solchen Gedanken zu?

»Also endlich«, sage ich, als Walter eine Viertelstunde später zurückkehrt, stehe auf und ziehe meine Tasche vom Tisch.

»Spanien?«, fragt Walter, worauf ich nicke.

Wir kreuzen rüber zum Newsdesk, wo Marina die Chefin vom Dienst gibt. Ich klopfe ihr auf die Schulter. Und hinaus zu den Aufzügen. Wir fahren hinunter ins »Restaurante Armisticio«, das im Erdgeschoss des Bürogebäudes untergebracht ist, und nehmen unseren Tisch am Fenster. Es ist das einzige rein spanische Restaurant der Stadt. Nur wenige Gäste haben sie zurzeit. Zwei Tische sind voll, der Tapas-Tresen halb. Im Fernseher darüber läuft TVE 5. Draußen setzt zaghaft die Rushhour ein. Walter lässt den Blick nicht von mir.

»Es läuft zunächst auf die Frage hinaus: Wozu das alles?«, sagt er, nachdem wir die Bestellungen aufgegeben haben. »Ich wette, nicht nur Plank, sondern eine Menge anderer Herren zerbricht sich zu dieser Stunde den Kopf darüber.«

»Was hat man in dem Depot denn überhaupt gestohlen?«

»Nichts, das von Wert ist. Alte Uniformen, zwei Nachtsichtgeräte der ersten Generation, alles ausgemustert, ein paar kugelsichere Westen, Gasmasken, Mülltonnen mit Polizeiaufdruck, Gerümpel, Absperrmaterial. Solche Sachen.«

»Die Herren mit den rauchenden Köpfen, die sitzen in der Abteilung zwei, Rechtsextremismus?«

»Kluges Köpfchen.« Walter nickt.

Ich enthalte ihm vor, dass ich das schon wusste. »Ein Ablenkungsmanöver, wenn du mich fragst.«

»Meinst du? Wer würde so viel Aufwand betreiben und außerdem: Ablenkung wovon?«

»Das fragen wir uns jetzt ein paar Tage lang, einverstanden?«, sage ich. »Dann vergleichen wir die Ergebnisse. Und irgendwas Neues von Bürgermeister Westgart?«

»Nö«, sagt Walter. »Es ist bereits der vierte Tag, dass man von ihm nichts mehr gehört hat. Der hat wohl genug von all dem Trubel.«

In Achenburg stehen die Kommunalwahlen an. Und der lokale CDU-Grande Johann Per Westgart spielt eine wichtige Rolle im Wahlkampf. Hat er doch den Bau dieser großen Sozialsiedlung für Immigranten zu verantworten, eine Tatsache, die er gegen den wachsenden rechtskonservativen Rand der Stadt verteidigen muss. Da nutzt es ihm auch nichts, dass ihm bei der Angelegenheit die Hände gebunden waren, weil Achenburg bundesweiten Aufteilungsschlüsseln Rechnung zu tragen hatte.

»Ich werde Wanderer diesbezüglich in die Zange nehmen«, füge ich hinzu.

Walter beginnt, sich über seine Pasta herzumachen. Er isst hier immer Pasta.

»Du mit deinem Wanderer«, sagt er mit vollem Mund. »Wir sollten wieder einmal ausgehen. Tanzen inklusive.« Für ein oder zwei Sekunden bekommt Walters Gesicht einen Hundeblick, der mich plattmacht.

»Vielleicht ein andermal, ich melde mich, ja?«

Ich tanze gerne, komme jedoch ganz selten dazu. Walter weiß das. Ich weiß aber nicht, was mit ihm gerade so los ist.

»Ist echt schwierig, an dich ranzukommen in letzter Zeit.«

Das also ist es – mein lieber Walter leidet. Nur was bin ich denn, zum Teufel? Ein Rätsel, das man zu lösen hat? Meine Laune nähert sich dem Tiefpunkt. Wie ein Storch stakse ich mit meiner Gabel über den Teller und fische ärgerlich ein Stück Krabbenfleisch heraus. Wie ich dieses Rumgegurke hasse. Und Walters Blick ist immer noch unerträglich hündisch.

Weshalb ich eine Minute später Zuflucht zur Toilette nehme. Ich wasche mir nur die Hände und schaue in den Spiegel. Stimmt mit mir etwas nicht? Was ich sehe, ist bloß, dass meine Augen dunkler und fester zu sein scheinen, ohne hart zu wirken. Ich kneife sie etwas zusammen und versuche mich an einem ganz üblen Blick, einem, wie ich ihn den israelischen Kampfpiloten oder Mareikes Freund zuwerfen würde.

»Schon seltsam«, sagt Walter, als ich zurückkomme. »Hast du von dem Brand gehört, genau in dem Wohnblock, von dem sich diese Gesine Wildung runtergestürzt hat?«

»Was sollte das eine mit dem anderen zu tun haben?«, unterbreche ich ihn rasch.

»Trotzdem ... Habe mir daraufhin heute Morgen deine Gesine angesehen«, fährt Walter fort. »Sie unterhielt Profile auf verschiedenen Seiten in den sozialen Netzwerken. Nirgends ein wirklich dummes Posting von ihr selbst. Wenn man von fotografierter Kotze, Schlafen auf Toiletten und allen möglichen Vollräuschen absieht. Also habe ich die Freunde unter die Lupe genommen. Einer davon, er nennt sich übrigens mit einem Fantasienamen ›Araberfresser‹, hat öfter etwas auf Gesines Seite gepostet. Meist eindeutig rechtes Zeug. Hasspostings, wenn du mich fragst. Gegen alles, was dir spontan einfällt. Interessiert dich das, ja? Immer kommt dabei eine Comicfigur mit einer Pistole in der Hand vor, die sich krumm und dämlich lacht über Bilder von Leuten, die unser Araberfresser ›Neger‹, ›Kanaken‹ und ›Dreckspack‹ nennt. Die Figur sieht aus wie ein Kobold. Lässt mich an den rosaroten Panther der NSU denken, damals, in ihren Bekennervideos, die niemand kapiert hat. Was meinst du? Die ahmen das nach. Gesine Wildung hat immer Likes und Herzchen daruntergesetzt. Dieser Freund von ihr ist kein normaler Typ, eindeutig schwer rechts außen gelagert, der Mann. Und noch ein kurioses Detail gibt es. Gesines Vater ist Günther Wildung, der Schwimmer. Kennst du? Scheint ziemlich abgesackt zu sein. Ich glaube, der arbeitet heute in einem Hochregallager.«

Ich höre nicht richtig hin. Was? Fotografierte Kotze und der rosarote Panther? Die Art und Weise, wie Walter die Augen aufreißt und sich Mühe gibt, mir zu Gefallen zu sein, erinnert mich an den treuherzigen Blick von Yunis, meinem Cousin, der noch immer zusammen mit Onkel Dawud in der großen Wohnung in unserem alten Beiruter Viertel Aschrafiyya lebt. Die Frauen in Beirut fahren ab auf diesen Blick, hierzulande würde der keine Preise gewinnen. Sekunden später – Walter quasselt gerade von Rechtsaußenschlagseite – wummern die israelischen F-16, die Drohnen und die Granaten der Hisbollah wieder in meinem Kopf. Und die ewig gleichen Fragen tanzen an. Warum mussten wir im Sommer des Libanonkriegs unbedingt nach Beirut fliegen? Weil wir das jedes Jahr so gemacht haben? Und warum quält mich alles noch viele Jahre später bei jeder verdammten Gelegenheit? Dreieinhalb Jahrtausende Kultur, doch jetzt weiß das alte Be'erot einfach nicht mehr weiter mit sich selbst. Ausgeblutet, korrupt, halbe Stadtteile fliegen in die Luft und ich bin hier, Walter vor mir, der jetzt meine Hand ergreift.

»Kennst du? Günther Wildung?«

»Wer?«

»Was ist, Laya?«

Ich schaue Walter groß an.

»Du solltest auf dich achtgeben.«

Was er damit wohl meint, ist, jemand, der eine Weile so männerlos und wohnungslos ist wie ich, bei dem steht doch am Ende – und noch dazu ohne Walter! – das Gleichgewicht der Gefühle auf dem Spiel.

Ich verzeihe Walter, entziehe ihm meine Hand und streiche ihm flüchtig über die Wange.

»Alles in Ordnung«, sage ich. »Schick mir den Link zu diesem Typen aus Gesines Freundeskreis, ja? Araberfresser, oder? Den nehme ich mir vor. Ich danke dir, Walter.«

Dann stehe ich auf, nehme draußen die Treppe in die Tiefgarage und gehe aufrecht und schnell zu meinem Wagen.

***

Zu Hause liegt ein Brief im A5-Format von Christian in der Post. Nur Christian hat die Kraft, mich aus meiner alten Tragödie herauszuziehen. Christian und seine Probleme – wie magische Hände. War schon immer so. Ich öffne den Brief sofort und bin ihm jetzt sogar dankbar dafür, dass er sich darin über all die blockierten Zugangskanäle zu mir beschwert und über die Nichtbeantwortung seiner E-Mails in den letzten drei Monaten. Es lässt mich den Krieg augenblicklich vergessen. Für den Fall, dass ich sie nicht gelesen hätte, hat er mir die Nachrichten ausgedruckt beigelegt, was das Porto auf ein Euro fünfundfünfzig hat hochschießen lassen.

Ich suche den Hausschlüssel in meiner Umhängetasche, schließe auf und steige aus meinen Giesswein-Sneakers. Ich lasse die Tasche auf das hellbraune Ledersofa gleiten, das mitten in Annas großem Wohnraum steht. Ich will zum Kühlschrank und zur Kochinsel, stattdessen aber setze ich mich neben meiner Tasche aufs Sofa, überlege einen Moment und sehe Christians E-Mail-Ausdrucke durch. Ich könnte ja eine in meinem Spamordner übersehen haben. Was bin ich nur für eine gewissenhafte So-gut-wie-Ex!

Ich lege die Ausdrucke auf den Sofatisch, rapple mich hoch und mache mich auf den Weg zum Kühlschrank. Zu Romanasalat und Sonnenblumenkernen, Kürbiskernen und den paar Nudeln von gestern, die ich nur kurz andünste, damit sie nicht ganz kalt sind. Es gibt Wochen, da esse ich wie jeder andere Mensch, es gibt Wochen, da esse ich viel weniger, es gibt Wochen, da esse ich und kotze. Wie dieser Rhythmus kommt und geht, ist mir ein Rätsel. Ich kann ihn ein wenig steuern, aber am Ende macht er mit mir, was er will. Zwischendurch erreicht mich eine WhatsApp-Nachricht von Abu. Er will bloß wissen, wie es mir geht.

Ich werfe noch eine Prise Chili über den Salat und gehe mit der Schüssel hinaus auf die Terrasse.

Später, Papa, schreibe ich mit halb öligem Zeigefinger.

Abu ist allein und hat dazu sein profitables Ingenieurbüro vor wenigen Monaten verkauft. Im Ruhestand ist ihm langweilig.

Für meine Clan-Reportage war ich in diesem Sommer mehrere Male in Berlin und Köln, wo viele Araber leben, und habe dabei oft vergessen, mich um Abu zu kümmern. In ihre Zirkel dort Einlass zu finden, ist so eine Sache, eine, die dich nicht in Ruhe lässt. Ich habe mich mit der Familie Khoori angefreundet, wobei mir mein Mädchenname, ebenfalls Khouri, nur anders geschrieben, behilflich war. Ich kenne alle Frauen der Kölner Khooris, doch von den Geschäften der Männer weiß ich immer noch nichts. Weshalb ich überlege, mich in meiner Reportage auf die Frauen zu konzentrieren, was mir allerdings wie eine Niederlage erscheint.

Ich wische die Hände an einer Serviette ab und checke Facebook, WhatsApp und Telegram. Dafür muss ich keine Terrassenbeleuchtung einschalten, die ist nämlich kaputt. Ich ziehe einen zweiten Terrassenstuhl zu mir rüber, stelle ihn auf die schiefen, rohen Natursteinplatten vor mich und lege die Beine darauf. Dieses generalsanierte, geräumige Haus aus den Fünfzigerjahren, das Anna vor zehn Jahren gekauft hat, ist mir auf den Leib geschnitten. Es gibt echte Lamparkettböden aus Eichenholz, Holzfenster mit braunschwarzen Läden, eine moderne Küche mit dieser gigantischen Kochinsel – eine Küche muss modern sein –, ein großes Fernsehgerät, einen Kamin mit Langhaarteppich davor, einen Jacuzzi im Keller, den schönen, jetzt etwas ungepflegten Garten und im Obergeschoss eine Reihe kleiner Schlafzimmer. Die perfekte Mischung aus altem Stil und moderner Ausstattung. In einem der Zimmer oben steht mein alter Schreibtisch. Es ist das einzige Möbelstück, das ich aus Christians Haus – unserem Haus –, das nur aus Beton und Glas besteht, mitgenommen habe. Annas Haus ist wahnsinnig hübsch, finde ich, es hat auch Masse, an der inzwischen gedämmten Fassade klettert nach der Sanierung wieder Efeu hoch und neben der Garage führt ein kurzer weißer Kiesweg zum Eingang. »Ganz amerikanisch gehalten«, vergisst Anna Besuchern gegenüber nie zu erwähnen, denn es gibt zum Vorgarten, in dem Sumpfgräser wachsen, keinen Zaun.

Inzwischen zeigt sich ein zaghafter Halbmond. Christian, Abu und Anna sind bei mir. Annas blonder Pony und die große Brille, die sie erst zu einer Schönheit macht. Als der Mond hinter einer Wolke verschwindet, gehe ich hinein und schließe die Terrassentür.

Ich nehme die Treppe hinauf in »mein« Arbeitszimmer und tippe das Wichtigste über Gesine und Mareike in ein neues Word-Dokument. Ich war immer schon schlampig mit Notizen und schreibe oft erst Tage später alles auf oder spreche es in mein Handy. Über meinem Schreibtisch hängt ein Poster, das mich daran erinnern soll, ich selbst zu bleiben. Es stammt aus meiner Studentenzeit, als ich abwechselnd Auslandskorrespondentin oder Kriegsberichterstatterin werden wollte. Doch Letzteres kannst du nicht werden, dafür wirst du vom Schicksal auserwählt. Und einen guten Korrespondentenjob in Kairo habe ich wegen Christian sausen lassen.

Das Poster hat Mona gezeichnet, mit der ich im Kurs für Presse- und Medienrecht saß, extra für uns alle, und sie hat es vervielfältigen lassen. Es handelt sich um das Modell von Noam Chomsky, des alten weisen Mannes unter den Intellektuellen der Welt, das zeigt, wie durch Journalisten jene Wahrheit zustande kommt, die uns täglich von allen Massenmedien zugetragen wird. Nachdem ein Ereignis diese Filter der Selbstzensur durchlaufen hat, entsteht eine Nachricht, bei der nur noch die Hoffnung auf Wahrheit bleibt.

Die Herstellung von Wahrheit

Eigentumsverhältnisse/die Besitzer
Du machst Karriere, wenn du schreibst, was die Besitzer deines Mediums zufriedenstellt.

Einnahmequellen/deine Geldgeber
Beiß nicht in die Hand, die dich durch ihre Werbeschaltungen füttert.

Nachrichtenquellen/deine Regierungsstellen
Beiß nicht in die Hand, die dich mit Informationen und Zugang zu ihr füttert.

Flak/deine Leser
Vorsicht vor den Lesern, denen deine Meinung nicht gefallen mag.

Ideologie/dein Kopf
Du schaffst es in die Massenmedien nur hinein und darin nach oben, wenn du im Großen und Ganzen denkst, was dort gedacht wird.

Ich klappe den Laptop zu, stehe auf und gieße eine namenlose große Zimmerpflanze mit langfingrigen Blättern. Dabei spähe ich vom Fenster des Arbeitszimmers müde hinunter auf die Straße. Danach gleich noch einmal. Dort unten parkt ein mir unbekannter Wagen. Ein etwas älterer silbergrauer Audi Kombi. In den zehn Monaten, die ich nun schon in Annas Haus wohne, habe ich den noch nie in der Gegend gesehen. Und mir fällt ein, er stand schon da, als ich nach Hause gekommen bin.

Gegen halb elf, ich habe Abu zurückgeschrieben, der nicht mehr geantwortet hat, und ich will eigentlich ins Bett, werfe ich von meinem Schlafzimmer noch einen Blick nach draußen. Und da ist der Audi um zwei Stellplätze nach vorne gerutscht. Kann das sein? Ist der etwa an dem Haus interessiert? Es könnte Leute geben, die rausbekommen haben, dass sich Anna in Kalifornien aufhält, und daher denken, das Haus stünde leer und automatische Uhren stellten das Licht an und aus.

Ob in dem Wagen jemand sitzt, kann ich nicht erkennen. Ich habe Lust, nach draußen zu gehen und nachzusehen. Ich laufe die Treppe hinunter, gehe auf die Terrasse und zwänge mich am Haus entlang durch ein Bambuswäldchen, von wo aus ich einen direkten Blick auf den Wagen habe. Das Küchenfenster ist zu weit seitlich gelegen. Ich glaube tatsächlich, dass jemand in dem Fahrzeug sitzt, kann aber nicht ausmachen, ob Frau oder Mann. Außerdem habe ich keinen Grund anzunehmen, diese Person hätte etwas mit mir am Hut.

Ich bin versucht, Wanderer anzurufen. Es ist schon Mitternacht vorbei, als ich mich aus dem Haus schleiche und dem Audi nähere. In der Tasche meiner langen Strickjacke habe ich eine ausgetrunkene Flasche Ingwerbier verborgen. Für alle Fälle.

Der Wagen ist verlassen. Allerdings liegen auf dem Beifahrersitz und im Fußraum des Beifahrers mehrere leere Kaffeebecher und zerknüllte Hamburgerverpackungen. Ich kehre wieder zurück ins Haus, lasse das Licht in Wohnzimmer und Küche an und lege mich ins Bett.

Um drei Uhr erwache ich. Ein Blick aus dem Schlafzimmer zeigt mir: Der Audi ist weg. Stattdessen steht dort jetzt ein weinroter Renault, ebenfalls älteres Baujahr. Und auch ihn habe ich in der Straße noch nie gesehen.

Ich lösche alle Lichter im Haus und rufe tatsächlich Wanderer an. Ich kann mir das leisten. Wie zu erwarten, brummt er missvergnügt.

»Sie wissen, wie spät es ist?«, sagt er.

»Was denken Sie?«

»Sie wissen es.«

»Beschatten Sie jemanden, Wanderer? Zufällig in meiner Straße? Oder haben Sie gar ein schützendes Auge auf mich?« Ich lache, um das als groteske Ironie zu kennzeichnen.

»Ich kann nicht alles wissen in dieser Stadt. Von einem Fall in Ihrer Straße ist mir nichts bekannt. Und Sie überwachen wir bestimmt nicht, Laya. Was lässt Sie das denken?«

»Ach nichts, Wanderer«, sage ich. »Da stehen nur Kerle vor meinem Haus und machen Burgerpartys in alten Audis und Renaults. Ist das jetzt in Mode?«

»Zur Polizei gehören die nicht. Wir fahren keine alten Karossen, schon gar nicht Renault. Wir wissen um unsere Pflichten gegenüber dem Steuerzahler.«

»Da bin ich ja beruhigt.«

Bei Wanderer ist es nie, was er sagt. Es ist der Ton, den er anschlägt. Er ist ein Baum, knorrig, rau, lächelt nie, doch er tut gut.

»Machen Sie sich keine Sorgen. Was kann man von Ihnen schon wollen? Oder weiß ich da etwas nicht?«

»Nee«, sage ich.

»Ich werde Ihnen morgen eine Nachricht schicken. Bezüglich Treffpunkt. Sie haben es nicht vergessen, hoffe ich.«

»Wo denken Sie hin? Handelt es sich bei der Angelegenheit um den Fall Westgart?«

»Wie kommen Sie denn darauf?«

»Man hört so Sachen.«

»Welche Sachen?« Wanderer ist plötzlich hellwach.

»Nichts Konkretes. Aber man wisse etwas über Westgarts Verbleib.«

Wanderer wird mir das niemals verzeihen, wenn er erfährt, dass ich ihn schamlos anlüge. Über Westgarts Verschwinden weiß ich natürlich nichts. Doch wie soll das alles sonst gehen?

»Wer sagt das? Rücken Sie schon raus, Laya. Wer? Das sind gefährliche Gerüchte.«

»Wieso gefährlich?« Unversehens scheine ich in ein Wespennest gestochen zu haben.

»Ich bin hundemüde. Bis morgen.« Wanderer unterbricht die Verbindung abrupt.

Ich wälze mich noch einmal aus dem Bett und werfe einen weiteren Blick auf die Straße. Jetzt ist auch der weinrote Renault fort. Die Frage, die mich in der nächsten schlaflosen

Stunde quält, lautet: Wäre der Renault auch weg, wenn das Licht im Haus noch an wäre?

***

Achenburg, die Stadt, die ich hasse und liebe zugleich, besitzt ein »Yogahaus«, einen »Yoga Place«, ein »Power-Yoga-Zentrum«, mindestens hundert Pilates-Trainerinnen, acht Laufklubs, drei Kunstgalerien, eine kleine Naziszene, elf Hinterhofmoscheen, noch achtunddreißig Prozent CDU-Wähler, knapp neunzehn Prozent Wähler der Grünen, die fast alle, mit Ausnahme der Naziszene und der Moscheebesucher, applaudiert haben, als damals Flüchtlinge im Fernsehen an Bahnhöfen eingetroffen sind, und dabei heilfroh sind, dass der Erste Bürgermeister Stefan Wendland ja doch ein strenger CDU-Mann ist. Einfach nur, damit die Sache nicht aus dem Ruder läuft.

Ich fahre gerade bei der MilaNBA vorbei, in deren erstem, vor vier Jahren fertiggestelltem Bauabschnitt dreitausend Syrer wohnen, dazu ein paar Afghanen und Afrikaner diverser Nationen. Ein Großteil hat Arbeit und die Verzweiflung, die der ersten Euphorie der Ankunft in Deutschland gefolgt ist, hat sich gelegt. Hoffnung ist eingezogen, die meisten Familien haben Aufenthaltsgenehmigungen. Auch wenn sie zu Hause ihr Studium fast abgeschlossen hatten, sind sie hierzulande oft dreißigjährige Azubis im zweiten Jahr. Ehemalige Assistenzprofessoren arbeiten als Paketfahrer und Chefsekretärinnen als Putzfrauen. Kaum zu glauben ist, dass dennoch viele glücklich sind.

Es ist schwülwarm und meine Laune befindet sich im Sehr-früh-morgens-Modus. Als ich vorhin Annas Haus verlassen habe, waren weder Audi noch weinroter Renault zu sehen.

Drei Kilometer östlich der MilaNBA stelle ich meinen MINI in einer heruntergekommenen Straße ab. Auf dem Bürgersteig vertrocknet Gras zwischen den Betonplatten, zahllose Pissstellen zieren die Hauswände, ein rostiges Fahrrad lehnt an der Hausmauer und die Fassadenanstriche sind wohl immer schon verblasst gewesen.

Ich will Araberfresser hinterher, Gesines Freund. Ich habe herausgefunden, dass sein Name Philipp Wasserthanner ist. Das ist mir zu lang, also bleibe ich bei Araberfresser, fast maliziös genieße ich den Ausdruck. Ich habe mir seine Profilseiten in den sozialen Netzen angesehen, was ihn zusätzlich interessant gemacht hat. Araberfresser ist ein Bilderbuchrechter. Bald sitze ich schon eine Stunde lang da und der Kerl taucht nicht auf. Geht der morgens nicht zur Arbeit? Nachtwächter? Hartz IV?

Schließlich kommt Araberfresser doch noch aus der Haustür. Anständig angezogen ist er, mit Poloshirt und Jeans. Araberfresser ist mittelgroß und dunkelblond. Er hat kurzes, nach hinten gegeltes Haar und eine Tasche über der muskulösen Schulter hängen. Ein junger Mann in Turnschuhen und mit einem Jahrespass für ein Fitnesscenter. Nur dass der die Namen seiner Internetprofile wechselt wie Unterhosen, keine Daten über sich preisgibt, die Sachen mit der Koboldfigur postet, von der Walter geredet hat, und dann auch ganz dick geschriebene Sprüche wie: *Kommt der neue Führer wieder aus Österreich?* Darunter ein Bild des FPÖ-Granden Norbert Hofer und des Ex-FPÖlers Heinz-Christian Strache.

Zu Araberfresser ist der österreichische Ibiza-Skandal, der vor Jahren H.-C. Strache Regierungsamt und Parteivorsitz kostete, vielleicht noch nicht vorgedrungen. Dazu hat Araberfresser einige äußerst seltsame Freunde, die sich »Ustubaf« nennen, für »Untersturmbannführer«, oder »Ostubaf«, und dann ist auch noch einer dabei, der nennt sich in Postings sogar »H88t«. Von denen gibt es in der Republik zwar Zehntausende und den meisten wird von irgendeinem Supercomputer des Verfassungsschutzes Tag und Nacht in die Nasenlöcher geleuchtet. Aber es gibt davon nicht viele in Achenburg. Und unter Gesine Wildungs Facebook-Freunden ist Araberfresser wohl der Einzige, der schon auf den ersten Blick dem rechtsextremen Spektrum zuordenbar ist.

Was mich an Araberfressers Seite von Anfang an irritiert hat – es war mehr ein Gefühl als ein Tatsachenbefund –, ist der Umstand, dass es von allem ein wenig zu viel gibt. Zu viel Hass, zu viele Postings. Da will einer sich und den anderen etwas beweisen. Da will einer etwas vorzeigen. Und ich weiß nicht, was ich mit diesem Eindruck anfangen soll. Ein Unschuldiger, der als Köder und Anlaufstelle für sämtliche beobachtenden Augen im Netz fungiert? Dieser Gedanke erscheint mir jedoch allzu hochgegriffen.

In meinem MINI folge ich Araberfresser, von dem ich sonst nicht viel mehr in Erfahrung bringen konnte, als dass er aus Achenburg stammt und früher einmal ein passabler Jugendfußballer war, zur Bushaltestelle und dann bis zu seiner Arbeitsstelle, einem Secondhand-Elektronikladen, der in einer Gegend liegt, in der ausschließlich Türken, Kroaten, ein paar Araber und bärtige Hipster wohnen, denen die bunte Mischung auf der Straße gefällt, während in ihren Wohnungen das typische deutsche Einerlei herrscht. Ein paar Meter neben dem Shop gibt es einen Dönerladen, bei dessen bloßem Anblick mir übel wird.

Bis Mittag bleibe ich vor Araberfressers Laden stehen. Leute flanieren vorbei, dazwischen immer wieder Kinderwagen. Einmal gehe ich zum Edeka und kaufe mir ein Thunfischsandwich. Das Sandwich esse ich, dann packt es mich, ich laufe wieder zum Laden und hole mir noch drei davon, die ich, zurück im Auto, sofort verschlinge. Am Ende spüle ich alles mit einem halben Liter Cola Zero runter. Was nur dazu führt, dass ich gleich wieder aus dem Wagen springe, in das griechische Restaurant neben dem Dönerladen renne und dort auf der Toilette verschwinde. Ich schließe die Kabine ab, ramme mir zwei Finger in den Hals und kotze alles wieder aus. Meine Zähne pflege ich noch in dem stinkenden Kellerabtritt mit einer Fluorspülung, die ich stets dabeihabe. Niemand soll sagen können, er hätte meinen Zähnen die Güsse von Magensäure schon einmal angesehen.

Mittags schleicht Araberfresser aus dem Laden. Ich steige aus und folge ihm. In einem Park neben dem Supermarkt trifft er sich mit einem Freund, der sich auf seinen Profilseiten »Ostubaf« nennen könnte. Die beiden klatschen sich zur Begrüßung ab und wenden sich sofort Araberfressers Handy zu, auf dem sie sich Videos angucken. Ich sitze halb verdeckt auf einer Bank zwischen zwei Hartriegelbüschen und gucke ebenfalls auf mein Telefon. Araberfresser und sein Freund ergötzen sich an einem Video. Oder spielen sie ein Computerspiel, in dem eine Menge Feuer vorkommt? Flammen lodern und knistern, Menschen schreien, etwas explodiert. Die beiden krümmen sich vor Lachen. Einmal glaube ich aus dem Mund von Araberfresser das Wort »Grillfest« zu hören. Klingt nicht wie der Name eines Computerspiels.

Nach der Arbeit – ich habe in der Zwischenzeit mit den Khoori-Frauen in Köln telefoniert und in einem nahe gelegenen Café versucht, einen Artikel über die Clan-Frauen zusammenzuzimmern, den Text zwar abgespeichert, ihn in Gedanken jedoch wieder verworfen – nimmt Araberfresser den Bus der Linie dreiundsechzig, was mir einige Schwierigkeiten bereitet, denn das ist ein Oberleitungsbus, der überall Vorfahrt hat, ich aber nicht, und trifft sich mit einer hübschen, miniberockten jungen Frau mit schwarz gefärbten Haaren und mehreren Piercings im Gesicht. Dazu ein großes Tattoo auf der nackten Schulter. Araberfresser und das Mädchen umarmen sich, tun aber sonst wie Arbeitskollegen.

Sie stehen ein paar Minuten auf der Straße rum, rauchen und begeben sich daraufhin in einen versifften Innenhof, was mich aus dem Auto treibt und, ihnen knapp hinterher, hinein in ein Treppenhaus, in dem der Putz von den Wänden bröckelt. Am Ende stehe ich vor einer weiß gestrichenen Tür, hinter der die beiden verschwunden sind, und lausche. Mit dem einen Ohr ins Treppenhaus, das ruhig bleibt, mit dem anderen hinter die Tür. Außer ein paar leisen Stimmen und Resten von Hintergrundmusik kann ich von drinnen nichts hören. Hier wird nicht getrunken. Hier werden keine Videos geguckt. Hier wird nichts gefeiert. Was machen die bloß? Origamidrachen falten? Yoga? Billige Pornos drehen?

Während ich unten im Wagen auf die beiden warte, nehme ich mein Mobiltelefon zur Hand und lasse das Gespräch mit Mareike laufen, das ich in mehrere Sektionen unterteilt habe. Bei solchen Gesprächen ist die Diktiergerätfunktion stets in meiner Tasche angeschaltet, ob ich das den Leuten nun mitteile oder nicht. Mareike hat doch von einem ehemaligen Freund Gesines gesprochen. Tatsächlich finde ich die Stelle. Rainald heißt er. Und einen solchen Rainald entdecke ich jetzt auch unter Gesines Freunden auf Facebook.

»Rainald Hammer« nennt er sich dort. Das ist bestimmt nicht sein richtiger Name. Ich klicke herum, versuche alle Kombinationen, die mir in den Sinn kommen, und am Schluss lande ich auf Xing.de. Dort heißt Rainald nicht Hammer, sondern Mehlhand. Er organisiert beruflich Trekkingtouren in Skandinavien. Er hat ein kleines Unternehmen aufgezogen, zusammen mit einem Freund, einem Tim Lenninger. Auch Tim Lenninger könnte zu den Rechten gehören, wenigstens dem extremen Undercut und der Lederjacke nach. Über Rainald Mehlhand ist sonst nicht viel rauszukriegen, bloß dass er einmal in einem Zeitungsartikel eines Achenburger Lokalblatts mit einem Riesenhecht abgebildet worden ist, den er draußen am Wartensee gefangen hat. In diesem Artikel wird Rainald als »einer der Initiatoren des florierenden Jugendzentrums ›'n Roses‹« bezeichnet, das sich, mit Mitteln der Stadt, versteht sich, »um die Jugendlichen aus den Problemvierteln« im Südosten kümmert. Ist ja gut, dass es immer Leute mit großen Idealen gibt, die sich um jene sorgen, die keine Ideale haben außer den Wettbewerb um das versoffenste Foto auf Instagram oder den größten Kotzkuchen vor dem Klub. Und als ich endlich auf Rainald Mehlhands Adresse stoße, überrascht die mich gar nicht mehr.

Gegen elf kommen Araberfresser und seine Göre aus dem Haus. Ich stehe an meinem MINI, ducke mich sofort. Sie starren auf ein Handy. Und ich glaube, wieder diese Brandgeräusche zu hören. Diesmal sind auch Schüsse darunter und Araberfressers Freundin sagt etwas wie: »Schau, wie die rennen!«

Und dann glaube ich noch das Wort »Siedlung« zu hören. Meinen Kopf hätte ich allerdings nicht darauf verwettet.

Das Messer

»Laya Niering?«

Die riesigen Gänsegeier in ihren Felsenhorsten im Tiergarten haben die Köpfe geruckt, als sich mein Telefon geregt hat. Ich rutsche auf der Holzbank vor den Freigehegen ein Stück von einem Großelternpaar samt pink und gelb gekleideter Enkelin weg. Der Opa erklärt der Enkelin gerade alles über Geier.

»Ja?«

»Hab ich Sie, Gott sei Dank«, schreit Hornbrille vor Aufregung. »Ich war mir nicht sicher mit der Nummer.«

»Alles gut«, sage ich. »Was ist denn los?«

Und warum zweifelt er an meiner Nummer? Kann er meine Visitenkarte nicht lesen? Ich hab sie ihm doch gegeben. Hat er sie verloren?

»Sie müssen auf sich aufpassen, habe ich Ihnen das gesagt?« Hornbrille fiebert, im Hintergrund hört man laute Verkehrsgeräusche. »Ich meine, die könnten ja auch auf die Idee kommen, jetzt Sie, ich meine … Hab aufgepasst, dass keiner hinter mir her … Sie verstehen, nur sich sicher sein kann man da ja niemals.«

Die beiden Gänsegeier, ich nenne sie »Adlo« und »Maya«, fahren ihre Hälse aus, als Hornbrille weiter in das Mikrofon seines Handys schreit. Ihre bösen, würdevollen Blicke sind missvergnügt, dazu ein Schuss Neugierde.

»Kapier schon«, rufe ich wie angesteckt von Hornbrilles Lautstärke. »Aber machen Sie sich keine Sorgen. Wollen wir uns treffen, ja?«

Ich kann hier keine Aufregung gebrauchen. Der Großvater neben mir ist verstummt.

Heute Morgen habe ich Marcha angerufen und bin mit ihr in den Achenburger Tiergarten gegangen. Marcha hat Tschetschenien überlebt, ihr Vater und ihre Brüder nicht. Sie lächelt oft und bringt ein paar Kilo zu viel auf die Waage. Das aber nur, weil ihr Herz aus Gold und daher schwer ist. Und wie immer ist sie vor ein paar Minuten zu den Nashörnern abgedüst und hat mich allein bei meinen Geiern gelassen.

Ich kenne Marcha von Inge. Inge betreut Kinder von Immigranten in Achenburg, solche, die in problematischen Verhältnissen leben. Schon als wir uns das erste Mal gesehen haben – ich hatte Inge versprochen, eines »ihrer« Mädchen auf eine Pizza auszuführen –, waren Marcha und ich Feuer und Flamme füreinander. Die mollige Marcha, die dünne Laya. Tante wurde ich schon nach einer Stunde, nach zwei war ich ältere Schwester. Marcha zuliebe habe ich sogar schon ein paarmal eine ganze Pizza verdrückt. Wollte ihr nicht das Gefühl geben, Pizza essen und ein paar Pfund auf den Rippen wären anstößig. Marcha wird ihre Pfunde ja wohl wieder verlieren. Und wenn sie vierzig ist, sind sie alle in doppelter Reihe zurück.

»Und was ich Sie fragen wollte: Ist Christian Niering Ihr Ehemann?«

Als wüsste Hornbrille das nicht, nutzt er doch seinen Computer als zerebrale Außenstelle.

»Ja«, sage ich trocken. »Mehr oder weniger.«

»Oh, verstehe. Wow. Ich meine, ich lese kaum Bücher, aber, na ja, ich lebe ja auch nicht in den Wolken. Obwohl, ja, cloud.« Hornbrille hängt ein kurzes, nervöses Lachen an. »Aber bitte«, fährt er nach einer kleinen Pause aufgeregt fort, »wenn Sie an die Öffentlichkeit gehen, mit den Dateien auf dem Stick, meine ich, dann vorher absichern, so gut es geht. Denke da an Zeugenschutzprogramm oder an eine ganz neue Identität. In Ihrem Fall, wegen Herrn Niering, ist das noch wichtiger. Oder etwas in der Art.« Inzwischen ist Hornbrille ganz außer Atem.

Der Lärm neben ihm hat zugenommen. Was geht da ab? Joggt er auf einer Autobahn?

»Verstehe«, sage ich und vermeide es, an Christian und die beiden Autos vor Annas Haus zu denken. »Und wie, glauben Sie, soll das gehen?«

Hornbrille legt auf, der Lärm bricht ab. Die Großeltern zucken zusammen. Viel zu spät begreife ich, dass ich wieder keine Adresse von ihm habe. Aber jetzt besitze ich endlich seine richtige Telefonnummer. Ich vergesse jedoch nachzusehen, was für eine Art von Nummer es ist, von der Hornbrille angerufen hat.

Ich lehne mich zurück und denke nach. Marcha wird noch ein paar Minuten brauchen. Adlo und Maya gucken mich an. Sie sind wie ich oder so, wie ich sein will. Ein bisschen stärker, ein bisschen boshafter. Und dennoch ganz mit sich im Reinen. Ich winke ihnen zu, was zu vermehrtem Kopfrucken führt. Dieser verdammte Hornbrille! Er erscheint mir überängstlich. Anämischer Nerd, der mit der Welt nicht kann. Ich kann bei ihm allerdings auch eine gewisse Stärke spüren. Ich lächle bei dem Gedanken, dass Hornbrille und ich diese Kombination gemeinsam haben, in gewissem Maß, während das Großelternpaar und die rosa-gelbe Elfe aufstehen. Das Mädchen winkt mir zu, mit der gleichen Geste wie ich zuvor den Geiern. Es muss mein Winken beobachtet haben, lacht, bevor es sich an der Hand der Oma Richtung Ausgang ziehen lässt. Ich zucke mit den Schultern, Hände nach außen in einer lustigen Ich-weiß-nicht-Geste, rolle dazu die Augen. Die Kleine lacht und dreht sich noch einmal nach mir um.

Marcha taucht an den Metallgehegen rechts von mir auf. Ich stehe auf, nehme meine Tasche, will mich schon zum Gehen wenden, doch Marcha fängt zu rennen an, bleibt nicht stehen, bis sie mit ausgebreiteten Armen in mich kracht und mich sekundenlang nicht loslässt. Sie drückt das Gesicht auf meine Brust, ihre Kleider riechen muffig, ich umarme sie fest. Ich sollte das alles einmal waschen und bügeln, denke ich, und ärgere mich gleichzeitig über diesen viel zu deutschen Gedanken.

Nachdem ich Marcha wieder mit Pizza gefüttert und zu Hause abgeliefert habe, fahre ich in die Redaktion. Im Newsroom grüße ich alle, an denen ich vorbeilaufe, mit erhobener Hand oder mit dem Daumen nach oben, dazu ein Lächeln. Sie wissen, dass ich froh bin, bald wieder hier rauszukommen. Ich hoffe, dass Martinger mich nicht sieht. Es ist ja Freitag. Walter ist nicht an seinem Platz.

Ich fahre den Computer hoch und öffne endlich Hornbrilles Speicherstick. Das bin ich ihm jetzt schuldig. Gleich mehrere unangenehme Überraschungen erlebe ich. Es gibt etwa dreißig Dateien, ein paar davon sind Videos. Ein guter Teil der Dateien ist nur mit Passwörtern zugänglich, die ich nicht kenne. Die Videos laufen bei mir nicht. Ich weiß nicht, weshalb. Und der Rest sind Textdokumente aller Art, teils auf Arabisch, teils auf Deutsch. Ich überfliege sie stichprobenartig. Bei manchen Texten handelt es sich um Angriffspläne und Strategiespiele. Von eingeschleusten Kämpfern ist einmal die Rede, die in einem nagelneuen Wohnblock leben.

Das interessanteste Dokument scheint eine lange Audiodatei zu sein, die ich nur kurz öffnen kann, dann stürzt sie ab. Die Datei hat sich vielversprechend angelassen. Da spricht jemand mit einem hochrangigen Mitglied der al-Nusra-Front, einer führenden Kämpfergruppe, über die Möglichkeiten für Kämpfer, nach Europa zu gelangen. Und teilweise sogar auf Deutsch. Im Hintergrund Stimmen, Geräusche, eine eigenartige akustische Kulisse. Die Datei lässt sich kein weiteres Mal öffnen. Ich muss Hornbrille anrufen und ihn um Hilfe beim Öffnen der unzugänglichen Dateien bitten.

Die Nummer, von der Hornbrille mich vorhin angerufen

hat, funktioniert nicht. Ich wende mich an unseren IT-Mann Herbert und zwei Minuten später weiß ich, sie gehört zu einer Telefonzelle in der Achenburger Innenstadt. Was bedeutet, dass ich über diesen Sonderling nicht mehr weiß, als dass er mit einer vielleicht siebzigprozentigen Wahrscheinlichkeit in oder um die Innenstadt von Achenburg wohnt.

Da fällt mir ein, dass mich Wanderer heute treffen wollte. Ich prüfe mein Handy. Nichts von Wanderer. Vielleicht hat er es sich anders überlegt. Inzwischen aber eine E-Mail von Martinger, der offenbar nicht im Haus ist. Diesmal besteht sie aus fünf abgezählten Ausrufezeichen. Ich schließe eine Wette mit mir ab, was als Nächstes kommt. Zehn Ausrufezeichen oder ein Bomben-Emoji?

Vorbei am Newsdesk bahne ich mir den Weg zwischen Glaswänden hinüber in die IT-Abteilung. Dort lege ich Herbert Hornbrilles Speicherstick auf den Tisch. Herbert ist fast zwei Meter groß, er sitzt wie eine Stabheuschrecke an seinem viel zu kleinen Schreibtisch.

»Danke für die Nummer, Herbert«, sage ich. »Und hier läuft einiges nicht so, wie es sein sollte. Die Audiodatei scheint mir besonders wichtig. Und Passwörter fehlen.«

»Alles klar«, sagt Herbert und wirft mir einen scheuen Blick zu, als fühlte er sich nicht berechtigt, mich länger anzusehen.

Was ist denn mit dem los? Schüchtern? Ich kenne Herbert kaum. Aber was soll's, ich habe zu tun.

Fast bin ich schon wieder aus der Tür.

»Ich habe den Neuen gelesen«, ruft mir Herbert hinterher. »Von deinem Mann. Ist echt eine Wucht.«

»Da hast du mir etwas voraus.« Ich wende mich um, lächle ganz nett. »Hab am Entstehungsprozess so viel gelitten, dass ich noch nicht bis zur Hälfte gekommen bin.« Dazu schiebe ich ein viel zu lautes Lachen nach. »Aber sonst …«, sage ich, hebe die Hand zum Gruß, überdeutlich, das mache ich gern bei Männern, die ich nicht gut kenne, das erscheint mir neutral und männlich kumpelhaft.

Dann gehe ich wieder am Aufzug vorbei in den Newsroom.

In Christians neuem Roman spielen Internetunternehmen und ihre zunehmende Macht die Hauptrolle. Es gibt bestimmt dreihunderttausend Frauen im Land, die mich am liebsten dafür gekreuzigt hätten, dass ich den Roman nur halb gelesen habe. Sie alle kennen Christians angegrauten, leicht lockigen Haarschopf, den Ziegenbart, das makellose Lächeln, die Interviews, die Fernsehauftritte, neuerdings sogar ein paar Fotos mit Hollywoodstars, die seit letztem Herbst seinen erfolgreichsten Thriller »Die Wenigen« verfilmen. Andererseits haben diese Frauen keine Ahnung von den Whiskynächten und der Verzweiflung während der ersten Monate Arbeit an einem neuen Buch. Am Ende ist die Welt ja doch immer eine verkehrte.

Zurück an meinem Schreibtisch, in diesem ganzen See von Lärm und Unruhe, holt mich eine Notiz zurück in die Wirklichkeit.

Anruf Wanderer. Die Notiz stammt von Walter, der auf seinem Platz ist, mich jedoch ignoriert. *Alles verschoben auf morgen.*

»Kam auf meinem Festnetzanschluss«, ruft Walter, er steht auf und kommt zu mir herüber.

»Sonderbar«, sage ich, stehe ebenfalls auf und drücke ihm zwei Küsschen auf die Wangen. »Warum schreibt der mir keine SMS oder WhatsApp?«

Walter zuckt mit den Schultern. »Sicherer? Das Festnetz, meine ich.«

Ich nicke Walter nachdenklich zu, der zu seinem Schreibtisch zurückgeht und Sekunden später vorgibt, ich wäre wieder völlig aus seinen Gedanken. Er gibt mir keine Gelegenheit, ihm zu sagen, was ich heute noch vorhabe. Hätte mich dabei wohler gefühlt. Und eigentlich ist mir gerade danach, Walter zu umarmen.

Minuten später hole ich meinen Wagen aus der Tiefgarage und fahre in das Neunerviertel. Ich meistere den versifften Innenhof, betrachte den bei jedem meiner Schritte lautlos auf den Boden rieselnden Putz im Treppenhaus, bis ich vor der schmutzig weißen Wohnungstür stehe. Bevor ich die Klingel betätige, straffe ich den Rücken und übe Adlos bösen Blick. Schließlich drücke ich den Knopf.

»Wer bist 'n du?«, fragt Rainald Mehlhand, noch während er die Tür aufmacht, hinter der Araberfresser und seine sexy Schnepfe gestern Abend verschwunden sind.

Ein Geruch nach Klebstoff weht mir aus dem Flur entgegen.

Ausnahmsweise halte ich Rainald Mehlhand meinen Presseausweis vor die Nase.

»Das Thema ist Gesine«, sage ich hart und versuche mich an einem schiefen Grinsen.

Rainald Mehlhand gibt überraschend schnell den Weg frei in den leeren Flur.

»Bombengürtel bitte rechts ablegen«, sagt er.

»Witzbold, was?«

»Jetzt werd nicht frech, Türkin.« Er verzieht keine Miene und zeigt in die Küche. »Da lang.«

»Ihr wart ein Paar, hab ich recht?« Ich gehe in die Küche und setze mich an einen Küchentisch, der bloß als Halbrund aus der Wand geklappt ist.

In der Ecke hängt eine Gasmaske. Kein Souvenir aus dem Weltkrieg, sie ist neueren Herstellungsdatums. So also dekorieren diese Leute ihre gemütlichen Rückzugsorte. Auch eine Pappschachtel steht in derselben Ecke.

Rainald Mehlhand steckt in Jeans und einem schwarzen T-Shirt. Er ist groß, schlank, muskulös. Undefinierbare Haarfarbe, da kaum Haare vorhanden. Quadratkinn, sonst Vogelgesicht. Abgerundet wird diese sonderbare Mischung mit einem wachen, misstrauischen Sperberblick.

Er hat gerade sein Handy aus der Tasche gefischt und schreibt eifrig irgendeine Nachricht. Ich habe das flaue Gefühl, die Nachricht hätte mit mir zu tun, wische dieses Gefühl aber als völlig unbegründet sofort weg.

»Eine Zeit lang hatten wir was, ja«, sagt er, als er die Nachricht abgeschickt hat. »Is 'ne Weile her. Und um es gleich ganz klarzumachen: Ich habe Gesine nicht umgebracht. Selbstmord, klar? Alkohol und Drogen. Und die braun-grünen Männchen glauben mir.«

Ich habe die Nase jetzt schon voll von diesem Rainald und gehe gleich über zu den harten Getränken.

»Und das Polizeidepot?«, sage ich. »Das könnte doch deine Kragenweite sein. Gerümpel, altes Zeug. Na?«

Jetzt flackert zum ersten Mal der Blick des strammen Burschen.

»Pah«, sagt er.

Ich reiße mich zusammen. »Und die Sache mit Gesine lässt viele nicht los. Mareike Bittram«, bei diesem Namen kommt ein zweites Flackern in seine Augen, »ist ganz durch den Wind deshalb. So eine gute Schwimmerin, Gesine, und sah ja nicht schlecht aus.« An diesem Punkt mache ich eine strategische Pause. »Eigentlich eine Nummer zu groß für deine lädierte Fresse.«

Das trifft den Mann wie ein Donnerschlag. Denn er sieht recht erträglich aus.

Bevor er etwas sagen kann, das auf der unangenehmen Seite liegen wird, mache ich weiter.

»Also, was könnte das gewesen sein, mein Hübscher? War sie traurig wegen dir? Trank sie einen Tanklaster zu viel pro Tag? Gefiel Gesine ihr Gesicht nicht mehr?«

Das ist alles sehr böse und tut mir mehr weh als Rainald, der nicht einmal zuckt. Es ist, als wüsste er von Gesines zerstörtem Gesicht. Würde mich aber sehr wundern, wenn die Polizei ihm davon erzählt hätte.

»Jetzt mach mal wieder raus hier, Lügenpresse«, zischt er und legt die Stirn in spitze Falten. »Ich weiß keine Antworten auf deine saudämlichen Fragen. Sind mir heute Morgen alle entfallen. Hierzulande wird noch ordentlich aufgemischt, ihr werdet schon sehen. Und jetzt schnell, hab echt keine Zeit für diesen Mist.«

Ich werfe noch einen Blick durch die Küche. Alles blitzsauber, als hätte sie noch niemand benutzt. Könnte es sein, dass Rainald Mehlhand einen Putzfimmel hat? Dann stehe ich gemächlich auf und mache mich auf den Weg zur Wohnungstür. Diese seltsame Leere im Flur. Nur ein paar Sportschuhe liegen herum und an der Wand weiter hinten lehnen dünne Hartfaserplatten. Die sehen aus wie Schilder. Ich kann jedoch nur die graubraunen Rückseiten sehen. Material von einer Demo?

Rainald Mehlhand wohnt sicher noch nicht lange hier. Neben den Schildern steht eine Zimmertür halb offen. Ich glaube einen großen Tisch dort drinnen auszumachen. Es handelt sich um ein provisorisches Ding aus einer Holzspanplatte, die man auf Kisten oder dergleichen gelegt hat. Auf der Platte befinden sich Papier und Klötze. Bauen die dort demnächst eine Modelleisenbahn hin? Das ist alles, was ich erkennen kann. Rainald sitzt mir im Nacken. Mein Blick in dieses Zimmer, den er mitbekommen haben muss, gefällt ihm nicht.

»Was macht ihr denn da?«, sage ich und bemerke sofort den Fehler mit »ihr«, als wüsste ich, dass er regelmäßig Besuch bekommt. »Die Ardennenoffensive mit Klötzchen nachbauen?«

»Tschüss«, presst er zwischen den Zähnen hervor, macht die Tür auf und schiebt mich am Arm auf den Hausflur hinaus. »Ich hab die Nase voll von Schlampen wie dir«, zischt er. »Unschlagbare Kombination, Presse, Kanakengesicht, Frauenarsch und dazu auch noch Klugscheißen bis zum Abwinken!«

Mit dem letzten Wort kracht Rainald Mehlhand die Tür

zu. Ich atme ein paarmal tief durch und laufe dann hinunter in den stillen Hof.

Dort stelle ich mich in eine halb dunkle Ecke bei den Mülltonnen. Ich halte es für möglich, dass Araberfresser und seine Tussi öfter bei ihrem Freund Rainald vorbeischauen. Und falls das so ist, dann ist die Stunde nah, in der sie auftauchen könnten. Angesichts der Wohnung von Rainald Mehlhand und seiner dominanten Präsenz ist die Frage, was die dort tun, umso rätselhafter geworden. Konspirative Diskussionsrunden wie zu Zeiten marxistischer Zellen? Konspiriert wird heute ja rechts außen.

»Pläne haben die«, hat Mareike gesagt.

Traue ich Leuten wie denen zu, richtige Pläne auszuhecken?

Im Hof sind ein paar Fernseher aus den Wohnungen zu hören, hin und wieder rauscht eine Klospülung. Die Mülltonnen stinken in der Hitze. Nach einer Viertelstunde vernehme ich Stimmen. Sie kommen aus keiner Wohnung, auch im Innenhof ist niemand. Sie kommen von der Straße. Drei Stimmen. Die Leute, denen sie gehören, bewegen sich nicht. Sie stehen da und reden. Genau an der Stelle, wo sich Araberfresser und seine Minirock-Freundin getroffen haben.

Ich verlasse meine Deckung und gehe zur Straße. An der Hausecke zum Hofeingang luge ich hinaus. Im ersten Dämmerlicht stehen dort tatsächlich Araberfresser und sein Mädchen. Diesmal sind die beiden ganz aufgedreht. Denn da ist ein zweiter Typ dabei. Der trägt ein gutes Hemd und italienische Lederschuhe. Sein Haarschnitt würde in jede Gesellschaft passen und er auch. Groß, gut aussehend, strenge Miene, arrogant. Die Nase scharf geschnitten. Schon in den ersten Augenblicken an der Hofecke beschließe ich instinktiv, Araberfresser laufen zu lassen, Rainald zwar im Blick zu behalten, doch folgen will ich von nun an diesem Vogel in den braunen Schuhen. Auch weil er sich so patenhaft gebärdet, anerkennende Schulterklopfer verteilt, kleine Reden hält, Witze reißt, die Araberfresser und seiner Freundin super gefallen. Und weil Araberfresser und die Göre ihm an den Lippen hängen wie die Salafisten ihren Predigern. Der ist keine kleine Nummer in der Szene. Mehr als Zeit verschwenden kann ich nicht. Und was habe ich schon Zeit mit falschen Spuren und sinnlosen Recherchen vergeudet! Wenn nichts dabei herauskommt, flicke ich einen mittelmäßigen Artikel über die Rechten in Achenburg zusammen, gezogen aus Facebook-Profilen, aufgepeppt mit ein paar Szenen.

»Wolf«, das ist mein Name für den neuen Mann, macht es mir aber nicht leicht. Im Unterschied zu den beiden anderen geht er nicht hinauf zu Rainald Mehlhand – warum dann hat er die beiden da auf der Straße getroffen? –, sondern zu Fuß Richtung Innenstadt. Nachdem ich mich zunächst wieder hinter die Mülltonnen habe ducken müssen, als Araberfresser und seine Kleine im Hof aufgekreuzt sind, schaffe ich es mit dem Wagen gerade noch, mich nicht abhängen zu lassen. Tatsächlich geht der die ganze Strecke ins Zentrum. An der Wördner Straße verliere ich ihn von einem Augenblick auf den anderen. Wo ist er hin? Wohnt er hier irgendwo?

Ich steige aus dem Wagen. Es dunkelt bereits und ich versuche vergeblich zu erkennen, ob in einer der Wohnungen um mich herum in diesen Momenten Licht aufflammt. Es ist jedoch nirgends Licht zu sehen und Wolf bleibt verschwunden.

Weil mich dieser Gedanke ohnehin schon den ganzen Tag verfolgt, sehe ich, wieder im MINI sitzend, in Mareikes großer Freundesliste auf Facebook nach. Und nach ein paar Minuten stoße ich auf Wolf. Das Profilfoto lässt keinen Zweifel zu. Das ist ganz klar der Mann, den ich gerade aus den Augen verloren habe. Wolf verwendet einen Namen, den ich nicht ernst nehme, er lautet »Dietrich Viking«. Sonst gibt er schon ein paar Details über sich preis, die auch stimmen können. Wolf ist Jahrgang 1983, Studium der Pharmazie und der Biochemie.

Ich suche weiter in seinem Profil. Und da taucht auch schon Wolfs Name auf: Lukas Spahn. Da war er unvorsichtig. Lukas Spahn ist Autor einer Magisterarbeit und der dazugehörigen, jedoch abgebrochenen Dissertation über neuromuskuläre Veränderungen und Reflexvorgänge bei Anwendung diverser psychopharmakologischer Drogen. Außerdem hat er einen Artikel zum Thema verfasst. Für eine populäre Wissenschaftszeitschrift. Der Vorname überrascht mich nicht mehr. Mareikes Lukas, der Typ, mit dem sie immer noch vögelt.

Was ich sonst noch zu Lukas Spahn im Netz finde, ist nicht mehr als seine Herkunft. Er ist der Sohn eines Unternehmers aus Kassel, wuchs aber offenbar bei seiner Mutter in Achenburg auf, die an einer städtischen Schule unterrichtet. Und wo wohnt Lukas Spahn? Adresse ist Fehlanzeige. Und sonst? Der Kerl macht rein gar nichts. Nicht als Lukas Spahn.

Schnell versuche ich es bei Lukas Spahns Vater, der Gottfried Einert heißt. Zwei Minuten später bin ich im Besitz von Lukas Spahns Adresse. Ich sei Wissenschaftsjournalistin, habe ich dem Vater gesagt, und auf seinen Sohn und seine damaligen Forschungen gestoßen, was in einen Artikel passe. Nach Aussage von Gottfried Einert ist Lukas zusammen mit zwei Halbgeschwistern bei seiner Mutter Sophie Spahn in Achenburg aufgewachsen. Und die einzige Adresse, die er kenne, da er nicht viel Kontakt zu seinem Sohn pflege, laute Kronenstattweg 17/2 in Achenburg. Die Telefonnummer gibt der Vater nicht heraus. Er vertritt die Meinung, ich solle zuerst eine Papiernotiz an Lukas Spahn schreiben.

Ein paar Häuser von Kronenstattweg 17 entfernt stelle ich meinen Wagen ab und gehe zu Fuß weiter. Alles still, die Straßenbeleuchtung wirft nur mattgelbe Kreise. Überall sonst ist es stockdunkel. In Nummer 17 brennt im Obergeschoss Licht, unten sind die Fenster dunkel. Es handelt sich um eine alte, in Wohnungen aufgeteilte Stadtvilla, Gründerzeit, spitzes Vordach über dem Eingang, Kieswege, Rasenflächen, etwas Baumbestand drum herum. Am Gartentor sind vier Namensschilder angebracht. Keines davon lautet auf Lukas Spahn. Das habe ich auch nicht erwartet.

Ich springe über das schmiedeeiserne Tor und gehe seitlich, entlang von Hecken und Büschen, auf das Haus zu. Daran vorbei schleiche ich in den hinteren Gartenteil, setze mich dort auf eine alte Bank und überlege, was zu tun ist. Beschließe dann, einfach mal nur zu beobachten. Mein Telefon schalte ich auf stumm.

Eine geschlagene Stunde sitze ich da, die Luft ist nicht mehr so schwül, fast angenehm frisch. Bis vorne das Gartentor quietscht. Kurze Zeit später macht jemand Licht im Erdgeschoss. Es ist jetzt die einzige beleuchtete Wohnung. Im Obergeschoss ist man bereits zu Bett gegangen. Durch die unverhängten Fenster sehe ich in der Erdgeschosswohnung Lukas Spahn. Er geht ins Badezimmer. Als er wieder zurück im Wohnraum ist, fährt er an einem der fast dunklen Fenster seinen Computer hoch, was ich aus dem sichtbar werdenden unaufgeregten bläulichen Licht schließe. Ein wild flackernder Fernsehbildschirm ist es jedenfalls nicht. Kopf und Oberkörper von Lukas Spahn verschwinden, er hat sich hingesetzt.

Nach einer Weile ist das bläuliche Licht weg. Auch sonst kein Licht mehr im Wohnraum. Ich warte noch ein paar Minuten und mache mich, hoffend, dass Lukas Spahn schon schläft, an seine Fenster heran. Der Kies am Haus knirscht zu laut. Also wieder zurück auf den Rasen und hin zu einer Hintertreppe, um mich von dort aus in eines der Fenster von Wolf zu lehnen. Ich will einen Hinweis, irgendetwas, das mir sagt, was er morgen vorhat, und übermorgen und nächste Woche. Und ob das mit Gesine und dem Polizeidepot mit ihm zu tun haben kann. Einen Eindruck wenigstens.

Die Hintertreppe legt sich an den Seiten um Mauervorsprünge, die die Form von Pfeilern haben. Ich falte meinen Körper um einen solchen Pfeiler auf Lukas Spahns Wohnungsseite, um auf diese Weise das Fensterbrett zu fassen zu kriegen. Daran will ich mich hochziehen, während ich gleichzeitig auf einen der irdenen Pflanzentöpfe steige, die überall herumstehen. Es ist jetzt sehr still. Meine angestrengten Atemzüge sind im ganzen Garten zu hören. Die Sommerinsekten sind längst verstummt. Ich strecke die Hand nach dem Fensterbrett aus und manövriere das rechte Bein zugleich auf ein altes Pflanzgefäß, hoffend, dass es unter meinem Gewicht nicht zerbröselt. In diesem Augenblick drückt sich etwas sehr Spitzes, sehr Hartes, sehr Schmerzvolles in meinen Rücken, gleich neben der Wirbelsäule in Höhe meiner Leber.

»Türkenlesbe«, zischt es an meinem Ohr, »warten auf dich auch Jungfrauen im Paradies?«

***

Das Messer bohrt sich an eine meiner Rippen heran, während am Kopf des Messerstechers eine Pistole auftaucht, wie ich aus dem Augenwinkel sehe, die in der Hand eines Mannes mit lauter Stimme steckt.

»Messer her, langsam wegtreten, Herr Spahn. Wird's bald!«

In den anderen Wohnungen geht das Licht an. Blutstropfen rinnen über meinen Rücken. Ich bin völlig leer, einen Moment lang weiß ich nicht, ob ich erleichtert sein soll.

Eine Viertelstunde später zuckendes Blaulicht, eine Horde Polizisten. Ein Krankenwagen. Bevor ich in diesen verfrachtet werde, erzählt mir ein Kriminalbeamter, den ich nicht kenne, dass Polizei und Verfassungsschutz Lukas Spahn rund um die Uhr beschattet haben. Aufgrund des Einbruchs im Polizeidepot. Ich nicke, ich fühle mich wie außerhalb meines Körpers, in einem Schwebezustand.

Außerdem erfahre ich, dass Lukas Spahn Kameras um das gesamte Haus installiert hat und mich wohl spätestens beim Nachhausekommen auf seinem Computer gesehen haben muss. Während ich ins Krankenhaus gefahren werde, bleibt mir jedoch die Frage: Warum hat er sich derart gehen lassen? Schwere Körperverletzung ist kein Klacks.

Als der Verband angelegt ist, ich Schmerztabletten geschluckt habe und ein Arzt festgestellt hat, dass keine Rippe angekratzt ist, erscheinen zwei Männer vom Verfassungsschutz. Der eine trägt einen Schnauzbart, der andere nicht, beide sind braunhaarig und brüderlich unauffällig gekleidet. Zu ihnen gesellt sich ein Mann vom BKA.

Ich sage ihnen nur, ich sei bei Recherchen zum Einbruch im Polizeidepot auf Lukas Spahn gestoßen. Beschreibe die Szene im Garten so genau wie möglich. Zufrieden ziehen sie ab.

Als ich an Annas Haus ankomme, ist es drei Uhr morgens. Walter hat mir eine SMS geschrieben, stelle ich fest, in der er den Namen »Wanderer« mit »K. W.« abkürzt. Walter hat noch keine Ahnung, was passiert ist, und ich bin zu müde, um ihm zu schreiben. Bevor ich in unruhigen, aber schweren Schlaf falle, denke ich an Christian. Ach, er wird es früh genug erfahren.

II

At-Tauba

Ursprünglich hat Wanderer gar nicht Polizist werden wollen. Er hat eine Lehre als Zimmerer gemacht, ist dann rumgezogen, wobei ich vermute, dass er sich eine Zeit lang in Südamerika aufgehalten und mit der revolutionären Linken dort geliebäugelt hat. Nach der Rückkehr hat Wanderer Jura studiert, weil er dachte, das erzählte er mir einmal, er müsse dem bisherigen losen Lebenslauf etwas »Extrasolides« entgegensetzen. Nach dem Studium für den Kriminaldienst war er über Jahre beim LKA Südhessen, bis man ihn nach Achenburg abgestellt hat, damit er einmal »allein rummachen« kann, wie er es formulierte, als wir an der damals nagelneuen MilaNBA »forschten«. Auch so ein Wanderer-Ausdruck. Vor vier Jahren gab es einen Doppelmord in Achenburg, an zwei Ägyptern, da hatten wir schon miteinander zu tun. Ich als seine informelle Übersetzerin für Arabisch, die auf informelle Gegenleistungen lauerte.

Daneben laufen wir uns vielleicht noch bei Pressekonferenzen des LKA über den Weg. Ansonsten ist einfach klar, dass wir uns mögen. Da fährt die Bahn drüber, würde Wanderer sagen, wenn er es sagen würde, was bei seinem psychologischen Gesamtaufbau nicht infrage kommt. Er hat noch nicht bemerkt, dass ich eine Frau bin. Wanderer mag allerdings Frauen, ist mir schon oft aufgefallen. Er ist nur unergründlich professionell.

Wanderer ist im Poloshirt erschienen. Sein kurzer Bart ist stacheliger als sonst, die im Alter nach innen gerutschten Augen neben der gewaltigen Nase sind ständig auf der Suche. Sein Haar ist grauer als beim letzten Mal, die Augenbrauenbuschen immer noch dunkel. Wanderer ist ein alternder Belmondo, denke ich nicht ohne einen Hauch Bewunderung, weniger schön, Lippen dünner, dafür solider. Und ich frage mich, wie seine Frau wohl aussieht. Ich weiß nicht einmal, ob Wanderer noch verheiratet ist. Er war's mal, sicher, aber jetzt?

Für unser konspiratives Treffen hat Wanderer das »Café Durlacher« am Marienhof gewählt. Und er hat wieder Walters Festnetznummer in der Redaktion benutzt.

Als er mich bemerkt, steht er auf und umarmt mich. Diese Premiere verdanke ich Lukas Spahn und dem Wundverband an meinem Rücken. Ich bin noch etwas benommen. Auf dem Weg hierher hat Christian mich angerufen und ich bin ausnahmsweise drangegangen. Ein verwirrendes blame game folgte, wobei die Frage nach meiner Rippe arg ins Hintertreffen geriet. Christian war zwar nüchtern, aber vielleicht ist das noch schlimmer. Die ARD hat ihm einen neuen, großen Drehbuchvertrag angeboten. Nicht einmal das befreite mich von einer Flut von Vorwürfen, die sich aufgestaut hat über Monate. Ich bin die gefühlskalte, halb narzisstische Frau geblieben, die nur an sich, ihren Beruf, ihre Kreativität – hat er das wirklich gesagt, das war doch eher neu – und ihre Vagina denke und ihn nur dann wolle, wenn er stark, strahlend und potent sei. »Das ist nicht Ehe, Schatz«, klagte er. Nun gut, nein.

»Ich hoffe, Sie sind wieder ganz hergestellt, Laya«, sagt Wanderer. Damit ist auch bei ihm das Thema Rippe durch.

Wanderer setzt sich, steckt sich eine Benson & Hedges an und schaut mir in die Augen. Räuspert sich. Ein vager Blick über den Marienhof. Dann fängt er mit seiner unausdenkbaren Geschichte an. Ich höre wie gebannt zu, während der Marienhof um uns herum etwas Unwirkliches bekommt. Die Frauen mit ihren schmucken Einkaufstaschen am Nebentisch entgleiten meinem Blick. Die Eisverkäufer und die Passanten des weitläufigen Platzes werden zu Puppen. Die Welt stöhnt in der Hitze und verliert ihren Zusammenhalt.

Johann Per Westgart am Kreuz. Beton, Feuerwehr, Scheinwerfer, Schalölschlieren. Die MilaNBA II als der schlimmste Tatort in der Geschichte Achenburgs. Und die Konsequenzen? Mir zittern die Knie, obwohl ich sitze. Wanderer schiebt auch gleich hinterher, dass er von mir erwarte, bis auf Weiteres »ganz und gar« stillzuhalten.

Ich schlucke.

»Ist das Ihr Ernst?«, sage ich und starre ihn an. »Das können Sie nicht verlangen.«

Wanderer nickt bedächtig. Und gegen dieses Nicken bin ich machtlos. In dieser Minute hätte er von mir alles haben können. Die Ereignisse und Wanderer haben ihre besondere Kraft.

»Nein«, sagt er.

»Das wird Sie in Zukunft eine Menge kosten«, füge ich geistesgegenwärtig hinzu.

Wanderer zieht eine weitere Zigarette aus der Packung auf dem Tisch. Er bietet mir eine an. Ich nehme an und rauche. Der erste nennenswerte Nikotinrückfall seit drei Jahren. Ich gebe Lukas Spahn die ganze Schuld dafür. Und dem Fall Westgart. Und Wanderers Schweigegebot.

»Koste es, was es wolle«, sagt Wanderer, er nickt dabei wieder. »Was immer es wolle.«

Wanderer hat keine Wahl, er braucht mich. Denn bei dem Mord an Westgart gelte dringender Verdacht auf islamistischen Hintergrund. Diese Ansicht teilten sowohl das BKA als auch der Verfassungsschutz. Und obwohl die beiden den Fall übernommen hätten, weshalb auch noch nichts an die Öffentlichkeit durchgegeben worden sei, sei er, der findige Wanderer, immer noch dabei.

»Das dürfen die«, sagt Wanderer. Er meint die Geheimhaltung.

Manchmal kann ich nicht anders, als diesen Krautkopf zu bewundern.

»Die brauchen mich wegen der ›Kenntnis des lokalen Umfelds‹«, sagt Wanderer. »Und was immer geschieht, ich muss auf Ihrem Stillschweigen bestehen, Laya.«

»Wanderer«, sage ich und wiege den Kopf.

»Und wo haben Sie Ihre Gerüchte von Westgart her, von denen Sie neulich am Telefon gesprochen haben?«

Diese meine Lüge hat Wanderer nicht losgelassen.

»Geheimnis«, sage ich und mir ist unwohl dabei. »Ich denke, das hat ein Kollege bloß aus dem langen, lauten Schweigen der Polizei geschlossen.«

Wanderer grummelt, er glaubt mir nur halb.

»Nur um es klarzustellen: Wenn der Fall Westgart nach außen dringt«, sagt er ernst, »ist im ganzen Land die Hölle los. Nicht nur in Achenburg. Dann denken alle, es wären Araber gewesen. Westgart war einst bekannt für seine harte Haltung zur Einwanderung. Das hat sich erst mit der MilaNBA geändert. Andererseits musste er die bauen, als Baubürgermeister. Die Achenburger CDU hoffte ja auch, auf diese Weise das Asylantenproblem ins Nirgendwo am Stadtrand auslagern zu können.« Wanderer zieht an seiner Zigarette, dabei sieht er mich an. »Und er endet wie auf dem Kreuz. Verdammt. Ich kann die Pogrome schon riechen.«

»Und was denken Sie ganz persönlich?«

»Tut nichts zur Sache. Wir wissen noch gar nichts und ich will keinen Aufruhr, der aus völlig ungewisser Faktenlage entsteht.« Wanderer stößt die Asche ab und schaut sich im Café um. »Und wie ist es mit den Arabern hier?«

»Die aus Achenburg? Nee. Das sind entweder Familienväter oder heimliche Quadratkiffer.«

Wanderer nickt.

»Ach«, sagt er. »Immer sind alle brav. Immer brav und bieder. Die ganze Welt.«

Ich schweige und folge seinem Blick, der den Marienhof ins Visier nimmt, dazu die Hitze, die über ihm lastet wie ein dickes Laken. Wanderer schwitzt, wetzt in seinem Stuhl umher und raucht jetzt Kette. Zum Glück sitzen wir an einem Tisch ganz am Rand. Er darf das in Achenburg. So nervös habe ich ihn noch nicht gesehen. Er zieht wieder ewig lang an seinem nächsten Glimmstängel. Wanderer leidet. Er leidet an der Abwesenheit der Wahrheit.

»Wir haben Indizien. Und ein Mann wurde in der Stadt vor einem Café gesehen. Offenbar ein Araber.«

»Falls Sie mir hierzu eine Frage stellen wollen, brauche ich ein Foto«, sage ich.

»Da drüben ist es«, sagt er. »Kennen Sie es?« Er zeigt hinüber zu »Arabian Coffee«, dem einzigen arabischen Café der Stadt.

Es handelt sich um eine Wasserpfeifenspelunke, die sich modern und stylish gibt. Vor dem Coffeeshop stehen vier kleine Tische auf dem Kopfsteinpflaster, ein Kellner sitzt auf der Gasse und hat die Beine auf einem gusseisernen Stuhl liegen. Die Glastür nach drinnen steht offen. Es scheint keine Gäste zu geben um diese Zeit. Deshalb also wollte Wanderer mich am Marienhof treffen.

Ich nicke und zucke mit den Schultern.

»Ich höre mich um«, verspreche ich. »Aber erwarten Sie davon nicht zu viel. Von denen dort drüben war es bestimmt keiner.«

»Ich werde diese Spelunke überwachen lassen. Wir schießen möglichst viele Fotos von den Gästen. Die kennen Sie ja sicher nicht alle. Die legen wir dann dem Betonmischerfahrer vor, diesem Hanck. Der wurde am Morgen von Westgarts Tod von einem Mann auf der MilaNBA-Baustelle eingewiesen, den er zuvor einmal dort drüben gesehen hat.«

»So einfach würden die es Ihnen nicht machen«, sage ich. »Die zeigen kein Gesicht her. Da steckt etwas anderes dahinter.«

»Haben Sie alternative Vorschläge?«

»Wenn es also keine Islamisten waren?«

Wanderer sieht mich an und nickt.

»Meine Rede«, sagt er, »der Verfassungsschutz ist jedoch anderer Meinung. Ein Gesicht herzuzeigen vermeidet man aber gewöhnlich, da haben Sie recht. BKA und Verfassungsschutz haben am Stadtrand eine rund um die Uhr besetzte Kommandozentrale aufgebaut. Alles streng abgeschirmt.«

»Und jetzt sitzen Sie hier und reden mit der Presse«, sage ich. »Hoffentlich war das eine gute Idee.«

»Sie haben mich in der Hand, Laya, so viel ist sicher. Der totale Kontrollverlust ist auch eine wertvolle Erfahrung, die man als Mensch machen sollte. Und das in der kriminalistischen Kunst, die ja zuallererst in der absoluten Kontrolle besteht.«

Ich lache auf. Wanderer ist auf seine Tage weise geworden und dazu souverän genug, die Regeln zu brechen. Und ich fange an zu begreifen, dass für Wanderer das Gespräch mit mir auch eine Versicherung ist. Er fühlt sich wohler, wenn noch jemand, den er schätzt und den er für klug hält, um die Gefahren weiß. Auch falls bei der Bergenpost jemand auf die Idee kommen sollte, etwaige Gerüchte zu veröffentlichen. Das sagt er aber alles nicht. Ich sehe Wanderer an, dessen Blick immer noch nach drüben zu dem faulen Kellner der Spelunke geht. Einen Augenblick lang überlege ich, ihm von Gesine Wildung und dem Polizeidepot zu erzählen. Als Gegenleistung gewissermaßen. Dann lasse ich es sein. Ich benötige Freiraum für meine Recherchen.

»Was ist mit dem Audi und dem roten Renault?«, fragt Wanderer unvermittelt.

»Ach, entschuldigen Sie. Es war spät. Sicher nichts von Bedeutung«, sage ich und stehe auf. Dieser Satz spiegelt aber nicht ganz meine Gefühle wider. »Eine Freude, mit Ihnen zu reden, Wanderer. Ich muss jetzt leider. Klinik. Dann Interview in der MilaNBA. Teil I. Der ohne die Toten.«

Wanderer schaut mich an, wirft seine Zigarette auf den Betonboden und drückt sie mit dem Absatz aus.

»Gut«, sagt er. »Passen Sie auf sich auf, Laya.«

Wanderer atmet schwer. Ich beneide ihn nicht. Reden kann er in der Causa Westgart nicht, es ist ja nicht sein Fall, sondern Angelegenheit des Staatsschutzes, also zerreißt ihn früher oder später die lokale Presse in der Luft. Die mögen langes Schweigen nicht. Lässt er etwas nach außen dringen, macht man ihm die Hölle heiß und das Land ist in Aufruhr. Zieht er sich zurück, verliert er den Zugriff auf den interessantesten Fall, den er in seiner Laufbahn bisher hatte. Was immer Wanderer macht, am Ende kann er nur verlieren. Ich lege ihm freundschaftlich eine Hand auf den Unterarm.

»Sie rufen mich an?«, sage ich.

»Tja, etwas in der Art«, sagt Wanderer.

Ich nehme gleich den Weg vom Tisch auf den Platz. Wanderer übernimmt die Rechnung.

»Und Laya?«, ruft er mir nach und winkt mich zurück zu sich.

»Ja?«

»Sie sollten achtgeben. Ihr Name ist wiederholt gefallen. Im Zusammenhang mit der rechten Szene der Stadt. Und zwar schon vor der Sache mit Lukas Spahn. Rechtsextremismus ist wirklich nicht Ihr Gebiet, würde ich sagen.«

»Und warum sollte es das nicht sein? Die haben ja im Krankenhaus mit mir gesprochen. Und wen meinen Sie konkret?«

»Verfassungsschutz, ja. Die sind nicht zufrieden, glauben Sie mir. Die haben ihre Leute. Und wissen offenbar eine Menge von dem, was Sie so treiben, Laya.«

»Denken Sie, Wanderer«, sage ich, »mir bereitet das alles Vergnügen?«

»Wem sind Sie auf der Spur? Spahn? Der ist weg. Und die Story, die daraus gestrickt werden kann, dürfte eher mittelmäßig sein. Es ist etwas in Planung, man kennt die Details noch nicht. Sie sollten da nicht mittendrin stecken.«

Wanderer klopft die nächste Benson & Hedges aus der Packung. Er nickt mir zu, als ich mich umdrehe und wortlos verschwinde. Wanderer hat bestimmt nicht vor, nach Hause zu gehen.

***

Die junge Ärztin, die meine Wunde noch einmal in Augenschein nimmt, erinnert mich so sehr an Mirra, damals die Flamme meines Cousins Yunis, dass ich den Fall Westgart eine halbe Stunde lang beinahe vergesse und versucht bin, die Ärztin zu fragen, ob sie denn aus Beirut stamme. Sie könnte zur Verwandtschaft von Mirra gehören. Ihr Gesicht allein schafft es, mich nach Aschrafiyya zu versetzen, wo ich schon seit Jahren nicht mehr war. All die Schönheit und der Schrecken.

Eine Krankenschwester legt mir danach einen neuen Verband an und bittet mich, auf dem Behandlungstisch ein paar Minuten zu warten. Die Ärztin wolle noch mit mir sprechen. Ich döse fast ein, während irgendwo eine Maschine wie eine Katze schnurrt und das Nachmittagslicht zahm durch die hohen Klinikfenster fließt.

Onkel Dawuds Fenster sind ebenso hoch. Die Fenster der alten Bürgerwohnung in Aschrafiyya, von wo wir vor dem Krieg jeden Tag an den Strand von Damour im Süden der Stadt gefahren sind. Mirra war in diesem Sommer immer dabei. Onkel Dawud und Abu nahmen die Fensterscheiben heraus, damit wir uns nicht an den Splittern verletzen konnten. Falls eine Granate in der Nähe einschlagen sollte. Eine Menge solcher Vorsichtsmaßnahmen gab es. Und für unsere Computer verwendeten wir wochenlang Lastwagenbatterien. Yunis, der während des Kriegs an Angstattacken litt und wohl Schlimmes kommen fühlte, führte akribisch Buch über die Einschläge in der Stadt.

Im Nebenhaus wohnte eine muslimische Familie, die mit Onkel Dawud befreundet war, die Familie Marshad. Die Männer der Marshads stiegen jeden Abend zusammen mit einem Sheikh auf das Dach ihres Hauses, um Bannflüche gegen Israel auszustoßen. Mirra und ich haben oft auf dem Dach gestanden und den Marshads zugesehen, die, wie wir später herausgefunden haben, gar nicht so hießen.

»Wir benötigen einen neuen Termin, Frau Niering«, sagt die Ärztin, als sie erscheint und mich aus dem Halbschlaf reißt. »Schmerzen?«

Ich verziehe das Gesicht, als ich mich halb aufrichte.

»Mirra«, murmle ich langsam in mich hinein.

»Mirra?«

»Ach, eine Freundin. Sah aus wie Sie. Ist bloß weniger lebendig.«

Mirra starb bei einem Angriff auf die Universität. Mitten auf dem Campus zerfetzt. Wir hatten nichts, was wir hätten beerdigen können.

Von der Klinik fahre ich direkt in die »Mittellandsiedlung für Neue Bürger und Anwärter«. Mein Interview gilt einer syrischen Familie, den Mallicks. An der MilaNBA angekommen, widerstehe ich der dringenden Versuchung, mich im Rücken der Siedlung auf den Weg über die am Abend wie leer gefegte Baustelle der MilaNBA II zu machen, hin zu der Betongrube, in der man Westgart gefunden hat. Ich frage mich, was man den Bauarbeitern erzählt hat, die jeden Tag die Polizeiabsperrung vor sich haben.

Bei den Mallicks sitze ich auf einem alten, offenbar von Deutschen geschenkten Sofa, das muffig riecht. Sie wohnen alle fünf in dieser kahlen Zwei-Zimmer-Wohnung und erzählen mir die Geschichte ihrer Flucht aus Syrien. Im Juni vor fünf Jahren. Einschließlich griechischer Auffanglager und Horrorszenen an der serbischen Grenze. Sie sind einigermaßen zufrieden in der MilaNBA.

Trotz allem bebe ich nach diesem Gespräch vor Wut. Das geht mir bei solchen Gelegenheiten immer so. Ich verlasse das Haus, in dem sich die Wohnung der Mallicks befindet, und laufe unten durch den im Dämmerlicht liegenden unbeleuchteten Hof. Über viele Jahrzehnte hat Europa in Asien und Nordafrika abgesahnt, ganz gleich, wer nun die Kolonien besessen hat. Ich bleibe stehen und zünde mir eine Zigarette an, blase den Rauch vor mir hinauf in den Abendhimmel. Auf dem Weg hierher habe ich mir eine Fünferpackung gekauft. Wie war das gleich noch mal? Handelsraubzüge, nach Europa abfließende gigantische Steuermengen, Bodenschätze, Drogenhandel in kosmischem Ausmaß, brutale Ausschaltung der einheimischen ökonomischen Konkurrenz. Vor allem in Indien, das im Alleingang die industrielle Revolution finanziert hat. Und jetzt wundern die sich allen Ernstes, wenn einmal eine Rechnung präsentiert wird? Nicht zu fassen. Ich nehme einen Durchgang in den nächsten Hof, wo mein Wagen steht. Europa braucht weder Menschenrechte noch Christentum, um diese Leute anständig zu behandeln. Was es braucht, ist bloß ein billiges Buchhaltungsprogramm.

Mein Wagen ist einer der wenigen, die in dem Hof abgestellt sind. Kaum einer hier hat ein Auto. Noch bevor ich den MINI erreiche, kommt ein Mann auf mich zu.

»Niering?«, fragt er. »Von der Onlinezeitung Bergenpost? Sind Sie Frau Niering? Sie sprechen Arabisch?«

»Kann ich Ihnen helfen?«, sage ich freundlich auf Arabisch, etwas Argwohn in der Stimme.

Es ist niemand sonst zu hören oder zu sehen in diesem sich eindunkelnden Loch von Hof. Vor mir steht ein Syrer, dem Akzent nach, mit rahmenloser Brille, kein Bart, spitze Nase. In Jeans. Sieht intellektuell aus.

»Kann ich mit Ihnen sprechen?«, sagt der Mann. »Ich habe gehört, dass Sie heute hier sind. Ich kenne die Mallicks.«

»Worum geht es denn?«

»Um ein Gebäude«, sagt er. »Mein Name ist Ibrahim al-Hassam. Ich bin von Beruf Installateur und Elektriker. Ich habe vor zwei Monaten in einer Lagerhalle gearbeitet. Dort gab es eine Menge zu verlegen. Leitungen, Kabel. Komplizierte Schalter.«

»Was wollen Sie mir sagen?«

»Ich arbeite bei einem Elektroinstallateur aus Budringen«, sagt al-Hassam, der sichtlich Mühe hat, seine Gedanken in eine logische Reihe zu bringen. »›Güdrim‹ heißt die Firma. Güdrim, ein Türke. Eigentlich bin ich Physiker, habe zu Hause an meiner Promotion gearbeitet. Arbeit als Physiker gibt es für mich in Deutschland keine, das Studium wird nicht anerkannt.«

Das macht die Redeweise jetzt noch sonderbarer.

»Und Sie müssen Geld verdienen und kein Studium nachholen.«

Al-Hassam zieht eine Packung Lucky Strike aus der Jackentasche. Bietet mir eine an. Ich ziehe meine eigene Minipackung hervor und bedanke mich. Er gibt mir Feuer. Eine Viertelminute rauchen wir bloß gemeinsam.

»Ich habe Familie, ein Kind«, fährt al-Hassam dann fort. »Wir sind seit zwei Jahren hier. Eigentlich kann ich mich nicht beschweren.«

Ich schweige und nehme al-Hassam in Augenschein. Er ist nervös, die ganze Zeit, gibt sich jedoch Mühe, einen soliden Auftritt hinzulegen. Die Zigarette beruhigt ihn ein wenig.

»Und was ist mit dem Gebäude«, frage ich, »von dem Sie eingangs …?«

»Wir haben dort die Installationen verlegt«, er nickt, »eine sonderbare Anlage war das, ich meine, in diesem Lagergebäude. Es befindet sich am Ignaz-Wasner-Weg 7, hinter dem

Gewerbegebiet bei Obertannen. Die Anlage ist mir von Anfang an wie eine illegale Produktionsstätte für Chemikalien vorgekommen. Und ein seltsames Gebäude ist es auch. Ich weiß inzwischen, wie hier Dinge aussehen können. Und das war kein Gebäude einer Chemiefirma. Deshalb fragte ich mich dort die ganze Zeit: Kann das legal sein? Stellen die da Drogen her? Oder etwas Schlimmeres? Das denke ich bis heute. Zur Polizei kann ich nicht. Meine Arbeit ist nicht ganz offiziell.«

»Und als Sie von meinem Interview hörten, haben Sie beschlossen, ich wäre diejenige, die sich der Sache annimmt.«

Al-Hassam zieht lange an seiner Zigarette, nickt schließlich. »Und in der Firma habe ich auch nichts gesagt. Angst um den Arbeitsplatz, Sie verstehen.«

Ich ziehe mein Handy hervor und notiere mir al-Hassams Telefonnummer und seine Adresse.

»Vergessen Sie die Adresse von dem Lagergebäude nicht«, sagt er.

Ich schreibe sie auf meinen elektronischen Notizblock.

Al-Hassam wird jetzt wieder unruhiger, sein Atem geht schneller. Es gibt keinen unmittelbaren rationalen Grund für seine Nervosität. Sitzt ihm jemand im Nacken? Um mich zu beruhigen, sage ich mir, das ist einfach seine Art zu sein, in der Fremde, ohne Rechte, alles unsicher. Ich habe das auch bei anderen Flüchtlingen schon erlebt. Nur war es keine so hartnäckige Unruhe.

»Ist etwas mit Ihnen?«, frage ich. »Sie sind reichlich zappelig.«

»Oh nein, gar nichts«, sagt er. »Vielleicht diese Sache mit der Anlage. Die lässt mich nicht los. Denn da …«

»Was?«

»Ich … Da war ein großes Tuch, wie zum Gebet an die Wand gehängt. Darauf ein Vers aus dem Koran. Er stammt aus Sure IX, *at-Tauba*, die Sure der Buße. Sie sind Christin, richtig? Aber diese Sure kennen Sie vielleicht. Und dieser Vers der Sure nennt sich ›Vers des Schwerts‹. Moderne Muslime haben damit nichts am Hut. Heute verwenden den Schwertvers nur Islamisten, um ihre Mordlust zu rechtfertigen.«

»Weshalb Sie was denken?«

»Ich weiß nicht. Sind das die finsteren Gestalten, vor denen wir aus Syrien geflohen sind? Das ist es, was ich denke. Und ich habe Angst vor dem, was die in dem Gebäude machen. Oder einmal machen werden.«

»Das kann ja Zufall sein, mit der Sure. Ein eifriger muslimischer Arbeiter, der meinetwegen der islamistischen Szene nahesteht. Könnte vorkommen.«

»Schon, nur …« Al-Hassam lacht verkrampft auf. Er zittert, als er die nächste Zigarette nimmt und mir wieder gedankenverloren eine anbietet. Diesmal nehme ich eine Lucky Strike. Etwas in mir, etwas ganz Kleines, jubelt auf. Ich mag Luckys. Er hält mir sein Feuerzeug viel zu knapp vor die Nase, sodass ich mich nach hinten lehnen muss. Er zittert.

»Ich werde dem nachgehen«, sage ich. »Versprochen. Kann ich Ihnen sonst noch helfen? Ihrer Frau, eine Arbeit?«

»Nein, sie putzt ein bisschen, sonst ist sie mit unserer Kleinen beschäftigt, außerdem ist sie wieder schwanger. Wir wollten immer zwei Kinder.«

»Oh, gratuliere«, sage ich und gebe mir Mühe, ganz entspannt und fröhlich zu klingen.

So wie Leute klingen, wenn sie solche Dinge sagen. Bei Menschen, die aus schrecklichen Kriegen flüchten, ist jedoch nichts so, wie es sonst ist. Schon gar nicht, wenn sie dann noch Schwertverse in sonderbaren Lagerhallen finden. Und all das färbt auf ihre Gesprächspartner ab.

Dazu kommt dieses fremdartige Gefühl, das immer mehr von mir Besitz ergriffen hat, seit wir dastehen, rauchen, reden, mit unseren Telefonen hantieren. Ganz abseits von al-Hassams Unruhe. Und jetzt, als al-Hassam gehen will und langsam Stille einkehrt zwischen uns, wird dieses Gefühl deutlicher. Es ist, als legte sich eine Hülle um uns, deren Gegenwart beinahe schmerzhaft ist, ein Vakuum, das aus nichts als bloßer, bösartiger Abwesenheit besteht. Bodenlos und schmerzhaft. Spürt er das auch?

Minuten später befinde ich mich in meinem Wagen auf dem Weg nach Hause. Ich frage mich, ob ich nicht bei Mirra oder Mama damals etwas Ähnliches gefühlt habe. Doch was soll mit al-Hassam schon geschehen? So wie das dort, denke ich aber, muss sich die Präsenz des Todes anfühlen.

Der Sheikh

Eine Flasche Sherry liegt in meiner Tasche, als ich kurz nach zehn Uhr morgens auf das Haus Alttorgasse 4 zusteuere. Ein makelloses Gründerzeithaus, wie es sich für die Innenstadt gehört.

Ibrahim al-Hassam verschwindet nicht aus meinem Kopf. Ich nehme mir vor, ihn heute noch anzurufen. Denn ich mache mir Sorgen. Vielleicht, sage ich mir, ist er traumatisiert und deshalb suizidgefährdet.

»Tut mir furchtbar leid«, sagt Mareike, als sie mir die Tür aufmacht. Sie meint meine Rippe. Ich zögere und sehe sie an. »Und jetzt komm endlich rein. War gut, dass die den Lukas beschattet haben.«

Sie umarmt mich fürsorglich und lange. Ich werde seit gestern allerorten umarmt. Die Frage, ob Lukas von der Beschattung gewusst hat, will ich jetzt nicht abhandeln.

»Was weißt du über den Einbruch im Polizeidepot?«, sage ich stattdessen.

»Keine Ahnung. Hab nur davon gehört«, sagt Mareike. »Kaffee? Wir sitzen dann da drüben.« Sie deutet zur Tür des Wohnraums, die offen steht.

»Gerne. Und Rainald Mehlhand?«

Mareike zögert. Ich warte ihre Antwort nicht ab und gehe langsam in den Wohnraum. Dort setze ich mich aufs Sofa. Ich ziehe den Sherry aus der Schultertasche und stelle die Flasche auf den Glastisch. Das Zimmer ist altmodisch eingerichtet. Als hätte Mareike die Möbel von verschiedenen Großtanten geerbt. Ein französisches Sofa mit Veloursbezug, ein Sofatisch mit Intarsien, deutsche Eichenschränke.

»Rainald?«, ruft Mareike jetzt doch aus der Küche und

macht sich an der Kaffeemaschine zu schaffen. »Was soll mit dem sein? Frisst dem Lukas aus der Hand. Typ extrabrutal.«

Ich lehne mich zurück und warte. An der Wand hängen drei Poster mit historischen Tarotkarten in dunklen Holzrahmen. Die Bilder sind die einzige Wanddekoration. Wie kommt Mareike denn bloß *darauf*? Es handelt sich um »Der Gehängte«, »Der Eremit« und »Der Narr«. Es sind schöne Drucke. Ich stehe auf und betrachte sie genauer. Karten des bekannten Rider-Waite-Tarots. Ich weiß, dass Rider und Waite Mitglieder des »Hermetic Order of the Golden Dawn« waren, dem auch dieser verrückte Okkultist Aleister Crowley, William Butler Yeats and Arthur Machen angehörten. Yeats' Gedichte habe ich immer geliebt, aber als Studentin habe ich einmal eine Erzählung von Machen gelesen und ich glaube, ich hatte danach wochenlang Albträume.

Mareike kommt mit zwei Tassen Kaffee und sieht mich vor den Drucken stehen.

»Schön, nicht?«, sagt sie. »Ich steh da drauf. Allerdings mehr auf die Bilder. Nicht auf Tarot. Der Stil gefällt mir. Das da«, sie meint »Der Eremit«, »hat Lukas mir vor ein paar Monaten geschenkt. Samt Rahmen. Für einen Kerl weiß der gut, wie man einer Frau Geschenke macht.«

Ich lasse mich auf die Sofaecke fallen. Mareike registriert den Sherry mit einem Lächeln und einem Augenzwinkern. Setzt sich neben mich hin und dreht sich mir zu. Dazu tätschelt sie meine Hand.

»Bin froh, dass du gekommen bist.«

Ich lehne mich vor und ziehe die Kaffeetasse zu mir heran. Weil ich nichts sage, denkt Mareike offenbar wieder an meine Frage zu Rainald Mehlhand.

»Rainald hängt in diesem Zentrum rum«, angeekelt schüttelt sie den Kopf, »›'n Roses‹. Kennst du? Der hat ja geholfen, das aufzuziehen.«

»Das Jugendzentrum?«

»Genau. Dort kommen die alle hin. Kannst dir ja vorstellen. Milch, Zucker?«

»Nein danke. Gesine war auch dort?«

»Klar, alle so unter zweiundzwanzig. Und Rainald. Und sonst was Neues von Gesine?«

Ich winke ab, entziehe ihr die Hand und nehme einen Schluck von dem Espresso. Mareike trägt einen kurzen Rock und ein einfaches dunkelgrünes Top. Ihre Körpersprache ist heute eine andere als in der Sporthalle. Eher auf Sichverkriechen. Sie steht auf und holt zwei Whiskygläser von der Anrichte. Die müssen wohl für den Sherry herhalten. Und ich überlege, was ich ihr sagen kann, während sie die Flasche öffnet, mich unsicher anlächelt und die Gläser zu einem Viertel füllt.

»Ist früh«, sagt sie, »aber nun bist du schon mal da.«

Wir stoßen an und trinken.

»Schon fast elf Uhr und Sonntag«, sage ich, ein besserer Witz will mir nicht einfallen.

Mareike steht wieder auf und holt ihr Telefon, das sie über die Soundbox laufen lässt. Wir hören etwas Altes von Yes, was in Ordnung ist für mich.

»Bei Gesine ist nichts rausgekommen«, sage ich. »Nichts, was an einen Mord denken lässt.«

»Verstehe«, sagt Mareike traurig. »Aber vielleicht nur nicht direkt.«

Das lasse ich auf mich wirken. Was meint sie? Gesine in den Suizid getrieben?

Ich habe Wanderer gefragt und weiß, dass der Fall Gesine Wildung gerade zu den Akten gelegt wird.

»Also eindeutig?« Mareike lehnt sich zurück und gibt sich Mühe, Entspanntheit vorzuschützen.

»Tja. Und du? Hast du etwas über das Polizeidepot gehört?«

»Ich?«

Das klingt überrumpelt. Ihre Stimme ist einen Moment lang rau. Woher weiß Mareike etwas? Von Lukas? Und dass Gesine dabei war, habe ich ihr ja schon letztes Mal gesagt.

Eigentlich bin ich es jetzt, die überrascht ist, verberge es jedoch und schaue Mareike schweigend in die Augen. Es ist kein harter Blick. Das spürt sie. Sie will mich nicht enttäuschen. Yes singen gerade »Siberian Khatru«. Das lese ich auf Mareikes Handy, das auf dem Tisch liegt.

»Also gut, ja, ich habe von der ganzen Sache etwas gehört. Mehr nicht. Und ganz unter uns, ja?«

Ich nicke. »Journalistenehre.«

»Rainald war auch dabei. Er hat Gesine angeschrien, ›du verdammte Nutte‹ und so ’n Zeug, weil sie die Maske vergessen hat, draußen. Drinnen hatte sie das Teil runtergenommen. Alle hatten drinnen die Skimasken abgenommen, wie es scheint. War eine schwüle Nacht. Nur Gesine hatte vergessen, sie wieder überzustreifen. Nüchtern war sie bestimmt auch nicht.«

»Woher das jetzt alles?«

Mareike kämpft ein paar Sekunden lang mit den Tränen. Ich gebe ihr Zeit.

»Und deshalb hat sich Gesine von der Loggia runtergestürzt?«, frage ich weiter.

»Sie hat mich angerufen. Nach dem Depot. War total verzweifelt. Sie wusste ja, dass die Kameras sie gefilmt hatten. Und ich werde mir niemals verzeihen, dass ich nicht gleich zu ihr rausgefahren bin. Eine verfluchte Nacht war das.«

Mareike zieht ein Taschentuch aus einer Packung, die auf dem Sofatischchen liegt, und putzt sich die Nase. Yes sind bei »Perpetual Change« angelangt. Es passt irgendwie nicht.

»Was hat sie denn gesagt?«

»Dass die sie kriegen werden, wenn das Gesicht einmal irgendwo anders auf einer Überwachungskameraaufnahme auftaucht. Früher oder später lange Verhöre, bei denen immer mal etwas rauskommen kann. Und ihre Verbindungen,

Freunde, alle durchgecheckt. Es erschien ihr selbst wie ein großer Verrat, dass sie so unvorsichtig war beim Depot. Und Rainald und die anderen haben sie unter Druck gesetzt.«

»Wie denn unter Druck?«

»Das hat sie nicht gesagt, hat nur geweint. Die waren nicht nett zu ihr, wie es scheint.«

»Könnten die ihr nahegelegt haben …?«

»Vielleicht, ja«, unterbricht sie mich mit gebrochener Stimme. »Ich halte alles für möglich. Und ich habe ihr nicht geholfen. Sie hat gesagt, sie muss weg, ganz schnell und ganz weg. Genau so. Ganz schnell, ganz weg. Und ich hab's nicht kapiert. Dabei hat sie doch fürchterlich geheult.«

»Du weißt das also, mit Gesines Gesicht? Das meinte sie mit ›ganz weg‹?«

Mareike nickt. »Hat mir ihre Mutter erzählt. Ich hab sie vorgestern angerufen. War mit Abstand das schlimmste Telefonat meines Lebens.«

Mareike weint wieder, das Taschentuch vor der Nase. Ich lege die Hand auf ihre und sage ein, zwei Minuten lang nichts mehr.

Dann fängt Mareike an, von ihrem Besuch bei Lukas im Knast zu erzählen. Und der Sherry fängt an, sich wie von selbst zu leeren.

Manchmal fällt es mir schwer, Mareike zu verstehen. Denn sie hört nicht mehr auf mit Lukas. Sie ist noch immer besessen von ihm. Seine halbe Vergangenheit kriege ich zu hören. Die ersten Schlägereien, die Mopeds mit den Kreuz-Erster-Klasse-Aufklebern, die weißen Socken als Erkennungszeichen. Während des Studiums die Markomannia-Verbindung. Die Mensuren. Mittelalterliche Räume, Alte Herren, Bier in nibelungischen Mengen, Schnaps, lange Tische, kalte Nächte, Biergeruch überall, sein Chargenname Tristan.

»Da ist er noch heute stolz drauf«, sagt Mareike. »Und die zehn Zentimeter langen blutigen Platzwunden an Schulter,

Armen und Rücken sind seine alten Trophäen. Dabei war er ein toller Student, sagt er jedenfalls.«

Da der Sherry fast leer ist, folgt jetzt ein Tequila mit Mangosaft. Ich trinke normalerweise nichts Hartes.

»Eine Rolle hat auch seine Halbschwester Marianne gespielt«, sagt sie. »Aus der ersten Ehe seiner Mutter. Als sie an der Uni war, wohnte Marianne immer noch bei ihnen. Lukas war anfangs fünfzehn und sie kam über Jahre zweimal die Woche in sein Zimmer. Gab aber nie Vaginalverkehr. Dann kann sie sagen, hat sie gemeint, es ist nie zum Inzest gekommen. Also alles, richtig alles, nur nie vaginal. Merkt man ihm im Bett heute noch an.«

»Wo ist Marianne jetzt?«

»Sie hat ein vegetarisches Restaurant in Freiburg. Lukas muss sie regelmäßig anrufen. Die würde sich sonst das Leben nehmen.«

»Und Lukas? Was hat er vor? Du musst mir das sagen. Irgendeinen Plan muss er ja aushecken. Vorzugsweise einen, bei dem das mit dem Depot Sinn ergibt.«

»Ich weiß praktisch nichts«, sagt Mareike und wendet sich mir zu. »Er redet oft von dieser Syrersiedlung. Die macht ihn fuchsteufelswild.«

»Er hält sich für was Besonderes, nicht? Arschloch.«

Ich will jetzt meine Story. Und wenn ich sie dazu provozieren muss.

»Der mag dieses ganze Zeug nicht.« Sie reagiert nicht auf mein letztes Wort, streicht sich eine Strähne aus der Stirn und blickt mir direkt in die Augen. »Schlägereien, Plattköpfe mit Glatzen, die Partei. Nee. Das widert ihn an. Er glaubt, er ist ein ganz anderes Kaliber. So Oberbösewicht, verstehste? Er hat auch Kontakte nach Berlin, da gibt es Leute, mit denen er redet. Sind alles bestimmt keine Schießbudenkameraden.«

Mareike lässt für einen Augenblick den Kopf hängen. Wir stürzen jede einen weiteren Tequila mit Mangosaft herunter.

Wir haben es jetzt zu Emerson, Lake and Palmer gebracht. »Fanfare for the Common Man«. Mareike ist altmodisch, hat aber Geschmack.

»Wie hat dir das Bild von Coraima Torres gefallen?«, sagt Mareike.

»Das verkehrt herum war?«

»Ganz genau. Das meine ich.«

***

Zu Hause, es ist inzwischen Abend, schlafe ich eine Stunde lang, mache einen doppelten Espresso. Fast wieder nüchtern steige ich unter die Dusche. Sehr vorsichtig, der Verband darf nicht nass werden. Danach sehe ich mir Mareikes Posting auf Facebook noch einmal an. Wie hieß noch mal die Telenovela, für die Coraima Torres bekannt ist? »Kassandra«. Kassandra war jene Frau, die die Trojaner vor real drohendem Unheil gewarnt hat. Und was ist eine Kassandra verkehrt herum? Sie warnt nicht und sollte es doch? Nein. Sie warnt und es ist nicht wahr? Es gibt die Gefahr gar nicht? Und wer warnt in meiner Geschichte wen und wovor? Ist Mareike die verkehrte Kassandra? Und ihre Warnung daher in den Wind zu schlagen? Nur wovor hat sie mich gewarnt? Und warum so geheimnisvoll? Hätte sie nicht Klartext mit mir reden können?

Seit gestern schon ist in meinem Körper eine Fressattacke im Anmarsch. Bei Mareike habe ich jede Nahrungsaufnahme verweigert, was angesichts von Sherry und Tequila nicht ratsam war. Ich gehe in die Küche und mache Inventur. Wenn ich mir ein Abendessen mit Rucola, spanischem Käse und einer winzigen Baguetteschnitte zubereite, denke ich, kann ich die Attacke vielleicht noch abwehren. Dann kriegt sie mich aber morgen oder übermorgen dran. Und in Achenburg stehen trotz Leuten wie Lukas Spahn die Chancen, dass ich übermorgen noch lebe, viel zu gut, um diese Tatsache zu ignorieren.

Da ist es vorteilhaft, dass ich noch eine Menge zu tun habe. Die Dateien auf Hornbrilles Speicherstick laufen jetzt alle. Herbert hat mir den Inhalt auf den Laptop gespielt und verwahrt den Stick im Redaktionssafe.

Statt dem Abendessen mache ich mir daher eine kleine Kanne Espresso. Anna hat in der Küche eine extragute Maschine stehen, eine Saeco Royal, und allein für diese Maschine werde ich Anna ewig dankbar sein.

An der Espressomaschine stehend, fällt mir eine der Notizen auf, die an den Küchenschränken kleben. Sie muss wohl zwei oder drei Wochen alt sein.

Sheikh al-Kalani
12.9.
Dom zu Achenburg
19:30 Uhr?

Das ist der Ort und das Datum einer Predigt. Ich habe meinem Vater versprochen, mir den Besuch der Predigt wenigstens zu überlegen.

Sheikh Hamza al-Kalani, klein, fadenscheiniger weißer Bart, ist fünfundsiebzig Jahre alt, stammt aus der Familie des Propheten und predigt die enge Bruderschaft von Islam und Christentum.

Ich nehme die Notiz ab, pappe sie an die Espressomaschine und denke, dass uns, falls al-Kalanis Sache einst Erfolg beschieden sein sollte, nur noch die Israelis und ihre F-16 bleiben, wenn wir Sehnsucht nach Radau haben.

Sheikh al-Kalani ist ein Sunnit, wird von den Hardlinern aber fast als Sufi betrachtet, als ein abscheulich toleranter, mystisch verbrämter Irrer. Familie hin oder her. Die Anschläge, von denen wir in der islamischen Welt im Dreitagetakt hören, gelten ja nicht selten diesen toleranten Sufi-Ketzern. Die Sufis sind die Mystiker des Islam und sie leben überall gefährlich, auch wenn sie sich zuweilen mit den Herrschenden arrangiert haben. Vor Schreinen, auf Pilgerfahrten und bei geheimen Treffen werden Sufis heutzutage hingemetzelt und niemand in der islamischen Welt schert sich darum. Ausgenommen mein Cousin Yunis, doch das ist eine ganz andere Geschichte.

Mit meinem Laptop lasse ich mich auf Annas weißem Ledersofa nieder und mache mich an die Arbeit. Davor checke ich den Terminplan des Sheikhs im Internet. Al-Kalani predigt in Moscheen und zuweilen auch in Kirchen. Mein Vater liebt den Sheikh, er lässt keine Predigt aus, die im Umkreis von vier Autostunden stattfindet. Zurzeit hält sich der Sheikh in Europa auf. Morgen kommt er in die große Moschee nach Düsseldorf, am 7. ist er in Köln. Dazwischen Antwerpen, Metz und Rotterdam. Und am 12. der Dom von Achenburg.

Ich reiße mich los und widme mich den unangenehmen Dingen. Hornbrilles Dateien. Bei fünfen handelt es sich um Videos, dazu kommt die Audiodatei. Sonst nur Texte, mit ein paar wenigen beigefügten Fotos und Grafiken. Wobei Herbert für einen der Texte kein Passwort hat finden können.

Ich gehe systematisch vor. Zunächst die Videos, dann die Texte. Die Audiodatei will ich mir bis zum Schluss aufheben. Das wird eine Weile dauern. Doch irgendwann muss ich da durch.

Bald ist es elf Uhr nachts und mittlerweile habe ich alle Videos hinter mir. Keines ist mehr als zwanzig Minuten lang. Darunter waren ein Werbevideo einer Dschihadistengruppe und ein Video mit mehreren kurzen Interviews mit Kämpfern in Syrien. Posen, Waffen, martialische Gesten.

Ein drittes Video hatte einen animierten, mit einigem Aufwand erstellten Angriffsplan auf eine beliebige Stadt zum Gegenstand. Dschihadist Ali Muselman attackierte Bad Musterstadt in Musterland mit seiner Kalaschnikow und erzielte die gewünschte Anzahl von Abschüssen. Wie in einem Computerspiel.

Es war, als beträte ich ein Zombie-Wunderland.

Das vierte Video zeigte zwar ebenfalls ein animiertes Angriffsszenario, doch fand in diesem Fall der Angriff mit nie da gewesenen Mitteln statt. Auf einem Marktplatz in einer wohl asiatischen Stadt war schweres Nervengift eingesetzt worden. Ergebnis: mehrere hundert Tote. Die furchtbaren Szenen treiben mich zu Fuß hinaus zur Hauptstraße, zu einem Einkaufszentrum, wo es einen Zigarettenautomaten gibt.

Mit mehreren Packungen Marlboro light gehe ich langsam zurück, verstohlen Ausschau haltend nach dem Audi Kombi und dem weinroten Renault, und versuche, die Bilder des Animationsvideos aus meinem Kopf zu kriegen.

Zu Hause presse ich fünfzehn mittelgroße Orangen aus und widme mich mit einem großen Glas Saft den Textdateien. Die meisten der Texte, die ich zu sehen bekomme, sind auf Arabisch, nur fünf sind auf Deutsch gehalten. Schlechtes Deutsch. Bis gegen zwei Uhr lese ich alles, was ich jemals erfahren werde über Strategien für Angriffe mit verschiedenen Waffen, einschließlich leichter Artillerie, über den Einsatz von Giften in der Wasserversorgung und Nahrungsmittelherstellung, über Planspiele für den Versuch, die europäische populistische Rechte zum Verbündeten zu gewinnen, verstreute Gedanken zu möglichen Aufständen in einem beliebigen westeuropäischen Land und zu guter Letzt, wie ein innerstaatlicher Einsatz der europäischen Armeen gegen den Dschihad in Europa überstanden werden kann. Mit einem Wort: Bürgerkrieg und wie man ihn gewinnt.

Mehrfach ist von Angriffsplänen die Rede, die in einer Immigrantensiedlung vorbereitet werden. Es handelt sich offenbar um keine Kleinigkeit und die Kämpfer, sagt der Text, leben mit guter Legende getarnt in dieser Siedlung mit Scheinfamilien. Kein Wort darüber, um welches Land oder welche Stadt es sich handelt. Dass es Deutschland betreffen könnte, legt schon die verwendete Sprache nahe. Nur zweimal nebenher fallen gelassene Bemerkungen, die ein Codewort enthalten. Darin ist die Rede von den Kämpfern der *mil*. Was auf Arabisch aber auch *»mila«* heißen könnte.

Schließlich stoße ich noch auf ein anderes Codewort. Das Wort lautet *»munn«*. Nachdem ich schon zum hundertsten Mal in arabischer Schrift *»munn«* gelesen habe, fällt mir auf, dass es in den deutschen Texten nicht als *»munn«*, sondern als *»moonn«* wiedergegeben wird. Dann wohl Englisch ausgesprochen. Was kann das bedeuten? In einigen Texten nimmt das Wort eine zentrale Stelle ein und ohne Kenntnis dieses Codeworts sind sie nahezu wertlos.

Mir bleibt nichts anderes übrig, als das vorerst auf sich beruhen zu lassen, und wende mich der Audiodatei zu. Ich weiß ja, es handelt sich um ein Interview mit einem hochrangigen Mitglied der al-Nusra-Front in Syrien, einer schlagkräftigen, terroristisch-islamistischen Vereinigung.

Die Einführung zu dem Interview wird auf Deutsch gesprochen. Der Interviewte wird als »führender Kopf« der al-Nusra-Front bezeichnet, doch wird kein Name genannt und ich bin gezwungen, dieser Einordnung blinden Glauben zu schenken. Überdies ist eine Datumsangabe zu hören, was mir zum ersten Mal auffällt. Der Interviewer sagt ganz klar, die Aufnahme finde am 15. Juli statt. Ohne Jahr. Das Gespräch selbst ist auf Arabisch geführt worden, mit ein paar eingestreuten deutschen und englischen Worten. Es macht mich stutzig. Denn der al-Nusra-Mann spricht in einem arabischen Dialekt, der mir unbekannt ist. Das ist weder Syrisch noch Nordirakisch, es ist auch nicht Südirakisch oder Ägyptisch oder Libanesisch, es ist vielleicht nicht einmal normales Arabisch. Fast scheint es, als spräche da jemand, der schon lange nicht mehr zu Hause gewesen ist und sich vielleicht einen deutlichen Akzent angeeignet hat. Um welchen Akzent es sich handelt, ist fast nicht zu erkennen bei der Aufnahmequalität.

Denn es gibt zu viele Hintergrundgeräusche. Hintergrundgeräusche, die mir bald noch seltsamer erscheinen als der undefinierbare Akzent. Eine Menge Gespräche sind zu hören. Frauenstimmen, mehr aber Männerstimmen. Wassergeplätscher. Gelächter. Aus der Ferne sogar ein bisschen Musik. Hätte ich es nicht besser gewusst, hätte ich auf Partygeräusche getippt. Ich höre mir die etwa halbstündige Aufnahme zunächst mit ganzer Konzentration auf die Geräusche im Hintergrund an. Da werden mehrere Sprachen gesprochen. Dazu Fahrzeuggeräusche. Sonderbare akustische Verhältnisse. Und die Motorgeräusche stammen bestimmt nicht von Toyota-Pick-ups auf rumpeligen nahöstlichen Pisten. In diesem Interview, das geplante Angriffe in Europa erwähnt, ohne Orte, Methoden oder genaue Zeitpunkte zu nennen, fällt wieder mehrmals das Wort *»moonn«*.

Ich drücke meine Zigarette aus. Ich brauche eine Idee. Die Methode ist, etwas ganz anderes zu machen, um den Kopf frei für einen neuen Gedanken zu bekommen. Das funktioniert fast immer.

In Annas Keller gibt es Stepper, Schwungräder, Gewichte und ein Laufband. Niemand wird mir das glauben, doch ich habe den Jacuzzi da unten in all den Monaten tatsächlich erst zwei- oder dreimal benutzt. Ich lasse Wasser ein und stelle so viele Düsen wie möglich auf volle Kraft. Dass mein Wundverband nass wird, nehme ich in Kauf. Er muss ohnehin am Morgen gewechselt werden, was ich selbst machen werde. Die Schwester in der Notaufnahme hat mir gezeigt, wie das geht.

Zwanzig Minuten später laufe ich triefend hinauf zu meinem Laptop, trinke den restlichen Orangensaft und schreibe Trixi eine Nachricht auf dem Messenger. Ich will wissen, wo sich Leonhard zurzeit aufhält. Und wenn das jemand weiß, dann meine alte Studienfreundin Trixi. Leonhard im Kopf, trockne ich mich ab, föhne den Wundverband trocken und gehe kurz auf die Terrasse hinaus. Trixi antwortet und gibt mir die E-Mail-Adresse von Leonhard. Ich schreibe ihm sofort. Leonhard meldet sich umgehend, also mitten in der Nacht, was mich ein bisschen zappelig macht. Noch lange kein Lichtstreif im Osten.

***

Ich weiß nicht, was danach passiert ist. Als ich gegen halb zwölf Uhr mittags erwache, knallt die Sonne in Annas Wohnzimmer herein. Ich liege halb nackt auf dem Sofa. Um mich herum Chaos. Der Fernseher ist kaputt, durch das dicke Glas des Sofatischchens laufen Sprünge. Und aus allen Kommoden und Schubladen hat man so viel wie möglich herausgerissen. Als hätte jemand Unordnung um der Unordnung willen geschaffen. Ich unterdrücke eine Schreiattacke, werfe einen Turnschuh, der auf dem Tisch liegt, mit Wucht in das Loch im Fernsehapparat.

»Ihr Ärsche!«, schreie ich, fluche dann noch tausendmal vor mich hin und rufe Wanderer an, der nicht drangeht.

Darauf versperre ich die Eingangstür. Die Terrassentür, stelle ich fest, ist aufgebohrt worden. Ich habe sie also nicht offen gelassen in der Nacht. In den anderen Räumen des Hauses ist alles so still und ordentlich wie zuvor. Nichts scheint zu fehlen. Selbst mein Laptop ist unversehrt. Die haben ihn nicht einmal angerührt. Und ich habe nicht den Eindruck, sie hätten etwas gesucht.

Schließlich schreibe ich Mandl eine SMS. Er schicke sofort zwei Wagen vorbei, antwortet er.

Der Sinn des Besuchs scheint offensichtlich: Halt die Klappe. Hör auf. Mit was auch immer. Wobei ich gerne eine Menge unbekannter Variablen fixiert hätte. Die wichtigste: Wer? Wessen Leute? Lukas Spahns? Rainald Mehlhands? Leute, denen mein Kontakt zu Hornbrille nicht gefällt?

Ich steige in meine Jeans und ziehe eine neue Bluse an. Als

die beiden Einsatzwagen kommen – Wanderer, sagt man, sei nicht erreichbar –, will ich nur noch weg. Ich überlasse den Polizisten das Haus, bitte sie, die schweren kaputten Gegenstände wie Tisch und Fernseher auf die Terrasse zu stellen oder gleich mitzunehmen. Ich kann das. Jeder Achenburger Polizist, wage ich zu behaupten, kennt mich. Und ich bilde mir ein, sie mögen mich, im Großen und Ganzen.

Als die Polizisten zugange sind, wobei sie wichtigtun, mehr fotografieren und auf Tabletcomputer schreiben als nötig, um ihrem Einsatz als Entrümpelungskommando einen beruflichen Anstrich zu geben, packe ich ein paar Sachen in meine Reisetasche, nehme meinen Laptop, gebe den Polizisten den Zweitschlüssel und bitte sie, die Eingangstür abzuschließen und die Terrassentür behelfsmäßig zu verriegeln. Ich lächle, winke, verlasse das Haus und setze mich in den Wagen.

Ich bin noch benommen und fühle mich seltsam träge. Die müssen mich mit Benzodiazepinen hingestreckt haben. K.-o.-Tropfen. Aber wie? In den Orangensaft? Das heißt, die waren schon da, als ich aus dem Keller gekommen bin? Mich haben sie nicht angerührt. Ein unglücklicher Zufall, dass ich nach dem Jacuzzi kaum bekleidet war. Ich öffne die Jeans und lasse die Hand zwischen meine Beine gleiten, um mich meiner Unversehrtheit zu vergewissern. Dann fahre ich los. Ich bin spät dran. Ich muss in die Berge. Das ist bei Weitem das Beste, das ich jetzt tun kann.

Die Anlage

Während der vierstündigen Fahrt nach Oberbayern rufe ich Walter an und bitte ihn, jemanden ausfindig zu machen, der mir die Terrassentür ersetzt. Die Hausratversicherung übernehme das. Ich sei morgen wieder zurück. Walter hat von dem Einbruch noch nicht gehört, er ist entsetzt, stellt jedoch keine weiteren Fragen.

Wenige Minuten darauf habe ich Wanderer an der Strippe. Gerade erst habe er von meinem Fall gehört. Er will mein Haus überwachen lassen.

»Lassen Sie, Wanderer«, sage ich, »die haben gesagt, was zu sagen ist.«

Ich erzähle Wanderer nichts von al-Hassam. Nur Rainald Mehlhand erwähne ich. Den scheint Wanderer aber ohnehin zu kennen. Ich bin froh, schon zweihundert Kilometer weit weg von Achenburg zu sein.

Ich passiere München, das Stadion. Bei Irschenberg fahre ich von der A 8 ab und schleiche mich über die Hügel an den Ort Schliersee heran.

Leonhard und ich haben während meines Studiums in München als Traumpaar gegolten. Eines, das es allerdings nie ganz geschafft hat. Leonhard hatte seine Musik, ich die Germanistik, dann das Journalismusstudium. Nach einer durchgeschwitzten Nacht mit unseren Leuten, alles Germanisten und angehende Journalisten, dazu Leonhard, der Trixi eine Zeit lang gevögelt hatte, und ein paar Jungs von der Soziologie – in dieser Nacht, die im »Pappasito's« und bestimmt auch im »Brenner« begann, danach weiter im »Kunstpark Ost« und im »P1«, wo es diese Pizzen draußen gab, die noch Hugo machte, hatte Leonhard keine Lust, ein Taxi nach Hause zu nehmen, da er irgendwo bei Karlsfeld wohnte, und bat deshalb darum, bei mir auf dem Teppich schlafen zu dürfen. Sofa muss wohl belegt gewesen sein. Auflage war, er müsse duschen. Und dann blieb er nur eine halbe Stunde lang dort, wo er heilig versprochen hatte zu bleiben. Ich kannte ihn erst seit ein paar Wochen, hatte bisher wenig mit ihm gesprochen, trotzdem legten wir los. Ich habe es nicht bereut. Ich war drei Wochen lang recht verliebt, schätze ich. Damals hatte ich jedoch den Traum von der toughen Reporterin, da passte mir ein Musiker nicht in den Kram. Ich war stolz auf meine nichtdeutsche Herkunft, als wäre die die Eintrittskarte zur globalen Kaste, und Leonhard, der immer bei Bach und Schumann hängen blieb, war mir zu sensibel. Es ließ sich von Anfang an alles viel zu kompliziert an. Nur der Sex, der hatte funktioniert.

Ich lasse die Fensterscheibe runter und werfe einen Blick auf Fichten und Wiesen. Frische Spätsommerluft weht herein. Das mit Leonhard war eine ganze Weile vor Christian. Und jetzt? Laya, sage ich mir, warte ab, du bist erst sechsunddreißig, schau auf dein Navigationsgerät, es zeigt nach rechts, in viereinhalb Kilometern.

Vorne beim See stehen die Berge gestaffelt. Dahinter lassen sich die Alpen erahnen. Ich fahre links am See entlang. Leonhard hat ein Haus geerbt, das hat Trixi mir noch erzählt. Es liegt außerhalb von Schliersee mit seinen schmucken Zäunchen, Blumenkistchen, Häuschen und Biergärtchen. Oberbayerische Hobbitidylle.

Ich biege ab in eine kleine Zufahrt. Ein altes renoviertes Landhaus direkt am See. Ich parke den Wagen einfach an einer hohen Thujenhecke, steige aus, dehne mich. Alles still hier, nur die Straße im Rücken ist zu hören. Als ich das Gartentor in der Hecke öffne, Buchsbäume. Ein hoher Bergahorn. Dahinter das Haus.

Die Glocke am Eingang zu betätigen, spare ich mir. Die

Haustür steht offen. Ich bereite mich auf eine aufwendige Konversation mit dem Ego eines Musikers vor, der viel fühlt, aber nicht versteht, wie Leute ticken, die keine Musiker sind.

Ich durchquere den scheußlich afrikanisch ausgestatteten Flur und schleiche ins Wohnzimmer. Das mag ich. Großformatige weiße Fliesen, darauf Teppich, das Sofa weiß. Dahinter viel Glas, eine Holzterrasse und der See. Der bestimmt saukalt ist. Ich hasse Wasser unter achtundzwanzig Grad. Ich schwimme in Thermalbädern, im Juli an der Levante oder in Südindien und Indonesien. Schon die Adria ist für mich nichts anderes als ein Eismeer.

Auf der Terrasse wartet ein Kopffüßer auf mich. Er steht auf Händen, hat die Beine zu einem Knoten geflochten und atmet tief. Langsam senkt sich das Beinknäuel zu Boden, streckt sich, schiebt sich zwischen den Händen durch, steht schließlich als schwebende Einmannschubkarre und schnauft ein wenig. Ich gehe ein paar Schritte ans Wasser und friere beim Anblick der Oberfläche, obwohl die Sonne knallt und noch Sommer ist. Geerbt also, denke ich. Was man nicht alles umsonst haben kann im Leben.

»Meine Li«, sagt Leonhard hinter mir. So hat man mich damals genannt.

»Schön hier. Kaltes Wasser. Lederhosenfürze. Immer nur steigende Immobilienpreise. Da würde ich auch kopfstehen.«

»Jetzt meckere nicht rum«, sagt Leonhard. »Du musst das alles spüren.«

Da wären wir.

Ich gehe auf Leonhard zu und wir umarmen uns. Ich für meinen Teil umarme dabei eine nackte Brust, die früher schmal war und jetzt in die Breite gegangen ist, besetzt mit flach gewachsenen Muskeln. Was hat der in den letzten Jahren getrieben? Ach ja, Yoga für Athleten.

»Schön, dich hierzuhaben«, sagt Leonhard. »Viel zu lange her.«

Leonhard hat dunkelblondes Haar, halblang, keinen Bart, ist braun gebrannt und groß. Er ist zart, aber jener unbestimmte und zugleich unübersehbare Typ, dessen Gesicht du morgen wieder vergisst, bei dem allerdings attraktive Frauen, die auf der Straße niemals Blicke an andere verschwenden, Mühe mit der Kontrolle ihrer Augenmuskeln haben. Ein Zucken kommt, das sie noch über Tage ärgern wird.

»Seit du keine Zeit mehr für deine Freunde hast und dich hierher …«, sage ich zögerlich, denn ich weiß, wie albern sich das anhört.

»Siehst du«, unterbricht mich Leonhard, »das meine ich. Immer einen zu verbessernden Aspekt im Auge, meine Li. Den kritischen Verstand nie abgestellt.«

»Sollte man den abstellen?«, sage ich ganz ruhig. »Ich bin keine Molluske.«

»Versuch's mal mit positiv.«

So hirnlos reden nur Tölpel und von den Klugen nur Musiker. Ich schweige, schaue auf den See. Wolken ziehen von Westen auf. Das Ende des Sommers naht. Ich weiß wieder ganz genau, warum aus uns nichts geworden ist.

»Ihr könnt euch euer *positives* Rumgelabere ja nur leisten, weil es Leute wie mich gibt, die darauf achtgeben, dass die Dinge nicht in die Hose gehen. In Summe also eine Zivilisationskrankheit für verwöhnte Bälger.«

Leonhard lacht auf. »Nun«, sagt er, »Tee? Kräuterwasser?«

»Kaffee, doppelt, wenn's recht ist.« Darunter mache ich es nicht. »Hast du doch?«

»Für die ganz hartnäckigen Fälle, ja.«

Leonhard verschwindet für zwei Minuten. Ich setze mich aufs Sofa, packe meinen Laptop aus und bereite die Audiodatei vor. Leonhard komponiert heute Filmmusik. Er ist erfolgreich genug, um davon gut leben zu können. Dazu die Erbschaft.

»Übernachtest du bei mir?«, fragt er, als er mit Tee und Kaffee zurückkehrt.

Ich starre ihn ziemlich platt an, obwohl ich daran gedacht hatte, hierzubleiben. Leonhard hockt sich mit einem verschmitzten Lächeln neben mich. Insgeheim bin ich angenehm überrascht von seiner Direktheit. Die steht ihm. Herumeiern mag ich sowieso nicht. Ein Mann sollte wissen, was er will.

»Jetzt lass mal hören«, sagt er, um seinem letzten Satz offenbar die Schwere zu nehmen. Er wirft einen Blick auf meinen Computer. »Wir haben ja zu tun, Li. Deine Mail war schon seltsam. Und mitten in der Nacht.«

»Und wie kommst du zum Yoga?«

Das muss ich noch schnell abhaken. Denn mir gehen die flachen Stahlmuskeln nicht aus dem Kopf.

»Yoga? Ist so, als würdest du sagen, du hast dir ein Fahrzeug gekauft. Gut, ja. Aber eigentlich will ich wissen, welches Fahrzeug. Und der Yoga, den du gerade gesehen hast, ist nur eine von vielen Spielarten. Genau genommen das Moped, nicht der Ferrari.«

»Und warum machen dann alle ein riesiges Ding draus?«

»Wir sind in Europa, Schätzchen, da hat niemand eine Ahnung von irgendwas. Meditation ist hier für alle zu schwierig. Bei Hatha-Yoga, diesem Moped unter den Yogas, gibt es was zu sehen und anzufassen. Mache ich seit sechs Jahren. Jeden Tag mehr als eine Stunde.«

»Schätzchen?«

»Verzeih.«

»So hast du früher nicht geredet.«

»Ach.«

Ich stehe auf und mache ein paar Schritte zur Terrasse, dann wieder zurück und kralle mir den Mann. Ich setze mich rittlings auf Leonhard und küsse ihn. Das dauert die eine oder andere Minute.

»Nein, übernachten werde ich nicht«, sage ich am Ende.

Leonhard ist ein bisschen baff. Er atmet tief aus.

»Ist irgendwie schade«, sagt er. »Bei mir hättest du eine schönere Terrasse, als wo du sonst so wohnen magst.«

»Wenn du mir heute sagst, wo das aufgenommen worden ist, überlege ich es mir glatt noch einmal.«

»Dann lass mich den Teufel in der Hölle finden«, sagt Leonhard und grinst übers ganze Gesicht, als wäre in seinem Inneren eine Sonne aufgegangen.

Leonhard hat uns früher mit seinem außergewöhnlichen Gehör unterhalten. Bei alten Konzertaufnahmen hat er uns den Konzertsaal, die genaue Orchestrierung, die Anzahl der Leute im Publikum nennen können. War nicht nur Spaß und Angeberei. Und wenn da einer hustete, hat Leonhard noch eine Diagnose gestellt.

Ich öffne die Audiodatei und lasse sie einfach laufen.

»Kümmere dich nicht um das Arabisch«, sage ich mit einem Augenzwinkern. »Den Dialekt verstehst du nicht. Ich will wissen, wo ist das aufgenommen? Was kannst du über die Plauderei im Hintergrund sagen? Was fällt dir dazu alles sonst noch ein? Beachte, dass die Einführung auf Deutsch ist. Wie ja auch viele Texte, die mir mit dem Audio zugespielt worden sind. Also könnte alles auch um die Ecke aufgenommen worden sein. Und der Tag soll der 15. Juli gewesen sein. Hochsommer.«

Leonhard sagt kein Wort. Bei etwa der Hälfte der Aufnahme gibt er mir zu verstehen, dass er alles noch einmal hören will. Ich fange also von vorne an.

»Schick mir die Datei rüber auf diese Adresse«, sagt Leonhard mittendrin und nennt mir eine seiner E-Mail-Adressen.

Wir gehen in sein Studio. Auf seinem Laptop ruft er die Datei auf. Das Gerät ist an ein ganzes Ballett von Verstärkern, sechs Lautsprechern in drei Größen, Mikrofonen, CD-Playern, dazu an ein großes Mischpult und ein Aufnahmegerät angeschlossen. Mithilfe der Anlage holt Leonhard aus dem al-Nusra-Interview innerhalb von Minuten eine Hintergrundgeräuschcollage heraus, die mich umhaut.

Wir machen unsere Ohren ganz weit auf. Leonhard schließt die Augen. Eine blonde Haarsträhne hängt ihm in die Stirn, auf der sich eine dicke Konzentrationsfalte zeigt. Hin und wieder hält er die Aufnahme an oder spielt ein Stück zurück.

»Wasser«, sagt Leonhard. »Da ist Wasser. Ein Motor, viel PS, tiefer Ton, ein Schiff? Kielwassergeräusche. Autos, die vorbeifahren. Hier, hörst du? Eine Party? Gleich wieder weg. Ein Flugzeug, Sportflugzeug. Das Tuten eines anderen Schiffs. Kein Meer. Keine allzu weite Geräuschkulisse. Fluss? Kleiner See? Eigenartige Musik. Da reden Leute, lachen. Eiswürfelgeklirre. Eine Bar? Passt das zu einem solchen Kämpfer?«

Ich schüttle unentschlossen den Kopf, was Leonhard nicht sehen kann, denn er hat die Augen die ganze Zeit zu. Draußen hat Wind eingesetzt, was ich im Fenster in Leonhards Rücken bemerke.

»Sprache«, sage ich. »In welcher Sprache reden die dort an der Bar?«

Er spult zurück.

»Warte«, sagt er. »Sicher Arabisch. Und hier, das ist ein Brocken Englisch, weiß allerdings nicht, was es heißen soll. Und wie zu erwarten Deutsch. Sekunde.« Er lässt die Stelle noch einmal laufen, hört sie dreimal ab. Dann weiter vor zu anderen Stellen. »Hör hin. Da sagt einer ›Gibt's nich‹ und dann ›Scheiße‹.« Leonhard grinst. »Alles in norddeutschem Akzent. Ganze Gespräche auf Deutsch. Sind klar die beiden dominierenden Sprachen, Arabisch, Deutsch. Und an der Stelle, da kommt mehrmals ein Wort, hört sich an wie ›Adu‹. Das wird sogar gerufen, hörst du? ›Adu‹ oder ›Adul‹. Könnte ›Abdul‹ heißen und hier noch ›Hey, Abdul‹.«

Ich schaue ihn groß an.

»Nun?«, fragt Leonhard und öffnet die Augen.

»Ich habe keine Ahnung. Und wo das alles?«

»Ruhiges Wasser, keine Brandung, Schiff, Jacht? Deutsch, Arabisch, etwas Englisch. Bar. Autos, die vielleicht am Ufer fahren. Barmusik. Party, die vorüberzieht. Also Party am Ufer. Strandparty, Villa? Wir müssen feststellen: Das Schiff fährt.«

»Lass mich die Musik hören«, sage ich.

»Damit wird wohl nicht viel zu machen sein. Ist zu leise. Hier, ein bisschen kann ich sie rausheben.« Er dreht an ein paar Filtern rum und wir hören sonderbare Geräusche, die nur entfernt an Musik erinnern. Eine ganze Weile lang hören wir das.

»Weiß nicht, was das ist«, sagt Leonhard. »House Music? Orientalisch?«

Was soll ich dazu sagen? Ich höre weiter. Es ist langsamer als House und rhythmisch komplizierter.

»Indischer Pop«, sage ich mit bebender Stimme. »Es ist indische Popmusik.«

»Wirklich? Sicher? Du hast wohl recht! Macht die Sache aber nicht einfacher.«

Leonhard legt eine Pause ein, ich überlege. Ich kann es nicht glauben.

»Ich denke an Hamburg«, sagt Leonhard, »oder an einen See, hier in der Gegend vielleicht. Oder Brandenburg? Fluss? Nein.«

»Havel?«, sage ich ganz kühl. Doch innerlich bin ich völlig durcheinander.

»Wie kommst du denn da drauf?«

»Ich kenne da einen.« Mir wird schummrig.

»Ach ja.«

»Libanese.«

»Auf einer Jacht?«

»Abdul Hamid«, sage ich. »Elegantes Ding, seine Jacht. Auf der Havel. Der hört nur indische Popmusik. Abdul ist süchtig danach. Abdul wohnt in Berlin, draußen bei Potsdam. Wenn man das ›wohnen‹ nennen kann. Seine Jacht ist auch keine Nussschale.« Ich springe auf und klatsche in die Hände. »Verdammt!«

»Wer ist dieser Abdul?«

»Ein steinreicher Unternehmer. Aus einer der großen Familien. Die handeln mit Wein, Gummiharzen und Nahrungsmitteln aus Nahost. Man will aber nicht immer ganz genau wissen, woher das alles bei dieser Familie seit hundert Jahren stammt. Ihre Beziehungen sind sagenhaft. Ich hätte Abdul einmal heiraten können. Nur kam ein libanesischer Ehemann in meiner Lebensplanung bisher nicht vor.«

»Wäre sicher ein schönes Leben.«

»Nett ist es bei denen auf diesem Niveau nur, solange du den Ehevertrag nicht unterschrieben hast. Denn danach beginnt das trostlose Shopping. Wenn du willst, kannst du dich täglich an einem Strick aus Platinseide aufhängen. Kinder musst du natürlich auch kriegen. Am besten nicht zu knapp.«

Leonhard nickt und schaut mich an, sein Blick im Nirgendwo.

»Und jetzt musst du nur noch rausfinden, ob das stimmt«, sagt er. »Und vor allem: Warum dort? Was hat dein Freund Abdul mit diesem Interview zu tun?«

Ich gebe Leonhard einen Kuss auf die Stirn.

»Schätzchen«, sage ich, »um Abdul komme ich nicht rum. Den wollte ich ja nicht unbedingt noch mal zu Gesicht kriegen.«

»War da richtig was?«

»Nö. Aber der hat bei meinem Vater ganz offiziell angefragt. Hat mich auf einem Fest gesehen und dann eingeladen. So einer ist Abdul. Ich habe ihn nur ein paarmal getroffen. War sein Pech, dass ich gerade in meiner Trotzphase gesteckt habe. Ich habe keinen Pfifferling auf muslimische Libanesen gegeben, um es ausgesprochen nett zu formulieren.«

Dabei war Abdul Hamid früher ein Frauentraum, und das nicht nur wegen seines Bankkontos. Insgeheim bete ich darum, dass Abdul fett geworden ist. Und mit Furunkeln im Gesicht. Und Haarausfall, ja, Haarausfall, Maximalstrafe.

Was die Frage aufwirft, was Abdul mit einem Terroristeninterview zu schaffen haben könnte. Das auf seiner Jacht aufgenommen wurde. Wie hieß die noch gleich? Etwas mit Beirut. Hat er geschäftlich etwa umgesattelt? War er gar nicht dabei?

Es gibt nur einen Weg. Ich muss Abdul kontaktieren. Er hat immer eine Menge Gäste. Falls das Interview auf seiner Jacht aufgenommen worden ist, hat er wohl nichts davon gewusst.

»Abdul ist clean«, sage ich mehr zu mir selbst.

»Was meinst du?«

»Der hat mit einem solchen Interview nichts zu tun. Der hält sich von diesen Leuten meilenweit fern. Aus Prinzip.«

Klar scheint schon jetzt zu sein: Der al-Nusra-Mann ist oder war in Deutschland. Mir wird kalt bei dem Gedanken.

Ich stehe auf, bin plötzlich ganz zittrig.

Leonhard führt mich hinüber in den Wohnraum und öffnet eine Flasche Wein. Eine ganze Stunde braucht er, um mich zu beruhigen. Das schafft er mit einer langen Umarmung und zwei Gläsern gutem Shiraz. Ich steuere ein paar Tränen und einen Bericht von dem Einbruch letzte Nacht bei. Auch von Lukas Spahns Messer erzähle ich. Dem selbst gemachten Wundverband widmet Leonhard besondere Aufmerksamkeit. Die seien ja immer unterwegs, diese Leute, sagt er. Oder etwa nicht? Wenn der al-Nusra-Mann in Deutschland ist, bedeute das noch gar nichts. Leonhard weiß jedoch so gut wie ich, dass das wohl nicht stimmt.

Am Ende unternehmen wir einen Spaziergang am spätabendlichen See. Ich beschließe, in Leonhards Gästezimmer zu übernachten. Dabei löse ich ja nur mein halb ernst gemeintes Versprechen ein. Außerdem wäre ich erst lange nach Mitternacht nach Hause gekommen. Und für diesen Kraftakt auf der Autobahn bin ich einfach zu müde.

Bevor wir zu Bett gehen, trinken wir noch Bacardi mit Cola. Und auch deshalb ist diesmal alles andersherum. Aufgekratzt schleiche ich mich nach einer geduldigen Viertelstunde, die ich fast nackt im frisch bezogenen Bett seines Gästezimmers verbracht habe, rüber zu Leonhard. Und stelle fest, dass der Mann tatsächlich auf mich gewartet hat. Wenn's um Sex geht, hatte er immer ausreichend Selbstvertrauen. Leonhard sieht mich in der Tür, lächelt wissend, steht sofort auf – er ist unbekleidet –, gibt mir einen Kuss, streift beiläufig meine Brüste und holt Kerzen aus einer Schublade, die er im Zimmer verteilt und sorgfältig anzündet. Das hat er in dieser Viertelstunde geplant.

Wir sagen beide kein einziges Wort. Ich trete einen Schritt zurück und lasse die Hand in den Slip gleiten. Dazu konzentrierter Blick auf Leonhard. Ich bin ein bisschen betrunken, zugegeben. Leonhard liegt schon auf dem Bett und sieht mich seelenruhig an. Ich lasse den Slip nach unten gleiten, setze mich über ihn und fange an, mich zu befingern, bis Leonhard mich zu sich herunterzerrt und sehr langsam in mich eindringt, ohne die Augen von meinen zu wenden. Ich beiße ihn in die Brustwarzen und lege ihm den Unterarm auf seine Kehle. Mit meinem Slip binde ich seine rechte Hand an die Stehlampe neben dem Bett. Er lässt mich machen, gleitet nach einer Weile heraus, dreht mich herum und rutscht an mir hinunter.

Ich muss an Christian denken, der immer versucht hat, mich auf diese Weise zu befriedigen. Ich habe in einem nur halb befriedigenden, ausweglosen Cunnilingusland gelebt. Seine Potenz war durch den Alkohol in Mitleidenschaft gezogen worden. In den ersten Jahren hatten wir fantastischen Sex, der dann jäh gestorben war, schneller, als seine Auflagenzahlen hochgingen.

Abrupt werde ich in die Realität gerissen, herumgewirbelt. Schenkel auseinandergezogen. Gepfählt. Ich schreie, alles wird zu einem rotierenden Rot, bis mir jemand ein Kissen gibt, auf das ich mein Gesicht legen kann.

»Laya«, sagt Leonhard zwanzig Minuten später, wir beide schweißtriefend, »immer noch wie früher. Einfach nicht zu bändigen.«

Schon vor acht Uhr morgens bin ich wieder auf der A 8. Bei München rufe ich Abu an.

»Beim Sheikh gewesen?«, sage ich. »In Düsseldorf?«

»Man kann nicht alles haben, mein Herz.«

»Ist sowieso für die Katz.« Irgendwie habe ich gerade Lust auf Provokation.

Wir Melkiten zelebrieren eine Art Katholizismus ohne Papst und Muslime zählen nicht zu unseren historisch gewachsenen Freundschaftskreisen. Was Abu nicht davon abhält, den Sheikh über alles zu lieben. Weshalb Abus Freunde ihn »unseren Hindu« nennen. Nur für Hindus und meinen Abu sind religiöse Cross-overs so selbstverständlich wie Wassertrinken. Ich liebe Abu dafür, zeige ihm das nur viel zu selten.

»Du weißt genau, dass dieser Sheikh unsere große Hoffnung ist.« Mein Vater seufzt. Solche Dinge nimmt er mir jedoch nicht übel. Er wollte immer eine intelligente, kritische Tochter. Die hat er gekriegt.

»Und Abdul Hamid?«, sage ich jetzt umstandslos.

»Ah, hast du ihn wieder einmal getroffen?«

»Nein, werde ich aber. Was weißt du über ihn? Ist wichtig.«

»Abdul ist noch reicher als früher. Verheiratet, Kinder. Da hättest du sein können. Vielleicht besser so. Ist ja doch ein Muslim. Und für mein kluges Mädchen wäre ein goldener Käfig sowieso nichts gewesen.«

Noch während des Telefongesprächs ist eine WhatsApp-Nachricht von Leonhard gekommen. Für ihn, lese ich, als Abu aufgelegt hat, sei jetzt alles »sperrangelweit offen« zwischen uns. Diese Nacht habe ich ihm lange über sein schönes Jungengesicht gestrichen und ihn dabei angeschaut. Hat er meinen

Blick missverstanden? Es war ein Abschied. Jedenfalls ein halber.

***

Schon am Schliersee ist der Morgen kühl und grau gewesen. In Achenburg kommt noch der Westwind dazu. Die Hitze ist ein für alle Mal vorbei. Bald wird der erste Septembernieselregen einsetzen.

Kann sein, dass es etwas wie die Nostalgie einer alten Spur ist, doch bevor ich mir heute das Gebäude im Gewerbegebiet ansehen will, von dem Ibrahim al-Hassam bei der MilaNBA gesprochen hat, mache ich, da es fast auf dem Weg liegt, einen Abstecher zu Araberfressers Secondhand-Elektronikladen. Ich will sehen, wie es ihm geht. Er muss ja gleich von der Mittagspause zurückkommen. Und dafür sollte ich auf jeden Fall eine Auszeichnung kriegen. Vielleicht den silbernen Nazijägerbären?

Keine zehn Minuten stehe ich vor dem Laden, da kommt Araberfresser angedüst, und zwar in einem älteren Mercedes. Der wird von seiner Freundin gefahren. Und hinten drin sitzt einer, den ich nicht erwartet hätte: Rainald Mehlhand. Die Schnepfe stellt den Mercedes vor dem Laden ab, alle steigen aus und verschwinden im Innern des Geschäfts. Fröhliche Laune haben sie dabei.

Jetzt kann ich nicht einfach weg. Zum Glück lassen die mich nicht lange warten. Schon öffnet sich die Ladentür und Rainald und Araberfresser treten beladen wieder heraus. Sie tragen Bananenkisten auf ihren Armen, die vor Zeug nur so überquellen. Ich kann nicht sehen, was sich darin befindet. Sie haben Decken darübergelegt, sich damit aber keine große Mühe gegeben. Schwarze Gegenstände. Sie wuchten alles in den Kofferraum. Einmal könnte ich schwören, wieder eine Gasmaske wie bei Rainald Mehlhand zu Hause erkannt zu haben. Dann folgt der kesse Minirock und lacht sich krumm. Unter ihren kleinen Sweater, den die Schnepfe heute trägt, hat sie etwas Dickes geschoben, das an den Schultern schwarze Träger hat. Wäre das nicht ganz unwahrscheinlich, würde ich sagen, sie trägt eine kugelsichere Weste. Araberfresser lacht mit seiner Freundin, macht mit Daumen und Zeigefinger eine Pistole und drückt ab. Sie fasst sich an die Brust, tut getroffen, dann lächelt sie und breitet die Arme aus. Doch kugelsichere Weste – hier mitten auf der Straße? Und noch dazu auf diese Weise.

Ich mache ein paar Fotos und da ist die Show auch schon fast wieder vorbei. Die beiden Männer holen sechs weitere Bananenkisten, die sie auf die Hintersitze stellen. Anschließend fährt die Schnepfe mit Rainald ab. Araberfresser muss ja nachmittags arbeiten. Aber was für ein Laden ist das, zum Kuckuck?

Ich denke an Wanderer. Und an Mareike. Ich denke an meine vage geplante Reportage über die Rechtsradikalen in Achenburg, in die sich die letzten Minuten gut einfügen lassen. Ich speichere diese Szenen ab zur späteren Verwendung, lasse den Motor an und will die heutige Checkliste abarbeiten. Das Lagergebäude mit der Anlage kann nicht warten. Die sonderbare Atmosphäre bei dem Gespräch mit al-Hassam setzt sie an die Spitze meiner Liste.

Auf der Fahrt in das Gewerbegebiet bei Obertannen spreche ich eine Beschreibung der Szene vor dem Laden in mein Handy.

Fünfzig Meter von Ignaz-Wasner-Weg 7 entfernt halte ich. Ich befinde mich am hässlichsten Hinterteil von Achenburg. Ein zuweilen löchriges Straßenlabyrinth zwischen alten Lagerhallen, letzten Werkstätten, einem Sägewerk und verlotterten Fabrikverkäufen.

Ich bin daran gewöhnt, die letzten Meter zu Fuß zu gehen. Da denke ich gar nicht mehr darüber nach. Ich stelle meinen

Wagen nie direkt an einer Adresse ab. Ich klettere aus meinem MINI, steige in die Turnschuhe und nehme meine Nikon D7200 samt Objektiv mit.

Kein Mensch ist zu sehen. Weiter hinten vor einer Halle wird ein Lastwagen beladen, von dem ich nur die Motorhaube erkennen kann. Vorhin ist noch ein Ford vorbeigefahren. Dann nichts mehr. Ich bin mutterseelenallein. Da stehen auch keine Autos. Die parken wohl alle direkt vor den Hallen und Gebäuden.

Das Gebäude Nummer 7 ist mit anthrazitfarbenen Wellplatten verkleidet. Wie von einer Lagerhalle zu erwarten ist. Es gibt weder Zaun noch ein Einfahrtstor. Vor dem Gebäude befindet sich ein Parkplatz ohne Stellplatzmarkierungen. Der Asphaltbelag ist an einigen Stellen aufgeplatzt. Der Eingang vorne ist mit einem Vordach versehen. Daneben ein Einfahrtstor, durch den nur ein kleiner Laster passt. Ich meide beides und gehe am Gebäude entlang nach hinten. Das Gras hat man seit einer Weile nicht gemäht. Unkraut wuchert hüfthoch. Ein Streifen aus Betonplatten führt um das Gebäude herum. Nirgends Kameras. Mit ihnen muss ich dennoch rechnen.

Nah am hinteren Hallenende halte ich an einem Fenster inne, das zu einem Büro gehören könnte. Ansonsten fällt Tageslicht nur durch Lichtkuppeln auf dem Flachdach, nehme ich an, und durch Fensterschlitze weiter oben in das Gebäude ein. Ein oder zwei Minuten lang bleibe ich ganz still an zugemülltem Buschwerk stehen und versuche, alle Geräusche aufzusaugen, die es in und um dieses Gebäude geben mag. Außer ein paar Spatzen, dem fernen Brummen der Autobahn nach Nürnberg und dem jetzt laufenden Dieselmotor des Lasters hinten vor der anderen Halle ist nichts zu hören. Das bedeutet nicht viel. In der Umgebung ist es laut genug, dass mir sämtliche Geräusche in der Halle entgehen könnten, wenn sie nicht über das Dezibelniveau der Elektromotoren von Gabelstaplern, Reifenquietschen, Gesprächen und Verpackungsmaschinen hinausgehen.

Ich schichte ein paar Ziegelsteine und Betonbrocken aufeinander, lege obendrauf ein halb verrottetes Brett, auf das ich steige, und versuche auf diese Weise, einen Blick durch das Bürofenster zu erhaschen. Zusätzlich ziehe ich mich noch ein paar Zentimeter an der Fensterbank hoch. Nichts. Allem Anschein nach niemand da. Kein Licht. Ich kann kaum etwas erkennen. Ich steige wieder runter und umrunde die Halle weiter bis zu einer Stahlblechtür am hinteren Ende. Die ist zwar verschlossen, damit muss ich mich jedoch nicht abfinden. Ein paar Augenblicke lang lege ich ein Ohr an die Tür. Drinnen scheint Stille zu herrschen.

Jäh eine Berührung an der Schulter. Ich fahre herum, die Hand instinktiv schon zur Faust geballt, lasse sie ohne große Absichten ein Stück vorschnellen, als unmittelbare Reaktion, doch der tätowierte Muskeltyp, der vor mir steht, fängt sie auf, als spielte er gerade mit seiner Fünfjährigen zu Hause. Er hat kurz geschorene Haare, eine rundliche Nase, erstaunlich volle Lippen und ein Kinn wie Kantholz. Am Hals lugt eine Tätowierung hervor, von der ich nicht wissen will, wie viel von seinem Körper sie bedeckt. Vielleicht fünfundzwanzig Jahre alt ist der Kerl. Er steckt in einer abscheulichen schwarzen Uniform.

»Wachdienst«, sagt er und grinst überlegen wie einer, der schon immer wusste, was du für eine bist. »Sehe Ihnen seit zehn Minuten zu. Ziemlich dreist, muss ich sagen. Was suchen Sie denn hier? Gehören ja bestimmt nicht zur Familie.«

»Seh mich nur um, wissen Sie? Ich *liebe* Lagerhallen. In meiner Freizeit klettere ich Zementplattenfassaden hinauf.«

»Verdammt«, sagt der Typ aufrichtig enttäuscht, »ich dachte schon, ich würde mit einem vernünftigen Menschen reden.«

»Lassen Sie mich erst mal los.«

Der Typ hält immer noch meine Faust in seiner Pranke. Das scheint ihm zu gefallen.

»Und Sie gehen jetzt besser, bevor ich auf Gedanken komme.«

»Und welche könnten das sein?«

»Vor dem Wachdienst war ich zwei Jahre im Knast. Nur falls Sie das beruhigt. Und auf keine dummen Ideen kommen mit dem Ding da.« Er deutet auf meine Nikon, die um meinen Hals baumelt.

Insgesamt macht der Mann auf mich keinen böswilligen Eindruck. Daher beschließe ich, ihn auf meine Seite zu ziehen. Das ist auch meine einzige Chance, denn zurückkehren kann ich nicht. Erwischt der mich noch einmal, geht er zur Polizei, und mit denen will ich noch nicht über die Halle sprechen.

»Ich will da rein«, sage ich daher. »In die Halle. Ich bin Journalistin. Da drinnen könnten ein paar ganz unrunde Dinge laufen. Lassen Sie uns einfach einen Blick reinwerfen. Und dann verschwinde ich. Versprochen. Und komme niemals wieder.«

»Wissen Sie, was Sie da von mir verlangen? Meine Karriere in der Branche ist so was von tot für alle Zeiten, wenn auch nur eine Maus davon erfährt.« Er schaut mich an. »Keine Chance.«

»Dann besorge ich Ihnen eine neue *Karriere*.« Ich gebe mir große Mühe, das Wort nicht zu ironisch klingen zu lassen. Schaffe das so halb. Er lächelt selbst. »Ich kenne eine Menge Leute.«

»Ich mag das hier. Langweilig, aber ruhig, da kann ich nachdenken, über meinen eigenen Kram sozusagen. Sie sollten jetzt abhauen, würde ich schon sagen. Oder was meinen Sie?«

»Was wollen Sie werden? Bauarbeiter? Drucker? Städtischer Bauhof? Sie können Ziegelsteine aufeinanderschichten, ja?«

»Keine Lust.« Sagt er. Fängt aber an, nachzudenken.

»Ich meine das absolut ernst.«

Der Typ schüttelt den Kopf. Einen ganzen Deut zu langsam.

»Ich halte Versprechen, erst recht bei Leuten, die ich mag. Dich mag ich.«

Habe ich das gerade getan, ins Du gerutscht? Flirtest du mit dem, Laya? Sieht ja gut aus, muss man ihm lassen.

»Also …« Der Typ nimmt die Visitenkarte entgegen, die ich ihm mit einem süßen Blick vor die Nase halte. Langsam ergreift er sie, Bewegung wie in Zeitlupe. »Warum kaufe ich Ihnen das ab?« Er schaut mich an. »Ich kann's nicht glauben, aber Sie können das alles ja tatsächlich. Seh ich in Ihren Augen. Donnerwetter. Geben Sie mir noch ein Kärtchen.«

Während ich nach einer weiteren Karte krame, zieht er einen Stift aus der Hosentasche, schaut mir noch einmal prüfend in die Augen und schreibt mir seine Telefonnummer auf die zweite Karte.

»Scheiße, wir machen das«, sagt er. »Scheiße, ja. Ist sowieso ein scheißöder Job. Warten Sie hier.«

Daraufhin verschwindet er ohne ein Wort um die Ecke. Kaum eine Minute später kommt er mit einem Brecheisen in der Hand zurück.

»Geht jetzt grad nicht anders«, sagt er. »Ich richte die Tür und das Schloss später. Die werden das gar nicht merken.«

Er stellt sich an die Tür. Dann fällt ihm etwas ein. Er wendet sich zu mir um.

»Hans Martin, alle sagen ›H. M.‹.« Er hält mir die Hand hin und grinst breit.

»Laya, alle sagen Laya.« Ich gebe ein Lachen wie ein Teenager von mir.

Nee, kann nicht sein, denke ich. Muskeln, nicht zu kopflastig? Wär das was für dich, Laya? Und das nach vergangener Nacht?

H. M. setzt das Brecheisen an und bevor ich noch genau

hingesehen habe, ist die Tür auf. Er lässt den Kopf vorsichtig durch den Türspalt wandern. Kommt wieder hervor.

»Keine Maus da«, sagt er.

Wir betreten die Halle, wagen uns in das Düsterlicht vor, das von ein paar Lichtkuppeln und den Fensterschlitzen träge herabrinnt. Der Tag draußen ist verhangen und grau, aber Licht machen wollen wir nicht. Ein verbrannter Geruch hängt in der Luft. Nicht stark, dennoch sehr präsent. Wie al-Hassam gesagt hat, ist es eine Produktionsstätte. Große zylinderförmige Objekte fallen zuerst auf, es sind vielleicht Tanks, vier Meter hoch, im Durchmesser etwa einen Meter, daneben Maschinen mit Glassichtfronten, kolbenartige Behälterstücke, etwas, das eine Zentrifuge sein könnte, zentral eine zylinderförmige Mischanlage, daneben zwei nicht zu kleine Steuerpulte, ein waagerecht in Kopfhöhe verlegtes Gewirr von Rohren, alle kinderarmdick, die von den Anlageteilen zu den Zylindern laufen.

Rechter Hand nehme ich eine Stahltreppe hinauf zum Büro. Die Tür ist nicht verschlossen. Es gibt Büroschränke aus Holz, jedoch keinen Schreibtisch. Allenfalls haben ein paar Leute ihre mitgebrachten Brotzeiten auf einem wackligen Klapptisch verzehrt, der fettverschmiert an der Wand steht. Daneben fünf Plastikstühle. Die Schränke sind leer. Und das Klo neben dem Büro stinkt zum Himmel. Da hat eine Fußballmannschaft drei Jahre lang im Stehen gepinkelt und nicht ein einziges Mal geputzt.

»Zufrieden?«, sagt H. M., als ich aus der Bürotür trete.

»Ich schieße jetzt Fotos.« Ich nehme meine Nikon zur Hand. »Wenn du nicht drauf posieren willst, dann bitte da rüber.« Ich zeige Richtung Büro.

H. M. stellt sich an die Stahltreppe und schnappt sich eine Zigarette, die er sich dann, als ich ihm einen strengen Blick zuwerfe, nicht ansteckt. Wir können solche Spuren nicht gebrauchen und sei es nur der Geruch. Ich gehe zur Schalterleiste neben der Hintertür, mache Licht. Mindestens fünfzig Neonröhren springen mit einem mehrfachen Glucksen an. Ich mache Fotos von jedem Anlagenteil, von einigen Details, von der Anlage als Ganzes, sogar vom Dach und von den Hallenwänden. Schließlich prüfe ich mein Werk und sehe die Aufnahmen durch. H. M. beobachtet mich wortlos. Ich muss jetzt nur noch jemanden finden, der mir anhand der Bilder sagen kann, was man hier produzieren könnte. So etwa habe ich mir das gedacht.

Bleibt noch die Frage zu klären: War hier einmal eine Produktion im Gange? Oder wird sie erst beginnen? Das zu klären, dafür gibt es keinerlei Anhaltspunkte. Zurzeit läuft gar nichts. Das kann gestern jedoch ganz anders gewesen sein. Die Anlagenteile und die Steuerpulte haben manche Jahre auf dem Buckel. Da ist nichts neu. Aber auch nichts verstaubt.

Das Tuch, von dem al-Hassam gesprochen hat, entdecke ich erst am Ende. Es liegt in einer dunklen Ecke der Halle achtlos neben einem Druckbehälter aus Edelstahl, der in einem Gittercontainer steht. Ich wage nicht, den Behälter anzufassen. Zwei Meter weiter hinten befinden sich noch drei. Ebenfalls in einem solchen Container. Ich fotografiere auch sie. Es gibt Platz für mindestens zwanzig, vielleicht dreißig dieser Behälter in vier Containern. Was ist darin? Sie sind wahrscheinlich leer, sicher ist das allerdings nicht. Jeder Behälter ist mit einem Codeschloss versehen. Daneben steht ein etwas größerer Gittercontainer, in dem Trinkwasserkanister gestapelt sind. Es handelt sich um Wasserspender, wie man sie auf Veranstaltungen oder in Arztpraxen finden kann. Mit aufmontierten Ventilen zur Entnahme. Es sind bestimmt fünfzig. Alle voll. Und neu.

Das beeindruckt mich. Aber anfangen kann ich mit dem Fund nichts. Was machen diese Behälter hier?

Ich nehme das Tuch mit dem Vers zur Hand. Es ist nicht schwarz, sondern graugrün. Kein Muslim würde einen Vers aus dem Koran achtlos liegen lassen. Hat jemand das Tuch an der Wand hängend zurückgelassen und ein Nichtmuslim hat es später heruntergerissen? Vielleicht ist das Tuch auch sorgfältig um den Behälter gelegt worden und dann runtergerutscht.

Ich breite es aus. In goldener Schrift prangt vor mir der Schwertvers. Über lange Zeiten hat er uns nur Unglück und Tod gebracht.

> *Wenn die heiligen Monate vorbei sind, tötet die Ungläubigen, wo ihr sie findet, ergreift sie, umzingelt sie und lauert ihnen an allen Orten auf. Wenn sie sich aber zu Allah umwenden, das Gebet verrichten und die Zakat-Steuer bezahlen, dann lasst sie ziehen.*

Ich stehe ein paar Sekunden wie erstarrt, schieße zwei Fotos von dem Tuch.

Ich wende mich ab und will H. M. ein Zeichen zum Gehen geben. Das mit dem Tuch kommt mir jetzt doch sonderbar vor. Es an einem verdächtigen Ort zu vergessen, das würde man vermeiden. Plakativ. Ich mache ein paar Schritte. Bleibe dann noch einmal stehen, drehe mich um, der Anlage zu.

»Warte«, sage ich zu H. M. »Eine Minute.«

Ich horche in die Halle. Als könnte die mir eine Geschichte erzählen.

»Was?«, sagt H. M.

»Ich weiß einfach nicht, was das hier soll.«

»Wird schon was nicht so Legales sein, schätze ich.« H. M. grinst wieder.

Draußen muss die dicke Wolkendecke aufgerissen sein. Ein paar Sonnenstrahlen klettern durch die verdreckten Lichtkuppeln scheu in die Halle. Das bekommt H. M. nicht. Ein fahler Schimmer überzieht plötzlich sein Gesicht, von den Augen breitet er sich über Nase, Stirn und Wangen aus. Ich beobachte diesen Farbwechsel, als liefe der Film außergewöhnlich langsam ab. Dann weiten sich seine Augen und schließlich reißt eine jähe Kraft H. M.s Mund auf, aus dem das erstaunlich kraftlose Wort »Nein« heraustropft. Noch einmal »Nein«. Fast schon feminin führt H. M. die Hand zum offen stehenden Mund und sackt ein bisschen zusammen.

»Gibt's echt nicht«, pfeift es aus ihm.

»Was ist?« Ich drehe mich halb um und folge H. M.s Blick. Jetzt wechsle bestimmt auch ich die Farbe. Auf einen großen, nahezu blinden Glaszylinder, den ich vorhin noch fotografiert habe, fällt ein Lichtstrahl. In einem Winkel solcherart, dass der Zylinder mit dem schmutzigen Glas wie von innen heraus aufleuchtet.

»Gibt's doch nicht«, sagt H. M. noch einmal und setzt sich roboterhaft in Bewegung.

Er steuert auf den Glaszylinder zu. Ich folge ihm mit halb offenem Mund. Meine Lippen zittern, kein Wort verlässt sie. Jetzt stehen wir beide kaum mehr als zwei Meter von dem Zylinder entfernt, der noch immer im Licht schimmert. Hinter dem Glas steckt eine dunkle Gestalt. Je länger wir sie anstarren, umso klarer wird: Es ist ein Mann, seltsam verrenkt, die Beine ausgestreckt, nach unten hin verdreht, und die Arme in unnatürlicher Haltung. Alles schwarz.

»Verkohlt«, sagt H. M. »Den hat man abgefackelt.« Er hat die Sprache wieder.

»Daher der Geruch«, sage ich. »Nur verbrannt hat man den irgendwo anders.«

Ich kann das Gesicht des Toten nicht sehen, bloß den Hinterkopf. Er ist kahl, verbrannte Hautfetzen hängen daran. Der Schädelknochen liegt fast überall frei, auch er ist schwarz angekohlt.

»Wer kann das sein?«, sage ich.

Die Gestalt erinnert mich an eine Statue am Domplatz in Achenburg. Ein Balletttänzer, schwarz wie diese Leiche, die

Beine umeinander verdreht, tänzelnd auf Zehenspitzen, der eine Arm seitlich anliegend, der andere in Schulterhöhe mit einer affektierten Pose der Handfläche. Fast als winkte er. Und all das kriegt der Leichnam auch halb hin. Diese Statue am Domplatz habe ich immer gemocht.

»Schöne Bescherung«, sagt H. M. »Du gehst jetzt besser, Laya. Und zwar schnell. Ich rufe die Polizei, sage, ich hätte seltsame Laute gehört oder was gerochen und sei dann rein in die Halle. Kein Problem.«

»Warte«, sage ich.

Ich will noch nicht gehen. Schaue mir die Gestalt noch einmal an. Ich habe das Gefühl, ich wüsste etwas über sie.

H. M. trippelt nervös hinter mir herum, während ich die Leiche fotografiere.

»Jetzt hau ab, bitte, Laya«, fleht er. »Das kann doch nicht so wichtig sein. Hier ist game over.«

»Bin schon weg«, sage ich und reiße mich von dem Anblick des Glaszylinders los. »Du rufst mich an, ja? Ich muss jede Einzelheit wissen.«

»Geht klar.« H. M. streckt den Daumen nach oben. Langsam gewinnt sein Gesicht wieder an Farbe. Er zieht sein Handy aus der Hosentasche und tippt eine Nummer. »Mach's gut«, sagt er mit einem hilflosen Lächeln, als ich mich umwende.

Wie im Traum taumle ich aus der Hintertür der Halle und gebe mir Mühe, einen Fuß vor den anderen zu setzen. Ganz mechanisch geht das vor sich. Auf diese Weise schaffe ich es bis zum Wagen. Wer kann der Tote sein? Ist sinnlos, Spekulationen darüber anzustellen. Einer, der den Dingen, die in dieser Halle abgelaufen sind, im Weg stand? Andere Möglichkeiten? Ich starte den Motor und fahre ein paar Lagerstraßen weiter, aber nicht Richtung Hauptstraße, denn von dort wird gleich die Polizei um die Ecke quietschen. Die Wahrscheinlichkeit, dass die meinen MINI kennen, ist groß.

Ich halte in einer vermüllten Nebenstraße und denke nach. Ich brauche einen Experten. Ich rufe im Institut für Technische Chemie in Stuttgart an und werde mit dem Institutsleiter Professor Klemm verbunden. Der wiederum schickt mich weiter zu einem Professor Dr. Harald Windhauser. Windhauser geht dran, gerne will er sich meine Fotos von der Anlage ansehen. Ich solle sie ihm schicken.

»Aber Sie müssen mir schon ein paar Wochen Zeit geben«, fügt er hinzu.

»Wenn es das ist, was ich fürchte«, sage ich und weiß gar nicht, was ich denn fürchte, »haben wir nur Tage. Ich schlage vor, ich schicke Ihnen die Fotos, dann komme ich zu Ihnen runter und Sie sagen mir, was Sie denken. Ich meine, was in der Anlage auf den Fotos hergestellt werden könnte. Nennen Sie es ›Gefahr im Verzug‹.«

»Gut«, sagt Windhauser langsam. »Sie schicken mir, was Sie haben. Und Sie kommen am Freitag, ist das recht, gegen zehn Uhr morgens? Später geht ohnehin nicht mehr. Bin unterwegs, USA.«

Noch im Wagen maile ich fünfzehn Fotos zusammen mit ein paar Informationen von Ibrahim al-Hassam zu den Elektroinstallationen an Harald.Windhauser@itc.uni-stuttgart.de.

Vorne höre ich jetzt Polizeisirenen heulen. Ich rufe den Elektriker in Budringen an, bei dem Ibrahim al-Hassam arbeitet. Herrn Güdrim. Ich muss herauskriegen, wer den Auftrag für die Installationen in der Halle gegeben hat. Al-Hassam erwähne ich mit keinem Wort. Güdrim ist etwas eingeschüchtert, da ich vorgebe, an einer Reportage über Mafia-Umtriebe in Deutschland zu arbeiten, und die Anlage könnte mit Drogen zu tun haben, oder etwa nicht? Allein die Tatsache, dass ich von seinen Arbeiten dort weiß, genügt, um ihn zum Reden zu bringen. Güdrim sagt, er habe den Auftrag bloß per E-Mail und Fax erhalten, von einem gewissen Konrad Benjamin, der, so habe er behauptet, das Gebäude gemietet habe.

Ob Benjamin die Halle tatsächlich gemietet hat, hat Güdrim nicht überprüft, warum auch? Der Schlüssel wurde ihm übergeben, die Anlage stand schon da und ein genauer Plan wurde vorgelegt, wie Anschlüsse und Umbauten vorzunehmen seien. Das habe alles ein anderer Mann erledigt. Kurze Haare, groß, dunkelblond, sagt Güdrim, ein Deutscher, der auf Güdrims damalige Nachfrage, was das denn für eine Anlage sei, auch keine Antwort wusste oder keine geben wollte. Er sei nur der Mann mit dem Schlüssel, habe der Mann gesagt. Strohmann, denke ich. Die zeigen nicht einfach ein Gesicht her.

Das passt alles nicht zu al-Hassams Islamistentheorie. Doch es widerlegt sie auch nicht.

»Können Sie mir das Fax mit dem Auftrag von Herrn Benjamin schicken?«

»Ich fotografiere es und sende es per Mail. Wenn ich das noch mal durch die Faxmaschine laufen lasse, können Sie nichts mehr lesen davon. Schlechte Qualität.«

»Danke, bitte sofort. Und die Bezahlung?«, frage ich.

»War in Ordnung, Standard, ich habe meinen Preis verlangt, Abrechnung nach Aufwand, weil wir das nicht kalkulieren konnten. Alles per Mail und Fax, Herr Benjamin war sofort einverstanden. Das mag ungewöhnlich sein. Aber der Mann war wohl zeitlich unter Druck.«

»Und wann genau war das?«

»Vor sieben oder acht Wochen. Etwa sechs Tage Arbeit für drei gute Leute.«

»Sie haben mit Herrn Benjamin nicht telefoniert und ihn nicht gesehen?«

»Nein, bestimmt nicht. Am Telefon hatte ich immer diesen Verwalter, so habe ich ihn genannt, der mit dem Schlüssel. Der hieß übrigens Wicker. Vornamen weiß ich nicht. Herr Wicker eben. Seinen Ausweis habe ich nicht überprüft.« Güdrim lacht verkrampft. Er hofft offenbar, keine Schwierigkeiten zu bekommen. »Ich habe keine Ahnung, was … Ich meine, ich habe einfach meine Arbeit getan.«

Ich unterbreche das Gespräch und sehe im Internet nach. Da gibt es jede Menge Konrad Benjamins. Als das abfotografierte Fax von Güdrim als E-Mail-Anhang kommt, rufe ich die Telefonnummer von Konrad Benjamin an, die auf dem Dokument angegeben ist. Niemand meldet sich unter dieser Festnetznummer. Auch kein Anrufbeantworter.

Ich rufe H. M. an. Er hebt zwar ab, flüstert aber nur.

»Polizei da«, sagt er. »Das wird noch dauern heute.«

»Und ich habe dir diese Scherereien eingebrockt.«

»Wär's nicht ein Menschenleben, würd ich sagen, endlich Abwechslung.«

»Weißt du, wem diese Halle gehört?«

»Das ist dieses Speditionsunternehmen, die ›Vortinger Transporte‹. Die haben in dem Gebiet einige Hallen, ein paar vermieten sie offenbar.«

»Bis bald.«

Bei Vortinger Transporte, die anscheinend noch nicht über die Ereignisse in ihrer Halle Bescheid wissen, erhalte ich bloß die Auskunft, dass der für die Gebäude an dieser Örtlichkeit zuständige Mitarbeiter aus Gesundheitsgründen ein paar Tage lang nicht zur Arbeit erscheinen werde. Alle Informationen bitte bei Rückkehr des Mitarbeiters. Doch, ja, man habe diese Halle vermietet, das sei aus dem entsprechenden Firmenkonto ersichtlich. Für ein halbes Jahr an einen Herrn Konrad Benjamin aus Mannheim. Eine Abschlagszahlung der Miete in bar erhalten. Was Herr Benjamin dort machen wolle, wisse nur der zuständige Mitarbeiter. Auch was die Ausstattung der Halle und besondere Konditionen angehe.

Ich lege mein Handy auf den Beifahrersitz und will endlich losfahren. Ich bleibe jedoch noch stehen. Einen Augenblick denke ich, der Tote könnte der Mann von der MilaNBA-Baustelle sein. Der Student, der den Betonmischerfahrer zu

Westgarts Betongrab eingewiesen hat. Wie komme ich auf eine solche Idee?

Und dann kommt noch die fliegende Gesine und ihr fehlendes Gesicht zu mir. Für einen Augenblick denke ich sogar an Mama. Ich bin versucht, Christian anzurufen. Ich hätte ihn in diesen Minuten wirklich gebraucht, nüchtern oder nicht. Ich öffne die Fahrertür, die Luft geht mir aus. Jetzt, denke ich, jetzt. Das kannst du doch nicht durchstehen, Li, die ganze Zeit.

Das Moor

Jetzt hat es doch zu regnen begonnen. Die Temperaturanzeige in meinem Wagen gibt nur noch sechzehn Grad an. Ich stehe nach wie vor im Gewerbestraßenlabyrinth, die Tür des MINI offen. Dann starte ich den Motor. Ganz langsam lasse ich mich hinaus auf die Herrnhausenstraße treiben, die mich an der vierspurigen Stadteinfahrt ausspucken wird. An der Herrnhausenstraße nur Buschland, Wäldchen, Gewerbeanlagen, dazu mehrere Autohäuser.

Ein erster Baumarkt taucht auf. Eine willkommene Ablenkung von der Lagerhalle und ihrer verkohlten Leiche. Baumärkte sind für mich emotional aufgeladen. Die ultimative Bankrotterklärung menschlicher Kultur. Lagerhallenmörder und Spießer flanieren in Eintracht zwischen Hunderternägeln, Holzleisten, Elektroschraubern und Tapetenkleistern. Hell erleuchtete Hochregal-Männertempel. Verachte ich Männer? Diese Wesen mit dem psychischen Grundaufbau eines Wasserbüffels? Ich fühle mich zu ihnen hingezogen, frage mich das aber nicht zum ... Eine hereinkommende WhatsApp-Nachricht gluckst auf meinem Telefon. Sie ist von H. M. Infos über die Vorgänge in der Halle. H. M. hat mit Wanderer gesprochen. Kann ich mir Wanderer in einem Baumarkt vorstellen? Ich komme weder mit diesem Gedanken noch mit H. M.s Text zu Ende. Denn ein Audi, Kombi, silbergrau, verlangt meine volle Aufmerksamkeit.

»Schwachkopf!«, rufe ich, als der Audi mich ganz knapp überholt und sich nur ein paar Meter vor mich setzt.

Ich bremse und hupe. Doch der Audi zeigt sich davon unbeeindruckt und bremst ebenfalls.

Dazu kommt jetzt ein weinroter Renault, der mich von

links bedrängt. Waren das dieselben Wagen wie vor meinem Haus? Auch die Beantwortung dieser Frage muss warten, denn der Renault drückt mich an den Straßenrand. Weiter vorne taucht eine Bushaltestelle auf. In meiner Not steuere ich auf die Haltebucht zu. Der Renault bleibt an mir dran. Unsere Seitenspiegel berühren sich fast. Und der Audi vor mir wird immer langsamer. Wenige Sekunden später stehen wir alle drei an der menschenleeren Bushaltestelle. Autos ziehen unbeteiligt vorbei.

Ich denke daran, den MINI von innen zu verriegeln, doch bevor ich herausfinde, wie das denn genau geht, wird schon die Tür auf der Beifahrerseite aufgerissen. Ein Typ mit Sonnenbrille, Baseballmütze und Handwerkerhandschuhen lugt herein. Dunkles Haar. Sagt kein Wort.

»Ihr Schwachköpfe, was soll das werden?«, schreie ich.

Als Antwort öffnet der zweite Fahrer die Tür auf meiner Seite, schneidet mit einem Messer einfach den Gurt durch und packt mich am Oberarm. Wortlos. Geübt. Auch dieser Kerl mit Sonnenbrille, Mütze und Handschuhen. Dunkel.

»Hey!«, schreie ich noch einmal und denke eine halbe Sekunde lang an mein Handy. Gerade sehe ich noch, wie Nummer eins es in seiner Jeans verschwinden lässt. Dann zieht er es wieder hervor, nimmt die Abdeckung ab und klappt die Batterie heraus. Das ist nicht ganz einfach mit seinen klobigen Handschuhen. Nach zwei, drei Versuchen schafft er es. Die Batterie schiebt er in seine Hosentasche und wirft das Telefon wieder auf den Beifahrersitz.

Dumpfnasiges Krokodilhirn, denke ich.

Als hätte ihm dieser Gedanke gar nicht gefallen, reißt Krokohirn zwei mich jetzt am Arm nach oben. Ein Blitzstrahl von Schmerz fährt durch meine Rippen. Krokohirn eins umrundet den MINI und hilft ihm, meine Hände mit Kabelbindern zu fixieren.

Ich unterdrücke einen Aufschrei, lasse aber ganze Kaskaden von Flüchen auf die beiden los, was sie nicht aus der Ruhe bringt. Die blenden das einfach aus. Sind das die Typen, die Annas Fernseher und den Glastisch auf dem Gewissen haben? Wenn man ihre Autos in Betracht zieht, liegt eine Bejahung nahe. Mir fällt ein, ich hätte die Kennzeichen der Autos vor meinem Haus fotografieren müssen. Und du bist Journalistin, Laya? Befreundet mit Wanderer?

Die beiden werfen einen Blick auf die Straße, warten einen Moment ab, zwei Kombis zischen vorbei, und drücken mich dann hinein in den Audi, wo sie mir ein Paketband mehrmals um den Mund ziehen. Da kehrt Ruhe ein. Die Mützen sagen immer noch kein Wort. Der eine steigt in den Renault und wir fahren mit beiden Wagen ab. Meinen MINI lassen sie einfach an der Bushaltestelle stehen. Die Beifahrertür ist noch offen. Bin ich jetzt auch gleich tot? Das ist der Gedanke, der mir beim letzten Anblick meines jämmerlich einsamen Autos, so verlassen und offen, durch den Kopf schießt. Als wäre mein MINI ein wesentlicher Teil von mir, als würde er mich demnächst vermissen.

Zum Glück haben die mir keine Augenbinde umgelegt oder einen Sack übergestülpt. Deshalb kann ich genau sehen, wohin es geht. Richtung Stuttgart. Doch dann bleiben sie an einem mit dunklen Lastwagen bestückten Parkplatz an der A 81 stehen. Mein Fahrer hat sich die Sache anders überlegt. Er steigt aus, öffnet den Kofferraum und kommt wieder nach vorne zu mir. Er hält ein schmutziges grünes T-Shirt in der Hand, das er mir in Augenhöhe um den Kopf wickelt und mit dem Paketband fixiert. Einen Moment lang koche ich wieder vor Wut. Das Shirt stinkt nach Benzin. Ich stinke jetzt nach verdammtem Benzin.

Als wir weiterfahren, ist meine Wut abgeflaut. Ich bin erstaunt darüber, wie ruhig ich bin, wie scharf mein Gehör und meine Gedanken werden, wie konzentriert ich alles in mich aufnehme. Als säße ich an einem Radio und lauschte einem komplexen Hörspiel, von dem ich um keinen Preis auch nur eine Zehntelsekunde versäumen will.

***

Das Zeitgefühl habe ich großteils verloren. Da war die Autobahn, dann eine schnelle Landstraße, es hat Serpentinen gegeben, kleine Straßen. Alles mag zweieinhalb Stunden gedauert haben. Vielleicht waren es auch nur zwei Stunden oder dreieinhalb. Darauf würde ich nicht wetten.

Ganz am Ende ein langer Schotterweg. Da geht es durch den Wald. Was wollen die? Mich einen Steinbruch runterstürzen? In einer Ecke, wo man meine Leiche erst im nächsten Jahr finden wird? Mich abfackeln? Eine Wald-und-Wiesen-Vergewaltigung? Und wer sind die? Dunkle Haare. Wohl keine Araber. Augen habe ich nicht sehen können. Handschuhe. Die Gesichter sonnengebräunt vielleicht. Sind das die Leute, von denen Hornbrille gesprochen und vor denen er mich gewarnt hat? Jetzt halten sie. Die Autotür an meiner Seite öffnet sich.

»Raus mit dir«, sagt eine raue Stimme.

Undefinierbarer Akzent. Hessen? Ein pfälzischer Einschlag? Türken aus Berlin?

»Raus mit dir, Nutte«, sagt der andere.

Er nimmt mir das stinkende T-Shirt ab. Ich kann wieder sehen. War schöner mit der Binde. Denn was ich sehe, ist, dass die beiden noch immer oder wieder Brillen, Basecaps und Handschuhe tragen. Ist nicht kleidsam, ist zum Kotzen. Und ich sehe, dass wir in einem nebligen Wald stehen. Dass es regnet. Dass es Abend ist. Fichten sehe ich und eine Kiefer und sonst nur weißes Gewaber. Wir mittendrin.

Da reißt der Zweite mir mit einem schnellen Ruck das Klebeband vom Mund. Ich spucke vor mich hin.

»Hättest deine Finger von den Sachen gelassen«, sagt Krokohirn eins. »Wär besser gewesen. Nächstes Mal sind die ab.« Er nimmt meine zusammengebundenen Hände und spielt mit meinen Fingern. »Nächstes Mal nehmen wir *den* hier. Bringt sicher ein paar Mille. Weißte, wie der am besten runtergeht, wa?«

Er hält den Ringfinger hoch, an dem ich einen schmucken Weißgoldring mit einem nicht zu kleinen Brillanten trage. Besonderes, altes Geschenk von Abdul, das ich vor ein paar Monaten wieder rausgekramt habe.

»Keine Ahnung, du Dumpfnasenaffe«, sage ich und ärgere mich über meine viel zu nette Wortwahl.

»So«, sagt er und beißt fast in meinen Finger. »Mit 'ner Zange. Tut fast gar nicht weh.«

»Hehehe«, meckert der andere.

»Was wollt ihr? Plaudern?«, sage ich. Ich bereite mich darauf vor, dass die beiden auf die Idee kommen könnten, mir an die Wäsche zu gehen. Mord ist nicht ihr Plan. Das scheint klar. Da sind sie nicht die Typen zu. »Seid ihr Leute von Lukas Spahn?«

»Lukas?«, sagt der Erste. »Ach so, *der* Lukas. Nazi. Is 'n mieses Arschloch. Steht ganz oben auf jeder Liste, die auf sich hält.«

»Und jetzt bringt ihr mich wieder nach Hause. Los. Bevor ich ganz böse werde.«

»Hehehe. Böse wird die Nutte. So richtig bööööse. Oh, da krieg ich ja glatt 'nen Ständer.«

Sie packen mich an den Oberarmen und gehen mit mir ein Stück den Weg entlang. Ich wehre mich kaum, spare meine Kräfte. Es wäre völlig sinnlos. Dann biegen sie ab auf einen kaum auszumachenden, mit dichtem Sumpfgras überwachsenen Weg. Der führt zu einer Holzhütte.

Zum Glück stecke ich in meinen Turnschuhen. Der Boden ist weich und nass und die Hütte steht zwanzig, dreißig Meter vom Schotterweg entfernt in einer sumpfigen Wiese.

Ein Teil ist nach hinten gesunken. Das Dach aus groben Holzschindeln, ein paar Steine darauf. Rundherum verkrüppelte Baumgruppen, meist Kiefern, hin und wieder Gesträuch, Grasinseln, ein gutes Stück dahinter eine wohl fünfzig Meter hohe Felswand. Alles weiß und geisterhaft.

Ein Moor. Dieser Gedanke entzückt mich nicht. Der Weg, den wir zur Hütte nehmen, ist zwar fest. Doch es regnet ja und das mit dem festen, trockenen Weg wird sich schnell ändern. Wo sind wir? Schwarzwald? Wo sonst?

Mütze eins öffnet die Hüttentür, die nur mit einem Riegel und einem Holzkeil gesichert ist. Drinnen ist es dunkel. Licht fällt bloß durch Ritzen herein. Mütze zwei geht um die Hütte und öffnet an der Seitenwand von außen die Holzläden. Das Fensterglas fehlt. Es wird kalt werden. Ich rechne ja bereits damit, mehr als ein paar Minuten an diesem Ort zu verbringen. Die beiden schieben mich an einen Tisch, der in der Ecke nahe dem Fenster steht, drücken mich runter auf den Boden, sodass ich vor einem Tischbein hocke, und binden mich mit Kabelbindern an dieses Tischbein, das mit dicken Schrauben am Boden befestigt ist. Die Hände habe ich auf dem Rücken. Es tut weh.

»So«, sagt Nummer eins. »Das wird eine gemütliche Nacht.«

»Und ein gemütlicher Tag, hehe«, sagt Nummer zwei.

»Und eine gemütliche Woche. Mal sehen, wie lange du durchhältst. Stell dir vor, der Regen, der durch das Fenster zischt, der kalte Wind. Sommer vorbei. Wirst dir den Arsch abfrieren. Hier is 'ne Decke.« Er schiebt mit einem Fuß eine schmutzige Decke zu mir, die ich nicht erreichen kann. Nicht sofort.

»Kommt davon«, sagt Zwei, »wenn man sein feines Näschen überall reinsteckt.«

Ich gebe kein Wort mehr von mir. Es dunkelt bereits. Für heute bin ich festgenagelt. Fühle mich völlig leer. Ich warte darauf, dass die beiden endlich verschwinden, mich nicht anfassen und dass ich Ruhe finden und ordentlich denken kann.

Wanderer

Wanderer und das Dutzend vom Verfassungsschutz nach Achenburg abkommandierter Spezialisten kommen in diesen Tagen im Fall Westgart nicht voran. Eine Unmenge Spuren, eine lange Liste Indizien. Die alle in eine andere Richtung zeigen. Schuhsohlenspuren, die zu Springerstiefeln gehören, sonst Turnschuhe, DNA-Spuren auf Kippen und dergleichen, die keinem Datensatz zuordenbar sind, die kaputte Sonnenbrille, die nichts hergibt. Handyortungen für den Tatzeitraum tot. Die haben aufgepasst. Autoreifenspuren: uninteressant. Auftraggeber der sonntäglichen Betonfüllung beim Betonwerk: die »Hertzmann AG«, die die beiden Teile der Siedlung baut. Auftrag unerklärlich, sagt man bei der Hertzmann AG in Mannheim. Im Auftragsprogramm eingetragen, im Intranet an die Mischzentrale geschickt. Wobei das nicht sein könne, nicht an diesem Sonntag. Sonntags zu betonieren, komme schon vor. Doch die Füllung der Fundamentgrube sei laut Bauzeitenplan für den Freitag der folgenden Woche vorgesehen gewesen. Man gehe der Sache nach.

Die Überwachung der Shisha-Spelunke am Marienhof hat bisher keine Ergebnisse gebracht. Hanck, der Betonmischerfahrer, hat den Mann auf den Fotos, die man von den Gästen des Cafés zu Hunderten geschossen hat, nicht wiedererkannt. Und dann will der Verfassungsschutz Wanderer nun endgültig aus der Sache rausdrängen.

Polizeipräsident Wirtt aber besteht darauf, an die Öffentlichkeit zu gehen. Man erlaubt es ihm. Eine Pressekonferenz. In Achenburg ist die Hölle los. Westgart seit Tagen tot und niemand weiß, was geschehen ist. Auf der PK spricht Wirtt von Mord, jedoch seien die Umstände noch nicht geklärt. Das ist alles, was man der hungrigen Meute hinwirft, und sie ist nicht zufrieden.

Wanderer ist mit seinen Nerven durch, er fürchtet, es wird am Ende alles in dieser rohen Form an die Öffentlichkeit durchsickern. Denn er glaubt nicht an einen islamistischen Hintergrund. Er fürchtet Aufruhr und die hetzerischen Kommentare rechtsgerichteter Politiker, die sich wieder in Bürgerkriegswarnungen oder wohl eher Bürgerkriegsdrohungen ergehen werden.

Da platzt die Mitteilung in seine Gedanken, man habe Frau Nierings Wagen mit offen stehender Tür, batterielosem Handy und – insbesondere – ohne sie draußen beim Gewerbegebiet an einer Bushaltestelle gefunden. Ein Busfahrer hat die Polizei verständigt. Der Sicherheitsgurt auf der Fahrerseite zerschnitten. Wanderer denkt an die zwei Autos vor dem Haus seiner Lieblingsjournalistin, von denen sie ihm erzählt hat. Wanderers Vaterinstinkt erwacht. Furioso gibt er seine Anweisungen, er ist aufgewühlt, hat aber dennoch das Gefühl, es handelt sich nicht um einen Mord, sondern um eine Entführung. Er springt auf und fährt hinaus zum Tatort.

Be'erot

Die Nacht ist lang. Ich friere. Ich bin zu schwach, um ernsthaft an meine Befreiung denken zu können. Festgebunden an diesem verschraubten Tischbein. Ich vermute, dass die beiden Mützen mir etwas in die Limonade getan haben, die sie mir am Ende noch verabreicht haben. Etwas, das mich allerdings kaum schlafen lässt, das mich bloß in einem wehrlosen Dämmerzustand hält, in dem meine Gedanken dahinrasen. Ich befinde mich im Krieg, das denke ich. Mit Leuten, die ich nicht kenne. Da hatten wir damals wenigstens den Vorteil zu wissen, woher der Tod kam. Wir kannten die Mörder. Die erzkonservative Regierung unserer Nachbarn.

Das ist purer Sarkasmus, denke ich.

Denn im Juli 2006 schwebte jeder Libanese zu jeder Sekunde in Lebensgefahr und niemand wusste, was als Nächstes geschehen würde.

Zuvor, im Mai des Jahres 2006, fielen zwei Führer von Dschihadgruppen einem Attentat zum Opfer. Worauf die schiitische Hisbollah Israel mit ein paar Raketen bedachte. Israel ließ das nicht auf sich sitzen, der Gazastreifen war unruhig und überhaupt fing das Rad der Eskalation an, sich zu drehen. Insbesondere nachdem am frühen Morgen des 12. Juli zwei israelische Soldaten aus Panzerfahrzeugen heraus gefangen genommen worden waren, und zwar von der libanesischen Hisbollah.

Davon hörten wir in Beirut in verschiedenen Versionen in den Fernseh- und Radionachrichten, dachten uns jedoch erst nicht viel dabei. Als aber eine gepanzerte israelische Einheit in den Libanon einrückte, um Hisbollah-Kämpfer zu verfolgen, ein Merkava-Panzer dabei über eine riesige Mine fuhr, die ihn zerfetzte, begannen wir, uns Sorgen zu machen. Wir kannten ja den Zorn der Israelis, die nur eines im Sinn hatten: die Hisbollah auszulöschen, was aus israelischer Sicht auch ganz verständlich war. Schon am selben Tag begann eine Großoffensive. Der israelische Stabschef drohte mit der Zerstörung der gesamten libanesischen Infrastruktur, wenn seine Soldaten nicht freigelassen werden sollten. Damit sollten wir Libanesen anfangen, die Hisbollah als Feinde zu betrachten, was viele von uns ohnehin seit Langem taten. Wir sollten unsere Straßen, Brücken und Klimaanlagen mehr lieben als diese iranische fünfte Kolonne im Süden des Landes.

Nun, es kam, wie es kommen musste. Die israelische Luftwaffe bombardierte Straßen, Brücken, Flughäfen, Kraftwerke. Die Hisbollah ließ Raketen auf Nordisrael regnen. Es endete mit einem kaputten Libanon, israelischen Bodentruppen im Süden des Landes, hundertsiebzigtausend abgefeuerten Granaten, fünfzehntausend Kampfeinsätzen der israelischen Luftwaffe, Feuer auf die libanesische Küste vonseiten der Marine, viertausend Hisbollah-Raketen auf Israel, einer machtlosen libanesischen Regierung, einer ostentativ passiven libanesischen Armee, tausendzweihundert toten Libanesen, hundertsechzig toten Israelis, einer Million Flüchtlinge und dem fehlenden Arm meiner Mama.

Denn es ist wieder da in dieser kalten Nacht, das Brüllen der F-16. Das außerirdische Wummern der Drohnen. Die Granaten. Nur viel, viel böser. Wenn ich damals in Beirut eine F-16 hörte, versteifte sich mein Körper und ich hielt mir die Ohren zu. Die Hölle war los. Niemand wagte sich auf die Straße, alle hingen an ihren Fernsehern und Radios, sofern sie Möglichkeiten fanden, diese noch zu betreiben. Auf dem Dach unseres Hauses zählten wir Rauchsäulen und versuchten, die Schäden abzuschätzen. Dabei sahen wir die Marshads. Sie waren eine der wenigen Muslimenfamilien in dieser Gegend von Beirut. Mit ihren Bannflüchen gegen Israel.

Und dann kam der 13. August. Der Tag vor Inkrafttreten des ausgehandelten Waffenstillstands zwischen der libanesischen Regierung, der Hisbollah und Israel. Und in meiner vermaledeiten Hütte kann ich diesem Tag nicht entfliehen.

Die Israelis hatten beschlossen, schnell noch ein paar Fakten zu schaffen. Weshalb sie am 13. noch eine Extradosis Bomben und Granaten auf uns losließen. Auch einen halben schiitischen Stadtteil im Süden von Beirut legten sie auf die Schnelle noch in Schutt und Asche. Das Böse daran war, dass man sich schon überall in Waffenstillstandsstimmung befand. Und wir, die Khouris aus Beirut, wollten in drei Tagen das Land verlassen, indem wir mit dem Auto rüber nach Damaskus fuhren und von dort nach Frankfurt flogen. Der Flughafen von Beirut war mittlerweile unbrauchbar. Aber wir wollten zuvor noch einmal runter zu Freunden nach Damour. Nachsehen, ob alles in Ordnung war. Mobilfunkanlagen funktionierten nicht mehr. Wir nahmen Onkel Dawuds Volkswagen und packten uns alle hinein. Wir waren fünf, mit Abu und Mama.

Auf der streckenweise löchrig geschossenen Küstenstraße entlang des Flughafens flogen uns bereits die Granaten um die Köpfe. Ich hatte riesigen Hunger und schaufelte aus einer Plastiktüte die ganze Fahrt über gesalzene Pistazien in mich hinein. Ich liebte Pistazien, heute kotze ich, wenn ich sie sehe. Ähnlich geht es mir bei einer Menge anderer Nahrungsmittel. Essen war für mich niemals wieder dasselbe seit diesem Tag. Davon habe ich meinem Therapeuten nichts erzählt.

Im Süden des Flughafens beratschlagten wir uns. Schließlich beschlossen wir, uns wie geplant bis Damour durchzukämpfen.

Über uns brummten zwei Drohnen und als eine von einer Hisbollah-Granate abgeschossen wurde, kaum zweihundert Meter von uns entfernt, erwischten ein paar Splitter unseren Wagen. Wir hörten merkwürdige Plopp-Geräusche. Mein

Vater, der am Steuer saß, fragte sofort, ob es allen gut gehe. Wir sagten »Ja, okay«, dachten, wir wären mit dem Schrecken davongekommen. Das waren nur winzige Dinger, die uns erwischt hatten. Doch ein Passagier in unserem Wagen blieb still. Mama. Ich sah zu ihr hinüber, sie saß neben Tante Yudit. In ihren Augen Tränen. Sie ahnte, was passiert sein musste. Obwohl sie kaum etwas spürte.

»Bleib stehen, Abu«, rief ich. »Mama!«

Mein Vater hielt sofort an, ich sprang aus dem Wagen und rannte hinüber zu Mamas Seite. Da war ein Einschlag von einem Metallsplitter, ein Riss in der Tür. Ich kriegte sie kaum auf, Abu und ich zogen an der Tür. Und als sie endlich aufsprang, sahen wir Mamas Arm an ihr hängen. Ganz oben an der Schulter hatte es tief in ihn hineingeschnitten und durch die Wucht den Rest des Arms fast ganz abgerissen. Ein Blutschwall pochte daraus hervor. Wir sagten nicht viel, wir schrien nicht, wir handelten nur. Der Splitter steckte tief im Rücksitz. Wir wussten nicht, wie wir den Arm abbinden sollten, denn es gab keinen Stumpf, an dem wir eine Kompresse hätten anlegen können. Da kein Verbandszeug im Wagen war, nahmen wir eine Bluse von Tante Yudit und drückten sie so fest es ging auf die Wunde. Die Kompresse fixierten wir um Mamas Hals und ihren Brustkorb.

»Halt durch, Mama«, sagte ich immer wieder, »halt durch. Wir fahren dich zu einem Arzt.«

Alle stiegen aus, nur Abu und ich blieben bei Mama. Wir rasten in das nächste Dorf, auf der Suche nach einem Arzt. Mama verdrehte wiederholt die Augen, ich hielt sie an mich gepresst, drückte die Kompresse so fest auf ihre Wunde, wie ich konnte. Das Blut sickerte und pochte weiter unerbittlich aus dem Schulteransatz des Arms. Schließlich fasste ich unter die Kompresse, direkt in die Wunde hinein, um die Schlagader zu finden und mit den Fingern abzudrücken. Ich glaube, ich fand sie auch.

»Geh nicht, Mama, geh nicht.«

Das sagte ich zu ihr, immer wieder, ich flüsterte es, wie eine Beschwörung, tausendmal. Doch sie lächelte nur. Sie wollte nichts sagen. Vielleicht konnte sie nicht.

Erst als Abu auf mein Zeichen hin ausstieg, flüsterte sie fünf, sechs Worte in sein Ohr.

Abu fuhr den VW Passat fast zu Schrott, Mama blutete unablässig weiter. Als wir den Arzt gefunden hatten, war Mama seit Minuten tot. Wir rannten mit ihr in die Ordination. Der Arzt klemmte die Ader ab und versuchte vergeblich, Mama wiederzubeleben. Danach stand er hilflos und wie abwesend da. Er hatte offenbar zu viel gesehen in diesen Wochen. Er verfügte auch über keinerlei Blutkonserven. Abu warf sich auf dem Behandlungstisch auf Mama und weinte tonlos. Ich weiß kaum, was ich getan habe in diesen Minuten, außer alles mit anzusehen und den Geschmack von salzigen Pistazien zu hassen, der sich in meinem Mund in etwas Ekelhaftes verwandelt hatte. Bis heute weiß ich nicht, was Mama draußen vor dem Dorf zu Abu gesagt hat. Es ist Abus großes Geheimnis.

***

Ein trüber Morgen bricht an und ich schlafe doch noch ein bisschen. Zwischendrin habe ich mich eingepisst und dann Galle gekotzt. Bald ist es wohl mitten am Vormittag und es ist noch immer bitterkalt.

Ich fühle mich jedoch besser. Es ist Zeit. Die beiden Mützen planen bestimmt nicht, mich wieder abzuholen. Deshalb bin ich auch nur an ein massives, aber nicht unzerstörbares Tischbein gefesselt. Da kann man freikommen. Das wollen die. Die wollen keine Leiche.

Dabei sind das Tischbein und die Kabelbinder von all meinen Problemen das kleinere. Wirklich schlimm wird es, wenn ich ins Freie gelange. Draußen ist es wahrscheinlich weniger als zehn Grad und es regnet. Es regnet seit gestern ohne die kleinste Pause. Alles ein bleiches, halbdunkles Nichts. Die Felswand vor dem Fenster kann als dicke Wolke durchgehen, so schlecht ist die Sicht. Und dabei ist sie höchstens vierzig Meter entfernt. Das Ende des Regens abzuwarten, ist auch keine Option. Kann bis morgen dauern, vielleicht übermorgen. Das ist mieser, endloser Landregen, der wie in Strichen aus dem Himmel zieht.

So gerne hätte ich gewusst, wie das in der Halle in Obertannen ausgegangen ist. Was die Polizei weiß, ob sie diesen Konrad Benjamin schon am Kragen hat. Wenn ich es nicht schaffe, was Unsinn ist, dann bliebe auch das mit Gesine ungeklärt. Und wer sonst würde schon rauskriegen, was es mit dieser Anlage auf sich hat? Und die Islamistendateien? Warum gibt es immer dieses Missverhältnis zwischen den Fragen, die das Leben stellt, und den wenigen Antworten, die es bereit ist, herauszurücken?

Mit einem schmerzhaften Ruck schiebe ich mich am Tischbein hoch. Jetzt sitze ich in der Hocke, aber lange halten das meine Gelenke nicht durch. Ich drücke mich nach hinten auf den Tisch, strecke ein Bein nach der Wand unter dem Fenster aus und stoße mich ab. Das mache ich bis zur Erschöpfung, fünfzehnmal, zwanzigmal. Schließlich kracht der alte Tisch hintenüber. Mein Rücken schmerzt. Das Tischbein hängt noch immer an der Platte, doch ein weiterer harter Ruck reißt es ab. Ich schlaufe meine Hände das lose Bein hoch, richte mich endlich auf und hopple zur gegenüberliegenden Wand, an der eine alte rostige Sichel hängt. Die hole ich mit den Zähnen von dem Nagel, an dem sie baumelt. Ich schmecke den Rost und bugsiere den Griff der Sichel zwischen meine Knie, die Klinge nach hinten, dass ich die Kabelbinder an den Händen darüberziehen kann. Drei anstrengende Minuten dauert es, dann habe ich meine Hände wieder. Schließlich die Binder an den Füßen und ich bin ganz frei. Frei, hinaus in den kalten, regendichten Wald zu stolpern. Und ins Moor.

Ich öffne die Tür. Der erste Schwall Wasser kommt mir entgegen. Bis ich den Schotterweg erreiche, der am Moor vorbeiführt, muss ich durch einen dreißig Meter breiten eiskalten See waten, der an manchen Stellen zwanzig Zentimeter tief ist. Hätte ich den breiten Pfad zur Hütte dabei verlassen, wäre ich wohl der Länge nach ins Wasser gefallen.

Wir sind von links gekommen. Deshalb gehe ich, bibbernd vor Kälte, mit gesenktem Kopf und mit zusammengebissenen Zähnen nach links. Ich habe keine Ahnung, welche Himmelsrichtung das ist. Einfach immer weiter den Fahrweg entlang. Der Schotterweg führt erst ein wenig bergan, dann in großen Schleifen ins Tal hinunter.

Etwa eine Stunde muss ich gegangen sein, als ich eine schmale Straße erreiche. Sie ist jedoch so verlassen wie der Fahrweg. Alt, aus Beton, mit bitumenvergossenen Fugen. Die Straße stammt noch aus dem Krieg, denke ich. Der halbe Schwarzwald ist ein verdammtes Kriegsrelikt. Diesen undurchschaubaren, viel zu deutschen Wald habe ich immer schon verabscheut. Die Straße führt durch Urwald. Überall liegen morsche Baumstämme im Unterholz, alles dicht und dunkel verwachsen. Hier findet keine Holzwirtschaft statt.

Drei, vier Kilometer stapfe ich in meinen platschnassen Schuhen, der nassen Jeans und der nassen dünnen Strickjacke hinunter zu einer anderen größeren Straße. Dort stehe ich in einer unübersichtlichen Kurve. Auf der anderen Seite plätschert ein Fluss, den ich nicht sehen kann und an dem sich die Straße entlangwindet, eingekeilt zwischen steilen, bewaldeten Hängen und Felswänden. Ich befinde mich in einer tiefen Schlucht, neben mir ragen Felsvorsprünge aus der Wand. Die Straße läuft im absoluten Nirgendwo. Nur dort, wo mein alter, von einem Bach begleiteter Betonweg einmündet, gibt es ein wenig Platz.

Also beschließe ich, nicht weiterzugehen, sondern auf ein vorbeikommendes Fahrzeug zu hoffen. Ich warte fast eine halbe Stunde lang, hüpfe auf der Stelle, um mich warm genug zu halten, das zu überstehen. Es gibt kaum Verkehr. Alle zu Hause bei dem Sauwetter. Und wer wohnt schon in einer solchen Gegend? Im Schwarzwald liegen die Dörfer ja oben, nicht unten.

Endlich ein Motorengeräusch. Es ist ein riesiger Laster, der Holzstämme transportiert. Und der rumpelt einfach vorbei. Vielleicht hat der mich in seinem Monsterfahrzeug nicht einmal gesehen. Hätte auch nicht einfach rasch stehen bleiben können, bei dem Gewicht in der Kurve. Doch gleich dahinter ein Mazda. Darin sitzt eine ältere Frau. Ich springe und winke. Sie hält an, lässt das Fenster herunter. Ein violett schimmernder Haarschopf taucht auf, ein breites, weiches Gesicht, mütterliche Augen.

»Du meine Güte, wie sehen Sie denn aus?«, ruft die Frau. »Kommen Sie, Sie brauchen was Trockenes.«

Ich steige ein. Sie holt aus dem Kofferraum eine Decke für mich.

»Ich heiße Breitner«, sagt sie. »Sie müssen sich ordentlich einwickeln. Was ist denn passiert?«

Ich höre nicht mehr auf zu lächeln. Ich sage, ich hätte mich beim Wandern verirrt, der Regen habe mich überrascht, meine Wanderkarte sei aufgeweicht, ich sei durch die Dunkelheit gestolpert, hätte meinen Rucksack verloren und dann Gott sei Dank in einer offenen Hütte übernachten können. Sie stellt keine weiteren Fragen und bringt mich hinauf in einen Ort namens Grafbergen.

In Grafbergen werde ich in eine heiß dampfende Badewanne gesetzt, mit Tee, danach mit Pasta, die ich esse, und trockener Kleidung versorgt, die in herrlicher warmer Übergröße an mir hängt.

Bevor ich mich eine Weile hinlege, bitte ich um ihr Handy

und schreibe Christian eine SMS. Christian ist der Einzige, dessen Nummer ich auswendig kenne. Weil sie schon so alt ist. Trotz der katastrophennahen Form, die unsere Ehe angenommen hat, ist er noch immer der beste Freund, den ich habe. Er schreibt jedoch nicht zurück. Dann rufe ich Walter in der Redaktion an. Seine Nummer google ich auf dem Telefon von Frau Breitner. Darauf schlafe ich zwei Stunden lang in einem stillen Zimmer, das sie wohl nicht oft benutzt. Eine Nähmaschine steht neben dem Bett auf einem Schreibtisch.

Kaum habe ich mich halbwegs erholt, steht Walter in der Tür.

»Ihr Mann ist da!«, ruft meine Gastgeberin hinter ihm.

Walter empfängt mich mit einer Umarmung. Frau Breitner besteht darauf, ihn noch mit Kuchen zu füttern und mit Kaffee aufzupäppeln – die lange Fahrt! Dann werden wir wohlwollend entlassen. Meine Kleidung ist inzwischen durch Waschmaschine und Trockner gelaufen, ich habe wieder etwas Eigenes anzuziehen.

»Ich habe Wanderer erst auf der Fahrt hierher verständigt«, sagt Walter, als wir in seinem Škoda losfahren. »Noch alles dran bei dir?«

»Klar«, sage ich tapfer. »Alles gut.«

Ich sollte netter sein zu Walter, denke ich. Ich mag ihn, ich habe einmal gedacht, in ihn verliebt zu sein. Warum halte ich ihn mir bloß meist vom Leib? Es ist eine Frage, die ich im Augenblick nicht beantworten kann.

»Du wolltest sichergehen, dass du der Erste bist, stimmt's?«, sage ich.

Wortlos nickt Walter. Es ist ihm peinlich.

»Wanderer wäre wohl nicht der Richtige in dieser Stunde gewesen«, sage ich ganz lieb und drücke Walter einen Kuss auf die Wange. Dazu streiche ich ihm mit zwei Fingern über die Lippen.

»Jetzt erzähl«, sagt er, als wir Grafbergen hinter uns lassen. »Wer war das?«

»Was ist mit der Lagerhalle?«, frage ich, ohne auf Walters Frage einzugehen. Ich habe ja keine Antwort. Nicht das Fitzelchen einer Antwort.

»Lagerhalle? Meinst du die verkohlte Leiche, die man draußen bei Obertannen gefunden hat?«

»Genau die.«

»Sag nicht, da hast du auch die Finger mit drin.«

Ich schweige.

»Wer war das, die Leiche meine ich?«, sage ich dann. »Und wer hat's getan?«

»Der Tote war ein Araber. Hassan oder etwas in der Art. Er war erst wenige Stunden tot, als man ihn fand. So habe ich es gehört.«

»Ibrahim al-Hassam?«

»Genau, woher ...?«

»Und die Mörder?«

Walter zuckt mit den Schultern. »Die Spurenaufnahme ist bestimmt noch nicht abgeschlossen.«

Am liebsten hätte ich losgeheult. Das will ich aber nicht, nicht vor Walter. Ich schlucke meine Tränen herunter und schweige wieder. Draußen zieht verregneter Wald an uns vorbei. Ich blicke zu Walter hinüber, der mir gerade erzählt, was in der Redaktion los gewesen ist, seit sie gestern meinen MINI an der Bushaltestelle gefunden haben.

»Jemand hat die beiden Autos der Entführer gesehen«, sagt Walter. »Und Wanderer scheint von diesen Autos gehört zu haben. Hast du ihm mal von denen erzählt? Audi und weinroter Renault? Was der Polizei sowieso kaum weiterhilft.«

Ich sage kein Wort.

Walter spürt meine Bedrückung. Er will mich ablenken.

»Die haben den Tod von Westgart verkündet«, sagt er.

»Was? Ach …«, sage ich nur.

»Es soll Mord gewesen sein. Kein Wort darüber, wie das zugegangen ist. Strikte Geheimhaltung bezüglich der Todesumstände. So Wirtt gestern Nachmittag in einer Pressekonferenz. War keine Glanzstunde. Wirtt könnte in Schwierigkeiten geraten. Du weißt nicht auch darüber Bescheid?«, fügt er hinzu, als ich nichts sage.

»Doch. Wanderer, schon vor Tagen hat er es mir erzählt. Bleibt aber unter uns, ja?«

»Laya, ich fasse es nicht.«

Ich bitte Walter um sein Handy und schreibe Christian noch eine Nachricht. Der kommt sicher schon um vor Sorge.

An Stuttgart sind wir bald vorbei. Und als Walter eine Weile lang schweigt, weine ich doch ein paar Tränen um al-Hassam und denke an seine Frau, sein Kind, das Ungeborene und die herrlichen Luckys, die er geraucht hat. Ich drücke die Nase dabei an die Seitenscheibe. Warum musste er sterben? Weil er etwas von der Anlage ahnte? Ist die also doch heiß? Al-Hassam hat bestimmt nicht mit anderen darüber gesprochen. Der hatte ja Angst. Dann begreife ich: Er musste sterben, weil er mit mir geredet hat! Anlage hin oder her.

***

Zu Hause habe ich nur zwei Stunden Ruhe. Dann taucht Wanderer mit Mandl im Schlepptau auf. Sie wollen mir die Fahrt ins Präsidium ersparen, sagen sie. Wanderer lächelt sogar.

»Woran arbeiten Sie denn, wenn ich fragen darf, wenn man von Lukas Spahn und seinen Kumpanen absieht?« Das sagt Wanderer nach einer vollen Stunde etwas missvergnügt.

Ich habe den beiden die letzten zwei Tage im Detail geschildert. Für das Protokoll, das Mandl eifrig in seinen Tabletcomputer tippt. Wanderer scheint der Meinung zu sein, ich wäre insgesamt etwas knausrig, was Informationen angeht.

»Clans«, sage ich. »Eine große Reportage, schon eine ganze Weile.«

Eine brillante Idee, finde ich, diese halbe Lüge.

»Spahns Leute waren das auf jeden Fall nicht«, mischt sich Mandl vorlaut in das Gespräch ein.

Er weiß ja nicht, dass er nur Accessoire und Schriftführer ist und Wanderer und ich es vorziehen, allein miteinander zu sprechen. Jetzt kommt Mandl mir gerade recht.

»Woher denn auch?«, sage ich. »Spahn sitzt im Justizgebäude und seine Kumpane sind zu blöd für so was.«

Ich hoffe die ganze Zeit, dass die Rede nicht auf die Lagerhalle und die Leiche von al-Hassam kommt. Oder ist Wanderer nicht gewitzt genug, aus der Tatsache, dass mein Wagen unweit von Obertannen gefunden worden ist, die richtigen Schlüsse zu ziehen? Tut er offenbar nicht. Wanderer schnieft, etwas passt ihm gar nicht, er weiß aber offensichtlich nicht, was.

»Nun gut, Frau Niering«, sagt er, durch die Gegenwart Mandls zur Verwendung meines Nachnamens genötigt, »wir behalten die Sache intensiv im Auge. Es passt zu dem Einbruch in Ihr Haus.« Wanderer macht eine Geste in den Raum hinein. Es gibt keinen Sofatisch. Wo der Fernsehapparat hing, ragt nur eine hässliche schwarze Metallhalterung aus der Wand. Ich habe schon einen neuen bestellt. Die Terrassentür ist mit einem provisorischen Riegel fixiert. »Morgen schicken wir jemanden zu der Hütte. Und die beiden Autos haben Sie ja schon vor Ihrem Haus gesehen. Erzählen Sie uns etwas über Ihre Reportage.«

»Bitte auch alle Daten, die Sie uns geben können. Namen, Adressen.« Wieder Mandl, der sich einen despektierlichen Blick Wanderers dafür einfängt.

Mandl bemerkt das nicht, er tippt ja.

»Köln«, beginne ich, »aber keine Namen, keine Adressen. Sonst ist alles im Eimer, was ich mir dort aufgebaut habe.«

»Ach. Wie stellen Sie sich das vor?« Wanderer reibt sich die große Nase und bedenkt mich mit einem vorwurfsvollen Gesichtsausdruck. »So nicht, Laya«, sagt er und schüttelt ansatzweise den Kopf.

Mandl schaut überrascht auf.

»Tut mir wirklich leid«, sage ich nicht unzufrieden.

Soll sich Wanderer bloß ärgern. Lenkt ihn noch mehr ab. Die Lagerhalle wird nicht mehr Thema werden heute und dass meine Clan-Reportage in Berlin und Köln etwas mit der Entführung zu tun haben könnte, ist ein derart abwegiger Gedanke, dass ich mir Mühe geben muss, nicht zu lachen. Wanderer, denke ich, jetzt sind wir quitt. Das ist der Preis dafür, dass ich bei Westgart dichthalte.

Meine kurze Hochstimmung verdeckt jedoch nur die Fragen, die ich mir seit gestern ohne Unterlass stelle. Denn ich habe keine Ahnung, warum sich jemand genötigt sehen konnte, mich Bekanntschaft mit einem nebligen Moor im Nirgendwo schließen zu lassen. Als Warnung und Einschüchterungsmaßnahme viel zu umständlich. Andererseits hat man, sollte ein Zusammenhang bestehen, bei Tod und Zurschaustellung von al-Hassam auch keine Mühe gescheut.

»Ein Glas Wein, die Herren?«, frage ich vergnügt.

III

Moonn

Laya, schreibt Martinger. *Ich muss dringend mit dir sprechen. Ruf mich an.*

Was ich glatt tue. Ich befinde mich in einem Ersatzwagen, einem Volvo V40, auf der Fahrt nach Stuttgart zum Institut für Technische Chemie. Beim MINI wird noch der Gurt auf der Fahrerseite ausgetauscht und der linke Seitenspiegel ersetzt. Hatte doch etwas abbekommen. Mein Termin im Institut wäre erst morgen gewesen, ich habe mich aber einfach auf den Weg gemacht und Professor Windhauser, dem ich meine Fotos von der Anlage in der Lagerhalle per E-Mail geschickt habe, vom Wagen aus angerufen.

Nachdem Wanderer und Mandl abgezogen sind, ohne mein Weinangebot anzunehmen, habe ich ein weiteres heißes Bad genommen und zehn Stunden lang wie ein Sack durchgeschlafen. Ach ja, davor habe ich noch kurz mit Abu und Christian telefoniert.

»Du spielst mit dem Feuer, Schatz«, hat Christian gesagt. Und gemeint hat er: Ohne mich wird das nichts, komm einfach wieder nach Hause, ich werde dreißig Prozent meiner Whiskysammlung opfern. Er solle sich um mich nur keine Sorgen machen, war meine Antwort. Und gemeint habe ich: Wenn du bei hundert Prozent bist, ruf mich wieder an.

»Und?«, frage ich Martinger, als er sich meldet.

»Du weißt«, sagt er mit seiner bärendunklen Bärenstimme, »dass mit Winkelmann nicht gut Kirschen essen ist.«

»Hm«, sage ich.

Winkelmann ist seit drei Monaten Geschäftsführer der Bergenpost. Widerling. Aggressive Dogge mit gefärbten Haaren, versteht nichts von Journalismus, nur etwas von Zahlen. Umworben und dann eingesetzt vom Besitzerehepaar der Zeitung, den Grabherrs, die ich erst ein paarmal gesehen habe. Einmal bei einem Essen bei ihnen zu Hause, wohin sie Martinger, mich und sämtliche Ressortleiter eingeladen haben. Muss schon drei Jahre her sein.

»Er ist unzufrieden mit dir.«

»Ach, Hermann.«

»Du solltest das ernst nehmen, meine Liebe. Das ist kein Leichtgewicht. Die Grabherrs fressen ihm aus der Hand. Die Zahlen verbessern sich, was bestimmt nicht sein Verdienst ist, aber er schöpft den Ruhm ab. Das kann er, muss ich schon sagen.«

»Und was hat das mit mir zu tun?«

»Ich kann nicht länger meine Hand über dich halten. Du musst liefern, regelmäßig, pünktlich, freitags. Und am besten auch mittwochs. Die letzten drei Wochen hast du ganz ausgelassen. Ist dir nicht mal aufgefallen.«

»Du weißt, wo ich …«

»Ach, Laya. Deshalb gilt ja Schonfrist. Allerdings nicht für ewig. Und warum lässt du uns nicht an deinen Abenteuern teilhaben? Jeder will deine Version dieser Geschichten kennen.«

»Abenteuer? Hermann?«

»Für den Leser, ja. Selbst wenn wir dann noch nicht online gehen damit. Liefere einfach. Sei vernünftig, Laya.«

»Ich bin an etwas viel Größerem dran.«

»Das sind alle Reporter, sie liefern zwischendurch trotzdem pünktlich.«

»Hermann … du wirst …«

»Mach's mir nicht so schwer, bitte. Es gibt da eine recht deutliche Grenze und Winkelmann hat sie mir dick und rot an die Wand gemalt. Heute Morgen. Und dazu brauche ich den Stand deiner Langzeitreportage.« Mit harter Betonung auf »Langzeit«.

»Scheiß-Winkelmann.«

»Du solltest wieder so etwas machen wie damals mit dem Crystal Meth.«

Martinger meint eine meiner ersten Reportagen, zum Crystal-Meth-Handel der Vietnamesen an der tschechisch-deutschen Grenze. Die war genau seine Kragenweite. Martinger liebt solche Sachen.

»Ist mir zu blöd. Fuck.«

»Versteh ich, Laya, nur hilft Fluchen nicht. Was also ist mit der Clan-Geschichte? Habe ich in den letzten vier Wochen etwas davon gehört?«

»Ist schwierig, an die ranzukommen, weißt du doch.«

»Tu mir und dir den Gefallen und liefere asap *irgendwas*. Egal wie schlecht oder unfertig. Spielt keine Rolle. Wir machen was draus.«

»Hermann, ich ...«

»... denn da wird dir auch dein Nachname nichts nützen, ebenso wenig wie dein Vorname.«

»Das ist nicht dein Ernst!« Einen Moment lang glaube ich zu explodieren. »Du willst also sagen ... Ich fass es nicht, du meinst tatsächlich, Christians Name und ein arabischer Vorname machen einen wesentlichen Teil meiner Karriere aus? Spuck's aus!«

»So habe ich das nicht gemeint, Laya. Das weißt du. Du bist gut. Punkt. Aber heutzutage ist deine Herkunft in unseren Kreisen, vor allem zusammen mit einer notablen deutschen Verbindung, gemeinhin ›Ehe‹ genannt, ein nicht unschätzbares Asset.«

»Scheiße, Hermann.«

»Ja, ist scheiße. Aber so läuft's, oder? Irgendwas schadet oder hilft immer. Sieh's doch einmal so, man kommt nicht als Tabula rasa irgendwohin. Die Bayern wollen keine Preußen, die Badener keine Württemberger, die Berliner keine Schwaben. Irgendeine Last oder einen Vorteil schleppst du immer mit dir rum. Und keiner in unserer Branche will auch nur einen Hauch von sogenanntem Rassismus an sich haften haben, da opfert er lieber seine beiden Großmütter.«

Ich schweige. Ich habe mich längst damit abgefunden, nicht als Individuum, sondern als Vertreterin einer Gruppe gesehen zu werden. Auch deshalb hasse ich die moderne Herumfuchserei mit diesen Identitäten. Ist nicht immer gut für Leute mit solchen Identitäten. Gut ist es nur für das Gewissen derer, die damit herumfuchsen.

»Und schlimmstenfalls gehe ich anderswohin«, sage ich.

Martinger schluckt. Er überlegt wahrscheinlich, ob es jetzt sehr laut oder sehr leise weitergehen soll.

»Winkelmann wird dich anschwärzen.« Er hat sich für leise und resigniert entschieden. »Da versteht der keinen Spaß. Der kennt die alle. Die fragen bei ihm an. Und sie werden zu hören kriegen, wie wenig du geschrieben hast in den letzten fünf Wochen. Faule Reporter?« Nun Schwenk auf sehr laut. »Nee! Nee! Laya und Niering hin oder her. Und dann, dann kannst du nur eine Regalbreite runtergehen, nicht rauf, Scheiße, Laya!«

»Fick dich, Hermann.« Ich lege auf.

Martinger kennt mich, er wird's verkraften.

***

»Mein kleines Reich, Frau Nierick, bitte sehr«, sagt Professor Dr. Harald Windhauser, der offenbar keine Bücher liest.

Ich korrigiere ihn nicht. Es ist der einzige angenehme Punkt an diesem Nachmittag, nicht schon wieder auf Christian angesprochen zu werden. Windhauser gibt sich Mühe, wie ein Chefarzt mit lebenslanger Mitgliedschaft im Jachtklub Ammersee daherzukommen, kriegt das aber nur ansatzweise hin. Der birnenförmige Kopf, die zu hohe Stirn, die schon ein wenig gerundete Leibesmitte und der wuchtige Schnauzer votieren dagegen. Auch wenn er sonst eine ordentliche Erscheinung abgibt.

Windhauser hält mir die Tür zu seinem Professorenzimmer auf. »Und nebenan haben wir das Labor. Kommen Sie näher, wir beide werden der Angelegenheit schon auf den Pelz rücken.« Und wir werden Sie gleich ganz gehörig flachlegen, liebe Frau Nierick, jedenfalls wenn es nach mir und meinem Gold-Member-Status ginge.

Wieder einmal hasse ich es, eine Frau zu sein.

Bei meinem Anruf vor zwei Stunden stand Windhauser noch gehörig unter Zeitdruck, als er mich vor zwei Minuten am Eingang des Instituts in Augenschein nehmen konnte, besaß er schon alle Zeit der Welt. Wie schön, dass die Dinge im Leben so flexibel sind. Ich sage mir, ich tue das für Gesine, für al-Hassam und für meinen Seelenfrieden. Außerdem treibt mich ja immer eine Mischung aus Neugier, Ehrgeiz und dem Gedanken, am Ende doch etwas bewirken zu können.

Ich antworte Windhauser nicht, gehe vor ihm her in sein Büro, steuere auf den Schreibtisch zu, wo ich meine Fotos von der Chemieanlage ausgemacht habe, und lege, damit keine Missverständnisse aufkommen, gleich die Hand auf die Bilder. Ich will nicht unhöflich sein, ich will nur klarmachen, weshalb ich hier bin.

Windhauser hat jedoch noch Zeit. Gerade fährt sein Blick mit wissenschaftlicher Akribie an jeder Blusenfalte, jeder Blazertasche und jeder meiner Jeansnähte entlang. Ich frage mich, was mit Frau Windhauser wohl los ist.

Mit den Fingern klopfe ich auf die Bilder, bis Windhauser versteht. Er reißt den Blick wieder an sich und tritt auf mich zu. Ich ziehe die Fotoausdrucke von der Schreibtischplatte und halte sie uns beiden vor die Nasen. Womit die Bilder ganz von selbst die Kommunikation übernehmen. Jetzt kann er nicht mehr anders, als endlich mit der Sprache rauszurücken.

»Die Fotos«, sagt Windhauser mit einem gewinnend gedachten Lächeln, das sich ein bisschen zu nah an meinem Gesicht befindet, »lassen keine eindeutigen Rückschlüsse zu. Es lässt sich aber mit einiger Sicherheit feststellen, für Laien formuliert, Sie verstehen doch, Frau Nierick, ich ziehe nicht Ihre Intelligenz in Zweifel«, und Frau Nierick zieht ihre Intelligenz keineswegs in Zweifel, »dass es sich um eine Anlage zur Herstellung entweder von Kaliumphosphonatdüngern oder von Pflanzenschutzmitteln handelt.« Er entfernt sich zwei Schritte, während er doziert.

Ich gebe mir Mühe, nicht allzu sichtbar aufzuatmen.

»Man könnte davon ausgehen, dass jemand beabsichtigt, mit dieser Anlage flüssige bis kristalline Stoffe zu erzeugen, die auf der Basis von Phosphonsäure gebaut sind. Phosphonsäure ist die tautomere Form der phosphorigen Säure.« Windhauser hüstelt, ich bin reglos wie ein Baum. »Daraus werden oft Pestizide gebaut, die gegen Pilze eingesetzt werden, die Anwendung ist andererseits sehr divers.«

Was ich nun wissen will, ist, ob in dieser Anlage auch Drogen oder gefährliche Gifte hergestellt werden könnten. Windhauser sieht mich an, seine Augen sprühen, als käme eine Idee, die er gleich wieder verwirft. Es ist nichts, über das ich informiert sein will.

Er fährt sich durch das dunkelblonde Haar.

»Drogen? Nein. Gifte? Phosphonsäureprodukte sind natürlich keine Lebensmittel.« Windhauser starrt mich einen Augenblick an. Es ist der einzige Augenblick bisher, in dem er vergessen hat, dass ich eine schöne Frau bin. Er fasst sich aber gleich wieder. »Sie verstehen, haha, und fast jeder Stoff, der daraus produziert wird, ist in einem gewissen Maß schädlich für Organismen.«

»Danke, gut«, sage ich und verberge meine Besorgnis.

»Und woher haben Sie diese Fotos, Frau Nierick? Sie hatten doch von sicherheitsrelevanten Aspekten geschrieben.«

»Zunächst besteht nur ein Verdacht, Professor Windhauser«, sage ich und lächle wohl zum ersten Mal. »Und zu Ihrer Information: Aus diesem Grund zeichne ich dieses Gespräch auf und hoffe, Sie sind damit einverstanden.« Ich zeige ihm mein Smartphone, auf dem die Aufnahmefunktion aktiviert ist. »Und bitte erschrecken Sie nicht, sollten Sie bald Anrufe erhalten von Telefonnummern, die Sie nicht kennen. Die gehören dann der Polizei, dem Verfassungsschutz, dem BKA, solchen Leuten eben. Ich bin so frei, Ihre Nummer mit Ihrem Einverständnis weiterzugeben.« Obwohl ich nicht vorhabe, auch nur eine der genannten Behörden zu verständigen, verfehlt das nicht seine Wirkung.

»Selbstverständlich«, sagt Professor Dr. Harald Windhauser mit einem erschrockenen Blick. »In was für einer Zeit wir leben! Ich bin erreichbar, mit den Tücken der Zeitverschiebung. Ich fliege übermorgen nachmittags in die USA, wie ich schon erwähnt habe. Atlanta würde Ihnen gefallen. Schon mal dort gewesen, Frau Nierick?«

»Nein. Haben Sie. Ich danke Ihnen. Bitte entschuldigen Sie mich jetzt.«

Das macht ihn einen Zentimeter kleiner.

Ich stecke mein Handy weg, nehme die Fotos an mich, die Windhauser auf beschichtetem Papier ausgedruckt hat, und verschwinde aus seinem Büro.

Am Ausgang des Instituts öffnet mir eine blonde, kleine, aber hübsche Studentin oder Sekretärin die Tür, auf Letzteres lässt ihre nonchalante Geschäftigkeit schließen, auf Ersteres ihr intelligentes Gesicht. Vielleicht ist sie beides in Personalunion.

»Bitte«, haucht sie und lächelt mich wissend an, sie hat mich ja aus Windhausers Zimmer kommen sehen. Ob meiner fluchtartigen Eile zwinkert sie mir zum Abschied fast zu.

Unten auf dem Parkplatz, wo ein paar hungrig dreinguckende junge Birken dem Wind standhalten, schüttle ich mich und prüfe meinen Würgereflex. Es ist mir, als hätte jemand meinem Körper Substanzen eingeflößt, die er partout nicht haben möchte. Ich steige in den Wagen, ich habe zu tun. Ich kann mich mit diesen Widrigkeiten nicht aufhalten.

***

Zurück in Achenburg ziehe ich an der Schranke der großen Innenstadtgarage einen Parkschein. Ich friere. Seit meiner Rückkehr von der Moorhütte habe ich ein Gefühl wie von schwachem Fieber. Alle zwei Stunden schlucke ich eine halbe Schmerztablette.

Ich stelle den MINI ab und will hinauf zum Marienhof gehen. In den Lift der Parkgarage begleitet mich ein Mann in passablem Anzug mit Glatze und Brille, der mir im ersten Augenblick völlig unbedenklich erscheint. Ich nicke ihm dankend zu, wie man das eben macht, wenn einem jemand den Vortritt lässt und die Tür aufhält. Er sagt kein Wort. Als wir allein sind, kann der Glatzkopf plötzlich sprechen. Dazu hält er den Fahrstuhl mit der Nottaste an. Wäre aber nicht notwendig gewesen. Der Typ hat mehr als nur Guten Tag zu sagen. Mein ganzer Körper steht auf Ein, jede Sehne ist gespannt. Ich habe keine Karateausbildung, doch kratzen kann ich schon.

»Keine Sorge, Frau Niering«, sagt der Glatzkopf und zieht einen Ausweis hervor. »Wir haben ein Auge auf Sie. Geht leider nicht anders.«

Der Ausweis sagt: Dienstausweis. Innenministerium. Verfassungsschutz. Bevor ich den Namen lesen kann, ist er schon wieder weggepackt.

»Ach.« Ich versuche nicht zu zeigen, wie erleichtert ich bin.

»Wir müssen Sie einfach bitten, kürzerzutreten. Die Szene in Achenburg und den umliegenden Städten in Mitteldeutschland steht unter unserer intensiven Beobachtung. Und nicht erst seit Ihrer kleinen Begegnung mit Lukas Spahn sind wir auf Sie aufmerksam geworden. Bestimmt hat Ihnen Kriminalhauptkommissar Wanderer davon erzählt. Der Mann redet oft ein bisschen viel, am liebsten an Cafétischen am Marienhof.«

Ich schweige.

»Es gibt auch noch Mareike Bittram. Und Philipp Wasserthanner.«

»Araberfresser«, murmle ich. Haben die mich beschattet? »Woher bitte …?«

»Die Quellen unserer Informationen sind uns heiliger als der Journalistin die ihren«, gibt er gleich zurück. Er hat nicht vor, mich zu Wort kommen zu lassen. Das wenigstens ist klar. »Ich bringe eine höfliche Bitte vor. Wir haben V-Männer installiert. Uns entgeht nichts. Sie müssen sich keine Sorgen machen. Die Welt geht ohne Sie nicht den Bach runter.«

»Da bin ich mir nicht sicher.«

Ich notiere in meinem Kopf, dass der Name Gesine Wildung nicht fällt. Bestimmt haben die noch immer keine Ahnung von der Identität der Frau in dem Video vom Polizeidepot.

»Und was ist, wenn ich einfach immer weitermache? Sie wissen ja, das ist es, was Journalistinnen tun.«

»Wir haben Hoffnung«, sagt er und rümpft ein bisschen seine Knollennase.

»Hoffnung?«

»Auf Einsicht. Sie könnten die von uns beobachteten Leute alarmieren, Sie könnten sie zu Kurzschlusshandlungen verleiten.«

»Was denn, haben die was vor?«

»Das, na … was denken Sie? Werde ich Ihnen davon etwas erzählen?«

»Nein. Gut, Herr …«

»Harrer.«

»Herr Harrer oder wie Sie wirklich heißen mögen. Was würden Sie an meiner Stelle tun?«

Er sagt nichts, denkt nur laut.

»Ganz genau.«

Harrer lässt den Kopf hängen. »Nächstes Mal wird es weniger lustig.« Er hält mir eine Visitenkarte hin.

»Soll ich das jetzt zitieren? Einschließlich Beschreibung einer seltsamen Szene in 'nem Fahrstuhl? Was denken Sie?« Die Karte nehme ich.

Major Dr. Julius Harrer. Ein hohes Tier. Soll ich mich jetzt geehrt fühlen?

»Entschuldigen Sie, Frau Niering«, sagt er und drückt noch einmal die Nottaste. Der Fahrstuhl setzt sich wieder in Bewegung. »Wir haben zuweilen keine Wahl. Und manchmal müssen wir unangenehm werden. Nicht bei Ihnen natürlich.«

Harrer verschwindet in der schwach beleuchteten städtischen Dunkelheit, sobald wir Straßenniveau erreicht haben. Ich lasse die Szene hinter mir. Sie tut nichts zur Sache. Es ist mir eigentlich nicht unangenehm, dass der Verfassungsschutz – wenigstens zum Teil – dieselben Leute wie ich im Visier hat. Es ist wie eine Versicherung, die ich bezahle und die sich schon einmal bewährt hat.

Ich überquere den Marienplatz und gehe an der Shishabar vorüber. Lässt Wanderer sie noch beobachten? Auf der Fahrt von Stuttgart nach Hause hatte ich eine Idee. Und Major Harrer hält mich nicht davon ab, sie umzusetzen. Ich muss jedoch damit rechnen, dass ich schon seit einer Weile beschattet werde. Der Weg zu Hornbrille könnte entweder über zwei Türken oder über zwei Araber führen. Denn Hornbrille wohnt wahrscheinlich in oder am Rand der Innenstadt und er muss irgendwo essen. Was essen Nerds wie er? Und lassen sie es sich liefern?

Den ersten Lieferservice, betrieben von zwei nicht besonders gut gelaunten Türken, verlasse ich eine Minute später wieder. Sie wissen nichts von einem Kunden mit irgendwie abstehendem blonden Haar und schnuckeliger Hornbrille.

Vom Laden der Türken wende ich mich nach links in die Greißgasse. Am Ende der Gasse nehme ich die zwei Stufen hinauf zu einer schmierigen Glastür. Ich öffne sie mit einem Ruck. Ein Geruch von Käse, Teig und Tomaten stürmt mir entgegen. Drinnen zwei Männer, die sich mit Fladen, Soßen und Kartons die Zeit vertreiben. Sie können das gut, das mit Käse, Teig und Tomaten, weshalb sie stadtbekannt sind. Noch einmal spule ich meinen Spruch runter.

»Habt ihr einen Kunden mit seltsam blondem, irgendwie abstehendem Haar, schnuckeliger Hornbrille, Gesicht wie eine Ratte?«

Schnucklig, das hört sich auf Arabisch besonders abartig an. Ich verwende nicht das Wort *»latif«*, sondern *»jadhdhab«*.

»Oh ja, Sie müssen den Willie meinen.« Das sagt der Mann, der die Pizzakartons stapelt und zwei rote Taschen damit füllt. Er sieht mich neugierig an. Mein Hinterteil vergisst er bei seiner Bestandsaufnahme ebenso wenig wie ein anerkennendes Nicken. »Wohnt gleich um die Ecke. Bestellt montags Spinat und Schinken, dienstags Thunfisch, mittwochs, mal nachsehen … Hat seine fixen Gewohnheiten. Und nur bis Donnerstag. Dazu immer ein Liter Cola, niemals Bier.«

Ist ja ein schwer intellektuell arbeitender Mann, Hornbrille.

»Und die Adresse, Freunde?«

»Sollen wir ihr die Adresse geben?«, sagt der Stapler zu dem Mann mit den Teigfladen und macht ein übertrieben skeptisches Gesicht. Dazu grinst er breit. Ich kann nicht sagen, dass ich die beiden nicht mag. Umgekehrt gilt das Gleiche.

»Nee«, sagt jetzt der andere und verzieht einen Mundwinkel nach oben, »da muss sie mindestens Stammkundin werden. Die Frau Niering.«

Ich lächle süß. »Ihr wisst ja bestimmt, dass ich keine Pizzas esse. Macht dumm und dick.«

»Na, wenn das so ist, dann ist hier die Adresse.« Der Stapler schreibt mir tatsächlich Hornbrilles Adresse auf. Er händigt mir den Zettel mit einem Augenzwinkern aus.

Ich werfe einen Blick darauf.

»Habt Dank, Leute.«

Die zwei gucken groß und ich mache mich aus dem Staub.

Willie also jetzt. Kann das stimmen? All diese falschen Namen und Nummern nützen ihm am Ende nichts. Denn das Problem von Hornbrille ist, dass er dem besten Pizzaservice der Innenstadt ja schlecht seine Visage und seine Adresse vorenthalten kann.

Den dritten Pizzaladen in der Gegend kann ich mir jetzt sparen.

»Willie?«, flöte ich in die Gegensprechanlage, nachdem ich fünf Haken um mehrere Häuserecken geschlagen habe. Ich wollte sichergehen, dass mir niemand folgt. Ich drücke mich ganz tief in den Hauseingang. »Die Thunfischpizza ist da.«

»Falsche Pizza. Und ist erst sechs. Verflixt, Mrs. Libanon. Gerade hat sich mein Leben um zwei Jahrzehnte verkürzt. War auch vorher schon nicht lang.«

Der Türöffner summt. Ein breites, muffiges Treppenhaus mit altertümlichem Lift liegt hinter der Eingangstür.

»Kommen Sie weiter«, sagt Hornbrille an seiner Apartmenttür im dritten Stock. Er steht in Jeans und demselben T-Shirt wie letzte Woche vor mir. Das lässt sich nicht gut an. »Wollte ja nicht unhöflich sein«, fährt er fort, »doch Sie verstehen sicher, dass ich meine Adresse nicht unbedingt …«

»Und was ist mit Namen?«

»Ist bestimmt ein Klacks für Sie, auch wenn unten an der Klingel nur *Willie* steht.«

Ich will nicht weiter unangenehm werden bei dem Thema. Hornbrilles Namen werde ich schon herausfinden, jetzt wo ich seine Adresse kenne.

»Ich habe nun fast alles durch auf dem Speicherstick«, sage ich. »Hat eine Weile gedauert. Die Passwörter hatten Sie ja vor mir versteckt.«

»War keine Absicht. Tut mir leid. Die schreibt man nicht in eine Textdatei. Die waren an anderer Stelle abgelegt.«

Ich schaue mich in der Wohnung um. Über Hornbrilles Schreibtisch mit dem Computerbildschirm darauf löst sich die Ecke eines Posters von der fleckigen Wand, das ein Satellitenbild von Europa zeigt. Sonst Kekskrümel auf dem Tisch, ein verschmiertes altes Festnetztelefon steht auf dem stellenweise knirschenden Boden. Schwacher Geruch nach altem Räucherwerk. Wir befinden uns in einem großen Zimmer mit Küchenecke, von dem zwei Türen abgehen. Hornbrille hat ein fragendes Gesicht aufgesetzt. Im Schummerlicht seiner Wohnung, deren einzige Beleuchtung von einer heruntergedimmten Stehlampe am Esstisch und dem neunzehnzölligen Computerbildschirm stammt, sieht er gar nicht so verwahrlost und rattengesichtig aus. Und ich glaube, eine Ähnlichkeit auszumachen mit jemandem, den ich kenne. Aber mit wem? Ich denke nach, komme nicht darauf.

»Ich habe Probleme mit einem Codewort«, sage ich mit einem kurzen Blick in Hornbrilles auffällig wache, scheue Augen. »Auch ein letztes Passwort fehlt noch.«

»Das kriegen wir sicher hin«, sagt Hornbrille rasch, fest. »Gar kein Problem.«

In seinem natürlichen Habitat erscheint er mir viel selbstsicherer zu sein.

Ich halte ihm einen Speicherstick hin, der die entsprechenden Dateien von meinem Laptop zu Hause enthält.

»Geben Sie mal her.« Hornbrille geht zu seinem Schreibtisch und steckt den Speicherstick in einen USB-Ausgang seines Computers.

Mir fällt auf, dass seine Bewegungen gar nicht zu ihm passen. Viel zu geschmeidig, fast katzenartig.

»Bitte hier«, sagt er, ohne sich umzublicken, und deutet auf einen klappbaren Holzstuhl, der neben dem Tisch steht.

Ich ziehe den Stuhl zu mir, prüfe die Sitzfläche auf Klebriges und Fettiges und setze mich. Und bevor ich Erklärungen abliefern kann, weiß Hornbrille bereits, worum es geht.

»Dieses Passwort konnte ich nicht knacken«, sagt er. »Tut mir echt leid. Nicht mit vertretbarem Aufwand. Wenn's um Leben oder Tod geht oder um eine Mille, dann schon.«

»Verstehe«, sage ich langsam. »Dann lassen wir das vorerst.«

»Danke«, sagt Hornbrille seufzend. »Wär echt ein Riesenaufwand.«

»Und dann haben wir das Codewort ›*moonn*‹, das in den Dateien wiederholt verwendet wird. Klingelt da irgendwas bei Ihnen?«

»Nö. Ich schicke mal eine Suchanfrage durch alle möglichen Dechiffrierungscamps.« Er tippt und klickt. »So, und in der Zwischenzeit denken wir scharf nach.«

»Mond mit n«, sage ich. »Das ist alles, was ich rauskriege, wenn ich nachdenke. Da wird auch nichts mehr kommen sonst.«

»Oder m mit doppelter Null und doppeltem n. Ergibt die Zahl eins-zwei-null-null-eins-drei-eins-drei. Oder eben achtunddreißig.«

»Unsinn, das passt nicht in die Texte.«

»Hier haben wir das Ergebnis von der Chiffre-Front«, sagt Hornbrille. »So gut wie nichts. Und wir versuchen gleich mal eins-zwei-null-null-eins-drei-eins-drei als Passwort für die Datei. Ist aber eigentlich viel zu einfach.« Er gibt es ein.

Wie erwartet lässt sich die Datei damit nicht öffnen.

Ich erhebe mich und drehe eine Runde durchs Zimmer. Zurück an seinem Schreibtisch kommt es mir vor, als würde das Satellitenbild von Europa jetzt noch tiefer hängen, fast berührt ein Zipfel davon den Computerbildschirm. Das muss seit

Jahren so hängen, denn die Rückseite ist vergilbt. Es müssen Islands Vulkane sein, die Hornbrilles Monitor bald einheizen, wenn das Posterpapier kontinental weiter nach unten driftet.

Was mich auf einen Gedanken bringt. Anfangs weiß ich noch nicht, welchen. Dann ist er ganz plötzlich da und steht in voller Montur vor mir. Warum, zum Teufel, bin ich nicht früher darauf gekommen?

»Wie heißt ›Mond‹ eigentlich auf Isländisch?«, frage ich den überraschten Hornbrille.

Er wendet mir ein dümmliches Gesicht zu. »Wie bitte?«

»Und auf Ostgrönländisch?«

»Hm, hm.« Jetzt ist Licht in seine Augen gekommen. »Verstehe, verstehe, nicht schlecht.« Er gibt nicht gerne Siege in andere Hände. »Eigentlich genial, muss ich schon sagen.«

»Und jedes Mal einfach plus den Buchstaben N.«

»Sie hätten wirklich Talent.« Hornbrille macht einen kleinen Satz, in dessen Bewegung er sich gleich wieder dem Bildschirm zuwendet. Enthusiasmus ist jetzt in ihn gefahren, als hätte er gerade eine Kanne Kaffee heruntergestürzt.

»Jetzt müssen wir uns nur noch eine Liste mit Wörtern für ›Mond‹ zusammenstellen.«

Hornbrille nickt. »Sie können schon einmal anfangen. Ich versuch's technisch zu lösen.« Er hält mir ein fleckiges Blatt Papier hin und kramt nach einem Stift. »Bitte.«

Zum Spaß stelle ich Isländisch an die Spitze der Liste, lasse den Platz für das entsprechende Wort aber frei.

»Hier habe ich etwas«, sagt Hornbrille und dreht sich zu mir. »Liste mit circa zweihundert Wörtern für ›Mond‹ rund um die Welt. Das peppen wir jetzt alles mit N auf.«

Ich werfe einen Blick auf die Liste. Da steht »Mond« auf Isländisch, er heißt *»tunglid«*. Und Ostgrönländisch, *»naalunaliotak«*. Es folgen viele europäische Sprachen und Hindi, wo der Mond *»chandra«* heißt, Türkisch *»ay«* und Arabisch *»qamar«*.

Hornbrille ruft ein Tabellenprogramm auf und kopiert sämtliche gefundenen Wörter für »Mond« hinein.

»So kommen wir nicht weiter«, sagt er, als er das Ergebnis betrachtet.

Ich wende mich einer der islamistischen Textdateien zu, die Hornbrille vorhin geöffnet hat und die noch immer in der unteren linken Ecke des Bildschirms steht.

»Was können die meinen, wenn sie sagen, hier an der Stelle zum Beispiel, wo es heißt, ich übersetze: *Moon-n ist die erste Welle. Moon-n kriecht in sie und lässt sie fallen. Und die Kafirhäuser werden zu Todestempeln, ihr werdet sehen.*«

»Klingt echt abgehoben.«

»Arabisch klingt so. Doch was ist es, das kriecht?«

Hornbrille zuckt mit den Schultern. »Und was sind Kafirhäuser?«

»Damit kann fast alles gemeint sein. Alle Häuser von Ungläubigen.«

»Kirchen? Tempel?«

»Ja, gerade die.«

»Klingt alles für mich nicht nach Waffe oder etwas in der Art«, sagt Hornbrille. »Eher nach Gedanken. Falsche Gedanken kriechen in sie und lassen sie fallen. Okay, also Propaganda? Indoktrination? Falsche Religion?«

»Gut, klar. Aber zu dem, was ich gelesen habe in den Dateien, passt es nicht. Es gibt auch noch andere Hinweise, die suggerieren, dass es sich um einen gefährlichen Stoff handeln könnte.«

Wieder stehe ich auf. Ich muss raus.

»Geben Sie mir ein paar Minuten«, sage ich zu Hornbrille, der, den Blick auf den Monitor gerichtet, nur nickt.

Ich verlasse die Wohnung und gehe hinunter auf die Straße. Dort zünde ich mir eine Zigarette an und sehe den wenigen Leuten zu, die auf dem Weg nach Hause hier vorbeikommen. Männer in Jacketts mit Lederaktentaschen, Gruppen, die aus nahe gelegenen Restaurants strömen. Die Frauen in Pumps, Röcken und Blazern. In der Gegend arbeiten Beamte der oberen Gehaltsklasse, Anwälte, Berater, das Stadttheater ist in der Nähe. Die arbeiten lange oder gehen nach dem Büro noch etwas trinken. Achenburg ist ziemlich langweilig, abscheulich etabliert und viel zu sauber. Deshalb genieße ich es, die Kippe in hohem Bogen von mir zu schnippen und sie dann in all dieser bakterienbefreiten Bürgersteigidylle verrecken zu sehen.

Hornbrille muss einen steinalten Mietvertrag haben, sonst könnte er sich diese Wohnung nicht leisten, denke ich, als ich mir eine zweite Marlboro anstecke. Auch wenn sein Haus nicht gerade das schmuckeste in der Gegend ist. Neubau aus den Fünfzigerjahren, altes wohl zusammengebombt.

Ich werfe einen Blick hoch zu Hornbrilles schummrigen Fenstern. Mit der Lösung des *moonn*-Problems könnte die Sache stehen und fallen. Vielleicht ist Hornbrille auch durch Zufall auf diese Wohnung gestoßen, denke ich und bemerke, dass meine Gedanken immer müder und banaler werden, ist ja immer Glückssache. Und vielleicht selbst renoviert … Verflixter Eierkuchen!

Wie ist es, wenn man nach einer Wohnung sucht? Man sucht doch nicht nach einer Adresse, an der es ein solches Mietangebot gar nicht geben mag. Man zieht eine Liste von Wohnungsangeboten heran und wählt darin aus.

Jetzt landet noch eine Kippe auf dem Bürgersteig und ich fliege die Treppe zu Hornbrille hinauf.

»Umgekehrt!«, rufe ich und stürme in die Wohnung, deren Tür ich nur angelehnt hatte. »Alles andersrum.«

Hornbrille starrt mich an. Vielleicht hat er gar nicht bemerkt, dass ich ein paar Minuten lang nicht da war.

»Was?«, fragt er.

»Ich schlage vor, Sie suchen nach Listen mit sämtlichen Waffen und Gefahrstoffen und was uns noch so einfällt. Und da drin halten wir nach Wörtern für ›Mond‹ Ausschau.«

»Brillant«, murmelt er und schiebt seine Brille die Nase hoch. Er tippt ein paar Suchbefehle. In mehreren Bildschirmfenstern. »Hier«, sagt er. »Waffen. Chemische Kampfstoffe. Sonstige Gifte. Biologische Kampfstoffe. Schön ordentlich.«

»Können Sie das ausdrucken?«

»Müsste gleich kommen«, sagt er, greift unter den Schreibtisch und zieht sechs oder sieben Blätter aus einem Drucker. Er händigt mir alle aus. »Hier. Ich unternehme noch eine Spezialsuche.«

Ich gehe zunächst durch die Listen, von denen ich mir keinen Treffer erwarte. Waffen und Waffensysteme. Sie umfasst mehrere hundert Begriffe. Als Nächstes ziehe ich die Liste mit den biologischen Waffen heran und danach die mit den chemischen Kampfstoffen. Ein Ruck muss Sekunden später durch mich gefahren sein. Denn Hornbrille, der jetzt zusammengesunken und gnomenhaft an seinem PC sitzt, was mich einen Augenblick lang an seine Eichhörnchenpose im Abschleppwagen erinnert, vor ich weiß nicht wie vielen Tagen, zuckt unwillkürlich. Starrt mich wieder an.

Vor drei Jahren habe ich mit Christian in einem Hotel im südindischen Bundesstaat Kerala drei Wochen Ferien gemacht. Inkludiert waren eine fünftägige Ayurveda-Behandlung und ein bisschen Yoga. Ein weiterer Versuch, unsere Ehe zu retten. Wellnessurlaube, Versöhnungsurlaube, Seychellenurlaube. Selbstredend immer Fünf-Sterne-Hotels. Südindien war der vorletzte Teil unseres Projekts Rette-deine-Ehe-mit-einem-Luxusurlaub gewesen. Für die Süddeutsche Zeitung habe ich einen Reisebericht darüber geschrieben. Die Bergenpost bringt keine Reisen. Und das Hotel trug einen der vielen indischen Namen für »Mond«.

»Soman!«, rufe ich und schaue Hornbrille groß an. »Soman! Steht auf der Liste mit den Kampfstoffen. ›*Soma*‹ ist ein indisches Wort für ›Mond‹. Kenne ich gut, habe ich mal drüber geschrieben.«

»Ich dachte, das indische Wort für ›Mond‹ wäre ›*chandra*‹?«

»Es gibt eine Menge Wörter für ›Mond‹ dort. Und jetzt etwas zu ›*soma*‹ plus n, also ›Soman‹. Gleich ausdrucken bitte.«

***

Eine halbe Stunde später stehe ich an Annas Haustür und hantiere mit meinem Schlüssel. Ich muss auf andere Gedanken kommen. Das wächst mir über den Kopf. Am Ende kann ich ja noch Harrer anrufen. Das denke ich tatsächlich. Und natürlich Wanderer.

Vor einer Stunde hat Christian mir eine Nachricht geschrieben. Nur vier Wörter.

Ich liebe dich, Laya.

Ich muss an den Aufenthalt im »Soma Hotel« denken. Eine Katastrophe war das. Wir fanden keinen Zugang zueinander. Kein Sex. Kein ordentliches Gespräch. Das Rampenlicht, in dem Christian bei jedem neuen Buch stand, immunisierte ihn gegen Kritik, mir blieben die gelallten Beteuerungen seiner Liebe, wenn er von einer Lesereise zurückkehrte.

Ich schließe auf, behalte die Schuhe an, lege meine Tasche auf die Kochinsel und überlege. Ich denke aber nicht an Essen. Ich habe den Artikel über Soman mit zitternden Händen bloß überflogen. Das Wort »Phosphonsäure« kam darin vor. Und es hat seine Wirkung gehabt. Windhauser morgen anrufen, das denke ich. Ich kann allerdings niemandem ein Wort davon sagen, alles viel zu spekulativ.

Ich lehne mich an die Kochinsel, nehme mein Handy und schreibe eine E-Mail an Wanderer. Ich berichte jetzt doch noch von meinem Gespräch mit al-Hassam, damals bei der MilaNBA. Die Chemieanlage und Windhausers Ausführungen dazu erwähne ich nebenher. Wanderer wird das verkraften. Bevor ich die Mail an Wanderer zu Ende geschrieben habe, klingelt mein Telefon.

»Ja?«, sage ich trocken.

»Sie sind da«, flüstert Hornbrille. »Hab sie über meine Kamera gesehen, die ich im Flur installiert habe. Sind gerade ins Haus. Die stehen in zehn Sekunden vor meiner Tür. Und dort stehen sie nicht lange. Haben schlechtere Laune als letztes Mal.«

»Was können wir tun?«

»Rufen Sie die Hell's Angels oder irgend so 'ne schlagkräftige Truppe. Um Himmels willen nicht die Polizei. Is noch schlimmer, habe da ein ganz schlechtes Verhältnis, keine Vertrauensbasis, Sie verstehen.«

»Ich bin in fünfzehn Minuten bei Ihnen. Ich nehme ein paar rote Ampeln und rufe einen Freund an. Halten Sie durch.«

»Ist zu spät, viel zu spät ... Du meine Güte.« Hornbrille unterbricht die Verbindung.

Ich schicke die unfertige E-Mail an Wanderer noch ab, ohne Schlusssatz und Gruß, laufe zu meinem Wagen und wähle während der Fahrt H. M.s Nummer. Der ist auf Dienst in einem Gewerbegebiet.

»Lass alles stehen und liegen«, sage ich. »Komm in die Vorderwinkstraße 6. In einer Viertelstunde. Du bist bald wieder zurück.«

»Klar. Mitbringsel?«

»Ein Brecheisen könnte nützlich sein.«

Als ich an Hornbrilles Haustür halte, steht H. M. schon da. Fragend zieht er die Brauen hoch.

Ich zeige nach oben. »Wir müssen rauf zu einem Freund. Wird von unfreundlichen Leuten in die Mangel genommen. Der war etwas auf der Spur und ich stecke da mittendrin.«

»Gut. Einfach rein. Nachsehen«, sagt H. M.

Ich mag Leute, die immer sofort wissen, was zu tun ist. Als hätten sie das Leben vorher komplett durchgeprobt.

H. M. hat ein Messer dabei, ein Brecheisen und noch ein paar Dinge. Eines der Letzteren, es verschwindet fast in seiner

Handfläche, holt er aus der Seitentasche seiner Cargokampfhose und macht sich damit an der Haustür zu schaffen. Nach zehn Sekunden ist sie offen. Er zieht mich an der Hand hinter sich her.

»Welches Geschoss?«, fragt er über die Schulter.

Ich halte drei Finger hoch.

Wir nehmen die Treppe, was weniger Geräusche verursacht als der alte Fahrstuhl.

»Die können oben einen Mann an der Tür Schmiere stehen haben«, flüstert H. M. »Muss man mit rechnen.«

Wir erreichen den Treppenabsatz von Obergeschoss zwei, lugen nach oben, niemand steht vor Hornbrilles Tür. Stille. Weiter in den dritten Stock. Dort macht H. M. mir Zeichen, ich solle hinter ihm bleiben. Er selbst geht an die Tür und lauscht.

»Sind da drin«, sagt er. »Gibt Diskussionen.« Er winkt mich zu sich. »Und jetzt ... jetzt kommen sie. Rauf mit uns.«

Wir sprinten die Treppe in den vierten Stock hoch. Von dort können wir sehen, wie drei Typen um die zwanzig die Wohnung von Hornbrille verlassen und dabei die Tür offen stehen lassen.

»Türken«, flüstere ich H. M. zu. Ich habe sie ein paar Worte reden hören.

Wir drücken uns in die Ecke einer Wohnungstür. Die drei schauen sich nicht mehr um, hauen ab. Mir wird klar, dass es dieselben Typen sein könnten, die Annas Haus einen Besuch abgestattet haben, während ich kaum bekleidet ... Die beiden von der Moorhütte sind nicht dabei. Hornbrilles Abreibung hat also schon stattgefunden. Bleibt zu hoffen, sie ist nicht zu hart ausgefallen. Wir warten, bis wir unten die Haustür hören.

»Gehen wir«, sagt H. M.

Er drückt die Tür zu Hornbrilles Apartment ganz auf. Wir laufen durch die gesamte Zwei-Zimmer-Wohnung, die einen völlig desolaten Eindruck macht. Es gibt ein paar Blutspuren, die sind aber nicht besorgniserregend. H. M. dreht ein umgefallenes Bücherregal um, nur um zu sehen, ob Hornbrille darunterliegt.

»Nicht da, der Kerl«, sagt H. M. »Bist du dir sicher, er ist in der Wohnung geblieben, als die angerückt sind?«

»Ziemlich sicher.«

»Sieht aber aus, als wäre er vorher abgehauen.«

»Und die Blutspuren?«

Er zuckt mit den Schultern. »Einer vom türkischen Abbruchkommando hat sich an der Hand gekratzt?«

Ich gehe rüber zu Hornbrilles Computer und dem großen Bildschirm.

Alles zerschlagen, zersplittert.

»Maximalverlust für Hornbrille«, sage ich.

»Wen?«

»So nenn ich ihn. Kenne seinen Namen nicht.«

»Du kennst den Namen von dem Typen nicht?«

Ich lächle süß. »So halb schon. Er heißt Willie, nehme ich an. Ist ein sensibler Informant, der sich in Schwierigkeiten begeben hat.«

H. M. legt einen Finger auf die Lippen. Wir hören jetzt ein Klopfen. Ganz dumpf. Noch einmal. Ich laufe ins Bad, dann in Hornbrilles Schlafzimmer. Von dort stammt das Geräusch nicht.

»Aus einer anderen Wohnung«, sage ich.

Jetzt wieder, dreimal hintereinander. Hört sich an, als hätte jemand Mühe, diese dumpfen Klopfgeräusche zu erzeugen.

»Hier!«, ruft H. M. Er zeigt auf ein schmales, hohes Fenster, das neben dem Bad in einen Lichtschacht hinausgeht. »Das ist einen Spalt offen.«

Wir öffnen das alte Holzfenster ganz und entdecken sofort das Polyesterseil, das am Fensterpfosten festgemacht ist. Ich beuge mich hinaus. Am anderen Ende des Seils ist ein nackter Fuß zu sehen. Weiter unten auch ein Körper und ein Kopf.

Und aus dem dringen unterdrückte Geräusche. Hornbrille muss einen Knebel im Mund stecken haben.

»Ist vollständig, der Mann«, sagt H. M., der jetzt auch den Kopf hinaussteckt. »Alles dran.«

H. M. zieht ihn ohne Anstrengung am Seil hoch und stellt ihn, jetzt ohne Hornbrille, vor mich hin. H. M. löst das Seil vom Fuß und ich nehme Hornbrille die zwei Socken aus dem Mund, die als Knebel haben herhalten müssen.

»Scheiße«, sagt Hornbrille und hustet. »Meine Brille ist da unten.«

»Das ist Ihre einzige Sorge?«, sage ich. »Die Hände auch.«

H. M. erledigt das mit den Handfesseln.

»Da geht's richtig runter«, sagt er und wirft einen Blick in den Lichtschacht.

»Länger als eine halbe Stunde hätte ich das wohl nicht gemacht«, jammert Hornbrille. »Knebel und Kopf nach unten! Meine Nase fängt nach einer Weile an zu bluten und das Blut im Kopf. Dann dieses alte Holzfenster! Sehen Sie sich das an. Kann jeden Moment auseinanderkrachen. Dilettanten. Idioten. Scheißtürken.«

»Waren das dieselben Leute wie beim letzten Mal?«, frage ich und sehe mir das Fenster an.

Scheint nicht alt zu sein. Es macht einen sehr soliden Eindruck. Offenbar ist das Hornbrille aber nicht solide genug.

»Zwei von ihnen, ja. Der Dritte war ein Neuzugang. Kann im Leben nichts anderes als Möbel zertrümmern.«

»Sollen wir aufräumen oder schaffen Sie das allein?«, fragt H. M.

»Sie sollten gehen. Und haben Sie tausend Dank. Wenn ich auch nicht weiß, wer Sie sind.«

»Ein Freund«, sage ich. »Hans Martin.«

»Ach ja.« Hornbrille blinzelt.

»Ich prügle mich für mein Leben gern für Freunde«, sagt H. M. und geht zur Tür. »Ist heute nur nicht so weit gekommen. Schade eigentlich. Ciao allerseits. Habe zu tun. Leider.« Er zwinkert mir zu.

»Kommt noch«, sage ich. »Keine Sorge.« Ich meine das Jobangebot, das ich ihm vermitteln will.

»Haben die irgendwas gesagt?«, frage ich Hornbrille, als H. M. weg ist. »Botschaft hinterlassen?«

»Wenn ich nicht endlich das Scheißrumschnüffeln sein lasse, geht es ans Ende. So haben die das ausgedrückt. Dabei schnüffle ich schon lange nicht mehr in deren Kram rum.«

»Nichts über mich?«

»Nee, scheinen von Ihnen nichts zu wissen.«

»Und wenn die gemerkt haben, dass wir heute nach *moonn* gesucht haben?«

»Die sind ja nicht von der NSA«, sagt Hornbrille angewidert.

Ich will ihm noch das Blut aus dem Gesicht wischen, wozu wir ins Bad gehen. Der Spiegel dort ist auch zersplittert.

»Kommen Sie«, sage ich und mache mich mit einem nassen Handtuch an Hornbrilles Gesicht zu schaffen. Es ist ihm äußerst unangenehm. »Ich übernehme das mit den Computern. Sie sind ein Informant. Dafür haben wir ein dem Finanzamt unbekanntes Budget.«

Ich gehe einen Schritt nach hinten und betrachte mein Werk. Hornbrille ist wieder sauber. Nur ein paar kleine Kratzer an Stirn und Wange sind zu sehen.

»Jetzt übertreiben Sie nicht«, sagt Hornbrille und begibt sich in die Wohnküche.

»Ich schicke Ihnen auch eine Putzfrau und jemanden, der den Sperrmüll beseitigt. Morgen gegen Mittag. Ist das okay?«

Hornbrille geht zu einer Kommode und nickt.

»Schon gut«, sagt er und kramt in einer offenen Lade. Zum Vorschein kommt seine Zweitbrille, die der ersten aufs Haar gleicht. »Ich lege mich jetzt hin. Mein Schlafzimmer haben die verschont.«

Ich lasse Hornbrille fürs Erste allein und nehme langsam die Treppe hinunter auf die Straße. Ich schleppe ein paar plumpe, gestaltlose Gedanken mit mir herum, derer ich mich einfach nicht erwehren kann. Mareike fällt mir ein. Ich weiß nicht, warum. Und die Flasche Sherry.

Gegen Mitternacht beschließe ich trotz der späten Stunde, Professor Windhauser auf seinem Handy anzurufen. Zum Glück hebt er ab.

»Tut mir leid. Die Tageszeit. Aber was ist mit Soman?«, frage ich.

»Oh, Frau Nierick, schön, von Ihnen zu hören. Sie haben Glück, dass ich noch beim Packen bin. Morgen keine Zeit, wissen Sie. Eine Veranstaltung, abends.«

»Soman bitte.«

»Ja, natürlich. Mir kam das gar nicht in den Sinn.«

»Und?«

»Die deutschen Kampfmittel im Zweiten Weltkrieg basieren auf Phosphonsäure. Von der wir gesprochen haben, Sie erinnern sich? Das berühmte Sarin und das schwerer herzustellende Soman. Beim Dritten im Bund, dem weniger bekannten Tabun, handelt es sich aber nicht um einen Phosphonsäureester. Tabun basiert auf Phosphorsäure.«

»Soman also. Es gibt einen Verdacht.«

»Erstaunlich! Wirklich unüblich, muss ich sagen. Soman ist ein 1,2,2-Trimethylpropylester der Methylfluorophosphonsäure. Also wenn wir uns schon durch Fachbezeichnungen einschüchtern lassen wollen. Ich sage meinen Studentinnen immer, sie sollten sich …«

»Ich bin keineswegs eingeschüchtert. Ich kann Deutsch«, sage ich scharf. Dabei habe ich nicht die geringste Ahnung, was ein Trimethylpropylester ist.

»Nun«, Windhauser ringt wohl um ein Lächeln und um Haltung, »Soman besitzt mehrere Isomere. Sie unterscheiden sich auch in der Toxizität. Soman ist vor allem kutan sehr wirksam, also auf der Haut.«

Ich nicke wie eine Studentin. Gut, dass er mich nicht sehen kann.

»Nach Deutschland wurde es hauptsächlich in der Sowjetunion hergestellt. In einer verdickten, lagerungsfähigen Form. Die führten die Tradition gewissermaßen fort, nachdem sie gelernt hatten, wie …«

»Und ist es sehr schwer herzustellen?« Jetzt habe ich seinen Redefluss unterbrochen. »Sie wissen, worauf ich hinauswill.«

»Nicht für den Fachmann, sozusagen.« Windhauser hüstelt. »Auch in Ihrer Anlage, durchaus. Da haben Sie schon recht. In der lagerungsfähigen Form allerdings nicht.«

***

Es ist drei Uhr morgens, ich kann jedoch nicht mehr schlafen und hole daher meinen Laptop zu mir ins Bett. Ich rufe das lange Animationsvideo unter den Dschihadistendateien auf. Jenes mit dem Giftgasangriff auf einen Marktplatz. Ich stelle fest: kein Spiel, keine Spekulation, nichts dilettantisch. Ich muss davon ausgehen, dass es sich um einen recht genauen Realitätsentwurf handelt.

Als ich es abermals abspiele, bemerke ich, dass das Video auf der Tonspur auch eine leise gesprochene Einführung zu bieten hat – vor dem Augenblicke später folgenden Geschrei und Todesröcheln. Eine verzerrte Stimme sagt nur einen Satz. Er ist auf Englisch gesprochen.

»Am Tag der Erfüllung trifft der Märtyrer mit zehn blauen Plastikbehältern voll mit Trinkwasser auf einem betriebsamen Marktplatz im Norden von Medhapur ein.«

Ich halte das Video an und sehe nach. »Medhapur« ist offenbar ein Fantasiename. Für Islamisten negativ konnotiert, da er hinduistisch klingt. Den Hinduismus hassen fanatische

Muslime noch tausendmal mehr, als sie das Christentum hassen. Da kann nur der Buddhismus mithalten. Weshalb sie im Mittelalter sämtliche buddhistischen Mönche in Indien dem Schwert überantwortet haben. Und was die Hindus betraf: Die blutigste Zeit in der gesamten Menschheitsgeschichte brach mit den islamischen Eroberungen Hindustans an. Es waren Jahrhunderte, in denen der Schwertvers regierte und die milderen Aussagen im Koran als durch ihn aufgehoben betrachtet wurden.

Ich lasse das Video weiterlaufen.

Ein bärtiger Mann, es ist der erwähnte »Märtyrer«, steuert einen weißen Toyota-Pick-up zu einem Marktplatz, der von schiefen Holzhäusern umgeben ist. Der Mann trägt den Overall eines Arbeiters. Eine Uhr rechts oben zeigt an, dass es acht Uhr neunzehn ist. Der Mann macht sich an die Arbeit und stellt zehn blaue Wasserbehälter an mehreren Trinkwasserstellen des Markts auf. Nichts deutet darauf hin, dass er einen Anschlag plant. Gerade befindet er sich neben einem Verkaufsstand mit Obst und Gemüse. Lärm, Gedränge überall. Die Figuren sind fast perfekt gemacht. Manchmal rucken ihre Bewegungen. Eine mürrische Alte in einem Sari verkauft Äpfel, Auberginen, Okraschoten. Es ist jetzt acht Uhr neunundzwanzig. Da vernehmen der Märtyrer, der gesamte, mittlerweile mit Hunderten von Menschen gefüllte Marktplatz und ich, die Zuhörerin, das Schlagen einer dumpfen Trommel.

Darauf eine schwach hörbare Explosion und die Luft ist erfüllt von einem starken Geruch, was man aus milchigen Schwaden, den erstaunten Gesichtern und den zugehaltenen Nasen der Figuren schließen kann. Ein zu deutlich gezeichneter Sprühnebel geht an mehreren Stellen nieder. Der Durchmesser jedes einzelnen Nebels beträgt vielleicht zehn Meter. Der Giftnebel – ich denke, der Soman-Giftnebel – dringt durch die Lungen in den Organismus der Marktplatzbesucher ein. Wenige Sekunden nach der Explosion liegen schon Opfer im Todeskampf auf dem Kopfsteinpflaster. Es ist die erste Welle des Todes. Auch der Märtyrer ist dem Tod nah, muss er doch zeigen, dass er seine nur bis auf Weiteres verliehene Ehrenbezeichnung zu Recht trägt. Seine Lunge ist gelähmt. Sein Nervensystem versagt. Die Alte vom Obststand neben ihm steht noch und bewegt die Lippen, als betete sie.

Okay, denke ich mit arg bemühter Leichtigkeit und stelle das Video auf Pause. Ich stehe auf, gehe hinunter in den Wohnraum und ziehe aus meiner Tasche, die noch auf der Kochinsel liegt, ein Blatt Papier heraus. Es ist der Ausdruck, den Hornbrille mir gemacht hat. Auf dem Weg zurück ins Schlafzimmer lese ich den Artikel ein zweites Mal. Diesmal genauer. Alles wie ein derber Schlag in die Magengrube.

Soman
Summenformel: $C_7H_{16}FO_2P$
CAS-Nummer: 96-64-0

Die Arbeit unseres Nervensystems basiert auf biochemischen Prozessen. An der Verbindung zur Muskulatur bilden unsere Nerven plattenförmige Verdickungen aus. Diese Endplatten haben die Aufgabe, die Signale unseres Bewusstseins oder unserer vegetativen Lebenssteuerungen an die entsprechenden Muskeln weiterzuleiten. Sie beherrschen die Bewegungen und Funktionen der glatten und quergestreiften Muskulatur. Ein Signal wird mithilfe eines biochemischen Codes durch die Membranen der Nervenzellen nach außen gejagt. Der Reiz des Nervenganglions muss nach erfolgter Übermittlung durch eine Transmittersubstanz in beinahe der gleichen Zeiteinheit wieder abgebaut werden, damit der Reiz nicht auf Dauer geschaltet wird.
Diese Transmittersubstanz trägt in diesem Fall den Namen »Acetylcholin«. Acetylcholin muss durch ein

Enzym, die Acetylcholin-Esterase, nach jedem Bewegungssignal wieder weggesaugt und in andere Substanzen umgewandelt werden. Diese Vorgänge finden auch an den autonomen Ganglien, im Nebennierenmark und in vielen Synapsen des Zentralnervensystems statt. Versagt der Abbau von Acetylcholin durch das Enzym Acetylcholin-Esterase, kann der Organismus seine Lebensfunktionen keinen Augenblick länger aufrechterhalten.

Das für militärische Zwecke entwickelte Nervengift Soman, ein nach Kampfer riechender Ester der Methylfluorophosphonsäure, hemmt die Acetylcholin-Esterase. Es verhindert dadurch den Abbau von Acetylcholin. Es legt den Schalter des Nervenreizes an den genannten Stellen auf Dauerfeuer. Soman kann durch den Verdauungstrakt, die Lunge, die Haut und die Augen aufgenommen werden. Nur spezielle Ganzkörperanzüge können Schutz bieten. Soman ist flüssig und wasserlöslich. Es verdampft jedoch rasch, vor allem unter Einwirkung von Wärme. Es ist, wenn eingesetzt, überall. Bei einem Soman-Angriff treffen die Rettungsmannschaften immer *zu spät ein, weshalb Notfallpläne annähernd wirkungslos sind und sich nur Vorsorgemaßnahmen und geheimdienstliche Aktivitäten eignen, um einem Angriff mit Soman entgegenzuwirken.*

Eine Weile starre ich völlig leer vor mich hin. Ich stehe vor meinem Bett, setze mich wieder auf die Matratze, ziehe die Decke heran, den Laptop, alles in mir halb tot, und stelle schließlich das Video erneut auf Play. Dort kommt die zweite Welle über die Opfer, die an Gesicht, Händen und Nacken von den mit Soman vermischten Wassertropfen wie mit Pfeilen getroffen worden sind.

Über dem Marktplatz liegt ein federleichtes Schweigen.

Die noch Unversehrten reißen erstaunt die Augen auf. Die Soman-Tropfen sind gerade dabei, über die Haut in das Innere ihres Organismus zu dringen.

Entsetzliches Geschrei stiebt schließlich hervor. Kinder laufen aus den Todeskreisen der Sprühnebel und fallen Augenblicke später tot zu Boden. Ihre Mütter weinen nicht um sie. Sie krümmen und erbrechen sich. Hunderte von Verletzten beginnen wie auf ein scharfes Kommando hin zu husten. Sie knien in ihrem Erbrochenen und versuchen verzweifelt, sich aufzurichten. Andere haben Schwierigkeiten zu sehen und taumeln durch eine wilde Menge. Ein etwas zu bemüht vergreist aussehendes Paar sitzt an einen Laternenpfahl gelehnt, zuckend, dann tot.

In der dritten Welle fließt der Tod aus dem unteren Teil der blauen Wasserbehälter. Er vermischt sich mit dem Schmutz, den Fäkalien und dem Erbrochenen. Wer von den explodierenden Tropfen nicht getroffen und von dem Sprühregen nicht eingehüllt worden ist, wird das Opfer der Lachen aus Dreck und Tod sowie von den Dämpfen, die die Sonne daraus hervorsteigen lässt. Polizisten und Helfer treffen ein. Furchtlos treten sie in die tödlichen Zonen. Einige von ihnen kommen durch die Dämpfe ums Leben. Andere sterben durch die Berührung der besprühten Toten und Verletzten. Die Animation schließt mit einer Krankenhausszene. Nur wenige haben überlebt, keiner der Helfer.

Abrupt schalte ich mit einer harten Bewegung auf Aus. Ich höre mir dabei zu, wie ich einen langen Seufzer ausstoße. Fast bin ich den Machern des Videos dankbar, dass die Animation nicht länger und nicht noch besser gemacht ist. Dadurch hat sie etwas Irreales beibehalten. Erschöpft stelle ich den Laptop auf den Boden, strecke mich der Länge nach hin und schließe die Augen. Ich weiß nicht, was ich tun soll. Nicht genau. Ist das jetzt meine Wirklichkeit?

Jemand kann das deutsche Gifttriumvirat laut Windhauser

in der Anlage hergestellt haben. Sarin, Tabun, Soman. Halt, Tabun vielleicht nicht. Ich bin hundemüde. Im Halbschlaf, der sich Minuten später über mich schiebt, schweben Gliedmaßen an mir vorbei, Blut pocht daraus hervor, Gliedmaßen, die gerade noch zu Körpern gehört haben, und ich denke, nur irgendeine drastische Maßnahme mit drastischen Gefühlen würde helfen, um aus diesem Sumpf herauszukommen und wieder menschlich zu werden.

Al maut

Die Sonne scheint ein wenig. Es regnet nicht. Ansonsten kann ich über die Vorgänge in der Atmosphäre um mich herum nichts sagen. Meine Sensoren für die Außenwelt habe ich weitgehend abgestellt. Vorübergehend lebe ich nur noch in mir.

Zwei Arbeiter sind heute Morgen gekommen, um die neue Terrassentür einzusetzen. Ich bin in meine Joggingsachen gestiegen und auf die Terrasse getreten, als sie gerade aus ihrem Transporter die Tür hereingetragen haben. Jetzt gehe ich durch den Garten zu dem Türchen im Zaun. Ich lasse es offen stehen und laufe los. Ich nehme einen Wiesenpfad, der hinter dem Wohngebiet vorbei hinauf in den Wald führt. Ich muss alles neu ordnen in mir, mein Gehirn mit Sauerstoff vollpumpen.

Laufen hielt mich während meiner Ehe am Leben. In meiner Teenagerzeit habe ich als Weitsprungtalent gegolten. Bis ich mir eine hartnäckige Entzündung der Patellasehne zugezogen habe. Von da an blieb nur noch das Laufen. Ich sollte wieder anfangen zu trainieren, denke ich, als ich in den Buchenwald eindringe, der sich hinter Annas Haus den Hügel hinaufzieht. Silberne Säulen, erstes rötliches Laub am Boden. Als würdest du heiligen Boden betreten. Ich weiß nicht, woher mein Hochgefühl kommt. Die Endorphine, die sich beim Laufen in meinem Blut breitmachen? Oder erste Gewissheiten, die sich wie Diebe in meinen Kopf schleichen? Den Hügel hinunter habe ich aber wieder das Gefühl, dass ich in Wahrheit gar nichts weiß.

»*Mil*«, das sagten die in dem einen Text. Es gebe Attentäter, die wohnten mit Scheinfamilie in einer gewissen *mil* oder *mila*. Könnte das die arabische Umschrift für deutsch »Mühle« sein oder englisch *»mill«*? Oder: die MilaNBA? Das mag nicht wahrscheinlich sein, ist jedoch nicht ganz auszuschließen.

»Wer war denn Ihr Auftraggeber?«, sage ich am Telefon.

Ich bin wieder bei Anna zu Hause und gerade aus der Dusche gekommen. Die nagelneue Terrassentür, vor der ich stehe und auf die buchenbewachsenen Hügel hinausblicke, sieht aus wie die alte, hat jedoch jetzt einen Aufbohrschutz. Vor zehn Minuten sind die beiden Arbeiter abgefahren.

»Wie meinen Sie das?«, sagt Hornbrille.

»Als Sie auf diese Dateien gestoßen sind.«

»Das lief nur telefonisch. Hab viertausend dafür gekriegt. Ziemlich gute Sache. Vorkasse, versteht sich. Bar in einem Umschlag. Ist üblich in der Branche. Ein Herr Benjamin. Warten Sie, Konrad Benjamin. Ist bestimmt ein falscher Name. Die Ergebnisse habe ich dann auf einem Speicherstick irgendwo hinterlegt. Ist auch nicht unüblich.«

»Und was wollte dieser Benjamin?«

»Das geht nun wirklich nicht. Tut mir leid.«

»Sie sagten doch, dieser Auftrag habe Sie fast zwangsläufig zu diesen arabischen Dateien geführt, erinnere ich mich da richtig?«

»›Zwangsläufig‹ ist zu viel gesagt. Nichts im Internet ist zwangsläufig. Dafür gibt es immer zu viele Möglichkeiten. Aber eine klare Nähe bestand schon. Für Benjamin musste ich zu der Flüchtlingswelle und den kreativen Unternehmen recherchieren, die damit Geld verdienen. Schlepper, im Klartext. Mehr kann ich nicht dazu sagen.«

»Man sieht sich.«

Ich lege auf. Wie gern hätte ich das Gesicht dieses Konrad Benjamin gesehen. Ich versuche, es mir vorzustellen. Deutsch? Wohl kaum. Türke? Araber? Schon eher. Daher einen deutsch-jüdischen Falschnamen gewählt. Würde ich ganz genauso machen.

Ich hole mir ein Ingwerbier aus dem Kühlschrank und setze mich an den Küchentisch. Die Halle. Ich rufe noch einmal bei Vortinger Transporte an. Jetzt ist der zuständige Mann aus den Ferien zurück. Ein gewisser Herr Eberhard. Ich sei diejenige, die die Leiche entdeckt habe, das sage ich ihm gleich.

»Da haben Sie mir ja was Schönes eingebrockt«, legt Eberhard los. »Die Polizei, Scherereien ohne Ende. Dabei haben wir nur die Anlage vermietet.«

»Kann ich was dafür, wenn Ihr Kunde mordet und zündelt? Denken Sie mal nach. Und sagten Sie, Anlage vermietet?«

»Ja, was denn sonst?«

»Nicht nur das Gebäude oder eben die Halle, auch die Anlage?«

»Klar. Die steht dort seit Jahren. Gehörte einem kleinen Betrieb, der Spezialdünger für Gemüse- und Obstanbauflächen erzeugt hat. Die sind pleitegegangen, hatten Probleme mit dem Bauamt oder dem Umweltschutz. Wir haben das alles so gekauft, wie's war. Zu einem Pappenstiel. Stand lange sinnlos rum.«

»Bis Herr Benjamin Anlage und Halle auf begrenzte Zeit gemietet hat.«

»Genau. Für ein halbes Jahr.«

»Und wer ist dieser Benjamin?«

»Woher soll ich das wissen? Hab ihn nie zu Gesicht bekommen. Der hat das genommen, ohne sich umzusehen. Der wusste offenbar genau, welche Anlage in der Halle steht. War ja nur für ein paar Monate und gegen Vorkasse. Und jetzt lassen Sie mich in Frieden. Die Fragen der Polizei reichen mir schon. Da habe ich echt keine Lust mehr auf Leute wie Sie, so Zeitungsfritzen.«

»Fritzinnen.«

»Was für ein Schwachsinn. Auf Wiederhören.«

Noch bevor ich einen tiefen verliebten Blick in den Kühlschrank werfen kann, klingelt Minuten später mein Telefon.

Ich weiß, dort wartet eine Zehnerschaft Lieblingsjoghurts, daneben drei Tuben Kondensmilch. Ich war einkaufen. Es ist Wanderer, er ist grantig.

»Sie haben …«

»Ja.«

»Ihre Mail habe ich erhalten«, knurrt er. »Die Anlage nehmen wir noch einmal genau in Augenschein. Sie wissen, dass die schon lange da drinsteht?«

»Habe ich gerade erfahren. Aber irgendetwas stimmt nicht«, sage ich und begebe mich jetzt doch zum Kühlschrank. »Ich habe ein paar Verdachtsmomente, denen ich nachgehe.«

»Ihre Verdachtsmomente in Ehren, aber damit kommen wir nicht weiter.«

»Geben Sie mir Zeit, Wanderer«, sage ich. »Sie halten vielleicht nichts von journalistischer Intuition. Ist allerdings nicht zu unterschätzen.«

»Na gut, Frau Niering.«

Wenn Wanderer schlechte Laune hat, bin ich auch ohne Beisein anderer Polizisten Frau Niering. Ich bleibe immer bei Wanderer. Und von Major Harrer sage ich ihm nichts.

Ich schlage die Kühlschranktür, gerade geöffnet, wieder zu. Die Joghurts sind alle noch da. Brav in Reih und Glied. Sie warten auf mich, sie rufen – Laya, Laya!

»Ein Expertenteam ist bereits dort.« Damit rückt Wanderer jetzt heraus. »Ich musste ja reagieren, auf Ihre Mail gestern. Denken Sie nicht mal dran, hinzufahren. Ist sowieso noch alles abgesperrt.«

»Bin viel zu beschäftigt dafür«, sage ich. »Und warum diese supermiese Laune heute?«

»Wie? Da wundern Sie sich, Laya? Und auch sonst, das Leben, ja, das Leben. Oder eher der Tod. Und bleiben Sie brav auf dem Boden der Fakten.«

»Und was ist mit Spuren, dort in der Halle, beim ersten Mal, meine ich?«

»Ein paar Haare von einer neugierigen Journalistin, auf deren Namen wir nie gekommen wären. Hören Sie auf, mir Dinge zu unterschlagen. Das könnte eines Tages in die Hose gehen. Dass Sie die Leiche gefunden haben, wusste ich vor Ihrer Mail.«

»Woher …?«

»Vortinger Transporte? Sie haben doch bei denen angerufen. Und Herr Wettmar hat es uns schließlich bestätigt.«

»Wer?«

»Hans Martin Wettmar. Wachdienst.«

»Ach was, Wanderer«, sage ich trocken und lege auf.

H. M. hat mir gestern Abend kein Sterbenswörtchen davon gesagt. Schlingel.

Jetzt ist die Minute, die ich unbedingt überbrücken muss. Ich fühle, wie die Attacke von mir Besitz ergreift. Ich gehe zum Kühlschrank, öffne ihn wieder, winke den Joghurts mit einer Überlegenheitsgeste zu und schnappe mir noch ein Ingwerbier. Dieses süße Getränk ist einer meiner Tricks, wenn Fressattacken mich in die Zange nehmen. Ich muss noch einmal mit Wanderer sprechen und setze mich dazu aufs Sofa.

»Etwas Neues über meine Entführer, Wanderer?«

»Nein. Unsere Leute waren vor Ort. Die Hütte gehört einem Bauern in der Gegend. Lange unbenutzt. Kaum Spuren. Die Fahndung nach einem silbergrauen Audi ist irgendwie witzlos. Da gibt es geschätzte fünf Millionen im Land. Und ein dunkelroter Renault, ich weiß nicht. Warum Sie damals, vor Ihrem Haus, kein Kennzeichen aufgeschrieben haben, ist mir unerklärlich.«

»Weinrot«, sage ich schuldbewusst.

»Ganz im Ernst, wir geben uns Mühe, sind derzeit aber erfolglos. Warten und am Ende zwei und zwei zusammenzählen ist eine unterschätzte Tugend.«

»Die Polizei, die Polizei.«

Wanderer schnauft, er raucht. So resigniert habe ich ihn noch nie erlebt.

»Und was ist mit Westgart?«, frage ich. »Pressekonferenz, während ich k. o. im Schwarzwald war. War das Timing Ihre Idee?«

»Ganz ehrlich? Hätte ich so gemacht, wenn ich dabei etwas zu sagen gehabt hätte. Wirtt wollte die PK, um jeden Preis. Könnte ihn den Kopf kosten. Und morgen werde ich aus dem Fall sowieso rausgeschmissen.«

»Daher also die Laune.«

Ich sage Wanderer nicht, dass daran auch unser konspiratives Treffen am Marienhof schuld sein könnte.

»Tja«, sagt Wanderer. »Unsere Meinungen gingen zu sehr auseinander.«

»Die waren auch bei mir.«

Jetzt sag ich's ihm also doch.

»Wer?«

»Ein Major Harrer vom Verfassungsschutz.«

»Kenne ich nicht. Tatsächlich? Und was hat er zu Ihnen gesagt?«

»Leiser treten. Ruhe geben. Alles zu brisant.«

»Soso. Sag ich ja immer, Laya. Passen Sie auf sich auf. Sonst nehmen die Sie noch in Schutzhaft.«

»Das gibt es nur in Märchen.«

»Oder in Albträumen. Schönen Tag noch. Ich geh einen trinken.«

»Marienhof?«

»Sie haben Humor.«

Bevor ich die Verbindung trenne, denke ich noch daran, Wanderer von Araberfresser und der Szene vor dem Laden zu erzählen, lasse es jedoch sein. Wer weiß, was Wanderer mit dieser Information anstellt. Ich frage mich, ob Harrers Leute da auch zugesehen haben.

***

Jemand ist an der Haustür. Kein Klopfen, eher ein leichtes Tappen. Und ein Schleifgeräusch. Ich laufe hin und reiße die Tür auf. Dann renne ich bis zu meinem Leih-Volvo hinaus. Weiter vorne an der Abzweigung in den Holzerweg quietscht ein Wagen um die Ecke. Ein schwarzer Golf? Ich bin mir nicht sicher. Da fällt mir das Blatt Papier auf, das an der Türklinke steckt. Ich nehme es zur Hand.

Brauche dich. Um drei bei mir. Bitte sag nicht Nein. Mareike. Bitte.

Dazu hat Mareike ein kleines Herz mit einem Lächeln drin gemalt. Wieso kommuniziert sie auf diese Weise? Sonst schreibt sie doch per WhatsApp. Ich rufe Mareike an. Sie geht nicht dran. Daher schreibe ich eine Message, dass ich kommen werde. Keine Antwort. Die Nachricht stammt wohl von Mareike. Handschrift und Aufmachung sehen ganz nach ihr aus.

Nachdem ich mit Abu telefoniert habe, finde ich mich kurz vor drei in der Alttorgasse ein und klingle unten bei Mareike. Niemand öffnet.

Eine Menge Leute sind mit ihren Einkaufstaschen unterwegs. Ich trete von der Haustür weg und suche die Gasse nach Mareike ab. Vielleicht ist sie nur schnell etwas einkaufen gegangen. Dann warte ich, bis jemand in Mareikes Haus will. Es ist eine siebzigjährige Frau mit ihrem Hund. Ich lasse sie aufschließen und noch bevor die alte, hohe Eichentür wieder ins Schloss fallen kann, klemme ich eine Schuhspitze in den Spalt.

Langsam schiebe ich den Kopf ins Treppenhaus und horche. Die alte Frau geht nach oben, kein Fahrstuhl. Ich husche ins Haus. Lausche, überlege. Bevor ich die Treppe nach oben nehmen kann, höre ich, wie in der ersten Etage eine Tür geöffnet wird. Darauf Schritte. Turnschuhe. Und diese Schuhe fliegen jetzt quietschend die Treppe herunter. Ich drücke mich in die dunkle Ecke eines Gangs, der nach hinten zu den Wohnungstüren im Erdgeschoss führt. Ein muskulöser Kerl mit längerem dunklen Haar eilt auf die Haustür zu, in der Hand eine ausgebeulte Plastiktüte. Ich lasse ihn ziehen.

Langsam nach oben. Ich versuche mich genau der Schritte des dunklen Mannes zu entsinnen. Es waren nur ganz wenige zum Treppenansatz hin, vielleicht fünf oder sechs. Das könnte Mareikes Tür gewesen sein. Oder die der Nachbarn. Das Namensschild bei den Nachbarn sagt: *Wasgruber/Hoffing*. Ich will schon bei Mareike läuten, als mir auffällt, dass die Tür nur angelehnt ist. Die Falle des Schlosses ist ausgefahren, weshalb die Tür, wenn man sie beim Hinausgehen gedankenlos zuzieht, am Ende nicht schließen kann. Ich schiebe sie auf und mache einen Schritt in die Wohnung. Ein seltsamer Geruch. Der kann von einer Duftlampe herrühren, ist jedoch sonderbar stechend. Ich kenne diesen Geruch, ein bisschen wie das altmodische, giftig riechende Raumspray, das Tante Yudit in Beirut früher gegen Fliegen und Mücken benutzt hat. Jetzt ein Geräusch, ein Scharren, dumpf. Und wieder. Hat Mareike eine Katze? Dafür ist das Geräusch aber zu schwer und heftig.

»Mareike!«, rufe ich. »Ich bin's. Mareike!«

Keine Antwort. Ich gehe weiter zum Wohnraum, die Küche lasse ich rechter Hand liegen. Auf der Anrichte liegt Mareikes Handy, das Display ist zersplittert. Als ich die Tür zum Wohnzimmer öffne, schon zitternd, denn die Scharrgeräusche haben sich mit jeder Sekunde verstärkt, versagen mir beim Eintreten sekundenlang die Knie. Mareike liegt auf dem vollgekotzten Teppich unter den Tarotdrucken, hat die Augen weit aufgerissen und röchelt. Der seltsame Geruch ist hier drin besonders intensiv, sodass ich den Atem augenblicklich anhalte, zu den beiden Fenstern renne und sie aufmache. Mareike reißt ihre Augen noch weiter auf, sie bittet mich stumm um Hilfe, während ihr langer Körper sich verrenkt. Sofort halte ich mir eines der Kissen vom Sofa vor Mund und

Nase, denke an Milch bei Vergiftungen. Warum geht es mir selbst noch gut?

Ich beuge mich zu Mareike hinunter und sehe das Wort, das sie auf der Stirn trägt. Es ist auf Arabisch geschrieben und lautet: *Ana al maut* – Ich bin der Tod. Zwei Sekunden lang muss ich das verdauen, starre die arabischen Zeichen an, wische unwillkürlich mit der Hand darüber. Ein Araber. Der Typ vorhin im Treppenhaus war ein Araber. Die Schrift geht nicht weg, das war ein Textmarker.

Ich will Mareike zum Sofa bugsieren und ein wenig aufrichten, damit sie nicht an ihrem Erbrochenen erstickt, was sich jedoch als unmögliches Unterfangen erweist. Mareikes ganzer Körper zuckt wie wild, Kotze kommt wieder, Schaumbläschen in den Mundwinkeln, dazu ein vor Angst versteinerter Blick, der sich wie zwei Messer in meine Augen bohrt. Zusammen mit den schrecklichen Worten auf der Stirn bewirkt dieser Blick, dass ich keinen ordentlichen Gedanken mehr fassen kann, panisch aufspringe und aus dem Fenster schreie. Dann suche ich vergebens mein Handy, stelle fest, dass ich es im Auto vergessen haben muss, sprinte aus dem Zimmer, laufe die Treppe hinunter auf die Straße und dort bitte ich, so gefasst wie möglich, eine Passantin um ihr Telefon.

»Notfall«, keuche ich und wähle die Notrufnummer. Ich sage, ich sei Frau Hoffing und nähme seltsamen Geruch nach giftigem Gas aus der Nebenwohnung wahr. Ich hätte Kampfgeräusche und Geschrei gehört, es müsse etwas Schreckliches passiert sein. Am besten gleich auch die Rettung bitte, sei bestimmt nötig. Ich gebe der Notrufmitarbeiterin die Adresse und halte einer entsetzt dreinblickenden Passantin das Handy hin.

Dann laufe ich noch einmal zu Mareike hinauf, die nun grauenhaft zittert. Ihre Augen hat es weit aus den Höhlen gedrückt. Jetzt schaffe ich es, sie ans Sofa zu lehnen, und suche vergebens nach Milch im Kühlschrank. Mareike scheint schlapper zu werden. Sie versucht, mir mit den Augen etwas mitzuteilen, starrt auf die Kotze auf dem Teppich. Ich beuge mich zu ihr und da bemerke ich, dass sie in meiner Abwesenheit vorhin etwas in ihr eigenes Erbrochenes gezeichnet hat. Ich kann erst nicht genau erkennen, was es ist. Es sieht aus wie ein oben offener Kreis mit einem auf dem Kopf stehenden L daneben oder wie ein Galgen mit einer Riesenschlinge.

Ich präge mir die Zeichnung ein, Mareike zuliebe, deren Augen jetzt friedlich auf mir ruhen.

Ich berühre ihre Hand und als ich die Sirene des Krankenwagens höre, sage ich mit bebender Stimme: »Die kommen jetzt, Hilfe kommt, alles wird gut, meine liebe Mareike.«

Ich glaube selbst nicht daran. Einen Blick in ihre Augen schaffe ich nicht mehr. Dazu ist meine Seele zu schwach. Stattdessen sprinte ich aus der Wohnung und verlasse das Haus, als soeben Rettungshelfer und Notarzt hereinstürmen. Ich haste zu meinem Wagen, setze mich am ganzen Leib zitternd hinein, öffne beide Fenster, atme wild und warte. Keine Minute später taucht auch ein Streifenwagen auf. Mit Sirene durch die enge Alttorgasse. Kurz darauf drei weitere Einsatzwagen der Polizei. Beamte mit Gasmasken rennen in das Haus, eine jeweils im Gesicht, eine an den Händen. Für die Polizisten, die schon oben sind, oder für die Hausbewohner. Es besteht aber keine akute Gefahr, es ist schon gelüftet, selbst mir geht es gut.

Am Ende kommen die gasmaskenbewehrten Rettungshelfer mit einer belegten Trage aus dem Haus zurück auf die Straße und schieben sie in einer einzigen schwungvollen Bewegung in den Krankenwagen. Dann reißen sie sich die Masken von den Gesichtern. Der Körper auf der Trage war großteils abgedeckt, bewegte sich nicht. Ich habe nur Mareikes nackte Füße erkennen können. Und jetzt denkt niemand daran, mit Blaulicht abzufahren. Ich habe mich wieder einigermaßen gefasst. Beobachtend sitze ich da und schiebe die

Szene mit Mareike so weit weg von mir wie ich nur kann. Ich habe meine Panik langsam im Griff.

Denn was ist mit dir, wenn du reglos auf einer Trage liegst und die Rettungsleute, die dich in den Wagen geschoben haben, würdigen dich keines Blickes mehr, zünden sich eine Zigarette an, vertreten sich die Füße vor dem Haus und warten entspannt auf die Polizisten? Richtig, du bist tot. Ich öffne die Wagentür und kotze jetzt doch noch auf die Straße.

***

Annas Haus ist eine Höhle voller Schmerzen. Weshalb ich Medizin aus Bierflaschen und Weingläsern in mich hineinschütte. Weshalb ich auf dem Sofa liege und versuche, die Bilder der letzten Stunden von der Festplatte meines Gehirns zu löschen.

In den Stadtzeitungen geht gerade der Fall Mareike Bittram online.

Polizei vermutet Giftmord an junger Frau in Alttorgasse.

Darunter gibt es nicht viel zu lesen. Nichts über Gas, nichts über die vorübergehende Evakuierung der Hausbewohner, nachdem man Mareike abtransportiert hatte. Ich fange an zu weinen. Wo ist Walter gerade?

Ich ziehe mein Handy zu mir heran und klappere ein paar Polizeikontakte ab. Doch keiner weiß etwas von Gas oder Gift. Und was ist überhaupt das Motiv? Wer war der Mann mit dem langen dunklen Haar? Nur Araber können Arabisch auf diese geläufige Art schreiben. Ich denke an Rache. Rache an den Rechten, einfach für das, was sie sind, für die Hetze gegen Muslime. Ist das genug an Erklärung? Da muss ein mir noch unbekanntes Motiv hinzukommen. Vielleicht gab es einen Zusammenstoß, von dem ich nichts weiß.

Warum hat Mareike mich zu sich bestellt? Ahnte sie, wusste sie gar, sie könnte Hilfe benötigen? Um drei Uhr? Hatte sich ein Besucher angekündigt, der ihr nicht geheuer gewesen ist?

Da wird mir mit einem Mal klar, was der Geruch bei Mareike bedeutet. Es roch, verdammt noch mal, nach Kampfer. Und was, liebe Laya, riecht noch nach Kampfer? Ich klappe fast zusammen bei dem Gedanken. Heule wie ein Schlosshund.

Die Rettung kommt in Form eines Klingelns an der Haustür. Ich springe auf, renne in die Küche und wische mir die Tränen mit einem Geschirrtuch weg. Dann ein wenig kaltes Wasser ins Gesicht.

An der Tür steht Walter und schaut mich erstaunt an.

»Was ist los mit dir?«, sagt er.

»Ach«, sage ich, winke ab, drehe mich von ihm weg.

»Den halben Tag nicht erreichbar, dann telefonierst du die ganze Zeit. Ich war sowieso unterwegs, da dachte ich mir …«, sagt Walter und versucht sich an einem besorgten Grinsen.

»Komm rein.« Ich gebe ihm einen Kuss auf die Wange.

»Hast du schon mit Wanderer gesprochen? Er hat auch versucht, dich zu erreichen.«

Ich antworte nicht. Walter hat offenbar keine Ahnung von Mareike Bittram. Er streift seine Schuhe ab und macht sich auf den Weg zum Sofa.

»Du weißt es also nicht?«

»Was weiß ich nicht?« Walter setzt sich hin und bestaunt zwei leere Bierflaschen und ein halb volles Glas Wein, die auf dem Boden stehen, mit einem aufgeräumten Blick. Es gefällt ihm offensichtlich, wieder einmal auf Annas Sofa zu sitzen.

»Der Mord in der Alttorgasse. Gift.«

»Ach ja, habe irgendwo …«

»Ich kannte die Frau.«

»Die … Wieso?« Walter zieht die Stirn in dicke Falten, die Lockerheit ist weg.

»Ich war dabei, Walter.«

Worauf ich einem Walter, dem die Kinnlade nach unten klappt, die ganze Geschichte runterbete, in monotonem, weinerlichem Ton. Wie eine Heiligenlitanei sage ich auf, was dann und dann und dann geschehen ist. Es geht nicht anders. Walter lehnt sich zurück, nimmt mich in den Arm und hört einfach nur zu.

»Hol dir ein Bier, ja?«, sage ich am Schluss. »Im Kühlschrank.«

Walter steht auf, nimmt sich das Bier, setzt die kleine Flasche an die Lippen und stürzt fast den gesamten Inhalt hinunter.

Ich trinke jetzt kein Bier mehr, ich bin schon seit zwei Stunden bei Wein. Das Glas auf dem Boden ist wohl das vierte. Hätte ich Schnaps im Haus, wäre der jetzt dran.

»Und auch sonst hab ich's heute ganz dringend nötig«, verleiten mich die zwei Flaschen Bier und vier Gläser Wein, die ich in mir habe, zu Walter zu sagen. »Passt dir doch in den Kram, oder etwa nicht?«

Walter gibt sich Mühe, ein kleines Lächeln zu unterbinden, er hat wahrscheinlich Angst, es könnte einen winzigen Zug Genugtuung enthüllen. Das letzte Mal haben wir wohl vor einem halben Jahr gevögelt. Alles, was sein Gesicht daher zeigt – und es erschüttert mich: Es zeigt Liebe. Vielleicht nicht grenzenlos, vielleicht nicht bedingungslos, aber es ist ein ordentliches Maß an Liebe. Ich reiße den Blick von seinem weg. Habe ich das in den letzten Monaten übersehen?

»Im Keller gibt es einen Jacuzzi«, sage ich rasch. »Den benutze ich sonst kaum.«

»Da haben wir für dich genau die richtige Medizin«, sagt Walter und findet in diesen Augenblicken zu einer Souveränität und Nonchalance, die er mir gegenüber seit viel zu langer Zeit vermissen lässt. Ich brauche Männer, die diese lässige Stärke haben. Anders geht das bei mir nicht.

Er schnappt sich ein Glas Wein, läuft ohne ein Wort hinaus in den Flur und nimmt die Treppe in den Keller. Langsam wuchte ich mich aus dem weichen Sofa und ziehe mich gleich an Ort und Stelle aus. Mir ist jetzt alles gleichgültig. Vielleicht habe ich gar keine Lust, doch ich brauche etwas, das ganz anders ist als der Tod.

Stunden später, in meinen Träumen, holt der Tod mich wieder ein. Und dazu Mareikes Zeichen. Der Kreis und der Galgen.

Mitten in der Nacht packt mich Walter an den Schultern und rüttelt mich. Ich stoße einen grellen Schrei aus, springe auf und renne durch das Zimmer, stolpere dabei über den Plüschhocker neben der Tür. Walter ist gleich wieder bei mir, als ich auf dem Parkettboden endgültig aufwache.

»Schlimmer Traum?«, sagt er und streicht mir übers Haar.

»Das war unheimlich, wirklich.«

Ich sehe, dass die Leuchtziffern des Weckers zwei Uhr vierunddreißig zeigen.

»Umarme mich«, sage ich.

Walter hebt mich hoch, trägt mich zum Bett und lässt mich auf die Matratze fallen. Dort beginnt er, an meiner Brustwarze zu nuckeln. Er weiß, dass mich das beruhigt, sofern der Nippel nicht gerade zu empfindlich dafür ist.

»Und wenn die so ein Gas auch anderswo verwenden?«, sage ich und starre in das schummrige Licht im Zimmer, das von meiner gedimmten Stehlampe kommt, die wir vergessen haben, auszuschalten.

Ich spüre eine kristallene Klarheit in mir.

Irgendjemand ist im Besitz von Soman, ihr Höllenhunde, das ist nicht zu leugnen. Sollte ich das Wanderer mitteilen? Dem Staatsschutz? Die wissen ohnehin, woran Mareike gestorben ist, sagt die kristallene Klarheit. Wenn nicht heute, dann morgen. Dazu brauchen die dich nicht, Laya. Halt einfach die Klappe, schlaf noch ein bisschen, geh zu »Kassmann« und warte ab.

***

Die blau-schwarz-weiß gemusterte Langarmbluse von Max-Mara leiste ich mir heute Morgen. Ich überlege, ob ich zwei davon kaufen soll. Ich kaufe nicht gerne etwas nur einmal. Was, wenn ich es mag und es kaputtgeht, was, wenn ich es mehrere Tage anziehen, aber nicht waschen und bügeln will? Also zweifach oder gar dreifach, wenn ich drauf abfahre und der Preis stimmt.

Die Pfeiler vor der Boutique Kassmann sind breit. Sie müssen ja ein vierstöckiges Gründerzeithaus mit Luxuswohnungen tragen. Und ein paar Schritte dahinter können dunkle, klar lackierte Holzverschalungen sogar im Freien tausend Jahre überstehen. Mit viel Glas dazwischen.

Bei Kassmann wird man wie eine Prinzessin empfangen, wie eine Expertin beraten und mit Fürsorge wieder in die raue Wirklichkeit entlassen.

»Geben Sie acht, verehrte Dame, draußen herrscht graues Schmuddelwetter, Sie haben Ihren Schirm nicht vergessen, hoffe ich. – Doch? Ach, macht nichts, Sie nehmen einen von unseren. Ein Geschenk des Hauses.«

Und schon hat man einen Schirm mit Edelholzgriff und unzerstörbarer Bespannung in der Hand, mit dem man zwischen den Porsche Panameras und den Lamborghinis hindurchbugsiert, die in der Maxenbergstraße, wo sich Kassmann befindet, in ganzen Kolonnen, aber in einheitlicher schwarzer Farbe abgestellt sind.

Ich kaufe die Bluse bei Kassmann zweifach. Und ich sehe mir auch ein paar andere an, sitze auf einem stoffbespannten Sofa, eine Frau von ungefähr fünfzig mit dezentem Parfüm kreist angenehm langsam und geräuschlos um mich. Dazu kaufe ich eine dritte Bluse, winterweiß, geknöpft. Nur ein Exemplar. Weiß habe ich viele. Und einen schwarzen Blazer. Brauche ich nicht oft, ist jedoch gut, in verschiedenen Ausführungen vorrätig zu haben.

Ich trete aus dem Laden unter die Kolonnade. Es ist ein

sonderbares Gefühl, das mich empfängt. Die Stadt ist anders heute. Ich weiß nicht, was es ist, doch es ist da. Bloß das warme, reichlich schwüle Wetter? Ein Hochdruckloch von der Größe Mitteleuropas, eingeklemmt zwischen zwei Regengebieten. Ich schwitze ein bisschen, als ich zu meinem Wagen gehe. Die Stadt brütet etwas aus. Ich muss den Kopf freikriegen. Ich bin nicht eine, die im schlimmsten Schlamassel an Blusen denkt. Ich bin eine, die methodisch vorgeht. Und den Kopf leeren, damit es wieder Raum für die Wahrheit gibt, darin bin ich besser als die Kassmann-Verkäuferin bei Blusen.

Mein MINI, den ich vor einer Stunde hinter einem der Porsches abgestellt habe, steht inzwischen hinter einem dunkelroten Maserati.

Marcha, das ist alles, was mir beim Anblick dieses Autos einfällt. Ich rufe ihre Mutter an, die nur Tschetschenisch, etwas Russisch und brüchiges Deutsch spricht. Marcha hat kein Handy. Nach den langen Sommerferien ist sie nun wieder in der Schule. Da heute Samstag ist, hole ich sie von zu Hause ab. Marchas Mutter ist dankbar dafür. Auch samstags putzt sie in Bürgerhäusern und hat keine Zeit zum Kochen für Marcha und ihre Schwester, die den Tag bei einer Freundin verbringt.

Marcha und ich gehen wie immer zum Italiener. Marcha verdrückt heute eine Pommespizza für Kinder. Mit noch größeren Augen als sonst erzählt sie mir von der neuen Lehrerin und dem Angebot der anderen Eltern beim Elternabend, alle Schulausgaben für Marcha zu übernehmen, den Bastelbeitrag, das Ausflugsgeld, die Extrabusfahrscheine, das Theatergeld. So Sachen. Ich umarme Marcha, als ich bezahlt habe. Und schon sind wir wieder auf Achse.

Adlo und Maya warten im Freigehege. Heute habe ich ihre Weisheit, die nicht von Erwägungen, falscher Logik und menschlichen Erwartungen in der Wolle gefärbt und daher klar und weitsichtig ist, besonders nötig.

Die beiden Gänsegeier starren, rucken Köpfe und stehen

wie angewurzelt in ihren Horsten. Heute, scheinen sie zu sagen, heute fliegen wir nicht über Achenburg. Heute ist nicht der Tag für Vergnügen.

Ich ziehe mir einen Biorhabarbersaft am Automaten beim Tiergartenrestaurant und sitze gleich wieder auf meiner Bank vor den Geiern. Marcha ist bestimmt bei ihren Nashörnern oder bei den Zebras, völlig uninteressanten Tieren gleich hinter den Nashörnern. Gegenüber von den Zebras, da gibt es einen ganzen Trupp Przewalski-Pferde. Schöne Dinger. Nach den Gänsegeiern wären die meine zweite Wahl.

Adlo starrt mich an. Ich spüre ein frageloses Dasein, eine Liebe ohne Liebesbezeugungen. Fressen und Gefressenwerden sind Teil davon. Nicht als böser Akt, sondern als natürlicher Kreislauf, der Gut und Böse nicht kennt.

Die Welt um mich herum gewinnt an Kraft. Einen winzigen Augenblick lang glaube ich sogar, verstehen zu können, was es bedeutet, wenn man von »Mutter Erde« oder »der Natur« spricht. Dann ist der Augenblick wieder weg.

Als Marcha von den Nashörnern zurückkommt, wische ich mir ein paar Tränen von den Wangen und umarme sie wieder. Marcha lächelt und wiegt den Kopf, sie weiß nicht, wie ihr geschieht. Sie redet in einem fort von der Schule, sie liebt die Lehrerin.

Nachdem wir für Marchas kleine Schwester einen Döner beim Tiergartenausgang gekauft haben, den sie am Nachmittag essen kann, bringe ich Marcha nach Hause und fahre anschließend zu Annas Haus. Alles ist picobello aufgeräumt. Walter. Er hat heute Morgen auch Frühstück gemacht, danach haben wir noch auf dem Sofa gevögelt.

Ich rufe die Toxikologen im städtischen Labor an. Ich kenne Schmidt, den Laborleiter. Er schlägt mir niemals eine Bitte aus. Auch jetzt hat er Erkenntnisse für mich, die mich einen Augenblick lang umhauen.

Kaum habe ich das Gespräch beendet, ist Wanderer dran.

Er will wissen, wie es um mich steht. Wenn Harrer ihm nichts gesagt hat, weiß er nichts von meiner Freundschaft mit Mareike. Spuren von mir werden sie in Mareikes Wohnung ohnehin finden. Früher oder später. Haare, Hautschuppen, wohl auch Fingerabdrücke. Diese Fragen werden noch kommen. Ich höre, wie Wanderer raucht. Ich will mit ihm rauchen, stecke mir ebenfalls eine an und gehe auf die Terrasse.

Als Wanderer wieder aus der Leitung ist, laufe ich von der Terrasse die paar Schritte hinunter in den Garten, zupfe an den Magnolien rum, schneide verblühte Rosen zurück und weiß insgesamt nichts mit mir anzufangen. Hinten an den Hügeln hängt bereits träge die Dämmerung.

Eine halbe Stunde später bin ich so tief in Gedanken versunken, dass mir in dieser Versunkenheit ist, als berührte ich eine Struktur, eine Komposition von Dingen. Einen komplizierten Klang. Und von den vorstellbaren Tönen und Elementen dieses Klangs – es ist ein überwältigendes Gefühl, das mich zu diesem Gedanken bringt – kenne ich viele, vielleicht kenne ich fast alle.

Vierzehn Worte

Vor mir ragt ein seltsames Anhängsel von Gebäude auf. Aus Glas, Klinkersteinen und Metall besteht es und ist an das altehrwürdige Landesgericht wie rangeschmiert.

Sprühregen, 7. September.

Fast den halben Tag habe ich heute damit verbracht, alle Dateien auf Hornbrilles Speicherstick erneut durchzuackern. Selbst das al-Nusra-Interview, das ich beinahe auswendig kann, habe ich noch einmal in ganzer Länge gehört. Ich hatte gehofft, neue Hinweise zu finden. Ich wollte den *vollkommenen* Klang vernehmen.

Ich überwinde die breite Treppe vor dem Gebäude und passiere die Sicherheitsschleuse. Im ersten Obergeschoss werde ich in einen unangenehm weiß gestrichenen, fast leeren Raum mit zwei an den Wänden angebrachten Kameras geführt. Dort sitze ich zehn Minuten lang und ärgere mich über eine Nachricht von Martinger. Er ist ja auch meist sonntags im Newsroom. Auf dem Tisch vor mir liegen ein Papierblock und stumpfe, kurze Bleistifte. Ich habe nicht die Absicht, etwas aufzuschreiben. Mein Handy hat man mir abgenommen.

Lukas Spahn taucht auf. Ich sehe ihn auf dem Gang an der offenen Tür des Besucherzimmers vorbeigehen, ohne einen Blick zu mir hereinzuwerfen. Muss der noch zur Toilette? Grinst dabei dämlich. Ich ziehe eine Zigarette hervor, ganz mechanisch, bis die Wache, die an der Tür steht, stumm den Kopf schüttelt.

»War in Gedanken«, sage ich und stecke den Glimmstängel zurück in die Packung.

Ich schlage die Beine übereinander und dresche mit der

flachen Hand auf mein Knie. Die Wache zieht die Brauen hoch.

Lukas Spahn kommt zurück. Da er Handschellen trägt und hinter ihm der Wachtmeister steht, hätte ich ihm einfach eine reinhauen können. Sekundenlang widerstehe ich dem Drang.

»Verdammt, die haben ›Merkmann‹ gesagt!«, fährt er die Wache an, als er mich sieht. »Ihr hinterhältigen Arschlöcher!«

Trotzig lässt sich Lukas Spahn in den Stuhl fallen. Vor ihm der Tisch. Der Justizbeamte nimmt ihm die Handschellen ab. Dabei schaut er mich entschuldigend an.

»Ist Vorschrift«, sagt er.

Ich nicke zustimmend. Er verlässt den Raum. Ich hatte den Mann vorher darum gebeten.

»Wer ist Merkmann?«, frage ich Lukas Spahn, der die Hände auf den Tisch legt und unruhig mit einem Bleistift herumkritzelt. Auf seinem Handrücken eine Schramme. Die muss von Gesines Loggia stammen.

»Messer nicht lang genug«, murmelt Lukas Spahn vor sich hin.

Er kocht in seinem Zorn und hat sich in der Haft das Haar ganz kurz schneiden lassen. Das macht seine Nase noch schnittiger, dazu der stahlklare Blick, die markante Kinnpartie.

»Wie bitte?«

»Ach, Scheißglück gehabt.«

»Wie war das mit Mareike?«, frage ich.

Das ist der Überraschungstrick.

Lukas Spahn sieht mich nicht an. Sein Blick geht am Tisch vorbei zum Heizkörper oder ins Leere. Ich habe das Gefühl, der lässt nicht bloß seine schlechte Laune raus, weil er jemand anders erwartet hat. Nein, nach ein paar Schocksekunden ist seine Vorstellung mehr oder weniger ganz bewusst so, wie sie ist.

Das von Mareike kann er wohl noch nicht wissen.

»Und was willst du hier?«

Eigentlich erstaunt es mich, dass er überhaupt mit mir spricht, er könnte auch einfach stumm dasitzen. Bemerkenswert ist, dass er nicht auf Mareike eingeht. Müsste ihn doch interessieren. Woher ich überhaupt von ihr weiß. Tut es aber nicht. Gar nicht. Diesen Punkt hätte ich abgehakt.

»Ich will wissen, was dich umtreibt. Zum Beispiel, warum du nicht unter deinem Namen wohnst.« Ich fange jetzt auch an, Lukas Spahn zu duzen.

»Ich steh nicht auf Systemgewalt.«

»Und wie würde die Systemgewalt aussehen, wenn Typen wie du etwas zu sagen hätten?«

»Coolere Mäntel«, grummelt er und macht ein paar zornige Striche auf das Blatt, das schon halb vollgekritzelt ist.

»Ich hab euch satt«, fahre ich ihn an. »Immer das Gequatsche mit System und ich wette, dann kommt noch die fehlende Meinungsfreiheit. Dass ich nicht lache. Mehr repressives System als bei Rechten gibt's nicht, weniger Meinungsfreiheit auch nicht.«

»Und wie geht's weiter?«

Es ist Zeit, alles rauszulassen.

»Warum musste das mit Mareike passieren?«, sage ich. »Was denkst du?«

Wieder ist Lukas nicht neugierig, woher ich sie kenne.

»Tot.«

Ja, ich habe einfach keine Lust auf Barmherzigkeit.

»Was? Lass mich in Ruhe mit deinen Provokationen. Hab sie vor zehn Tagen noch gevögelt. Die ist sehr lebendig, glaub mir.«

Ich lächle ihn vielsagend an. Ich will ihn ganz in der Schwebe. Der soll jetzt denken, was er will.

»Ihr wart doch gar kein Paar mehr.«

»Wer hat das gesagt? Sie? Quatsch. Wir haben nicht immer zusammengewohnt. Aber die war superscharf auf die Vögelei. Hat mich regelrecht bekniet. Würde dir auch gefallen.«

Beim Thema Mareike ist Lukas geradezu gesprächig, doch Fragen hat er keine mehr.

»Werde heute Abend noch die verpasste Chance beweinen.«

Statt einer Erwiderung zeigt Lukas mir den Mittelfinger.

»Du heckst irgendwas aus«, sage ich in drohendem Ton. »Das kann jeder sehen, der deine Schnauze zu Gesicht kriegt. Sind ja nicht mehr viele neuerdings. Und es ist besser, du sagst es mir jetzt, bevor dir das alles über den Kopf wächst.«

»Ach, hau ab«, sagt er und zieht ein langes, müdes Gesicht. Das Kinn hat er jetzt etwas nach oben gereckt und die Augen zugekniffen. Er denkt wohl, er gewinnt hier.

»Und dann dieses Treffen auf der Straße. Vor Rainalds Haus. Zufall, dass ich euch da zu sehen bekommen habe?«

»Keine Ahnung, wovon du redest.«

»Du wolltest, dass ich deine Fährte aufnehme. Und das habe ich. Genial eingefädelt. Deshalb musste sich Philipp Wasserthanner ›Araberfresser‹ nennen auf seiner Facebook-Seite. Deshalb musste er Sachen auf Gesine Wildungs Seite posten, habe ich recht? Damit ich anbeiße und unfehlbar eines zum anderen kommt. Weiß nur nicht genau, worauf am Ende alles hinausläuft.«

Lukas bleibt stumm, er blickt mich nur kurz an. Das hat er jetzt nicht erwartet.

»Und das Messer in meinen Rippen? Das macht einer wie du nicht. Du wolltest vorübergehend in den Knast, richtig? Aber warum? Als Alibi? Wofür brauchst du ein Alibi?«

Ein mieses, dünnes Lächeln. »Sagte ich doch, Messer nicht lang genug.«

»Soll ich dir mal was sagen, Lukas? Ich weiß nicht, wie es lief, ich komme dir jedoch schon auf die Schliche. Ich habe dich gesehen, in Gesines Wohnung. Du hast dort rumgestöbert. Du hast dir die Hand aufgeritzt.« Ich deute mit dem Kinn auf seine Schramme, eine halbe Sekunde lang ein unergründlicher Blick in seinen Augen. »Du wolltest das so. Hast du dort auf mich gewartet? Oder habe ich dich überrascht in dieser Nacht? Egal. Und warum?«

Schweigen.

»Weil ich Mareike kennenlernen sollte. Ich habe die Fotos auf meinem Handy noch mal angesehen. Diejenigen, die ich in Gesines Wohnung gemacht habe. Dort waren ein paar Telefonnummern auf Schreibtischplatte und Wand notiert. Und sieh an, es gab zwei verschiedene Handschriften. Die meisten Zahlen stammten bestimmt von Gesine und dann waren ein paar einzelne Ziffern und die Nummer von Mareike in einer anderen Handschrift und mit einem anderen Stift hinzugefügt worden. Ich wette den Planeten, es ist deine Schrift. Und der Eingang vom Haus, der Brand. Warst das auch du? Und warum?«

Ich lasse mich zurück in den Stuhl fallen, als wäre ich erleichtert, das endlich alles gesagt zu haben. Lukas zuckt noch immer mit keiner Wimper. Doch sein Gehirn läuft auf Hochtouren, das kann ich spüren. Sein Gekritzel nimmt Fahrt auf. Auf dem Blatt erkenne ich einen Hasen, eine Eule. Er hat Talent. Dazwischen stilisierte Zahlen. Mehrmals eine Eins, mehrmals eine Vier. Mehrmals eine Acht.

»Sag mir, warum wolltest du, dass ich Mareike anrufe und sie kennenlerne? Raus mit der Sprache!«

»Verschwinde endlich«, sagt Lukas.

»Hattest du Angst, Mareike würde etwas zustoßen?«, fahre ich fort.

Das ist fast schon versöhnlich. Und mit diesem Satz verfalle ich auf eine strohdumme Idee. Ich gönne mir eine Pause und überlege. Das ist der zweite Fehler. Ich stehe auf und drehe eine Runde durch den Raum. Dann kehre ich zu Lukas zurück, der still dasitzt und abwartet. Er weiß offensichtlich nicht recht, was abgeht, es kümmert ihn allerdings auch nicht besonders. Ich spiele ein paar Augenblicke lang die Frau, die bemerkt, dass vor ihr ein Mann sitzt, der Frauen gefallen könnte, und lege ein wenig Schwung in meine Schritte. Ich streiche mir sogar die Haare hinter die Ohren. Nur nicht zu viel. Dann die Augen eine Sekunde lang ganz auf ihn, was er vorgibt, nicht zu bemerken.

»Wir beide könnten zusammenarbeiten, Lukas«, sage ich, setze mich wieder hin und lehne mich vor.

Ich habe in einen verträumten, sanften Tonfall gewechselt. Ich weiß nicht, was mit mir los ist. Es ist einfach nur ein blöder Tag mit blöden Gedanken und einem trügerischen Geschmack nach Sieg.

»Was?«, sagt er überrascht, jedoch mit einem Ton von Überlegenheit in der Stimme.

»Es gäbe eine Menge zu tun. Du bist doch nicht einer von denen auf der Straße. Du bist clever, hast Fähigkeiten.«

Die Anbiederungstour bereitet mir fast körperliche Schmerzen. Aber ich weiß beim besten Willen nicht, wie ich anders an Lukas herankommen kann. Ich bin bereit, ein ganzes Stück weit zu gehen.

»Was wird das denn, Türkin?«

»Sollte dir einmal einfallen, vernünftige Sachen zu machen, bin ich auf deiner Seite. Man muss ja nicht auf Anhieb der gleichen Meinung sein. Wir beide wären ein Team.«

»Halt die Fresse.«

Lukas will nicht anbeißen, er verschanzt sich weiter hinter seiner Prollnummer. Und jetzt schweigt er eine lange Weile. Ich sitze bloß da. Fast schäme ich mich schon. Aber wer weiß, ob Lukas dann gesagt hätte, was er jetzt sagt?

Denn er holt tief Atem und seufzt. Seine Worte klingen müde und sonderbar enttäuscht.

»Und was sagst du, wenn wir schon ein Team wären?«

»Wie? Hab gerade nicht hingehört.«

»Hast schon verstanden. Wir beide … Nur haben's noch nicht alle geschnallt. Und jetzt verpiss dich endlich.«

Ich springe auf. Ich hätte schreien können vor Wut. Ich bin es nicht gewohnt, derart hoch zu verlieren. Ich lasse mich wieder in den Stuhl fallen, sehe Lukas nicht mehr an, Blick auf den Boden. Dazu mache ich eine flapsige Handbewegung, er solle gehen, und rufe die Wache.

»Also«, sagt Lukas und steht langsam auf.

Seinen Blick spüre ich nicht. Er ist bereits an der Tür, als die Wache hereinkommt. Lukas verschwindet ohne ein weiteres Wort. Ich sitze erstarrt da und warte, bis das hier ganz vorbei ist. Draußen auf dem Gang höre ich Lukas lachen, richtig laut lachen.

Ich erhebe mich. In der letzten halben Stunde bin ich schwer wie ein Sack geworden. Ich will nur noch raus und gehe zur Tür. Im letzten Moment fällt mir die Kritzelei von Lukas ein. Ich gehe zurück, reiße das Blatt vom Notizblock, falte es und nehme es an mich, ohne länger darüber nachzudenken. Verstaue es in meiner Umhängetasche.

Bevor ich das Untersuchungsgefängnis verlasse, gehe ich auf die Toilette und wasche mir das Gesicht. Ich lasse die Faust auf den Händetrockner krachen. Und nur weil ich nicht viel Kraft in meinen Armen habe, funktioniert der dann noch.

An der Sicherheitsschleuse frage ich einen Wachtmeister, wer dieser Merkmann sei, von dem Lukas Spahn gesprochen hat. Man führt mich in ein Büro.

»Sein Anwalt«, sagt dort ein Hauptjustizwachtmeister. »Aus Berlin.«

»Und Sie haben Lukas Spahn einfach so reingelegt, damit er mit mir spricht?«

Der Mann zuckt mit den Schultern. »Was blieb uns übrig? In manchen Fällen hat man keine Wahl.«

An der Treppe zum Gerichtsgebäude empfängt mich Major Harrer. Mit großem Schirm, dessen Schutz er mir anbietet. »Guten Tag.«

»Tag auch.«

»Sie können sich ja denken, was ich von Ihnen will, Frau Niering. Wer hat Ihnen bloß erlaubt, mit Spahn zu sprechen?«

»Ich habe meine Kontakte in Achenburg. Und Sie werden es nicht glauben, ich bin beliebt. Und noch dazu Araberin, da ist man vorsichtig. Wär für Sie nicht gerade leicht. Weißer alter Mann – immer nur Nachteile.« Ich mache eine abfällige Geste.

»Sehr lustig.« Er lacht tatsächlich ein bisschen, es ist mehr ein Glucksen. »Ganz im Vertrauen, Frau Niering, Sie waren beim Mord an Mareike Bittram zugegen. Wir haben da ein Video. Sie im Wagen vor dem Haus, Minuten nach dem Mord. Und reichlich blass im Gesicht. Dazu die Aussage einer Passantin mit einem Telefon. Passen Sie bloß auf, dass man da nicht noch auf Gedanken kommt.«

»Sie wollen mir drohen?«

»Denken Sie das? Es macht alles nur einen seltsamen Eindruck.«

»Also, Harrer. Major. Verpissen Sie sich, bevor ich mir einen ganz bösen Text überlege.«

Fast schreie ich, hier im Nieselregen. Ich bin noch immer übel gelaunt von der Szene mit Lukas. Da kann der arme Harrer gar nichts dafür.

Harrer bleibt seelenruhig. Seine Nase zuckt. Rümpft sich wie von selbst. »Ich verbuche das unter außergewöhnliche Drucksituation und nehme es nicht ernst, Frau Niering.«

»Sollten Sie aber. Ich werde mir doch nicht meine Arbeit von Ihnen vorschreiben lassen. Wir sind ein freies Land.«

»Wenn der Rahmen nicht zu weit gedacht wird. Mit dieser kleinen Einschränkung kann ich dem Satz vom freien Land schon zustimmen. Und ich gehöre zu denen, die darauf achten, dass es so bleibt.«

»Dann achten Sie mal nicht zu sehr!« Ich werfe Harrer noch einen Blick zu, den man auch als entschuldigend und nett oder wenigstens als neutral interpretieren kann, und mache mich ohne Schirm im Nieselregen davon.

Das geht mir wirklich an die Nieren. Verstehe den Mann. Aber versteht der auch mich?

***

Madame Sosostris, Hellseherin. Ein Hauseingang hinter dem Landesgericht. Ein altmodisches Messingschild.

Ich gehe weiter. Wende mich immer wieder um. Ich muss damit rechnen, dass mir jemand auf den Fersen ist. Einzelne Regentropfen nur noch. Durch die lang gezogene Liottengasse, wo ein paar feine Restaurants liegen, dazu Delikatessenläden, ein Programmkino, Boutiquen. Heute kaufe ich nichts. Niemand ist hinter mir. Ich bin mir jedoch sicher, die tracken mich ohnehin über mein Handy. Das lasse ich an. Ich besuche heute nur tote Informanten. Bei Hornbrille hatte ich vergessen, das Telefon auszustellen und die Batterie zu entfernen, falls das heutzutage noch etwas nutzen sollte. Leute wie Harrer sollten Hornbrille jedoch ohnehin kennen.

Ich trage bequeme Nappalederschuhe, eine leichte Jacke und meinen hellorangefarbenen Seidenschal. Ich ziehe das Mobiltelefon heraus und tippe den Namen »Merkmann« in die Suchmaschine.

Merkmann heißt Albert. Dr. Albert Merkmann. Wer will schon so heißen?

Dr. Albert Merkmann führt ein Anwaltsbüro in Berlins Uhlandstraße. Auf dem Weg hinaus aus der Innenstadt erledige ich journalistische Präzisionsarbeit. Ich finde, was keiner findet. Im Gehen stöbere ich seine Partner und Fälle auf, entdecke, dass Albert Merkmann ungewöhnliche Leute verteidigt. Aus Spektren unserer Gesellschaft, die … Also sagen wir, Albert Merkmann hat einen Hang zum politisch Randständigen.

Ich gleite durch die Domgasse, bin fast allein hier. Hohe Nutzbauten aus dem Barock drücken auf die Stimmung mit ihren langweiligen Fensterreihen, an denen man die Tristesse und Kühle des 17. Jahrhunderts noch riechen kann. Je länger ich herumstöbere, desto mehr erhält alles um Merkmann und Lukas Spahn eine absonderliche Aura.

Ich sehe auf und atme einmal tief durch. Ein antikes Gesicht lugt von einem renaissanceartigen Dachsims auf mich herunter. Einen Link weiter entdecke ich, dass Merkmann noch eine zweite Kanzlei führt, die unter einem anderen Namen bekannt ist. In diesem Büro wickelt er jene Fälle ab, die selbst für seinen Hauptsitz zu zweifelhaft sind.

Am Ende der Domgasse, hinter einem Paar hertrottend, das einen merkwürdigen französischen Akzent spricht – Picardie? –, mache ich eine Entdeckung, die nicht viel über Albert Merkmanns Arbeit aussagen mag, wie man das im ersten Augenblick denken möchte, sie wirft jedoch ein grelles Licht auf Merkmanns Person. Sein Leben ist ein Glutnest des *anderen*. Merkmann wird getrieben von etwas, das immer schon in ihm war. Bereits in seiner Familie!

Berlin. Der Gedanke bekommt einen exorbitant fieberhaften Zug, als ich endlich den Domplatz erreiche. Ich bleibe stehen, lasse Leute mit zusammengeklappten Regenschirmen an mir vorbeiziehen und buche an Ort und Stelle einen Flug. Am Himmel fängt es an, aufzuklaren.

Der Domplatz ist nicht groß, er ist von alten fürstlichen Gebäuden umgeben und wird von Menschen diagonal überquert. Die Gebäude beherbergen Kunstsammlungen, Ausstellungen und Verwaltungsbüros des Kulturamts. In der Mitte, dort, wo zwei Pferdedroschken für die wenigen Touristen stehen, die denken, Achenburg wäre einen Besuch wert, liegt faul der elliptische Neptunbrunnen und vier Meter davor: der Alte Tänzer. Eine Messingstatue, die einen dürren, dunklen, eleganten, jedoch ein wenig hölzernen Balletttänzer zeigt. Bei dem Anblick fahre ich zusammen. Zu groß ist die Ähnlichkeit mit der Leiche von al-Hassam im Glaszylinder.

Die verdrehten Beine, die affektierte Hand, das Kinn hoch. Da haben Mörder Kunstfertigkeit bewiesen. Ich muss Wanderer irgendwann fragen, ob ihm das auch aufgefallen ist, als sie dort die Spuren gesichert und al-Hassams Leichnam abtransportiert haben. Polizisten sind aber prosaische Leute. Die wichtigen Dinge sehen die nicht.

Und was haben sie mit dem Schwertverstuch gemacht? Und mit den Behältern? Bestimmt hat das Tuch niemand beachtet und schon gar nicht den arabischen Text darauf verstanden.

Die Statue vor mir hat hellere Flecke in ihrem Kupferbraun. Fast schwebt sie, besitzt eine nervöse, vibrierende Gegenwart. Bodenlos, abgründig. Als steckte die Seele von Ibrahim al-Hassam, heimatlos geworden, jetzt in ihren Gliedern. Ein Lichtstrahl fällt an der Domkuppel vorbei auf den Platz. Er trifft den Alten Tänzer nicht, aber er erschüttert mich.

Der Dom. Der Sheikh. Die Karten.

Mein Verstand legt einen Zahn zu. Einzelne Gedanken fangen an zu rotieren. Ich habe es mit vielfachem Tod, einem bizarren Plan und mit Zahlen zu tun. Diese Zahlen bedrängen mich schon seit Tagen, obwohl ich sie nicht kenne.

Ich versuche, mir Mareikes Wohnung ins Gedächtnis zu rufen. Welche Drucke hängen an der Wand? »Der Gehängte«. Und was noch? Ich ziehe das Internet heran. Damit keine Fehler passieren.

So weit also haben die mich.

Die spielen Spielchen mit mir.

Moorhütte, hängender Mann.

Die Notiz von der Predigt des Sheikhs klebt auf Annas Kaffeemaschine. Ich kann mich nicht genau an das Datum erinnern. Ich setze mich auf die Stufen des Neptunbrunnens und öffne die Internetseite des Sheikhs. Wieder eine Liste mit seinen Predigten in diesem Jahr in Europa. Jene im Dom von Achenburg ist die Nummer sechzehn und das Datum ist genau jenes, das ich befürchtet habe. Die interreligiöse Predigt des Sheikhs Hamza al-Kalani im Dom von Achenburg findet am 12. September statt. In fünf Tagen.

Hornbrille, der verkehrt herum vom Fensterrahmen hängt, das ist »Der Gehängte«. Ich stelle fest, es ist die Karte Nummer zwölf.

Und ich in der Moorhütte, allein, abgeschieden, das ist die Nummer neun, »Der Eremit«. Auch dieses Bild hing bei Mareike an der Wand. 12. September.

Ich sinke zusammen, anstatt aufzuspringen. Ich bin geschlagen. Wer kann schon so viel Verantwortung tragen?

Nur wer kann Interesse daran haben, dass ich diese Information über das Datum der Predigt erhalte? Ein Abtrünniger? Ein wahnsinniger Täter, der Spuren zu seiner Tat legen will? Versucht da jemand zu kommunizieren? Ist Tarot nicht etwas Christliches? Vom Tisch wischen kann ich das jetzt keinesfalls. Es ist konkret und unmissverständlich. Und so viel Zufall kann kein Zufall sein.

Von kolossaler Müdigkeit niedergehalten, stehe ich langsam auf, gehe am Alten Tänzer vorbei, berühre ihn am Unterschenkel wie einen alten, traurigen Freund und verlasse den Domplatz.

Ich mache mich auf den Weg hinauf in die Brunnentorgasse, den Scheidtweg, alles auf Kopfsteinpflaster, endlich raus aus der Innenstadt, dann doch wieder Asphalt, die Mondengasse, die Winterfeldstraße. Mehr als eine halbe Stunde lang gehe ich, eine späte Abendsonne legt sich über die Stadt. Schließlich kommen die ersten Weingärten, die voll mit Trauben hängen, kurz vor der Lese. Achenburg ist an dieser Seite an einen Hügel gelehnt, auf dessen anderer Seite sich die Stadt, als wäre nichts geschehen, mit Wohnanlagen noch ein kleines Stück weiter in das Umland streckt. Und an diesem Hügel steht eine

Kapelle, darauf ein Wäldchen, Wiesen und unweit der Kapelle, ein wenig versteckt hinter Bäumen – der Bergfriedhof.

Die Kapelle wird bald dort oben vor mir sichtbar. Und seit ich mich von meinem Tänzer verabschiedet habe, überlege ich, wie ich mit meinen Erkenntnissen, den Soman-Dokumenten, den arabischen Texten und dem Interview, das möglicherweise auf Abduls Jacht stattgefunden hat, zu Wanderer oder zum Verfassungsschutz gehen kann. Was weiß ich denn? Versteckte Drohungen bestenfalls, vage Indizien, Hinweise, den Schwertvers. Das einzig Konkrete sind Ort und Zeit. Und die Anlage? Chemieanlage und Dom verknüpft durch den Tänzer. Wenn man einen solchen in al-Hassams Gestalt sehen will. Spätestens bei den Tarotkarten würden sich die schlapplachen über zu viel von dem, was Wanderer »journalistische Intuition« nennt.

Die Lösung, auf die ich auf dem Weg zum Friedhof verfalle, wäre ein gewagter Alleingang. Ein Artikel über einen mutmaßlich geplanten Giftgasanschlag unbekannter Magnitude auf den Dom am 12. September – oder auf die ganze Stadt? Ein Artikel, der mich vielleicht lächerlich machen, die Herren von Polizei und Verfassungsschutz aber unter Zugzwang setzen würde. Gleichzeitig mit dem Erscheinen des Artikels würde ich Harrer und Wanderer alles zuspielen, was ich habe. Dann könnten sie nicht noch drüber schlafen oder es liegen lassen.

Bevor ich den Friedhof erreiche, ist Wanderer dran. »Lassen Sie das, Laya. Sie bringen sich demnächst in Schwierigkeiten und ich kann nicht mehr offen mit Ihnen reden.«

»Was ist passiert, Wanderer?«

»Lassen Sie Spahn in Ruhe, einverstanden?«

»Die Polizei ist immer hintendran«, sage ich.

»Harrer?«

»Ja. Einen schönen Abend noch, Wanderer.«

Es tut mir weh, Wanderer so behandeln zu müssen, als

ich schon das bedrückende Zypressenduo draußen vor dem Bergfriedhof begrüße. Ich öffne das gusseiserne Tor.

Unvermeidbar: Es schnarrt und quietscht.

***

Mama ist in einer Familiengruft untergebracht, die nur sie allein beherbergt. Wenn man ein paar Augen fest zudrückt, gelten wir Melkiten als normale Katholiken und deshalb lässt man uns auf dem Bergfriedhof großzügig vermodern. Unser Familiengrab ist völlig ununterscheidbar von den anderen drum herum. Schwarzer Stein, goldene Inschrift, *Mariam Khouri, 1957–2006*, schwarzgraue Steinplatte, haltbare grüne Kränze. Wir haben Mama nach dem Krieg sofort überführen lassen.

Die Dämmerung kriecht schüchtern über die Stadt, als ich minutenlang vor dem Stein stehe. Es ist kühl geworden. Das Abendlicht ist rot und darüber schwimmt, von nahezu Süd bis ganz scharf West, eine mattgoldene Schicht, die sich zusehends in ein dunkles Orange verwandelt. Langsam und geduldig, wie ein riesiges Etwas, kracht das schwarze Universum mit voller Wucht herein.

Wohin, Mama, bist du verschwunden? Ich bin ein rationaler Mensch, aber es ist mir bisher nicht gelungen, mich mit der Vorstellung zufriedenzugeben, dass eine solch komplexe und wirkmächtige Sache wie ein menschliches Bewusstsein mit dem Untergang von ein paar biologischen Zellen augenblicklich ins folgenlose Nichts verschwindet. Es muss ein Energiemuster geben, einen Quantenabdruck oder etwas, wofür wir noch kein Wort haben. Ich denke auch, dass sich niemand dieses Verschwinden vorstellen kann, alle jedoch vor der dürftigen Faktenlage kapitulieren.

Ich setze mich in der Nähe des Grabs auf eine Holzbank, die ich mit der flachen Hand trocken wische, und bewege mich nicht. Ich knöpfe meine Jacke zu. Es wird schnell dunkel. Langsam erscheinen nacheinander die Venus und der Große Wagen. Da die Nacht nach dem Regen außergewöhnlich klar ist, ahnt man bald die Milchstraße. Zwei weißschattige Schamlippen. Warum haben die Alten unsere Galaxie nicht mit einem Namen für »Vulva« benannt? Sähe die Galaxie aus wie ein Phallus, du heilige Makrele. Wir könnten uns vor Phallusnamen nicht retten, wenn wir in den Himmel gucken.

Ich erhebe mich und laufe sämtliche Wege des Friedhofs ab. Es gibt nur drei Lampen. Sie reichen aus, um überall erkennen zu können, wo ich hintrete. Ich hocke mich hin, laufe wieder. Zwischendurch flehe ich die toten Seelen an, mir beizustehen.

Etwas stimmt nicht. Es ist wieder eine Zahl.

Ich lasse die letzten Tage Revue passieren. Hornbrille, *moonn*, die Hütte. Was fehlt? Lukas Spahn. Das Blatt, das Lukas vollgezeichnet hat, hatte ich ganz vergessen. Ich öffne meine Tasche, werde fündig und lasse die Taschenlampe meines Handys auf die Zeichnungen von Lukas scheinen. Eule, andere Vögel, ein Hase. Was sagt das über einen Menschen aus? Ich sollte meinen Therapeuten fragen. Die stilisierten Ziffern habe ich richtig im Kopf. Immer die gleichen vier. Eins, vier, zweimal eine Acht. War da was mit acht bei den Nazis? Ich sehe nach. Es ist der achte Buchstabe im Alphabet: H. Zweimal bedeutet »Heil Hitler«. Überrascht mich jetzt nicht. Und die anderen Ziffern? Eins und vier. Vierzehn, sagt die Suchmaschine, ist ein weiterer Nazicode. Nennt man diese Zahl, hat man fast alles gesagt. Sie bezieht sich auf die »vierzehn Worte« eines amerikanischen Neonazis, eines gewissen David Lane. *We must secure the existence of our people and a future for white children*, lauten sie. Hört sich an wie ein modernes amerikanisches – und nicht nur amerikanisches – Parteiprogramm, denke ich mit Schrecken. Und 1488, das ist mein Suchergebnis, gilt als Gruß unter Eingeweihten. Sagt man »1488«, sagt man alles. Das ist es also, was Leute wie

Lukas Spahn völlig unbewusst auf Papier malen. Einen Code, den die alle kennen, mit dem sie sich, das lese ich, oft sogar grüßen. Nur, was soll *ich* damit?

Verfluchte Minna.

Verzeiht die robuste Ausdrucksweise, ihr sensiblen Toten.

Der Mond ist aus der Unterwelt aufgetaucht. Er hat die Milchstraße verschwinden lassen, steigt immer höher, schimmert immer bleicher.

Wie ich diesen Leuten am liebsten an die Kehle will.

So unwahrscheinlich es ist, ich gehe in die Datenbank der Bergenpost und rufe mit meinem persönlichen Code die Dateien auf, die Herbert dort als Sicherungskopie abgelegt hat. Dann jene Datei, die allerletzte Datei, die selbst Hornbrille bisher nicht öffnen konnte. Das Passwort fehlt. Und Hornbrille war der Aufwand zu groß, es zu knacken. Ich versuche »1488« als Passwort. Darauf vierzehn plus achtundachtzig, also »102«, und zweimal »102«. Und »1488« und »102«. Und »14_88«. Was alles viel zu einfach ist. Ich springe auf und gehe zehn, fünfzehn Schritte. Auf der leicht ansteigenden Wiese hinter dem Friedhof steht schon der erste Herbstnebel in weichen Schichten.

Zurück auf der Holzbank rufe ich auf meinem Handy die Notiz-App auf und schreibe *»soman«* hinein, von dem ich, was auf dem Smartphone mühsam ist und mich ein paar Minuten kostet, hunderteins Kopien anfertige. Darauf kopiere ich die gesamten vierzehn plus achtundachtzigmal *»soman«*, mit Kleinbuchstaben, in die Passwortzeile der gesperrten Datei. Dazwischen jeweils einen Unterstrich, den die ja alle so lieben: *»soman_soman …«*

Die Datei öffnet sich augenblicklich.

Ach, all ihr Toten um mich herum. Warum muss ich lesen, was ich lese? Wo steht das geschrieben?

An den Bäumen formt der Wiesennebel inzwischen bullige Wolkengestalten. Eine, drei, sechs. Es würde mich nicht erstaunen, würden diese Gestalten anfangen, sich zu bewegen. Untote Wolkenbullen, ziegenartig, mit schütterem Bart, Verderbtheit in den harten Augen.

***

Zwei Stunden später sitze ich wie spontan nüchtern geworden an meinem Computer und tippe einen Artikel. Meine Welt ist hohl und leer. Weshalb ich zwar tippe, in meinem Laptop jedoch eine Sicherungsschaltung einbaue. Weil ich schwach bin und nicht anders kann, als zu schreiben. Es mir von der Seele zu schreiben. Doch wird alles von meinem Textprogramm in achtundvierzig Stunden automatisch gelöscht und niemals verschickt werden.

Bei alldem hoffe ich inständig, der Verfassungsschutz hat weder Mittel noch Genehmigung, sich in meinen Computer zu schleichen. Das Gleiche trifft auf mein Handy zu.

Man könnte sagen, ich spiele anhand des mit dem Code »1488« geöffneten Dokuments das gesamte Szenario durch. Inversive Rekonstruktion einer fiktiven Tat. Ich schreibe meinen Artikel so, als wäre der Plan meiner unbekannten Feinde – nicht mehr völlig unbekannt, nehmt euch in Acht! – ganz und gar aufgegangen.

Ich denke an die Wasserspender in der Lagerhalle.

Als ich alles fertiggetippt habe, bebe ich am ganzen Körper. Ich stehe auf und blicke aus dem Fenster. Nichts.

Eine Stunde später stürmt ein vermummter Mann mit einem langen Schwert durch meinen Schlaf und durchbohrt mich. Er dreht die Klinge in meinen Eingeweiden und zieht sie nach oben in den Brustkorb. Ich liege in meinem Blut auf dem Boden beim Fenster und denke nur daran, Annas Teppich zu retten.

Im nächsten Augenblick schlägt die Schlafzimmertür auf und Wind zieht herein. Er hebt mich hoch. Ich werde die

Treppe hinunter- und aus dem Haus getragen, hinauf in den Buchenwald. Dort fließt mein Blut in die Bäume und in den Boden. Ich werde eins mit dem Land um Achenburg, bevor der Wind zu einem Orkan heranwächst. Bevor Blätter, Buchen, Hügel sich um mich drehen. Dann Kontinente, Planeten, Sonnen. Ich bin eine Galaxie, denke ich. Dann bin ich eine Galaxie. Ich bin der Schoß der Schöpfung und aus mir kreisen neue Sterne hervor, irgendwo auf ihnen ist Leben und irgendwo in diesen zahllosen Leben ein einzelnes selbstloses Leben, das wieder Baum und Planet und Stern und Galaxie werden kann.

Du musst schweigen, sage ich mir, als ich in dieser turbulenten Nacht mit einem Ruck erwache. Mareike hat alles gesagt.

IV

Die Falle

Langsam kriecht das Licht von Frankfurt an der Oder über die frühmorgendliche Republik. Ich trinke Kaffee aus einer Plastiktasse, während Autobahnen erzittern und Menschen gähnen, während Schiffsschleusen geöffnet, Brote bestrichen und Apfelspalten in Snackboxen gezwängt werden. Der Schriftsteller Christian Niering begrüßt Lady Single Malt mit einem kurzen Morgenkuss, bevor er den Laptop aufklappt, Wanderer sitzt schon im Büro, Walter denkt an mich, Hornbrille grübelt über drei Türken, Westgart ist nach wie vor tot und Lukas Spahn spuckt in die stinkende Knasttoilette.

Mein Telefon habe ich ausgeschaltet. Die Batterie liegt in meiner Tasche. Harrer soll es nicht allzu leicht haben. In Berlin gehe ich aus dem Flughafengebäude hinaus zu den Taxis. Ich zurre meinen Körper zurecht. Ich muss zwei Männern gegenübertreten, die mich, wenn ich nicht aufpasse, zum verspäteten Frühstück verschlingen. Bei Albert Merkmann, da schmorte selbst meinem Handy beinahe der Chip durch. Und Abdul Hamid. Ach, Abdul. Ich habe dir Haarausfall und Furunkel gewünscht, weißt du das?

Ich könnte Abdul auch dazu benutzen, um meine Clan-Reportage voranzubringen. Das habe ich bisher nicht ins Auge gefasst. Er hat bestimmt ein paar gute Kontakte. Obwohl ich nicht weiß, ob ich das tun will, schreibe ich das Martinger. Vielleicht holt das seinen Blutdruck auf annähernd Normalniveau zurück. Vielleicht arbeite ich nach meiner Rückkehr aus Berlin ja noch für die Bergenpost.

Im Taxi widme ich mich der nun lesbaren Textdatei, der Zahl 1488 und der Tatsache, dass ein Nazicode den Zugang zu einer wichtigen Islamistendatei bildet. Anfangs habe ich versucht, mir einzureden, es könnte Zufall sein. Nur kommt ein Islamist durch Zufall auf diese Zahl? Oben am Bergfriedhof habe ich die Jahreszahl geprüft. Vielleicht ist das Jahr 1488 im Islam von Bedeutung. Ein Jahr kann jedoch nicht unscheinbarer sein. Was also musste ich logisch schließen?

- *Jemand, der eine Zahl wie diese spontan im Kopf haben kann, schützt damit eine Datei. (Was zu platt und offensichtlich ist.)*
- *Jemand will, dass derjenige, der das Passwort knackt, denkt, jemand, der die Zahl spontan im Kopf haben kann, hätte die Datei solcherart geschützt. (Was schon ein wenig raffiniert ist.)*
- *Jemand hat die Datei solcherart geschützt, damit derjenige, der das Passwort knackt, nicht zu offenkundig über die Identität dessen, der die Datei solcherart geschützt hat, informiert wird. (Was eher schwach ist.)*
- *Jemand hat die Datei solcherart geschützt, damit derjenige, der das Passwort knackt, nicht zu offenkundig über die vorgeschobene Identität dessen, der die Datei solcherart geschützt hat, informiert wird, dass er im Gegenteil mit von ihr wegführenden Spuren versorgt wird, was der Datei und mithin der vorgeschobenen Identität dessen, der die Datei solcherart geschützt hat, Glaubwürdigkeit verleiht. Man ist, im Grunde, bei Fall eins angelangt. (Was ziemlich raffiniert ist, mich aber angesichts meiner Erkenntnisse nicht gerade von den Socken haut.)*

Fall eins: Nazi erstellt Dokument.
Fall zwei: Islamist erstellt Dokument.
Fall drei: Islamist erstellt Dokument.
Fall vier: Nazi erstellt Dokument.

Ich habe allerdings Lukas Spahns Zeichnungen benötigt, um den Code knacken zu können. Wie wäre der zu mir gekommen, wenn ich nicht im Justizgefängnis aufgekreuzt wäre? Oder haben die damit gerechnet, dass Hornbrille ihn knackt?

Noch im Taxi lese ich abermals das neue, jetzt geöffnete Dokument. Ist bestimmt das zehnte Mal.

Ich sehe mir noch einmal den Artikel an, den ich gestern Nacht aufgesetzt habe. Ich habe ihn ausgedruckt, werde ihn aber beizeiten vernichten. Vielleicht lasse ich ihn in einer halben Stunde auch gleich diesem Merkmann um die Ohren sausen. Wäre nicht Mareike gewesen, hätte ich ihn wohl veröffentlicht. Da hätten selbst die zu zahlreichen Zufälle nicht geholfen. Ich hätte daraufhin sofort Wanderer, das BKA und den Verfassungsschutz verständigt. Man wäre tätig geworden, man hätte keine Alternativen gehabt. Die Republik hätte aufgeschrien. Jeder hätte meinen Artikel gelesen. Berechtigte und nicht berechtigte Organe und Vereine hätten Maßnahmen ergriffen. Polizei und selbst ernannte Republikschützer.

Doch mit Mareikes Hilfe bin ich, die verkehrte Kassandra höchstpersönlich, euch auf die Schliche gekommen!

An der Uhlandstraße Nummer 180 steige ich aus, drücke brav auf die Klingel und gehe hinauf in den dritten Stock. Dort betrete ich ein Vorzimmer, in dem ein taubenblaues Kostüm sitzt.

Die Frau, die darinsteckt, hält nichts von Floskeln, Höflichkeit und sonst wie menschlichen Dingen.

»Sie sind?«, sagt sie.

»Niering, auch einen guten Tag. Journalistin.«

»Niering«, sagt die blaue Taube und wirft einen Stahlblick auf ihre Liste, die sie heute Morgen bestimmt auswendig gelernt hat. »Keine Niering hier. Ich muss Sie bitten, einen Termin zu vereinbaren.«

»Ging leider nicht«, sage ich und lächle.

Die Taube guckt mich konsterniert an.

»Ich bin aber von der Tatsache tief beeindruckt, dass Ihr Arbeitgeber ein so großes Herz hat. Und das bestimmt auch für mich.«

»Es gibt keine freien Termine heute«, sagt die Frau, nun ein klein wenig irritiert, »ich muss Sie enttäuschen. Vielleicht können wir übermorgen …«

»So groß«, fahre ich ganz ungerührt fort, »dass er es tatsächlich schafft, rechtsnationale Messerstecher wie Nummer eins, Lukas Spahn, Nummer zwei, den Salafistenprediger Maurice Wiegel, einen von den Leuten, denen Nummer eins immer schon an die Kehle wollte, und dazu noch eine Sekte radikaler Tierschützer aus Hamburg zu verteidigen, Leute also, denen Nummer eins und Nummer zwei mit Bomben hinterherlaufen. Und das alles, ohne dass ihm dabei die Zigarre aus dem Mund kippt.«

Die Taube schluckt.

»Sein zweites Büro, ›Wilson Anwälte für Rechtsschutz‹, da gehe ich heute auch noch hin. Na ja, falls.«

Vielschichtig, dieser Merkmann. Die einzige Konstante scheint zu sein, dass er mit einer gewissen Vorliebe Rechtsaußenverteidiger spielt.

Die Taube schluckt noch einmal, sagt jedoch kein Wort. Das ist in Insiderkreisen alles gewiss kein Geheimnis. Doch hat es wohl noch niemand so treffend formuliert und ihr direkt um die Ohren gehauen.

»Ich mag Biegsamkeit«, sage ich und mache eine kleine Rücken-Yogaübung. »Das ist wahnsinnig gesund heutzutage.«

»Nun also«, sagt die Taube mit einem neuerdings rosafarbenen Teint, der sich langsam in ihr Gesicht geschoben hat und gut zu ihrem Kostüm passt. Sie erhebt sich und fliegt in das Büro von Dr. Albert Merkmann.

Nach zwei Minuten kehrt sie zurück. Triumph in ihrem

Gesicht. Sie würdigt mich keines Blickes mehr. Was nicht ganz einfach ist. Fast stolpert sie auf dem Weg zu ihrem Schreibtisch.

»Tut mir leid«, sagt sie tonlos und eiskalt, »ich fürchte, Dr. Merkmann hat keine Zeit für Sie heute. Sie können einen Termin vereinbaren.« Und sehr süß: »Wir stehen im Telefonbuch.«

Sie starrt auf ihren Neunzehn-Zoll-Bildschirm und tut, als wäre ich schon seit einer Stunde weg. Dann putzt sie sich geräuschvoll die Nase. Kann sie, ist ja niemand mehr da.

Ich will ihrer Wirklichkeit nicht im Weg stehen, laufe die Natursteintreppe hinunter und rufe, um schnell zu vergessen, gleich noch einmal bei Abdul an. Es ist das vierte Mal, dass ich es bei ihm versuche.

Wieder dringe ich nur bis zu Abduls Sekretariat vor. Deshalb nehme ich mir noch in der Uhlandstraße ein Taxi und fahre kurzerhand hinaus nach Potsdam. Mein Taxi hält bei einem Schlösschen mit eckigen Türmen, einer originellen Eingangslösung und einem Rasen in der Größe von knapp zwei Fußballfeldern drum herum. Dahinter schwimmt träge die Havel. Vor dem Schlösschen lungern ein paar Leute mit Mikros im Ohr. Sie wollen dir helfen, damit du nicht über die zehn Meter breite Treppe stolperst.

Ich steige aus dem Wagen und weiß, dass ich es erst durch das Gartentor schaffen muss. Mit einem forschen Schritt marschiere ich drauflos.

»Abdul kennt mich«, sage ich Sekunden später zu dem Typen am Tor. Er will sicherstellen, dass nicht noch eine geldgeile Tussi seinem Arbeitgeber unbedingt den Schwanz lutschen will. Er riecht nach Spearmintkaugummi. »Einfach fragen, Laya Khouri. Abdul wollte mich heiraten.«

»Was?«, sagt der. »Diese Masche ist echt eher neu.«

»Ruf ihn doch an, du Furzgesicht. Laya, er steht auf mich. Da gibt's Zehnjahresgarantie drauf.«

Obwohl meine kurze Bekanntschaft mit Abdul schon vierzehn, fünfzehn Jahre her sein muss, ich war damals wohl einundzwanzig.

Der Typ mit dem Funkgerät sieht mich schief an. »Und wenn das alles Schwachsinn ist, krieg ich einen Minuspunkt von Abdul. Ist nicht gut. Und welche Entschädigung?«

»Was schlägst du vor, ganz spontan?«

Er grinst, obwohl er nur Angst vor Abdul hat.

»Noch was«, sage ich. »Sag Abdul, du hast da die einzige Frau, die ihn nie wollte. Aber das hier habe ich von ihm.«

Das hätte ich glatt vergessen. Meinen Brillantring. Derjenige, den ich vor ein paar Monaten wieder rausgekramt habe. Ich bin da nicht wählerisch, ich trage, was mir gefällt. Ich ziehe den Ring ab und zeige dem Furzgesicht die Gravur. Die sagt auf Arabisch: *A. H. I.* – Abdul Hamid, in Liebe.

»Ach«, sagt der Funker, er ist nicht unbeeindruckt, kaut jedoch cool weiter seinen Spearmint. »Ach. Gut, okay. Ich rufe an. Aber mach dich auf was gefasst.«

Keine zwei Minuten später holt mich ein Typ am Gartentor ab, der den ersten an Coolness um Längen schlägt. Und das ohne Spearmint. Der könnte mir gleich noch gefallen. Insgeheim hoffe ich wieder, dass Abdul nicht mehr so aussieht wie früher, nämlich wie der hier. Der könnte sein jüngerer Bruder sein. Nur hat Abdul keinen solchen.

»Ali«, sagt er. »Abduls Leibwache und sein Freund, wenn Sie so wollen. Abdul ist schon ganz neugierig auf Sie. Bitte weiter, Frau Khouri.«

»Niering«, sage ich.

»Was? Ach so, Sie haben inzwischen geheiratet. Verstehe.«

Es gibt eine Menge zu sehen, als wir das Schlösschen betreten. Ich war schon mal hier, habe aber wohl die Bilder verdrängt. Die Eingangshalle ähnelt einer Kathedrale, mit Riesensäulen, Riesentreppen, weißem Marmor, sogar eine Rolltreppe führt ins Obergeschoss.

Am Ende interessiert mich nur das, was mich hinter einer dunklen Holztür im Obergeschoss erwartet.

Und das ist nicht von schlechten Eltern. Abdul hat ein wenig zugelegt, die Stirn ist höher, das Kinn schärfer, doch da wir ja alle nicht immun gegen die Zeit sind und mit der Zeit gehen, sozusagen, ist sein Attraktivitätsniveau eigentlich gleich geblieben. Immer noch Omar Sharif ohne Bart. Bei meinem Niveau bin ich mir da gar nicht sicher. Fast fühle ich mich … Ach was. Hör zu, Laya, Abdul redet.

Und das kann er, mit Frauen reden.

»Laya«, sagt Abdul und kommt mit offenen Armen auf mich zu. »Du siehst wahrhaft fantastisch aus. Ich wusste das, damals. Man hat dir angesehen, was in dir steckt. Eine echte Göttin. Und heute erfolgreiche Journalistin, habe ich gehört. Schönheit mit einer Menge Köpfchen. Ich würde ganz schwach werden, wenn ich nicht verheiratet wäre. Du weißt, und Kinder allerorten.« Er macht eine gestresste Miene, ist jedoch richtig verliebt in seine kleinen Dinger. Das steht fest.

Dann umarmt er mich, keusch, kurz, wie ein Familienvater eben.

Hätte ein Deutscher oder ein beliebiger arabischer Hirni mir so was vorgelegt, er wäre als Nacktschnecke nach Hause gekrochen. Doch echte arabische Männer, und davon gibt es ganz, ganz wenige, die können das, was Abdul kann. Frauen kriegen das Knieflattern und fühlen sich, als würden sie fliegen. Dass ich eine Frau bin, das versuche ich jetzt nach Möglichkeit zu verbergen.

»Hallo, Abdul.« Meine verdammte Stimme krächzt. Was macht die? Lass mich nicht im Stich bitte. »Schön, dich zu sehen. Und es geht dir gut.« Ich mache einen kleinen Schritt nach hinten und lasse den verkrampften Blick andeutungsweise durch den Raum schweifen, der kein Büro, sondern eine gelungene Antiquitätensammlung ist. Ich habe schon klügere Sachen gesagt, bin jedoch froh, das einigermaßen hingekriegt zu haben.

»Ich hoffe sehr, wir haben später noch einmal Zeit füreinander«, sagt Abdul, »du musst unbedingt eine Einladung von mir annehmen. Nur heute geht ganz schlecht. In zwei Stunden sitze ich schon im Flugzeug. Ich bin untröstlich, ganz ehrlich. Sonst hätten wir heute einen schönen Tag gehabt. Du weißt, was ich damals für dich empfunden habe.«

»Weiß ich eigentlich nicht, nein. Dachte eher an hübsche Trophäe. Aber das mit der Eile trifft sich gut. Bin ich nämlich auch, in Eile.« Ich habe jetzt wieder ein wenig Boden unter den Füßen.

»Was für ein Missverständnis. Ich bin untröstlich. Also so hast du dich gefühlt. Trophäe. Furchtbar. Schön warst du und bist du. Das kann kein Mensch leugnen, der Mensch geblieben ist. Lass hören. Ich tue alles für dich, was mir möglich ist. Und bitte nimm Platz.«

Er weist elegant auf ein dunkelbraunes Ledersofa mit Kordeln, für dessen Preis man auch einen Porsche kriegen könnte. Wir setzen uns.

»Was willst du trinken?«, sagt Abdul.

»Tonic«, sage ich ganz bestimmt. Obwohl ich niemals Tonic trinke. Kam mir gerade in den Sinn und Nachdenken ist in Abduls Gegenwart nicht gut. Man braucht die ganze Konzentration auf die Geschehnisse. Die Worte. Abdul ruft mittels Knöpfchen am Tisch nach der Bedienung.

»Habe vor Kurzem von deiner Jacht gehört«, sage ich gleich.

»Wie denn, Laya? Und sie hat einen Namen, vergessen? ›Star of Beirut‹.«

Ich lächle. Ich hatte ihn tatsächlich vergessen. Ist mir irgendwie peinlich.

»Tonic und Gin«, sagt Abdul, als eine keusche Bedienstete erscheint.

»Man hat mir ein Interview zugespielt. Und das ist, ich würde sagen, mit siebzig Prozent Wahrscheinlichkeit auf der

›Star of Beirut‹ aufgenommen worden. Im Hintergrund Gespräche, Bar, Fluss und dein indischer Pop. Es fand offenbar am 15. Juli statt.«

»Klingt nach einem ganz normalen Abend«, sagt Abdul nachdenklich. »15. ist möglich. Und worum handelt es sich dabei?«

»Angeblich wird da ein al-Nusra-Mann interviewt. Hardcore-Dschihad. Wenn du weißt, was ich meine.«

Abdul reißt die Augen auf. »Was? Du weißt, von solchen Leuten halte ich mich fern.«

»Weiß ich. Interview ist aber offenbar Tatsache.«

Abdul denkt eine Weile lang nach. Tonic und Gin kommen. Abdul macht zwei Gläser mit beidem. Abdul sollte keinen Alkohol trinken. Er ist Muslim. Doch ich glaube, das hat er vergessen, als er drei war.

»Ich lasse mir das durch den Kopf gehen«, sagt er schließlich. »Das kann ja so nicht stehen bleiben. Ich habe eine erste Vermutung. Ist jedoch nicht gut, sie auszusprechen. Vor ein paar Wochen habe ich zwei gesehen, die haben überaus konzentriert in ihr iPhone gesprochen. Vielleicht … Es gibt eine Kamera an Bord. Niemand weiß davon, versteht sich. Für ganz diffizile Fälle. Ich lösche alles von Zeit zu Zeit. Ich sehe mir das an, versprochen. Melde mich, okay? Und alles ganz unter uns, klar?«

Ich nicke. Das klingt vielversprechend. Und es verwirrt mich gleichzeitig.

»Bedingung ist, dass du mich dann auch einmal das Interview hören lässt.«

»Kein Ding«, sage ich. »Und du kennst Albert Merkmann?«

Ich brauche Abdul ja nicht nur wegen des Interviews.

»Anwalt, oder? Habe von ihm gehört. Er hat schon Araber verteidigt. Zum Beispiel einen Freund von Mustafa Sadr.« Und leiser: »Alias Muhamad Meshaal. Der Harzimporteur.

Ich habe gelegentlich beruflich mit ihm zu tun. Vermeide das allerdings, wenn möglich.«

»Meshaal? Der PLO-Clan?«

»So etwas würde ich nicht laut sagen. Seine Familie hat jedoch gewisse Traditionen. Man spricht da besser wenig, wenn du weißt, was ich meine, liebe Laya.« Abdul sieht mich mit einem überzeugenden Gesichtsausdruck an. »Und er war es vielleicht mit dem Interview.« Worauf noch ein Aber-mehr-muss-man-dazu-nicht-sagen-Blick folgt.

»Ach, tatsächlich?«, sage ich nachdenklich. Die ganze Tragweite dieses Verdachts wird mir nur langsam bewusst.

»Sohn von Tarek Meshaal?«, frage ich nun doch.

Abdul nickt stumm.

Ich hätte nicht gedacht, noch einmal auf diese Familie zu stoßen. Die Marshads – Meshaals! Ich denke an die Bannflüche auf dem Dach in Beirut. Die Marshads, mit denen Onkel Dawud befreundet war. Nach dem Libanonkrieg verschwand die ganze Familie und es stellte sich heraus, dass sie eine »Tarnkappe« war, wie wir das nennen. Sie hießen Meshaal, waren Palästinenser aus dem Gazastreifen und wurden vom israelischen Geheimdienst, dem Mossad, auf der ganzen Welt gesucht.

Aber was sollte Muhamad Meshaal mit der Sache zu tun haben? Weil er Merkmann kennt?

»Du hattest von diesem Merkmann gesprochen.«

Es ist klar, welche Themen Abdul bevorzugt.

»Genau«, sage ich. »An den muss ich rankommen, richtig rankommen. Und ich frage mich, wie.«

Womit wir bei einem Plan sind, der mir schon gestern auf dem Friedhof in ersten Strichen erschienen ist. Auf dem Flug und auf der Taxifahrt zu ihm habe ich ihn mir bis ins Detail ausgemalt. Abdul hört sich meine Gedanken an.

Das Fenster weiter drüben steht einen Spalt offen. Es gibt dort ein fast unhörbares kosmisches Geräusch. Es ist die

Havel, die an dieser Stelle enorm in die Breite tendiert. Sie schleicht und schiebt sich mit Milliarden Hektolitern Wasser an Abduls Villa vorbei und du weißt nicht, wie du dieses mächtige Schleichen nennen sollst. Ein ganzes kleines Universum schrammt nahezu lautlos an dir vorbei, als wollte es sagen, verzeih, bin ganz leise, sprich einfach weiter.

»Einverstanden«, sagt Abdul, als ich zu Ende geredet habe.

Er nimmt das Telefon und ruft jemanden herbei. Als der Gerufene kommt, nennt Abdul ihn seinen »Organisationschef«. Der besteht aus einem kleinen Bauch, einem endlosen ernsten Nicken und einem raschen Abgang, der auf die Erfüllung unserer Wünsche konkrete Hoffnungen macht.

»Jetzt brauchen wir noch den Bootsmann«, sagt Abdul.

Der kommt in Zehnminutenfrist, in der Abdul und ich unseren zweiten Gin Tonic leeren und einander heftiger in die Augen sehen, als es seiner Frau lieb wäre, die bestimmt gerade in Berlin auf Shoppingtour ist.

Der Bootsmann ist ein älterer Mann mit Schnauzbart.

»Ein Feuerwerk und die Kabine«, sagt er. »Überhaupt kein Problem. Flussmitte. Wichtig ist das Timing, gerade was die anderen betrifft.«

Abdul nickt zufrieden.

»Siehst du«, sagt er mit ganz großem Stolz, als der Bootsmann weg ist.

»Merkmann ist auch sonst ein Freund der Frauen«, sage ich. »Du verstehst?«

Abdul versteht. »Ich habe da eine ganz besondere Scharfmachertruppe. Standardausstattung. Pooltanz.«

Er lächelt strahlend weiß. Und es ist vielleicht der einzige Moment heute, wo ich mich nicht zu ihm hingezogen fühle.

Dann gibt es einen Schnellimbiss. Brötchen, Köfte, Curry. Ich esse sogar, die Blöße gebe ich mir vor Abdul nicht. Der kennt zehntausend Frauen mit Essstörungen. Danach runter, raus aus der Villa und wir steigen in Abduls Audi A8, Spezialanfertigung, der uns zum Flughafen bringt. Im Wagen sind noch ein, zwei Anrufe nötig. Und bevor Abdul in seine Privatmaschine steigt und ich wieder zurück nach Achenburg fliege, haben wir alles fix und fertig.

***

Zu Hause angekommen, hat sich die Nervosität der letzten Woche verflüchtigt. Sie ist einer fast angenehmen, energiegeladenen Spannung gewichen. Ich denke an die unbekannten Faktoren in meinem Plan. Wie wird Merkmann reagieren? Und was ist mit Meshaal?

Mein Handy rührt sich. Unbekannte Nummer. Es ist Major Harrer. Ich habe ihm meine Privatnummer gar nicht gegeben, bin aber kaum überrascht.

»Wir wissen noch nicht, wo Sie gestern waren, Frau Niering. Und gehen davon aus, das wollten Sie genau so.«

»Tja«, sage ich.

»Also. Noch einmal. Es gibt Situationen, ausnahmsweise, da ist uns Einschreiten gestattet. Selbst bei Vertretern der Presse. Und Sie nähern sich einem solchen unliebsamen Szenario. Denken Sie an Mareike Bittrams Tod und die Videos. Treten Sie einfach kürzer. Wir können das besser, glauben Sie mir.«

»Nein«, sage ich.

»Ich mache Ihnen ein Angebot. Sie ruhen sich ein paar Tage aus. Und wenn alles durch ist, lassen wir über Ihren Freund Wanderer ein paar Dinge zu Ihnen durchsickern, die Ihnen Freude bereiten werden. Und keiner sonst wird das kriegen. So etwas bieten wir nicht oft an.«

»Kann ich mir vorstellen, Harrer«, sage ich. »Aber auch noch einmal: Was würden Sie an meiner Stelle tun? Mit meiner Abenteuerlust, meiner Neugier und meinem ungesunden Hang zur Wahrheit?«

Harrer schnieft. Ich sehe seine dicke Nase sich rümpfen.

»Einen schönen Tag«, sage ich, lege jedoch noch nicht auf.

»Nehmen Sie sich in Acht. Wenn Staatsapparate von Rechts wegen unangenehm werden, wird das schmutzig.«

»Ich denke, Harrer, ich habe da ein paar Dinge, von denen sogar Sie nichts wissen. Und Sie werden sehen. Sie müssen sich keinerlei Sorgen machen.«

»Also ...« Er legt auf. Und er glaubt mir ganz offensichtlich nicht.

Nach dem Gespräch mit Harrer besuche ich meine Geier, diesmal allein. Dann warte ich auf Marcha vor der Schule und gehe mit ihr noch einmal in den Tiergarten, wo wir zusammen eine Riesentüte Pommes verdrücken. Ihre neue Freundin Milla habe ich gleich mitgenommen. Sie darf keine Pommes essen, Regel ihrer Mama, dennoch langt sie ein wenig zu. Ich denke an Abu, Mama und meinen Cousin Yunis. Yunis ist meine Verbindung nach Beirut. Hat sich lange nicht gemeldet. Ich hoffe, es geht ihm gut. Mir wird bewusst, dass ich seit einer gefühlten Ewigkeit nicht mehr gekotzt habe. Wo war das letzte Mal? Beim Griechen auf dem Klo, als ich Araberfresser observiert habe. Vielleicht tut mir die Trennung nun endlich gut. Was unfair gegenüber Christian ist. Also rufe ich ihn an, um Abbitte vor mir selbst zu leisten. Zum ersten Mal seit fast einem halben Jahr, dass ich Christian anrufe, nicht er mich. Und seine Anrufe habe ich höchstens drei- oder viermal angenommen.

»Überraschung!«, rufe ich ins Mikrofon meines Telefons.

Ich kann nicht sagen, dass er sich nicht freut. Ich mich ja auch. Es tut uns gut, einmal ausführlich miteinander zu sprechen. Es ist früher Abend, Christian scheint noch nichts getrunken zu haben. Er jammert mich allerdings wegen seines neuen Romans voll. Der soll nun endlich das gewagteste Experiment liefern, so formuliert er es, nämlich die Unantastbaren antastbar zu machen.

»Die werden dich hochgehen lassen«, sage ich. »Du kannst dich nicht mit rechts, mit konservativ und mit links gleichzeitig anlegen. Der einzige Freund, der dir dann bleibt, ist Boris Palmer. Und der kommt nur nachts zu Besuch.«

Weiß er, weiß er, er will es aber versuchen.

»Es gibt Dinge«, sagt Christian, »die müssen gesagt werden bezüglich des Islam, das weißt du selbst ja am besten. Ich kritisiere nicht deine arabische Kultur oder die Türken im Land, sondern deren schlimmste Feinde, den Wahhabismus, Daesh, den Salafismus und wie sie alle heißen. Wo es früher mal Sufis und Bahais gab, gibt es jetzt die. Ist das Abrutschen einer ganzen Kultur in eine Art Faschismus, was wir da beobachten.«

Ich habe nichts, was ich dagegen einwenden kann.

Die Franzosen seien da schon viel weiter, sagt Christian. »Bei denen dürfen selbst die linken Intellektuellen den Islamismus und den politischen Islam kritisieren. Bis zu einem Grad.«

»In den USA wärst du tot, bevor das Buch raus ist.« Das werfe ich ein. »Die New York Times würde Hackfleisch aus dir machen.«

»Diese Zeitung habe ich nach vielen Jahren Bewunderung nur noch satt!«, ruft Christian aufgebracht. »Die sind bigott, wenn es um diese Themen geht. Als dieser Lehrer Paty in Paris geköpft wurde, hat die Times nur den französischen Laizismus kritisiert, nicht die Mörder. Ja, und die Israel-Boykottbewegung der amerikanischen Linken erledige ich gleich mit.«

»Die BDS? Pass auf, die sitzen im amerikanischen Kongress und in sämtlichen Universitäten.«

»Is mir wurscht. Die sind nachweisbar von radikalen islamistischen Organisationen unterwandert. Für die Linke in der Welt ist der Islam zum Ersatz für die unterdrückte Arbeiterklasse geworden. Und denen verzeihen sie alles, selbst Terrorismus. Die Islamisten sind schlau, die nutzen unsere

Blauäugigkeit aus. Und fast alle Linken, schwupps, fallen auf dieses Opferrollenspiel rein.« Seine Lektorin, fährt Christian fort, solle der Zensor sein und »die Spitzen rauskürzen«. Damit habe er kein Problem. Außerdem, etwas ganz anderes und das müsse ich ihm glauben, habe er seit Monaten mit keiner einzigen Frau »Sex gehabt« trotz unserer Übereinkunft, uns beiden andere Partner nicht nur zu erlauben, sondern sie sogar aktiv zu suchen, und trotz »überragender Angebote«.

Ich überhöre das Wort »überragend« und erzähle ihm weder von Leonhard noch von Walter. Das mit Walter kann er sich denken, die beiden kennen sich. Nach diesem Gespräch bin ich stolz auf Christian, ob ich nun mit ihm übereinstimme oder nicht. Nach viel zu vielen Jahren des feigen Suhlens im Erfolg endlich wieder Mut. Ich trinke ein Ingwerbier auf ihn und beschließe, Wanderer nicht anzurufen. Hatte ich geplant, nebst Andeutung meiner Pläne. Als eine Versicherung. Auch er ruft nicht an. Leonhard schon. Ich nehme den Anruf an, mache es jedoch kurz. Walter rufe ich selbst an. Er versucht, sich rarzumachen. Gelingt ihm ja fast, denke ich.

Mit Martinger habe ich das übliche Gespräch. Er ist nahezu weinerlich dabei. Martinger will mich keinesfalls verlieren. Nur ihm zuliebe schreibe ich einen Kommentar zu Westgart, eine persönliche Bestandsaufnahme seiner Politik, verfasst von einer stadtbekannten Araberin und Beinahe-Immigrantin, eine zurückhaltende Hommage, die eben nicht ganz umhinkann, den Kerl für seinen Mut zu bewundern, als konservatives Urgestein den Bau der MilaNBA am Ende entschlossen vorangetrieben zu haben. Bei der Veröffentlichung werde ich für die Ausgewogenheit des Nachrufs ausdrücklich von allen Seiten gelobt.

Ist mein Abschied von der Bergenpost jetzt aufgeschoben? Ich weiß es nicht. Winkelmann schreibt mir eine kurze E-Mail, in der er mir zwar keinen Honig ums Maul schmiert, mir aber auch nicht offen droht, obschon seine vielschichtige

Botschaft durchaus ankommt. Es ist klar: regelmäßig liefern, dann durchaus Lob, sonst Kopf ab. Wie der Kerl das formuliert, finde ich zum Kotzen und bewundere gleichzeitig diese Businessleute für ihre Fähigkeit, das Menschsein, auch das sprachliche, einfach mal sein zu lassen, für ein Arbeitsleben lang. Ich schreibe nicht einmal zurück. Kann mich mal, finde ich. Wenn er mich will, muss er das aushalten. Und dann trudelt noch eine Nachricht von Anna aus Berkeley ein. Ich skype eine Stunde lang mit ihr. Den Einbruch in ihr Haus verschweige ich ihr. Kann warten. Ich höre nicht auf, von der Hütte im Moor zu sprechen. Der ganze Rest ist noch eine Sache zwischen mir und dem Nichts.

Ich ruhe in mir, ich fühle mich in diesen Tagen, als brütete ich etwas aus. Oder als zöge ich Summen in meinem Leben. Ist das nun ein gutes oder ein schlechtes Zeichen?

Meshaal

Muhamad Meshaal alias Muhamad Marshad alias Mustafa Sadr, der Harzimporteur, sitzt mit seinem Freund Ali Bakir auf einem Sofa nah am Heck der »Star of Beirut«.

Sie machen einen Probelauf für das Interview. Alles gleitet dahin, die Wälder, die kosmische Havel, es ist Mitte Juli. Drüben stehen die Leute an der Bar von Abduls Jacht, am weit entfernten Ufer finden Partys statt.

So stelle ich mir das vor.

Abdul hat mir heute Morgen eine Message über Telegram geschrieben. *Es war also doch M.*, lautet sie. *Mit seinem Freund Ali Bakir. Am 15. Juli. Die haben anderthalb Stunden lang mit ernsten Gesichtern in das iPhone gequatscht. Kamera … Ist kein letzter Beweis, aber Indizien stark. Sieht aus, als hätten wir die Information, die du brauchst. Bis Donnerstag, Laya-Liebling. Und Nachricht sofort löschen, danke.*

Danach rief Abdul mich noch über eine mir zuvor unbekannte Skype-Adresse in der Redaktion an. Bei diesem Anruf baggerte er mich furchtbar an. Da war mir der Lärm im Newsroom nur recht, niemand konnte hören, was Abdul sagte. Dazwischen bot er mir auch ein bisschen Familiengeschichte der Meshaals.

Nur wenig von dem, was er mir erzählte, war mir geläufig. Zum Beispiel, dass Muhamad Meshaals Familie lange in der Sowjetunion gelebt hat, bevor sie alle den Sprung zurück in den Nahen Osten gewagt und sich in Beirut niedergelassen haben.

»Warum Sowjetunion?«, fragte ich.

»Na, du weißt schon«, sagte Abdul, »die hatten zu den innersten Kreisen gehört, um Yassir.« Damit meinte er Arafat.

»Nach dem Sechstagekrieg von 1967 wurde der Boden ungemütlich heiß. Die mussten weg. Die Geschäfte liefen über Verbindungsmänner und Geschäftsführer weiter wie vorher. Die hatten ihre Hände außerdem tief im Waffenspiel. Ein paar Anschläge sind sicher auch nicht ganz ohne ihre direkte Beteiligung vonstattengegangen. Geld war vorhanden, damit wir uns richtig verstehen. Die haben sich nicht selbst die Hände schmutzig gemacht. Die haben ein Terrorunternehmen geführt, mit Angestellten, einer Menge Cousins und allem Drum und Dran. Die haben einen Teil der PLO finanziert. Und nicht nur mit anonymen Spenden. Sie waren mit Herz und Hirn bei der Sache.«

»Freiheitskämpferunternehmen«, korrigierte ich.

»Na, wie du willst, Schnuckelchen. ›Freiheitskämpfer‹, ›Terroristen‹, das sind heutzutage austauschbare Begriffe«, sagte Abdul trocken, weil er offenbar unangenehm daran erinnert wurde, wie sehr uns allen die Deutungshoheit entglitten ist. »Und nach dem Zusammenbruch der Sowjetunion und dem Ende des Bürgerkriegs im Libanon sind sie eben zurückgekommen und haben sich irgendwo in Beirut-Aschrafiyya eingenistet.«

An dieser Stelle enthielt ich Abdul meine ganz persönliche Meshaal-Geschichte aus Aschrafiyya vor und schwieg.

»Die Meshaals haben drei Söhne und ein paar Töchter«, fuhr Abdul fort. Was mit den anderen Söhnen sei, wisse er nicht. Irgendwelche Geschäfte. Beirut. Keine Waffen. Der Vater sei vor zwei Jahren gestorben. Herzanfall. »Du willst Muhamad nicht treffen, Laya-Maus. Hat immer seine Bulldogge dabei und mit der ist nicht zu spaßen. Davon verstehe ich etwas. Muhamad selbst ist eiskalt, im Normalzustand aber ein umgänglicher Kerl, der die Frauen mag. Solange du ihm nicht ordentlich in die Suppe spuckst, mag er dich also auch. Du verstehst. Also spuck nicht mehr als unbedingt nötig. Wäre schade um deinen Prachthintern.«

»Tschüss, Abdul«, hatte ich bloß gesagt.

Auf der abendlichen Jacht nun spricht Muhamad Meshaal in meiner Vorstellung eine halbe Stunde lang in Ali Bakirs Handy. Er macht das routiniert und ohne Pausen. Ali Bakir schiebt ein paar Fragen dazwischen. Als sie fertig sind, hören sie in die Aufnahme hinein und stellen fest, sie ist gut geworden.

»Ich hätte Schauspieler werden sollen«, sagt Muhamad Meshaal und lacht.

Er muss heute noch nach Kairo. Das eigentliche Interview können sie dann in zwei Wochen machen. Er gräbt in seiner Hosentasche nach dem Smartphone und ruft den Anwalt an.

»Was? In zwei Wochen ist zu spät.« Das sagt der Anwalt, es ist Merkmann, am Telefon.

»Dann nehmen wir doch den Probelauf hier«, sagt Meshaal zu Merkmann. »Ist gut geworden. Reicht aus.«

Ali Bakir lacht und rollt einen dicken Joint mit libanesischem Haschisch. Muhamad Meshaal macht während des Gesprächs mit Merkmann ein dummes Gesicht. Zieht seine Handkante spaßeshalber über seine Kehle.

»Und die Dateien?«, fragt Meshaal seinen Freund Ali, das Handy noch am Ohr.

»Alles im Zeitplan«, sagt er leise und setzt den Joint unter Feuer, »keine Sorge. Ibbi hat sie schon zusammengestellt. Ist ein Computergenie, Ibbi. Animationen sind irre gut geworden.«

»Haben Sie das gehört, Merkmann? Alles in Butter.« Meshaal legt auf. »Und dann?«, fragt er Ali Bakir, der den ersten Zug macht.

»Unser Partner übernimmt, stellt das Zeug am richtigen Ort im Netz ab, Verschlüsselung und los geht's.«

Meshaal klopft Ali Bakir auf die Schulter. »Gib her«, sagt er und nimmt ihm den Joint aus der Hand. »Ich mag solche Sachen.«

So könnte das gelaufen sein. Angst kriecht meine Knie hoch, als ich mich der Szene hingebe. Verdammt, die Meshaals!

Star of Beirut

Es ist Abend an der Havel. Abduls alte Schlossvilla steht noch dort, wo ich sie vor drei Tagen habe stehen lassen. Die Batterie meines Handys liegt in einem Hotelzimmer in Berlin-Mitte, neben dem Telefon. Ich kann Major Harrers Ärger spüren und das macht mir Freude. Schon wieder ein sich bewegendes Lichtpünktchen auf seiner Deutschlandkarte verschwunden.

Rot glühende, drückende Spätsommerstunden liegen über dem Osten der Republik. Ich habe das uniformhafte kleine schwarze Kleid gewählt, in einer Luxusversion mit winzigen weißen Saphiren am Ausschnitt. Abdul wollte unbedingt »einen finanziellen Beitrag leisten«. Ich habe es nicht in Berlin, sondern in einem Laden gleich neben Kassmann gekauft. Und zwar mit einer von Abduls American-Express-Karten.

Hinter der Villa ist das Büfett eröffnet, die Tänzerinnen auf der Insel im ellipsenförmigen Pool sind halb nackt, die Joints kreisen unauffällig und jeder Gast hält sich an einem Cocktail fest. Drinnen im Haus werden sicher gerade weiße Linien gezogen, was mich nicht kümmert, ich bin stocknüchtern und hasse Kokain. Ich entferne mich von der Terrasse und warte an der Ecke des Hauses auf meine Beute.

***

Albert Merkmann passiert das Gartentor in Begleitung der beiden aufmerksamen Wachhunde mit den Glocks unter den Jacketts. Er betritt ein Grundstück, um das er den Besitzer beneidet. Und er hasst Neid. Neid ist für ihn bestimmt ein zweitklassiges Gefühl, etwas für Leute ohne Rückgrat. Und das glaubt er, selbst zu haben. Er setzt seine Crockett-and-

Jones-Schuhe auf den Rasen, er schwitzt und orientiert sich. Die Hitze treibt ihn schließlich entlang der mit Lampions geschmückten Gehwege voran Richtung Fluss, hin zu der kühleren Terrasse, die im letzten langen Abendschatten liegt.

Mit einer lässigen Routine, der man jedoch eine gewisse Nervosität anmerkt, unterzieht Merkmann die Szene auf der Terrasse einer Prüfung. Er fragt sich sicher, warum er eingeladen ist. Abdul Hamid kennt er nicht persönlich, die meisten Leute hier ebenso wenig. Das erste Mal bei einer Party von Abdul Hamid hat ein Kollege ihn zwecks Kontakten reingebracht. Und das ist eine Handvoll Jahre her.

Merkmann hat dunkles Haar, das er nach hinten gegelt hat, seine Lippen sind überraschend dick, hellbraune Habichtaugen, die normalerweise scharf auf sein Gegenüber losschnellen. Jetzt sind sie für die Party auf freundlich und bescheiden runtergedimmt. Ein harter Knochen, der sich sonst Mühe gibt, dass man das auch merkt. Trotz leichtem Übergewicht sieht er nicht schlecht aus. Und wenn man ihn ein paar Sekunden länger beobachtet, wie ich es gerade tue, merkt man, dass seine ganze Erscheinung etwas Amöbenhaftes, vielleicht Feiges an sich hat. Was ich mir schon bei der Betrachtung seiner Fotos dachte. Eine Aura, als würdest du durch rauchverschmutztes, öliges Feuer waten.

Merkmann schlängelt sich durch das Gedränge. Er sieht libanesisches und jordanisches Geld, dazu Exil-Iraner, amerikanische Lobbyisten, britisches Börsenzeug, dazwischen Deutsche mit Sinn für internationale Geschäfte.

Der Garten hinter Abduls Schlossvilla ist kolossal, doch die meisten Gäste stehen nah am Futtertrog oder am Pool. Mehrere Sofasitzecken gibt es, schönes Weibliches tummelt sich allerorten und es stinkt geradezu nach Geld. Wie üblich bei Geschäftspartys wie dieser sind Ehefrauen rar. Eher kommt der Typ Karrieretussi vor, Rock, Bluse oder mittellanges Kleid, alles festgezurrt, der Blick zwischen Dolchstoß und Orgasmus flackernd. Ich mag diese Spezies nicht, bin aber überzeugt, dem Anwalt gefällt sie.

Merkmann mäandert weiter zwischen den Grüppchen hindurch und kriegt, wie aus dem Nichts herangereicht, den ersten tiefen Zug aus einem Haschischjoint ab. Das ist der Vorteil, wenn der Gastgeber ein Libanese ist, da gibt's nicht einfach nur Gras. Er hat kaum ein paar Worte mit jemandem gewechselt, hat bloß ein paar Hände geschüttelt, er ist erst zwanzig Minuten da und schon hat er ein Ziel. Eines, das ihn, ohne dass er es bewusst merkt, mit magischer Kraft zu sich hinzieht, ob Merkmann nun will oder nicht. Ehe er sich's versieht, steht er also am Pool und starrt großäugig und blöd die drei halbnackten Tänzerinnen auf der Insel an. Fast muss ich lachen.

Nichts als Strings und hohe Schuhe und Beine.

Das Dope war stark. Irgendwoher kommend hat Merkmann noch zwei Züge mehr abgekriegt und er hält auch schon den dritten Cocktail in der Hand. Merkmann stellt wohl gerade fest, dass er high und ein wenig betrunken ist.

Unten von der Havel her hört man in Musikpausen Boote vorüberziehen. Und am Landesteg liegt Abduls ganzer Stolz – die »Star of Beirut«.

Jetzt hat Merkmann kapiert, dass er eine blöde Figur abgibt. Er reißt den Blick los, fasst sich ein Herz und geht hinüber zur Bar. Obwohl ich eine strategisch ungünstige Position innehabe, mache ich das wett, indem ich ein paar Laufschritte einlege. Als ich Abdul passiere, der unweit der Bar steht, drücke ich ihm einen kurzen Kuss auf die Wange. Er quittiert das mit einem perplexen Lächeln. Abdul steht wieder auf mich. Wenigstens das habe ich erreicht. Wahrscheinlich ist seine Ehetussi inzwischen mehr in seine Kreditkarte verliebt als in ihn. Noch vor Merkmann erreiche ich die Bar.

Merkmann stellt sich fast neben mich hin.

»White Russian«, ruft er, nostalgisch wie er ist, dem Barmann zu.

Er dreht sich zu einer schönen Brünetten im kurzen schwarzen Kleid hin, die ebenfalls zufällig einen White Russian bestellt hat. Seltsame Gemeinsamkeit, die den Kontakt erleichtert. Dünn ist sie, nicht mehr zwanzig, aber so richtig Persönlichkeit. Eine Beschreibung, die ich an seinen Augen ablese. Aus uns könnte etwas werden, Merkmann, denke ich.

»Sie mögen Wodka?«, fragt er unbeholfen.

Ich lächle entzückend.

»Ich liebe vor allem diesen Fluss«, sage ich und lasse den Blick eine Millisekunde lang hinunter zur Havel fliegen. »Er ist so, wie soll man sagen, unergründlich, schwarz.«

»Dann sollten wir dort unten einen Drink nehmen, was denken Sie?«

Merkmann gibt den Draufgänger, doch seine Stimme ist ein wenig unsicher. Er weiß nicht, in welche Kategorie er mich stecken soll.

Noch bevor ich antworten kann, taucht eine Kollegin von Merkmann auf. Er verdreht entschuldigend die Augen und wendet sich halb weg von mir. Der Name der Kollegin ist mir nicht erinnerlich, ich weiß jedoch, sie arbeitet in der Kanzlei »Wettberg Wirtschaftsanwälte«. Ich bin Abduls Gästeliste sorgfältig durchgegangen. Heute ist nicht der Tag, an dem ich die Kontrolle verlieren will.

»Schön hier, aber langweilig«, sagt die Frau, die Honcik heißt, wie mir jetzt einfällt, und wedelt mit der Hand einen Gedanken herbei, der nicht kommen mag. »Ich mache mich aus dem Staub. Und du?«

Sie sieht mich ganz kurz an, nickt mir lächelnd zu, ignoriert mich dann vollständig.

»Ich muss dich warnen«, flüstert Merkmann der Honcik zu, er steht jedoch nur eine Armlänge von mir entfernt und ich bekomme alles deutlich mit, »ich bin fürchterlich unter Druck. Wegen Therese. Und ich hatte vor, diesen Abend einen draufzumachen.«

»Ach, diese Ehefrauen«, sagt die Honcik und gibt sich gar nicht die Mühe, die Lautstärke zu mindern. »Die gibt's ja auch immer noch. Man könnte es glatt vergessen. Und wie war das eingangs? Warnen? Wovor? Denkst du, du wärst unwiderstehlich?«

Die beiden haben etwas miteinander. Oder sie hatten etwas. Ganz klar. Vorsorglich mache ich einen Schritt zurück und ramme dabei aus Versehen meinen Absatz in Merkmanns Ferse. Damit er nicht vergisst, dass es mich noch gibt. Aber das hat er schon nicht vergessen.

»Oh, tut mir leid«, sage ich.

»Ist mir ein Vergnügen«, sagt er und hat einen Blick drauf, den man »gierig« nennen könnte. Dann muss er sich wieder seiner Kollegin zuwenden. »Ich denke manchmal auch andere Gedanken als an deinen zugegeben runden ...«, sagt Merkmann wieder ganz leise und greift der Honcik heimlich ans Hinterteil.

Schamhaft wendet er sich halb zu mir um. Ich lächle ihm komplizenhaft zu, als mich sein Blick trifft. Er soll ruhig wissen, dass ich das gesehen habe.

Die Honcik pfeift jetzt sehr undamenhaft.

»Also, also«, sagt sie. »Dope?«

***

Angst ist ein Gefühl, das mir insgesamt fremd ist. Dennoch ist sie vor einer Stunde schroff in mir hochgetaucht, Hand in Hand mit einer Erkenntnis.

Noch bevor Merkmann erschienen ist, habe ich Muhamad Meshaal gesehen. Unverkennbar ein Meshaal-Gesicht. Und als ich mich an der Bar einem Libanesen zugewandt habe, den ich von früher kenne, und Merkmann dann links liegen gelassen habe, als Strafe für den Griff an den Hintern der Honcik, war Merkmann furchtbar enttäuscht, stand ein paar

Sekunden neben mir rum und machte sich daraufhin schnurstracks wieder auf den Weg Richtung Pool.

Ausgerechnet dorthin, wo Meshaal inzwischen mit ein paar Leuten saß. Ich bewegte mich rüber zu Abdul und zwei anderen Arabern, die mitten auf der Terrasse standen. Ich wollte wissen, was Merkmann und Meshaal machten, zwinkerte Abdul zu, schlenderte weiter zum Pool, wo ich hinter einer Topfpalme stehen blieb und einfach so für mich die nächtliche Havel betrachtete, den White Russian in der Hand.

Meshaal schien genauso überrascht wie Merkmann zu sein, als sie einander erkannten. Komplizen treffen sich nicht gerne zufällig in der Öffentlichkeit. Diese Überraschung äußerte sich jedoch bei Meshaal bloß in einem kaum sichtbaren Zucken seiner rechten Hand. Die beiden kannten sich ja auch offiziell. Merkmann hat einen jordanischen Geschäftsmann verteidigt und Meshaal alias Mustafa Sadr war für die Verteidigung in den Zeugenstand gerufen worden. Meshaal trug normales, leicht gewelltes Haar, er war die Unauffälligkeit in Person. Selbst der dunkelgraue Anzug. Selbst die Nase. Selbst das Alter. Die Augen milde, hellwach, halbdunkel. Hätte Banker sein können oder Kreativchef einer Agentur, Erdöleinkäufer, Wirtschaftsattaché, Feigengroßhändler, alles. Abdul hat Meshaal auf meine Bitte hin eingeladen.

»Hallo, wie geht's?«, sagte Muhamad Meshaal zu Merkmann und setzte die bestimmt gelangweilteste aller seiner Blick-Mienen-Kombinationen auf. »Sie hätte ich hier nicht erwartet.«

»Wo sind die Stringmädchen hin? Haben Sie die gesehen?« Dieser Merkmann wollte unverfänglich sein, plaudern, gab dabei jedoch so richtig den Idioten.

»Da drüben.« Meshaal deutete hinüber zur Bar, wo die Frauen gerade standen, halb nackt wie zuvor. »Die haben auch Durst.«

»Jaja«, sagte einer von Meshaals Freunden, der neben ihm saß und sich sonst mehr mit einem Joint beschäftigte.

»Abdul Hamid scheint Unterhaltungen dieser Art der Langeweile vorzuziehen«, sagte Meshaal und wechselte in einen lockeren Tonfall, als würde er Merkmann schon lange kennen. »Wird nicht erwachsen, der Abdul. Aber wer will's ihm auch verdenken?«

»Hahaha«, lachte Merkmann mit einem Zittern in der Stimme. Es war offensichtlich ein starkes Stück für ihn, Muhamad Meshaal auf dieser Party zu treffen.

»Sollte mir mal 'nen Drink holen. Für Sie?«, sagte Merkmann. Und das, obwohl er noch seinen White Russian in der Hand hielt, der allerdings fast leer war.

»Thanx«, sagte Meshaal. »Man sieht sich.«

Ich wand mich um meine Palme herum und als Merkmann an mir vorbeiging, war ich schon wieder in einer kleinen Gruppe von Leuten, von denen ich keinen kannte. Mir war seltsam zumute. In diesen Sekunden wurde ich von einem Gefühl heimgesucht, das ganz nah dran war an Angst.

Denn in der Audiodatei – die Stimme. Dieselbe Stimme. Erst jetzt hatte ich Muhamad Meshaal zum ersten Mal sprechen gehört. Zuvor hatte alles, was das Interview und die Aufnahmen auf Abduls Überwachungskamera betraf, aus von Abdul und mir gezogenen spekulativen Schlüssen bestanden. Und das Wichtigste: Es war nicht unmittelbare, sinnliche Erkenntnis gewesen. Doch bei der Stimme von Meshaal, die der endgültige Beweis dafür war, dass er in jenem Interview einen al Nusra-Anführer vorgegeben hatte, da wurde es in einem einzigen Augenblick wirklich, greifbar und brandgefährlich.

Ein vom israelischen Mossad weltweit gesuchter Palästinenser, weiß Gott wo die Finger drin, wie seine ganze Familie. Und jetzt hatte er ein paar Meter vor mir gesessen.

Tiere erkennen zuweilen ihre zukünftigen Jäger. Warum

sind dann nicht ausnahmsweise auch Menschen zu so etwas fähig?

***

Auf dem Weg zurück zur Bar hakt sich die schlanke, sexy Brünette doch noch bei Merkmann ein.

»Na«, sage ich. »Kollegin?« Ich meine die Honcik.

Merkmann sieht mich an. Ein geradezu dummer, überraschter Blick. Jede andere wäre ihm schon lange durch die Lappen gegangen. Ich aber bin eine treue Seele.

»Kein Problem«, sage ich, »so ist es nun mal.« Ich lache. »Und wir haben uns schon einmal getroffen. Ist aber eine Weile her.«

Ein bisschen fällt Merkmann bei dieser Bemerkung in sich zusammen. Er denkt jetzt, ich wäre eine Nobelnutte. Die er noch nie gesehen hat. Denkt, ich wäre herbestellt, um umherirrende Gäste zu unterhalten, Aggressionsstau zu beheben, wenn ein Geschäftskontakt nicht flutschen will, oder um sicherzugehen, dass manch lästiger Gast nicht zu lange bleibt.

Das ist ein Fehler, den ich ausbügeln muss.

»Ach«, sage ich, »vielleicht täusche ich mich auch. Möglicherweise erinnern Sie mich an einen Geschäftspartner meines Mannes.« Dazu ein Schmollmund und ein Blick zwischen Anzüglichkeit und Feierlaune, der bedeutet: Aber keine Sorge, mein Mann ist heute ganz bestimmt nicht da.

»Wir gehen jetzt an die Bar und machen uns einen schönen Abend, was meinen Sie?«, sagt Merkmann, der kapiert hat. Der jetzt Nägel mit Köpfen machen will.

»Gibt's auch Alternativen?«, sage ich und schmiege mich einen Augenblick lang an seinen Arm.

Jetzt wird er sich fragen, ob ich öfter auf der Jagd bin, im luxuriösen kleinen Schwarzen, und was für eine Ehe mein Mann und ich führen.

»Wir stehlen das hier«, sagt Merkmann und greift sich eine fast volle Champagnerflasche, die am Ende des Tresens der Bar steht, als hätte sie geradewegs auf ihn gewartet, »und laufen so schnell wir können.«

»Etwas in der Art hatte ich mir gedacht.« Ich lege den Kopf schief, mein Blick verschleiert sich. Ich werde ganz Körper. Und genau das ist es, was Merkmann anmacht.

Merkmann verschwindet mit mir und der Champagnerflasche Richtung Jacht. Denn man hat gerade angefangen, die ersten Gäste dorthin zu lotsen. Es scheint, als fände die Party ihre originelle Fortsetzung auf dem Schiff. Und als Merkmann das bemerkt, denkt er bestimmt das Gleiche wie ich – dass sich dort auch ein stilles Kajütchen für uns beide finden ließe.

Wie recht er da hat.

Die »Star of Beirut«, der wir auf schnellstem Weg zustreben, ist ein Wunderwerk an Eleganz. Langschnäbelig, strahlend weiß, vollkommen. Etwa so, wie sich Abdul Frauen vorstellt.

Merkmann und ich rennen lachend über den Landesteg und sind dadurch die Ersten, die auf das Schiff gelangen. Dort sehen wir uns schnell um. Achtern befindet sich ein Kajütendeck. Merkmann, die Champagnerflasche in der Hand, grinst und deutet mit dem Kinn zu den Kajüten. Ich zwinkere ihm zu. Jetzt die Reling entlang, ein paar Stufen hinauf und hinein ins offene Kämmerchen. Merkmann schließt sofort die Tür ab. Ich umarme ihn heftig. Ich bin ausgehungert. Merkmann nimmt einen großen Schluck von dem Champagner und hält mir die Flasche hin. Ihm fällt nicht auf, dass ich nur daran nippe. Ich ziehe mir gleich das Kleid vom Leib, während sich Merkmann auf das Bett setzt. Ich zeige ihm meinen etwas knochigen, noch ganz jung aussehenden Körper, die Brüste, und laufe im schwarzen Höschen und im dunkelroten Bra ins Bad.

***

Zur Beruhigung wasche ich mir Hände und Gesicht, rücke den Büstenhalter zurecht, den brauche ich heute ja nicht abzulegen, und nehme das winzige Aufnahmegerät und ein gefaltetes Blatt Papier, die im Badezimmerschrank bereitliegen. Ich will schon raus zu Merkmann gehen, wende mich aber noch einmal zurück. Ich öffne den winzigen Badezimmerschrank und schnappe mir das dort verborgene Rasiermesser. Wiege es in der Hand. Leihgabe von Abdul.

»Gut geschliffen«, hat er gesagt. »Gib acht.«

Ich stecke das Messer hinten in den Slip und werfe einen Blick auf meine Uhr. Ich lausche an der Wand. Schritte nähern sich. Pünktliche Schritte. Vor dem Verlassen der Badekabine vergesse ich nicht, das Aufnahmegerät hinten am Verschluss meines Bras zu befestigen und die Aufnahme anzustellen. Das Blatt Papier stecke ich zu dem Messer in den Slip. Wird schon halten, ist nicht für lang.

Ich schließe die Badezimmertür und drehe mich um die Ecke Merkmann zu. Der liegt ohne Schlips auf dem Bett, mit offenem Hemd, aber Gott sei Dank mit Hose. Er grinst übers ganze Gesicht und lässt einen bewundernden, notgeilen Blick auf meinen Körper los.

»Na?«, sage ich.

Merkmann kriegt seine Augen nicht weg von mir. Der Mann steht auf mich. Eine Sekunde noch, zwei.

Es klopft.

»Feuerwerk!«, ruft jemand. »Raus mit euch. Ist fantastisch.«

»Das sehen wir uns noch an, ja?«, sage ich und setze einen Schmollmund auf.

Er ist darüber nicht besonders erbaut. Ich ziehe mein Kleid wieder über und Merkmann an der Hand hinaus auf das Mitteldeck. Am Ufer geht das Feuerwerk schon los. Extra für uns. Abdul, ich liebe dich. Auf der »Star of Beirut« hat man die Lichter ausgeschaltet, damit die spritzenden Sterne, Bälle,

Spiralen und Kringel über Abduls Schlösschenhimmel ihre Wirkung entfalten können. Auf diese Weise merkt man gar nicht, dass wir auf dem Schiff allein sind und gerade ganz sanft abgelegt haben. Wir starren beide in das Feuerwerk, ich schmiege mich an Merkmann. Wenn ich denke, dass er seine Konzentration verliert, drücke ich mich an ihn.

»Komm hierher«, flüstere ich, »da sind wir ganz allein.«

Ich ziehe ihn achtern an die Reling und rutsche an ihm hinunter. Er keucht.

»Mach du«, sage ich.

Ich habe mit den Händen ja anderes zu tun. Merkmann nestelt an seinem Gürtel herum und ich stelle mir vor, wie es wäre, wenn ich das nicht rechtzeitig schaffe. Könnte mir etwas Schöneres vorstellen, als seinen Schwanz im Mund zu haben. Schon bevor Merkmann den Gürtel auch nur halb offen hat, habe ich aber bereits zwei große Kabelbinder um seine Unterschenkel geschlaucht und an der Reling festgebunden. Langsam gleite ich an ihm wieder hoch, nehme seine Hände, presse mich ganz fest an ihn. Er stöhnt auf. Die Hände drücke ich an den Obergurt der Reling, zwei reguläre Kabelbinder in den Fingern, die genau an dieser Stelle für Merkmann vorbereitet sind. Ich muss nur noch Merkmanns Hände an die richtige Stelle bugsieren und die Binder zuziehen. Das schaffe ich bei einem. Dann drücke ich Merkmann den rechten Oberschenkel hart in den Schritt und lasse die Zunge in seinen Mund schnellen. Auf diese Weise schaffe ich auch Kabelbinder Nummer zwei. Ich löse mich ein wenig von Merkmann und ziehe einen der Binder mit einem harten Ruck weiter zu.

»So«, sage ich, »fertig.«

»Was soll das werden?«, ruft Merkmann gedämpft. Er hat gemerkt, was abgeht, denkt aber offenbar noch nicht an ganz Schlimmes.

Das Feuerwerk erreicht gerade einen ersten Höhepunkt. Ein rotgoldener Ball explodiert genau über der »Star of Beirut«, die sich jetzt schon fünfzig Meter vom Ufer entfernt hat. Gruß von Abdul. Bestimmt steht er am Ufer, schaut herüber zur Jacht und denkt ganz fest an mich.

»Was das werden soll? Rate mal.« Ich stehe einen Meter von Merkmann entfernt, grinse breit, wuchte mir das Haar zurecht und stecke es in ein Haarband. »Muhamad Meshaal hat bestimmt ein längeres Ding als du.«

***

Jetzt dämmert Merkmann, warum aus dem Nichts andauernd Cocktails und Joints aufgetaucht sind. Und der Champagner, so einsam hat er dort auf dem Tresen ausgesehen, der hat auf ihn gewartet. Und er fragt sich natürlich die Frage aller Fragen. Wer ist diese Frau? Das hätte er wirklich gerne rausgekriegt.

Die Jacht ist dunkel und vollkommen verlassen. Niemand ist da außer Abduls altem Bootsmann vorne auf der Brücke. Alle Gäste sind an Land. Hat das vorhin nicht anders ausgesehen, Merkmann? Ich erkenne Angst in seinen Augen. Um ihn nur Dunkelheit und Wasser. Das ist die Kombination, die er nicht verträgt. Er kann kaum schwimmen. Woher ich das weiß? Merkmann meldet sich online andauernd für Erwachsenenschwimmkurse an, die er dann nicht besucht.

»Wer sind Sie?«, fragt er.

Ich lache. Einen Augenblick lang denkt er wohl an eine ganz besondere Fesselungs- und Dominanummer. Da muss ich ihn aber gleich herb enttäuschen.

»Ich bin diejenige, die dir heute dein krummes Leben versaut.«

Merkmann durchforstet in Gedanken sichtlich alle Möglichkeiten. Was kann ich wissen? Was will ich von ihm? Er denkt bestimmt, er könnte mich mit möglichst unverfänglichen Informationen abspeisen. Damit ich mich als Siegerin fühle und abziehe. Sein Problem sind jedoch der Alkohol und das Dope. Denken und kalkulieren fällt ihm jetzt sicher verflixt schwer. Gut abgefüllt und perfekt bekifft.

Ich gehe zwei Schritte von ihm weg, mustere ihn.

»Ich schlage vor, du packst aus und ich bin zufrieden«, sage ich. »Heute ist der Spaß für dich sowieso zu Ende.«

Merkmann schweigt. Er wird nachdenklich.

»Nacht, Wasser, romantisch«, sage ich. »So habe ich mir ein Date mit Leuten wie dir immer schon vorgestellt. Dumm ist, dass dieses dunkle schwarze Wasser tief ist, ein tiefer Fluss ist die Havel hier draußen und noch dazu superbreit. Vielleicht gehen wir beide heute schwimmen, was meinst du?«

Merkmann stöhnt auf. Ein erster Anflug von Panik.

Zu allem Überfluss zücke ich jetzt das Rasiermesser.

»Nur falls das hier zu lange dauert«, sage ich. »Und deine Fesseln, die wollen wir ja irgendwann, morgen, übermorgen, auch wieder runterkriegen.«

Ich kann beinahe sehen, wie ein flaues, fiebriges Gefühl von Merkmanns Solarplexus hinauf in den Brustkorb zieht. Dazu kommt ein feuchter Fleck auf seiner Hose.

***

»Hast du dich vollgepisst, Merkmann?«

Ich stecke das Rasiermesser wieder unter das Kleid und mache meinen Schmollmund. Ich setze mich auf einen Plastikhocker, den ich mir aus einer Ecke herbeigezogen habe. Dann stehe ich doch wieder auf und gehe auf und ab. Meine Stimme nimmt sich in der Stille des Flusses weit und klar aus. Das Feuerwerk ist inzwischen fast zu Ende. Die Fröhlichkeit der Party flutet in Wellen herüber. Wir bewegen uns zur Havelmitte und sind ein Stück flussabwärts getrieben.

»Bin echt beeindruckt von deinem Portfolio, muss schon sagen.«

»Was meinen Sie?«, fragt Merkmann.

»Hab ich schon deiner Taube im Vorzimmer ... Ach, du weißt das ganz genau.«

Schon sehe ich erste Zeichen von Erkenntnis in Merkmanns Augen.

»Sie meinen den allgemeinen Hang zum Radikalen«, sagt Merkmann förmlich, »den meine Klienten an den Tag legen, oder?«

»Interessante Formulierung.« Ich wende mich dem Wasser zu. Wir sind allein unter einer dunklen Himmelskuppel auf nachtschwarzem Wasser.

»Und *deinen* Hang zum Radikalen?«, sage ich, denn ich will mich ja nicht mit Fisimatenten aufhalten.

»Was meinen Sie, Frau Niering?«

Jetzt hat er meinen Namen, endgültig. Er muss sich fragen, wie viel ich wissen kann.

»Ich wundere mich nur, wie ein Anwalt zu so etwas fähig ist.«

»Ich bin ein guter Verteidiger gegen die Übergriffe des Staats gegen seine ideologischen Feinde. Das ist alles. Das ist mein Gebiet und daher werde ich von allen Seiten um Hilfe gebeten.«

»Und machst dabei nicht nur Kohle, sondern sehr interessante Bekanntschaften«, sage ich.

Merkmann reagiert nicht darauf. Er unternimmt den Versuch, die Arme zu strecken, die ziemlich verdreht an ihm hängen. Hilflos und lächerlich sieht das aus.

»Vielleicht spielt da deine Mama eine Rolle. Vielleicht spielt eine Rolle, dass du Brigitte Mohnhaupt ›Tante‹ und Andreas Baader ›Onkel‹ genannt hast«, sage ich. »Deine Eltern sind sich im Ausbildungscamp der Fatah in Jordanien nähergekommen. Meine haben übrigens damals nur um die Ecke gewohnt. Und wenn man in solch einer Großfamilie aufwächst, bleibt schon die ein oder andere Idee an einem hängen. Da ändert auch nichts dran, wenn man den Nachnamen der Ehefrau annimmt. Denke ich mir so.« Ich funkle Merkmann an, hoffe, dass er das sehen kann.

Ein Ruck geht durch ihn. Hätte er es gekonnt, er hätte bestimmt auf Kampfposition geschaltet.

»Weiter«, keucht er.

»Im Auf und Ab der Zeitläufe verliert man manches aus den Augen, aber im Herzen, da bleibt man immer eine wandelnde Bombe. Da will man die Sache hier hochgehen sehen. Hab ich recht? Die kann ja nicht stimmen. Ein Säugling, der das schon in den ersten Wochen um sich spürt, ein Kind, das revolutionäre Küchentischdiskussionen mithört, denn ins Bett bringt es ja keiner, ein Jugendlicher, der dem RAF-Papa beweisen will, wie cool er ist, dann Jura studiert, mit dem Segen der ganzen Clique, ob die nun in Stammheim waren, im Himmel oder in Ostberlin.«

»Zu Ihrer Beruhigung – zu der von Ihnen genannten Organisation unterhalte ich keinerlei Beziehungen, sollte es sie noch geben. Ich weiß nicht einmal, wo meine Eltern sind. Abgesehen davon, dass sie nicht zum Kern der Gruppe gezählt haben.«

»Ach, die Generation der unschuldigen Kinder. Und ich weiß nicht, was ich von dem Ganzen halten soll.« Ich lache auf. Wir befinden uns in Flussmitte und es hört sich an, als lachte ein griechischer Tragödienchor in einer einsamen attischen Ebene. »Es gibt viele Leute von verschiedensten Seiten, die dem Konsenssystem an den Kragen wollen. Die wollen keine Ruhe und Harmonie, die wollen Radau. Also greift man denen unter die Arme. Mit allen Mitteln. Und lebt davon. Simpel, nicht wahr?«

»Da hätte ich seinerzeit auch darauf kommen können«, sagt Merkmann, der sich die größte Mühe gibt, die innere Temperatur niedrig zu halten. »Und im Übrigen ist meine Herkunft weder illegal noch ein großes Geheimnis. Wenn man sich auskennt, meine ich. Ich bin nicht der Einzige mit RAF-Eltern. Meistens sind sie alle Verlierer geworden. Und ich habe mit alldem nichts zu schaffen. Ich habe mir einen Namen als Verteidiger des rechten Spektrums gemacht, nicht des linken. Das sollte Ihnen bekannt sein.«

»Spielt am Ende keine Rolle.«

Merkmann sieht mich forschend an. Bestimmt fragt er sich, ob ich nur so steinhart tue, ob ich wirklich gefährlich bin oder einfach eine Zicke mit Kabelbindern.

Inzwischen sitze ich raubtierhaft, reglos, gespannt auf meinem Plastikhocker.

»Jetzt haben wir einander vorgestellt«, sage ich. »Und nun zur Sache.«

Merkmann macht sich steif. Ein kurzer Blick schnellt auf die Wasserfläche hinaus. An den Kabelbindern zu reißen, hat er inzwischen aufgegeben.

»Kommen wir zu Mareike Bittram.«

»Wer ist denn das?«

Ich übergehe diese Bemerkung. »Woher kam der Geruch nach Kampfer, als sie gestorben ist? Ein seltenes Raumspray, ein Mix aus ätherischen Ölen? Ich weiß es nicht, ist aber auch egal. Wichtig ist, dass sie nicht durch Soman oder irgendeinen anderen Kampfstoff um die Ecke gebracht worden ist, sondern durch einen starken Aufguss des grünen Knollenblätterpilzes. Sagen die Toxikologen und die wissen das erst seit ein paar Tagen. Leicht herzustellen, aber sehr schwer nachzuweisen!«

Merkmann zuckt mit den Augen. Sonst ist er steif wie ein Brett.

»Und warum hat jemand gewollt, dass ich Mareike treffe und bei ihrem Tod dabei bin? Da gibt es nur eine Lösung. Damit mich ihr Sterben umso mehr beeindruckt, da mir das Opfer bekannt ist. Und damit ich den Kampfergeruch rieche, der mich an Soman denken lassen würde.«

»Wieso erzählen Sie mir das alles? Sie haben doch nicht alle Tassen im Schrank, Sie Nutte!« Merkmann verliert zusehends die Fassung.

Das schreit nach Strafe. Ich erhebe mich und ziehe ihm mit der flachen Hand übers Gesicht.

»Schnauze«, zische ich. »Ich bin dran. – Und warum, frage ich mich weiter, hat man ein Elektroinstallationsunternehmen für die Leitungen in der Lagerhalle gewählt, in der ein Araber aus der MilaNBA gearbeitet hat? Und den dann demonstrativ beseitigt? Mit einem versteckten Hinweis auf den Domplatz? Der hatte es gerade übers östliche Mittelmeer geschafft und jetzt fackeln ihn ein paar Wahnsinnige wie du ab. Als wollte man unterstreichen: Diese Anlage ist wichtig und gefährlich, Frau Niering. Die Anlage war und ist ein Nichts.« Ich stehe wieder auf, laufe vor Merkmann auf und ab.

Er schweigt.

»Woher habt ihr Dumpfbacken übrigens gewusst, dass ich einmal diesen indischen Reisebericht veröffentlicht habe, in dem ich das Wort ›*Soma*‹ mehrfach verwendet habe? Ich habe es in dem Artikel sogar erklärt, obwohl es sich nur um einen Hotelnamen handelt. Den Artikel findet man kaum im Internet. Ihr habt gut recherchiert. Also, warum gerade ich? Weil ich arabische Wurzeln habe? Weil dann alles glaubhafter wäre? Und meine Entführung? Nichts als eine alberne, nicht ungefährliche Drohgebärde, die mich umso mehr an die Gefährlichkeit all meiner ›Funde‹«, ich zeichne mit den Fingern Anführungsstriche in die Luft, »glauben ließ und dazu einen Hinweis auf ein Datum platzierte.«

Ich mache eine kleine Pause, ich bin ein bisschen außer Atem.

»Was eigentlich an all den Ereignissen der letzten Wochen war nicht von langer Hand geplant?«, schreie ich dann.

In Merkmanns Blick ist wieder so etwas wie Panik gekrochen. Gerade schwappt eine Welle lauter Partymusik zu uns herüber. Indischer Pop. Abdul. Dort drüben geht es jetzt richtig los.

»Dieses sonderbare Interview mit einem angeblichen al-Nusra-Anführer«, fahre ich in leiserem, fast nachdenklichem Ton fort, »es wurde hier auf der ›Star of Beirut‹ geführt. Abdul Hamid hat das in ganzer Unschuld geschehen lassen oder, besser gesagt, kaum bemerkt. Und wer war es, wer hat den al-Nusra-Führer gemimt? Meshaal. Dein Muhamad Meshaal, mit dem du vorhin noch geplaudert hast. Oder anders gesagt, Mustafa Sadr.«

Merkmann schließt die Augen.

»Wobei, um uns den ganz entscheidenden Dingen zuzuwenden, die letzte Frage bleibt: Warum kann jemand wollen, dass ich an Anschläge mit dem Kampfstoff Soman glaube und dass ich daraufhin mit ganzer Überzeugung Artikel darüber veröffentliche und die Behörden unter Zugzwang setze? Mit dem geäußerten Verdacht, die Terroristen säßen in einer Immigrantensiedlung in Achenburg? Warum wohl? Ganz abgesehen davon, dass der Plan nicht funktioniert hat und der Artikel nie geschrieben worden ist. Und es hätte auch noch ein wenig mehr bedurft, Verdächtige, Indizien. Die werden schon noch auftauchen. Da bin ich mir ganz, ganz sicher.«

Ich bin nun sehr laut und fixiere Merkmann mit einem wilden Blick. Er schweigt immer noch.

»Also, Merkmann. Weil du und deine Kumpane, Lukas Spahn und Meshaal – die anderen kenne ich nicht, werde ich aber bestimmt noch kennenlernen, wenn die Staatsanwaltschaft mit ihren Sachen durch ist –, wollten, dass die Post abgeht? Große Anschläge, wenn auch vereitelt, jetzt sogar in Deutschland, größer und gefährlicher als alles andere seit dem 11. September. Ein passender 12. September. Das rechtfertigt eine Menge. Man kann Muslime angreifen und heimst dafür noch Beifall ein. Asylheime abfackeln. Vielleicht kriegt man den Ausnahmezustand im ganzen Land hin. Und eine

Verschärfung der Asylgesetze. Und wie wär's mit einem kompletten Einwanderungsstopp für Muslime? Ist ja das Mindeste. Leute wie Lukas Spahn träumen von so etwas in jeder verdammten Nacht. Und vielleicht träumt ihr alle von noch etwas ganz anderem. Wie wäre ein vor sich hin köchelnder Bürgerkrieg? Es gibt schon Politiker, die davor warnen. Hat euch das inspiriert? Meshaal ist ein Terrorist. Freiheitskämpfer, das war mal! Palästinenser. Einer der alten Schule. Eher PLO als al-Kaida oder Hamas. Doch was soll's? Das Ergebnis stimmt. Und das Ergebnis wäre ein anderes Land gewesen. Das habt ihr angepeilt. *Jetzt* sollte der Startschuss fallen. Ein Land, das nach rechts driftet und völlig neue politische Möglichkeiten schafft. Meshaal ist das gleichgültig. Er hätte bestimmt vielfach davon profitiert. Aber kann dir das gefallen?«

Merkmann ächzt. Sein Blick ist starr auf die Havel gerichtet. Als wäre sie nun das kleinere Übel, denn das Böse steht vor ihm, ist nur eins sechzig groß, dafür hochgiftig.

Ich lächle und halte kurz inne. »Ja, Merkmann. Ist dir ja alles wurscht, Hauptsache, diese verhasste Harmonie, dieser doofe Konsensmainstream geht den Bach runter. Geschichte muss sich bewegen, richtig? Es muss Sieger und Verlierer geben, keine Handschläge! Nichts Laues. Das hält einer wie du nicht aus. Und einer wie Lukas Spahn erst recht nicht. Und Meshaal. Ihr seid alle dieselbe Brut. Ganz dieselbe. Jetzt frage ich mich nur noch, von wem der verdammte Plan stammt. Und ich tippe da gar nicht auf dich. Ich tippe auf Lukas. Der hat bei dir nur ein offenes Ohr gefunden. Denn von etwas in der Art hast du immer schon geträumt. Warst nur viel zu feige, zu fett, zu etabliert. Und Lukas war sich nicht zu schade, sich mit seinem natürlichen Feind Meshaal zu verbünden. Jetzt das Land verändern, danach die eigentlichen Rechnungen begleichen. Etwa so. Die Islamisten selbst wollen ja den Aufstieg der Rechtsradikalen in Europa. Davon erhoffen sie sich massenhaft Zulauf. Ist ausdrücklich Teil ihrer Strategie, wie man weiß. Und das würde irgendwann unweigerlich in Zuständen enden, die an Bürgerkriege erinnern. Und nicht nur daran erinnern. Du, Merkmann, einer, der weder auf dieser noch auf jener Seite stehen sollte, du warst da mittendrin. Ich glaube, du Schwein hast ein großes psychologisches Problem. Mama hat sich nicht gekümmert, Mama hat lieber ihre Pistolen geputzt, Papa war nie zu Hause und die Onkel und Tanten, die haben mal zugelangt, oder? Vielleicht haben sie dich auch angefasst. Das Ergebnis ist diese Wurst da, die besoffen und bekifft an der Reling hängt und sich in die Hose pisst. Schäm dich, Merkmann. Wir fahren jetzt zurück zu Meshaal. Ist ja kein Zufall, dass der heute auch da ist.«

Merkmann reißt die Augen auf. Angst. Mit Meshaal ist nicht zu spaßen. Wenn der erfährt, was hier gerade passiert, ist Merkmann ein toter Merkmann. Das denkt er und ich verstehe das auch ohne Worte.

Merkmann ahnt nicht, dass Meshaal bestimmt schon über alle Berge ist. Der hat Merkmann bei Abdul gesehen, der hat mich gesehen. Ich bin mir sicher, Meshaal weiß, wer ich bin. Leute wie er wissen so etwas. Dann sind Merkmann und Laya Niering verschwunden. Also macht Meshaal die Fliege. Womöglich sitzt der schon im Flugzeug. Und ich habe ja sowieso nie im Sinn gehabt, es zu riskieren, von dem in die Mangel genommen zu werden. Gegen Meshaal habe ich nicht die geringste Chance. Merkmann atmet jetzt ein bisschen auf.

»Du kannst so was von froh sein, dass ich den Artikel nicht geschrieben habe. Dann ginge es dir *richtig* an den Kragen. Wenn ganz Deutschland gehört hätte … Und da fällt mir ein gewisser Konrad Benjamin ein. Schon gehört, den Namen? Warst du das? Oder Lukas Spahn? Ich glaube, das warst du. Kleine, feine Rolle.«

Ich raffe das Kleid hoch und ziehe das gefaltete Stück Papier aus dem Slip.

»Hör dir das an, Merkmann. Das ist es, was ihr von mir

wolltet. Eine tote Frau war es, die euren Plan durchkreuzt hat. Eine, die dein Lukas von Anfang an unterschätzt hat.«

»Von wem reden Sie?«, presst Merkmann hervor.

»Es sind Fehler passiert, von denen du gar nichts weißt, Merkmann. Und die Frau, von der ich spreche, war Mareike Bittram. Sie hat euch alle ausgestochen.«

Merkmann sagt kein Wort und wendet den Blick ab.

Am Bergfriedhof noch hatte ich begriffen: Das sonderbare Zeichen in Mareikes Erbrochenem, es sollte ein unbeholfenes CT sein! Und das stand für das verkehrte Bild von Coraima Torres. Die umgekehrte Kassandra, die vor etwas warnt, das es nicht gibt.

Das erzähle ich Merkmann nicht. Das hat er sich nicht verdient.

Ich lasse einen weiteren, diesmal theatralischen Blick über das schwarze Wasser gleiten. Merkmann sieht mir dabei zu, was unbedingt so gedacht ist.

»Ihr hättet euch doch denken können«, sage ich dann, meine Gedanken gleichsam im dunklen Nirgendwo und ohne noch einmal auf Mareike einzugehen, »dass mir die Libanesen im Land bekannt sind. Ganz besonders Abdul Hamid. Also lande ich irgendwann bei Abdul und ziehe Schlüsse. Zu wenig recherchiert über die Hamids? Meshaal weiß über diese Familie bestimmt bestens Bescheid. Da habt ihr wohl nicht miteinander geredet.« Ich lege eine Pause ein, atme durch. »Und nun zum Artikel, Merkmann. Wenn dir dabei nicht schummrig wird, könnten wir das mit dem Wasser noch einmal überdenken, was meinst du?«

Ich falte das Papier auf und mache mich daran, Merkmann den Text vorzulesen, den ich nach dem Friedhofsbesuch geschrieben habe. Der Artikel hat sich auf meinem Computer mit der Sicherungsschaltung inzwischen schon gelöscht. Merkmann starrt mich an. Ich halte ihm das Blatt vor die Nase und lese laut und schnell vor. Er kennt das ja ohnehin.

Ich will ihm nur zeigen, *wie* knapp er dran war. Wie knapp und spektakulär er verloren hat, dieses elende Arschloch.

»Die Bergenpost, 9. September, Terrorismus

Ein Beitrag von Laya Niering
Angriff auf Achenburg
Hinweise auf kurz bevorstehende Anschläge in Achenburg sind nicht mehr zu entkräften. Ein Kampfstoffanschlag an mehreren Orten. Einer davon ist bekannt. Angestrebtes Resultat: Tausende Tote.

Recherchen der Bergenpost während der letzten Wochen zeichnen ein äußerst besorgniserregendes Bild. Die Hinweise auf mehrere unmittelbar bevorstehende Anschläge mit terroristisch-islamistischem Hintergrund sind erdrückend. Die Orte sind nicht alle bekannt, wahrscheinlich befinden sie sich in Achenburg und in umliegenden Städten. Nur das Hauptziel scheint festzustehen: der Dom zu Achenburg, und zwar am Abend des 12. September, während der in manchen Kreisen umstrittenen Predigt von Sheikh Hamza al-Kalani, die zur Aussöhnung der Religionen beitragen soll. Zu dieser Predigt werden ebenso viele Muslime wie Christen erwartet. Der Anschlag soll daher beiden Religionsgruppen gelten.
Die Nachforschungen der Zeitungsredaktion haben ergeben, dass das Nervengift Soman, 1944 von einem Österreicher erfunden, möglicherweise in einer Lagerhalle in einem Gewerbegebiet von Achenburg hergestellt worden ist. Die dazu erforderliche Produktionsanlage ist von der Polizei beschlagnahmt worden. Außerdem ist bereits ein Mord mit besagtem Nervengift begangen worden, das zu den giftigsten Substanzen zählt, die der

Mensch je erfunden hat. Es handelt sich um den bisher ungeklärten Mord an der Achenburger Schwimmerin Mareike Bittram, die in rechtsradikalen Kreisen verkehrt hat und sich dadurch den Zorn islamistischer Gruppen zugezogen haben mag. Sie war die Partnerin von Lukas Spahn, einem führenden Kopf der rechtsnationalen Szene der Stadt Achenburg. Spahn sitzt gegenwärtig in Untersuchungshaft.
Zudem kamen Dokumente ans Licht, die die oben genannten Angriffspläne auf Achenburg und andere, nicht bekannte Orte im Detail beschreiben. Diese im Internet schwer aufzufindenden Dokumente unterlagen mehrfacher Verschlüsselung, die jedoch von Experten geknackt werden konnte, sodass die Anschlagspläne nun vorliegen und ein schockierendes Bild zeichnen.
Folgendes Szenario wird angepeilt: Die Substanz Soman soll in flüssiger Form, mit Wasser vermischt, in Behälter abgefüllt werden, die dann an die Anschlagsorte, ausnahmslos größere Menschenansammlungen beziehungsweise Versammlungen, angeliefert werden. Es soll sich um harmlos aussehende, halb durchsichtige Wasserspender handeln, wie sie bei derartigen Veranstaltungen verwendet werden. Diese werden an den entsprechenden Orten aufgestellt, mit optimaler strategischer Verteilung. Die Behälter sind an der Unterseite mit einer winzigen, kaum sichtbaren Sprengvorrichtung versehen. Wird diese ausgelöst, was per Mobiltelefon geschehen kann, verteilt sich das Soman zunächst in Tröpfchenform in der Luft und trifft darauf die Menschen.
Geringer Kontakt mit Haut oder Augen genügt, um eine verheerende, meist tödliche Wirkung zu erzielen. Werden kleine Tröpfchen eingeatmet, wird die Wirkung stark beschleunigt. Außerdem verdampft die Giftsubstanz rasch, was die Aufnahme durch die Atemwege

befördert. Menschen verlieren ihr Augenlicht, brechen zusammen, defäkieren, sind unfähig zu atmen, sterben in Sekunden- oder Minutenfrist. Es gibt kein Gegengift, keine Möglichkeit zur Behandlung. Die viel zu spät eintreffenden Rettungskräfte müssen Ganzkörperschutzanzüge und Gasmasken tragen. Bei einem derartigen Szenario ist der Tod von mehreren Dutzend Menschen je Behälter unausweichlich.«

Während ich lese, starrt mich Merkmann unverwandt an. Ich glaube, er blinzelt nicht einmal und zuckt auch sonst mit keiner Wimper. Er kriegt seinen Blick nicht weg von mir. Selbst mein Körper ist ihm wieder ein bisschen Gier wert. Der flüchtet, denke ich, der blendet die Realität aus und tut so, als wären wir noch Freunde. Ich lese unbeirrt weiter.

»Die der Redaktion der Bergenpost zugespielten Dokumente und Dateien, die unter anderem strategische Fragen terroristischer Angriffe behandeln, sind mittlerweile den Sicherheitsorganen zugänglich gemacht worden.
Es kann davon ausgegangen werden, dass bei der Predigt von Sheikh Hamza al-Kalani im Dom zu Achenburg am 12. September strenge Sicherheitsmaßnahmen gelten werden. Möglicherweise wird die Predigt abgesagt. Doch sind die übrigen Anschlagsorte und -zeitpunkte noch nicht bekannt.
Sheikh Hamza al-Kalani, der als die Hoffnung vieler Muslime und Christen gilt, ist zum Anschlagsziel geworden, weil …«

Ich habe einfach genug von seiner unbewegten Fresse. Diesen kleinen Sieg gönne ich ihm.

»Und so weiter, Merkmann«, schließe ich. »Den Rest musst du nicht kennen.«

Theatralisch nehme ich den Artikel zwischen zwei Finger und lasse ihn ins Wasser fallen. Ein paar Momente sehe ich ihm beim Hinuntersegeln zu. Dann gehe ich langsam auf Merkmann zu. Ich drücke seinen Kopf hin zur Wasserfläche, wo kurz ein kleiner heller Fleck sichtbar ist. Er soll sehen, wo er sich befindet. Er soll dem Tod direkt ins Auge blicken. Ich schnappe mir einen großen Kabelbinder und schlinge ihn um beide Beine Merkmanns. Dann durchschneide ich die anderen Binder. Das Gleiche mache ich mit den Händen. Merkmann ist gefesselt, aber frei, ins Wasser zu fallen. Das versteht er auf Anhieb.

»Was haben Sie vor?«, ruft Merkmann. »Sie haben schon alles gesagt. Was gibt es denn noch? Sie haben ja recht. Was soll das denn?«

Ich überlege, stelle mich vor ihn hin. Nur ein entschlossener Schubser wäre nötig. Er sieht meinen Gedanken, ich lasse ihn die Angst auskosten.

»Wer war das mit Mareike?«, sage ich. »Verdammt noch mal!«

»Keine Ahnung, ich bitte Sie. Oder ja, das war einer von Meshaals Leuten. Keine Ahnung, wie der heißt.«

»Und von meiner Entführung hattest du auch keine Ahnung, stimmt's?«

»Ich kenne diese Leute nicht, weiß nicht ... Das haben Meshaal und Lukas Spahn ausgetüftelt. Die Personalfragen.«

»Killer anheuern ist für dich ›Personalfrage‹?« Ich lehne mich über die Reling, schaue ins Wasser hinunter. »Am liebsten würde ich dir beim Schwimmen zusehen.«

Merkmann rutscht ein paar Zentimeter rückwärts, weg von mir. Von Gehen kann man nicht sprechen, der Binder ist zu eng gezogen. Und er hat dabei eine Mordsangst, über irgendetwas zu stolpern.

»Hast du gewusst«, sage ich drohend, »dass Lukas, während er an seiner Dissertation geschrieben hat, bei diesem

Chemiebetrieb gearbeitet hat, der die Anlage im Gewerbegebiet bei Achenburg aufgestellt hat? Man hat damals sogar einmal gegen die ermittelt, die hatten jahrelang sämtliche Umwelt- und Sicherheitsauflagen umgangen. Daher haben die auch dichtgemacht. Und jetzt hat man die Anlage gekonnt umgebaut. Von dem Tuch mit dem Schwertvers will ich gar nicht reden. Eigentlich schon zu platt, dieser ›Hinweis‹ auf die falschen Täter.«

»Keine Ahnung, noch nie von diesem Schwert-was? gehört, ich bitte Sie. Dieser Elektriker …«

»Ibrahim al-Hassam?«

Merkmann nickt.

»Wer hat ihn auf dem Gewissen, na?«

»Das waren die Leute von Lukas Spahn. Da müssen Sie ihn fragen. Ich habe keine Ahnung. Ich habe nur Leute zusammengeführt. Ich habe nur mitgedacht, nicht mehr.«

»Schon wieder ganz nass«, sage ich und zeige auf seine Hose. »Du solltest weniger Champagner trinken, Merkmann.«

***

Ich ziehe das Aufnahmegerät aus meinem roten Büstenhalter und stoppe die Aufnahme. Merkmann befestige ich wieder mit zwei Kabelbindern an der Reling. Da ist der richtig dankbar dafür. Dann will ich nach vorne zum Bootsmann. Ich will ihm mitteilen, dass ich mit meiner Sache durch bin. Er kann anfangen, an die Rückkehr zu denken. Abdul hat auf meinen Wunsch hin nur diesen einen Mann für mich und die »Star of Beirut« abgestellt. Ich wollte die maximal mögliche Einsamkeit.

Als ich auf die Brücke der Jacht komme, ist da allerdings niemand, nur Stille, nur leises Brummen. Die Steuerung steht wohl auf Automatik, der alte Bootsmann ist auf der Toilette.

Sein dunkelblau bezogener, festgeschraubter Stuhl scheint mir merkwürdig schmutzig. Ich mache einen Schritt auf den Stuhl zu. Dunkle Flecke. Ich schnuppere. Rieche nichts. Ich will nicht näher ran mit der Nase. Da sehe ich Flecke auch auf dem schwarzen Kunststoffboden. Und ein Tropfen löst sich gerade von der Hinterseite des Stuhls. Er ist rot. Hat sich der Bootsmann verletzt? Naive Frage. Angst kriecht innerhalb von zwei Sekunden in meine Kniekehlen, die sofort ihre Festigkeit verlieren. Angst, das zweite Mal an diesem Abend. Muss ich kotzen? Der Bootsmann ist nicht mehr da. Sein Blut schon. Was bedeutet das?

»Khouri«, höre ich in diesem Augenblick eine Stimme hinter mir. Tiefe Stimme, die ich kenne, undefinierbarer Akzent. Palästinenser. Ich wende mich gar nicht um. »Laya Khouri. Hab dich gesehen, damals in Aschrafiyya. Ein paarmal. Mit deiner hübschen Freundin. Du warst aber schöner als sie. Bist nicht zu übersehen. Schade.« Da ist tatsächlich eine vorübergehende Traurigkeit zu hören.

»Schade, dass du mir das Gesicht zerkratzen musst, Meshaal?«, sage ich.

Fühle mich gar nicht so, tue jedoch, als hätte ich noch alles in mir auf dem richtigen Platz.

»Schade«, sagt er. »Warum lässt du nicht locker? Dieser Spahn war doch genug. Verbeiß dich in ihn, das hättest du denken sollen. Den Spahn hochgehen lassen. Kleiner deutscher Wichser, der groß denken will und der meinen Namen im Übrigen gar nicht kennt. Aber nein, du musst an Merkmann und Abdul ran, was mich traurig macht. Ich hatte eigentlich an der Sache gar nicht mein Herz hängen, weißt du, Khouri? Es handelte sich eher um die Kategorie ›mal sehen, was Interessantes dabei rauskommt‹. Und jetzt habt ihr alle ziemlich unangenehme Sachzwänge geschaffen. Jede Menge Sachzwänge. Das hätte ja nicht sein müssen, Khouri. Merkmann, tz, tz, und Abdul brauchen eine saftige Erinnerung. Irgendwas ist da schiefgegangen. Plötzlich redet die halbe verdammte Welt von mir. Ist mir viel lieber, wenn sie das nicht tut, Khouri.«

Jetzt erst drehe ich mich um. Meshaal steht in seinem dunkelgrauen Anzug kaum mehr als drei Meter vor mir am Eingang der Brücke. Hinter ihm sein Handlanger. Derjenige, der sich die Hände bei der Arbeit schmutzig macht. Unauffällig wie sein Boss. Nur breiter gebaut, mittellanges Haar, Turnschuhe. Könnte das der Typ in Turnschuhen gewesen sein, der es vor Mareikes Wohnung so eilig gehabt hat? Ich habe keine Zeit, dieser Frage nachzugehen, ich bin ein bisschen unter Druck.

»Wo ist der Bootsmann?«, frage ich schnell, bevor die noch auf Gedanken kommen.

»Ach, Khouri«, sagt Meshaal, »immer so viele Fragen. Schlechten Beruf hast du da. Verträgt sich mit meinem Geschäft gar nicht. Ganz und gar nicht.«

Er gibt seiner Handlangerbulldogge ein Zeichen mit dem Kopf und tritt zur Seite. Ich frage mich, ob Merkmann noch lebt. Werfe durch das Fenster einen Blick nach achtern. Da krümmt er sich wie ein Wurm. Zerrt an seinen Fesseln. Hätte nicht gedacht, dass ich einmal froh bin, Merkmann zu sehen.

Die Bulldogge winkt mich zu sich. Das trifft sich gut. Denn ich muss hier raus. Sehr selbstsicher ist der Typ. Als würde er seiner Freundin in Machomanier sagen: Komm, wir gehen nach Hause, hast genug getanzt heute. Meshaal begibt sich bereits mit hängendem, nachdenklichem Kopf nach draußen aufs Deck. Er tut offenbar nicht gern, was er jetzt gleich tun muss. Soll ich ihn dafür mögen?

Ich habe nur drei, vier Sekunden. Bevor die Killerdogge mich an den Armen packt und ich eine Minute später eine Wasserleiche bin, deren Kopf nur noch an der Wirbelsäule hängt.

Ich mache einen Schritt, stolpere fast über meine Absätze. Ich trage ja keine Ballerinas auf Abduls Partys. Daher falle ich vor der Bulldogge strauchelnd auf die Knie und fasse mir an den Rücken.

»Aua, verdammt«, stoße ich hervor und ziehe das Rasiermesser aus dem Slip.

Ich bin keine Killerin. Dazu fehlt mir vor allem eines: die unbedingte Entschlossenheit. Um einen Menschen zu töten, und sei es zur Verteidigung, braucht es die Entschlossenheit eines Raubtiers. Das kleinste Zögern, der kleinste Zweifel und nichts geht mehr. Es ist diese Kraft, die tötet. Und diese Kraft besitze ich nicht, nicht einmal in dieser Minute. Ich richte mich langsam auf, klappe dabei das Rasiermesser auf, beiße brutal die Zähne zusammen und führe mit einer lichtschnellen Bewegung einen tiefen Schnitt über den Oberschenkel von Meshaals Leibwächterdogge. Die reißt die Augen auf, starrt mich ungläubig an.

»Komm her, du Miststück! Ich krieg dich!«, schreit er.

Die Bulldogge will sich auf mich stürzen. Doch mein Schnitt rettet mich. Denn als der Leibwächter zu einem raschen Schritt ansetzt und es damit nicht bei der Ankündigung belassen will, versagt sein Muskel im verletzten Oberschenkel den Dienst. Er fällt auf die Nase.

»Meshaal!«, keucht die auf dem Boden liegende Dogge.

Der steht inzwischen draußen an der Reling. Blick ins Schwarze. Und Meshaal weiß sofort, was Sache ist, dreht sich um, zieht dabei ein Messer hervor. Ich habe meine Schuhe von mir geworfen und springe in einem Satz aus der Tür und über das Bugdeck in eine Plane hinein. Ohne sie zu berühren, bin ich mit einem weiteren Satz auf der Steuerbordseite. Das Rasiermesser habe ich noch in der Hand.

Ich sprinte die »Star of Beirut« nach hinten, vorbei an einem entsetzten Merkmann, den ich gar nicht anschaue. Meshaal, das kann ich erkennen, rennt auf der anderen Bootsseite. Scheint so, als würden wir uns auf dem Achterdeck treffen. Ich lasse mich jedoch noch im Rennen aufs Unterdeck fallen, eine

Holztreppe hinunter. Das kann Meshaal nicht sehen. Dort verkrieche ich mich hinter einem Holzschrank. Ich klappe das Messer zu und stecke es wieder hinten in den Slip.

Ich höre Meshaal rennen, dann gehen, er flucht, er sucht mich. Die Bulldogge höre ich nicht. Die Reling klopft und wummert, weil Merkmann wild daran zerrt. Wie ein völlig panisches Tier. Bestimmt hat er Meshaal gesehen oder gehört. Und ich sitze in der Falle. Das habe ich mir schön ausgedacht. Und warum? Weil ich einfach nicht an Wasser denke, ans Springen. Kaltes Wasser, Havelwasser im September. Für mich arktisches Wasser. Würden die mich im Wasser erschießen? Die Dogge ist wohl mit sich selbst beschäftigt und Meshaal, würde er schießen? Nicht Meshaal, das U-Boot. Der hat wahrscheinlich nicht einmal eine Pistole bei sich. Da springt er mir eher nach und ersäuft mich.

Ich warte, horche.

Ein sonderbares Gefühl, dass es jetzt allein die korrekte Aufdröselung von Luftwellen ist, vorgenommen von Innenohr und Gehirn, die über Leben und Tod eines komplexen Organismus entscheidet. Und ich sitze in der ultimativen Falle, aus der ich ohne fremde Hilfe nicht mehr entkommen kann. Nur noch ein Wunder kann helfen.

Ich fühle mich wie Hussein. Hussein ist ein schiitischer Freund aus Beirut. Im Krieg von 2006 ist er verschüttet worden. Die Bomben waren herangesaust, er hatte die F-16 noch gehört, war unter einen Tisch gesprungen. Und das Nächste, woran er sich erinnern konnte, war Dunkelheit. Das erzählte er uns. Es stank nach verbranntem Fleisch. Er fürchtete, es wäre sein Bein, das stank. Es war eingeklemmt, er konnte nicht nachsehen und er fühlte nichts in diesem Bein. So verbrachte er drei Tage unter einer Betonplatte seines Hochhauses, ohne Wasser, in diesem furchtbaren Gestank, mit dem absterbenden Bein, und fiel in alle Höllen, die sich die Religionen je ausgedacht hatten. Er erkannte in diesen drei Tagen, dass

Religion dazu da ist, Angst zu erzeugen und die Menschen auf diese Weise auf den rechten Pfad zu bringen. Bis eine Feuerpause einsetzte und man Leichen bergen konnte. Es stellte sich heraus, dass eine verbrannte Frau neben Hussein gelegen hatte, die nur durch ein paar Trümmerteile von ihm entfernt war. Der Gestank stammte nicht von seinem Bein. Als Hussein rausgekommen ist, für immer humpelnd, ging er in keine Moschee mehr, fing jedoch an, Gott zu suchen.

Ich stecke hinter meinem Schrank, der mir schwerer vorkommt als eine Betonplatte. Ich suche nicht Gott, aber mir hätte schon gefallen, wenn sie mir gesagt hätte, wo sich Meshaal gerade befindet. Ich höre Meshaals Schritte auf dem Deck über mir, weiß allerdings nicht, wo genau er ist und wohin er in ein paar Sekunden gehen wird. Er sucht systematisch. Messer in der Hand, Eisenstange in der anderen. So stelle ich mir das vor. Und der Gedanke »Eisenstange« ist inspiriert von den Billardstöcken, die in einem Gestell an der Wand aufgereiht sind. Nur zwei Meter von mir entfernt. Und wo sind die Kugeln? Gleich daneben, in der Holzkiste. Wo sonst?

Billard auf einem Schiff. Das denke ich gar nicht. Fühle es eher. Sehe, dass der Pooltisch auf pneumatischen Federmechanismen steht, die das Schlingern der Jacht ausgleichen sollen. Da hat sich jemand ja was Schönes geleistet. Dieser Tisch kostet wohl mehr als drei Porsche Panameras zusammen. Angeberanschaffung. Die ist jedoch auch meine Chance. Mit dem Rasiermesser schaffe ich es nicht, so nah komme ich niemals an Meshaal heran. Und er hat die Kraft, die tötet, ich nicht, ich habe nur das Messer. Wenn Leute wie ich jemanden auf dem Gewissen haben, kann das nur ein Unfall sein oder Zufall.

Ich horche auf die Schritte über mir und schiebe mich an die Billardqueues heran. Einen ziehe ich heraus. Als Lanze und Keule. Ich öffne die mit Intarsien verzierte Holzkiste, in der die Billardkugeln in ihren kleinen Nestern ruhen. Still und voller Spiellust. Die wollen bewegt werden. Ich nehme zwei Kugeln und einen Queue. Ausgerüstet wie eine Kriegerin verlasse ich mein Versteck und laufe völlig geräuschlos die Holztreppe hinauf. Oben erwarte ich Meshaal. Doch da ist keiner. Ich schleiche gebückt auf den Schergang.

Mir fällt auf, dass vollkommene Stille herrscht. Würde ich es nicht besser wissen, wäre ich mir sicher, ich wäre allein auf der »Star of Beirut«. Ich kauere mich an das Schanzkleid und höre ein Wimmern. Es kommt nicht von achtern, nicht von Merkmann – ist Merkmann also tot? –, sondern vom Bugdeck. Das kann nur der Leibwächter sein, der weint, weil er nun nicht mehr Weitsprungweltmeister werden kann. Plötzlich ein Schlag. Meshaal. Er ist direkt über mir. Und er hat tatsächlich eine Art Stock in der Hand.

Nach einem kurzen Blick zurück auf Merkmann, der sich große Mühe gibt, an den Stäben der Reling so unsichtbar wie möglich zu sein, renne ich barfuß nach achtern. Merkmann weiß, dass er sterben wird, wenn Meshaal mit mir fertig ist. Ich sollte ihm die Kabelbinder durchschneiden. Aber diese Idee blitzt in meinem Gehirn zu spät auf.

Am Heck überlege ich mir, in die Havel zu springen. Ich werde einen Herzstillstand erleiden im kalten Wasser. Zu lange überlegt, Meshaal erscheint. Ich sehe ihn gerade um den Kajütenaufbau biegen. Ich fühle mich wie ein Automat, denke nicht, nehme eine der Billardkugeln in die rechte Hand und hole aus, werfe. Die Billardkugel trifft Meshaal, der nur fünf Armlängen vor mir steht, an der Stirn. Von dort prallt sie in einem gewaltigen Schwung ab und kracht in eine Blechverkleidung. Meshaal schwankt. Ich nehme die zweite Kugel und hole noch einmal aus, bewege mich dabei auf ihn zu. Rums, es trifft diesmal nicht die Stirn, sondern die Schädelbasis, hinter dem Ohr. Das deshalb, weil sich Meshaal nach dem ersten Treffer unnatürlich verdreht hat, jetzt, nach dem zweiten Treffer, einen taumelnden Schritt einlegt und dann mit ganzer Wucht auf das Schanzkleid der Reling kracht. Ich starre ihn an. Er liegt da. Er rührt sich nicht. Das ist aber noch keine Lebensversicherung. Kerle wie der stehen in fünf Sekunden wieder auf und töten dich mit einer Hand, ohne hinzusehen.

Ich laufe auf die andere Seite des Schiffs, an die Stelle, wo die Badeleiter hängt. Die kenne ich von meinen gestrigen Vorbereitungen an Deck. Ich habe sie mit Respekt gemustert, voller Bewunderung für die Leute, die in Mitteleuropa tatsächlich in unbeheiztes Wasser springen.

Ich klettere ein paar Sprossen hinunter und lasse mich in die eiskalte Dunkelheit fallen. Tut mir leid, Merkmann, das denke ich noch, der Gedanke kommt abermals zu spät.

***

Ich schwimme um mein Leben. Nicht wegen Meshaal. Er kann mich längst nicht mehr sehen. Höchstens könnte er versuchen, mich mit der »Star of Beirut« zu verfolgen. Doch die rührt sich nicht vom Fleck, treibt mit der trägen, kaum wahrnehmbaren Strömung der Havel schon eine ganze Strecke hinter mir. Ich schwimme um mein Leben, weil ich weiß, dass mich der dunkle Fluss sonst in seine eisigen Finger kriegt und mich niemals mehr loslassen wird. Die Kälte des Wassers kriecht durch alle Poren in mein Blut, über mein Blut in meine Organe. Ich fühle das. Ich habe Angst, dass diese Organe demnächst beschließen, wegen schlechter Heizung den Dienst für heute zu quittieren.

Ich ziehe mein Kleid hoch, damit ich mich besser bewegen kann. Abduls Rasiermesser verliere ich dabei. Ich blicke erneut zurück. Alles ruhig auf der »Star of Beirut«, die nur noch ein Schatten ist, mit ein wenig Licht vorne auf der Brücke.

Und nach ein paar Minuten geschieht etwas, was ich oft

gehört, aber niemals geglaubt habe. Das kalte Wasser wird angenehm, beinahe wohlig. Ich stoße einen erleichterten Jauchzer aus und gleite in die Schwärze hinein, in die Richtung von winzigen Lichtern am Ufer, suche die »Star of Beirut«, finde sie in der Finsternis nicht mehr.

Der Fluss ist breit, das Ufer unendlich weit entfernt. Die Havel ist hier mehr ein See, der hat auch bestimmt einen Namen, einen, den ich nicht kenne. Ich hätte ihn gerne gekannt, ich hätte ihn rufen, ihn beschwichtigen können. Das machen wir Libanesen so, manchmal, wenn wir nicht weiterwissen. Berlin ist nicht meine Welt, ich kenne seine Seen und Flüsse nur aus zweiter Hand. Die Stadt ist von mir viel weiter entfernt als Beirut. Das begreife ich in der Havel. Ich bin doch eine deutsche Libanesin. Fast überwältigen mich die Gefühle, es ist die Kälte, denn jetzt wird mir langsam wieder kalt. Beirut. Libanon. Dort an der Levante wurden Kulturen geboren. Phönizier, Hethiter, Juden. Die halbe Menschheit ist ja irgendwann einmal unter libanesischen Zedern gesessen.

Es mag der Kampf hinter mir sein, der mich das fühlen lässt, und der Kampf um mich herum. Der Gegner ist jetzt die Dunkelheit, die oben ist, links, rechts und unten. Das schwarze Wasser der Havel. Ich weine. Das kann ich hier. Niemand ist Zeuge. Nur die Fische werden morgen meine salzigen Tränen schmecken, wenn sie aufwachen.

Eine Dreiviertelstunde mag es dauern, bis ich das Ufer erreiche. Denn ich schwimme trotz allem langsam. Ich habe panische Angst vor Krämpfen.

Immer wieder fasse ich an meinen Büstenhalter, um sicherzugehen, dass das Aufnahmegerät dort noch fixiert ist. Ist jetzt bestimmt halb hinüber, aber es wird sich ein Genie finden, das das Gespräch zwischen Merkmann und mir aus dem Ding zieht.

An einem Uferstück mit Schilfgras und Steinen, gleich

neben einem Holzsteg, empfängt mich eine kleine Gesellschaft. Mich, die Triefende, die Erschöpfte, die in einem schwarzen Kleid aus dem Wasser steigt. Alle sind betrunken, da sind jedoch auch zwei Frauen, nüchtern genug, um zu bemerken, dass ich nicht aus reinem Jux zu ihrem Steg geschwommen bin. Die beiden trocknen mich ab, geben mir eine Hose und ein T-Shirt, bewundern meinen dünnen Körper und eine der Frauen fährt mich die paar hundert Meter zu Abduls Schlösschen.

»Ach, von da kommen Sie«, sagt sie. Sie kriegt glänzende Augen. »Das Haus Hamid. Charmant.«

Vielleicht hat Abdul ihr einmal aus dem Auto zugewunken.

V

Das Grillfest

In der folgenden Nacht, der Nacht zum 14. September, sind Wanderer, seine Leute und die Hälfte der Polizeimannschaften von Achenburg, Darmstadt und Würzburg wach.

Gegen dreiundzwanzig Uhr betritt Wanderer einen schmutzigen Innenhof, der von Polizisten bevölkert ist. Scheinwerfer, Taschenlampen, Flackern, Gespräche über Funkgeräte. Das Einsatzteam sitzt vor einem Panzerwagen und raucht. Schutzwesten, Helme und Nachtsichtgeräte haben sie abgelegt.

»Wo ist er?«, fragt Wanderer.

»Noch oben«, erhält er als Antwort. »Die sind bei ihm. Lassen Sie sich den nicht durch die Lappen gehen.«

»Damit nicht alles in Kölner Katakomben verschwindet«, sagt ein anderer der Einsatztruppe und schnippt einen Zigarettenstummel Richtung Mülltonnen.

»Versiffte Gegend«, murmelt Wanderer, durchquert den Hof und geht ein Treppenhaus hoch, von dessen Wänden sich der Putz löst.

Vor zehn Tagen haben Polizeipräsident Wirtt, Wanderer und die Kriminalhauptkommissare Beckmeier und Schultheiss zwei weitere hochrangige Beamte des Bundesamts für Verfassungsschutz empfangen, Kellner und Mannhold. Diese beiden, zusammen mit Wirtt und den anderen Beamten des Bundesamts, haben Wanderer und seine Kollegen, die sie im Übrigen kaum angehört haben, in der Frage überstimmt, was die beste Vorgangsweise gegen die Aktion mit dem von den Verschwörern verwendeten Decknamen »Grillfest« sein sollte. Wanderer hat abgenickt, was Wirtt und die anderen beschlossen haben. Sie wollten keinesfalls abwarten, sondern die »Scheißer« – nicht pressetaugliches Zitat Wirtt – alle gleich hochgehen lassen. Das Risiko wäre laut Wirtt einfach zu hoch. Wanderer weiß, dass Geheimdienste zwar nicht gerne Leute hochgehen lassen, doch gab es in diesem Fall kaum Alternativen. Außerdem schien die Frage nach Hintermännern und Köpfen der Operation weitgehend geklärt.

»Was haben sich diese Klabautermänner gedacht?«, wurde Wirtt nicht müde zu wiederholen und schüttelte den Kopf dazu.

Er frohlockte angesichts der kurz bevorstehenden größten Polizeiaktion gegen die rechtsextreme Szene in der Geschichte der Bundesrepublik. Offenbar hatte er im Sinn, Kellner und Mannhold durch seinen cholerischen Auftritt zu beeindrucken. Ein enthusiastischer Polizeipräsident, der für seine Sache kämpfte!

»Mitten in Deutschland!«, rief er fassungslos.

Wanderer hat nur gelächelt.

Seit anderthalb Jahren hat der Verfassungsschutz Tausende codierte E-Mails der Rechtsradikalen aus Südhessen und Nordbayern mitgelesen. Außerdem haben sie in Achenburg seit einem Jahr einen wertvollen V-Mann auf mittlerer Ebene installiert. Wanderer hatte davon keine Ahnung. Dieser V-Mann arbeitet bis heute in einem Secondhand-Elektronikladen, scheint eine völlig untadelige Legende zu besitzen, unauffällig, Typ Mitläufer, und er hat samt seiner – in dieser Hinsicht – ebenfalls untadeligen Freundin Zugang zu den höheren rechtsextremen Chargen in der gesamten Region. Die allem Anschein nach attraktive Freundin hat eine Zeit lang im Pornogeschäft ihr Glück versucht, was die Sache erleichtert haben mochte. Der V-Mann selbst ist ein Ehemaliger, der aussteigen wollte, wobei er rekrutiert wurde. Er heißt Philipp Wasserthanner.

Zu guter Letzt fing das LKA eine Nachricht aus dem Gefängnis ab, die Lukas Spahn einem ihm vertrauenswürdig erscheinenden Justizvollzugsbeamten übergeben hatte, dem Bruder eines Kameraden, damit der sie nach draußen an Rainald Mehlhand weiterleiten sollte.

Und dann ist heute Nacht, denkt Wanderer, noch immer auf der Treppe, das »Grillfest« aus den Fugen geraten. Ein paar Warnschüsse, Hunderte Sirenen, die Stadt eine einzige Großrazzia, über zweihundert klickende Handschellen, acht oder neun gebrochene Knochen, zwei Beinschüsse, eine ganze Kolonne Gefangenentransporter.

Der Zugriff ist in den genannten Städten gleichzeitig erfolgt, wobei Achenburg den Löwenanteil abbekommen hat. Sechsundzwanzig Wohnungen, sechs einschlägige Lokale und das Jugendzentrum »'n Roses« waren die Ziele, über fünfhundert Beamte im Einsatz.

Oben am Treppenansatz angekommen, betritt Wanderer die kahl aussehende Wohnung. Die Leute lungern in der Küche herum, Wanderer riecht Kaffee.

»Eine Tasse auf Kosten des Hauses?«, fragt ihn ein drahtiger BKA-Mann aus der Küche und grinst über das ganze lange Gesicht.

Heute sind sie alle glücklich. Wanderer winkt ab, auch er ist guter Laune, wie denn nicht? Er fragt sich, ob man das Apartment schon ausgeräumt hat. Kurz darauf geht er an einem Zimmer mit einer Spanplatte vorbei, die auf Bierkisten steht. Auf der Platte liegen Klötze, Papier und leere Flaschen. Bis er weiter hinten auf die Agenten und den Mieter der Wohnung, Rainald Mehlhand, trifft. Drei Leute durchsuchen in diesem Augenblick den Raum, in dem ein großer Schreibtisch steht, daneben Schränke und in der Ecke eine Matratze auf dem Boden. Alles blitzsauber.

Rainald Mehlhand sitzt in Handschellen auf einem Stuhl und gibt keinen Laut von sich. Er blickt Wanderer nicht an. Wanderer kann Mehlhands Gehirn auf Hochtouren laufen sehen, wobei der sich bestimmt die Frage aller Fragen stellt:

Wer ist die Ratte? Ein V-Mann? Scheiße, wen muss ich abmurksen?

»Kriminalhauptkommissar Wanderer, da sind Sie ja«, sagt ein Mann, der sich Wanderer als Jochen Wiedenkopp vorstellt.

Wiedenkopp schüttelt Wanderer betont herzlich die Hand. Er ist einen Kopf größer als Wanderer und hat auch sonst Masse vorzuweisen. Und ein Pferdegebiss. Dampfwalze, denkt Wanderer.

»Wenn Sie Lust haben, können wir beide uns gleich den da vornehmen.«

Wanderer geht auf Rainald Mehlhand zu, der hebt den Kopf. Blick zwischen Schaf und Raubtier, unentschlossen. Er sitzt vor dem dunklen Fenster, durch das ein rotierendes Polizeilicht im Zweisekundentakt blau hereinschießt.

»Bringen Sie ihn rüber«, sagt er angewidert zu Wiedenkopp, »oder ist das zu viel verlangt? In den leeren Raum mit der Holzplatte, da können wir uns besser unterhalten als in dem Trubel.«

»Schon gut«, sagt Wiedenkopp, »wir nehmen den jetzt gleich mal ein bisschen auseinander, wir beide.«

Wanderer nimmt Wiedenkopp beiseite. »Und Sie sind immer noch der Meinung, Mehlhand wäre der Kopf der Sache?«

»Kaum Zweifel«, sagt Wiedenkopp. »Die rechte Hand von Lukas Spahn. Das ›Grillfest‹ hätte er geleitet. Die Planung war offenbar Gemeinschaftsarbeit.«

»Dann lassen Sie uns machen«, sagt Wanderer. »Wir sollten uns rasch einen Überblick verschaffen. Vielleicht sind noch weitere Einsätze nötig.«

»Hier!«, ruft Wiedenkopps Kollege. »Was sagt man dazu?« Er hält vier USB-Sticks hoch, die er soeben in einer Schublade gefunden hat und auf die »Inventarliste« schreiben lässt, wie sie das nennen.

Die Speichersticks sind mit Aufklebern versehen, die nur einzelne Buchstaben tragen. Bei einem sind es die Buchstaben *JPW*, bei einem anderen *GF*. Die zwei restlichen Sticks bekommt Wanderer nicht zu sehen.

Wanderer fährt vor Schreck, Freude und trotz mancher Ahnungen auch vor Überraschung zusammen, lässt sich jedoch nichts anmerken. Augenblicklich ein kleines Zittern in seinen Knien. Diese Nacht wird für ihn besser, als er sich das jemals hätte ausmalen können.

»GF, etwa wie ›Grillfest‹?«, sagt der Staatsschutzagent. »Beim Einfallsreichtum dieser Hohlköpfe würde mich das nicht wundern. Das sehen wir uns gleich an. Was meint ihr?«

»Wir gehen nach drüben«, sagt Wiedenkopp.

Sie bringen Rainald Mehlhand, die Speichersticks und einen Laptop in das Nebenzimmer, dazu den Drehsessel vom Schreibtisch und zwei Holzklappstühle aus der Küche. Wanderer reserviert sich den Drehsessel. Sein Rücken stellt Ansprüche.

Wiedenkopp steckt den Speicherstick mit der Aufschrift *GF* in den staatseigenen Laptop. Mehlhand fängt zu schimpfen an, doch schon beim dritten Wort knallt ihm Wiedenkopp eine harte Hand auf die Schulter, worauf er sich die Sache ein wenig überlegt. Das nächste Mal wird es ja nicht bei der Schulter bleiben. Halten nichts aus heutzutage, denkt Wanderer.

Wanderer sieht sich Rainald Mehlhand an. Der Um-jeden-Preis-nach-oben-Typ von der modernen Sorte. Ohne Mut. Und in seinen Augen blitzt eine Erkenntnis auf. Wanderer blickt Mehlhand an, bevor der angeekelt den Kopf senkt. Er hat die Ratte gefunden, denkt Wanderer.

»Was ist denn da drauf?«, fragt Wiedenkopp. »Ganze Planung? Na? Kommentar, Arschgesicht?«

Rainald Mehlhand schweigt, kommt sich sichtlich stark dabei vor. Was sie nicht davon abhält, die Sache näher unter die Lupe zu nehmen.

»Ihr könnt wohl nur in Bildern, wa?«, sagt Wiedenkopp.

Er zeigt Wanderer den Laptopbildschirm, blättert ein paar Seiten durch. Es sind fast ausschließlich Grafiken und Organisationspläne zu sehen.

Die gesamte Operation »Grillfest« fein säuberlich und übersichtlich aufgerollt. In mehreren Einsatzschritten, mit Symbolen und Legenden, alles auf verschiedene Ebenen projiziert. Nicht übel, das Ganze. Auch ein Animationsvideo gibt es.

»Bist wohl so was wie ein Genie«, sagt Wanderer. Er hat sich Wiedenkopps Ton angeeignet. »Im Gefängnis lieben sie kluge Köpfe, habe ich gehört. Hat einmal Fachhochschule gemacht«, sagt er erklärend zu Wiedenkopp, »bei der Hälfte abgebrochen.«

Der nickt, obwohl er das weiß.

»Klugscheißer. Und dieses Jugendzentrum«, sagt er beiläufig zu Wanderer wie eine zuvor vergessene Info, »das diente als Anlaufstelle. Und zur Rekrutierung.«

Was Wanderer und Wiedenkopp in den nächsten Minuten zu sehen bekommen, haben sie in Umrissen schon von Philipp Wasserthanner erfahren, der an den Planspielen teilgenommen hat, die genau hier, auf dieser Spanplatte stattgefunden haben sollen. Zusammen mit seiner Ex-Pornotussi und einer Handvoll Kameraden.

»Hast du sie gefickt, das Bunny von deinem Freund, wie heißt er denn noch gleich?«, sagt Wiedenkopp, der den gleichen Gedanken gehabt zu haben scheint.

Gut gemacht, denkt Wanderer. Wiedenkopp tut, als würde er den Namen praktisch nicht kennen.

Rainald Mehlhand sagt kein Wort.

»Sag schon, ist mir wichtig, zur Einschätzung der Lage«, insistiert Wiedenkopp und knallt Mehlhand eine leere Bierflasche aufs Knie.

Jetzt zuckt der doch.

»Klar«, sagt Rainald Mehlhand, »war ein geiler Mordsspaß.«

»Na also, der kann ja sprechen.« Wiedenkopp ist zufrieden.

Mehlhand spuckt auf den Boden.

Worauf ein weiteres, rau geführtes Gespräch mit ihm nötig ist, eines, das ihm eine kleine Platzwunde einbringt, die er sich dann beim ungeschickten Treppensteigen zugezogen haben wird, damit Rainald Mehlhand – »mit Enthusiasmus«, Zitat Wiedenkopp – einwilligt, die Lücken zu füllen, die Wanderer und Wiedenkopp in all diesen Grafiken und Einsatzplänen noch zu sehen glauben.

Wanderer lässt Wiedenkopp machen. Einem Polizisten hätte er das nicht erlaubt. Verfassungsschutz darf, denkt Wanderer, von mir aus darf der heute, ist der Magnitude der Operation angemessen. Und er lässt Wiedenkopp auch deshalb machen, weil er ahnt, was er in seiner Jackentasche mit sich trägt, und weil er schnell rauswill, um dieses illegale Mitbringsel, denn das wird es zu Hause dann sein, in Augenschein zu nehmen.

Nachdem sie sich noch das Animationsvideo angesehen haben, in dem brennende Menschen, laut knisternde Flammen, Schüsse und Explosionen vorkommen, wissen Wiedenkopp und Wanderer anderthalb Stunden später alles, was man über die Operation »Grillfest« wissen muss, wenn man nicht gerade Perfektionist ist und der detaillierte Operationsbericht in den nächsten Tagen von jemand anders geschrieben werden wird.

Die hatten fünfzehn Kommandos zu fünf oder sechs Leuten zusammengestellt. Einige der Kameraden sollten in Polizeiuniformen stecken, dazu die fünf alten Nachtsichtgeräte und die kugelsicheren Westen. Das eher aus Jux und Provokation. Die meisten Kommandos wären in schrottreifen Autos gekommen. Darüber hinaus ein paar mittelgroße Laster. Die Autos wollten sie bei Ankunft an der »Mittellandsiedlung für Neue Bürger und Anwärter« mit je einem Kanister Benzin füllen, rein durch die offene Scheibe – Fenster aufmachen, wenn die einzelnen Kommandos eintreffen, das war ausdrücklich in einem den grafischen Dateien beigefügten Blatt mit Zusatzinfos so formuliert –, dann eine ordentliche Anzahl Blechtonnen, deren untere Hälfte mit Benzin gefüllt wäre, darauf ein Holzdeckel, seitliche Löcher, obenauf benzingetränkte Altkleider und Holzbohlen, die sie überall in den Höfen der MilaNBA verteilen wollten, und die Bretterverschläge vor einige der Eingänge, vor allem vor jene, vor denen kein brennendes Auto stehen würde. Das Kommando zum Start hätte in einem dreimaligen langen Hupen eines Lasters bestanden, woraufhin die Tonnen im Hof alle gleichzeitig in Brand gesteckt, danach die Autos an den Eingängen unter Feuer gesetzt und am Ende Feuercocktails von außen in die dunklen Fenster der Wohnanlage geworfen werden sollten. Zweihundert dieser Molotowcocktails waren vorbereitet, dazu hatte man geplant, immer wieder Pistolenschüsse in die Fenster abzugeben, einfach nur um gleich »Maximalpanik«, sagt Rainald Mehlhand, zu schüren.

»Ihr hättet also einfach darauf gewartet, dass alle rausrennen?«, fragt Wiedenkopp.

»Brennende Nigger, jede Menge«, kommentiert Rainald Mehlhand.

»Ich sehe das so«, sagt Wanderer und kann nicht glauben, was er sagen muss. »Die laufen raus aus den Wohnungen, in Panik, hinunter in die Höfe mit den brennenden Tonnen, aus denen das Benzin läuft und alles unter Feuer setzt. Die herumliegenden Bohlen, die in den Höfen geparkten Autos. Ein paar der Tonnen wären explodiert. Panik in den Gesichtern, schreiende Kinder, brennende Menschen?«

Mehlhand wagt ein bisschen zu spucken. »Und die Scheißrepublik wäre endlich aufgewacht«, fühlt er sich bemüßigt, seiner Spucke nachzuschießen. »Es ist ja Krieg.«

Die Opferanzahl wäre stark abhängig davon gewesen, wie schnell die Feuerwehr angerückt wäre. Und das war ein entscheidender Punkt. Drei Elektrikerkameraden waren auf die zwei Mobilfunkmasten in der Nähe angesetzt, um sie außer Betrieb zu setzen. Und zusätzlich ein Kabelkommando. Ebenfalls bestehend aus drei Leuten. Einer davon hat offenbar vor zwei Jahren die Kabel mitverlegt. Sie hatten vor, am Wald einen Schacht zu graben, um darin alle Kabel zu kappen. Kein Festnetz, kein TV, kein Internet. Und kein Mobilfunknetz. Zusätzlich zwei Laster als Straßensperre an der einzigen Zufahrtsstraße. Diese letzte Maßnahme hätte noch einmal ein paar Minuten gebracht.

»Welch akribischer Versuch, so viele Leute wie möglich so lange wie möglich brennen zu sehen. Weißt du, was das alles bedeutet?« Das ist Wiedenkopp. Er schreit und er hat eine kräftige Stimme.

Wanderer hat Angst, er geht Rainald Mehlhand an Ort und Stelle an die Gurgel. »Ihr habt in eurem beschissenen Leben noch keine einzige Sekunde als Menschen verbracht!«

Mehlhand blickt nicht auf. Das ist ihm jetzt offenbar zu brenzlig.

»Was wir aber immer noch nicht wissen«, sagt Wanderer schnell, um diesen gefährlichen Augenblick zu umschiffen, »*wann* das hätte stattfinden sollen. Was, mein lieber Herr Mehlhand, wäre denn der opportune Zeitpunkt gewesen?«

»Eine Nachricht«, sagt Rainald Mehlhand. Er hat sichtlich Angst, nicht heil rauszukommen heute.

»Welche Nachricht?«, schreit Wiedenkopp ihn wieder an.

»In der Zeitung.«

»Verarsch uns nicht, was hat eine verdammte Zeitung damit zu tun?«

»Wir sollten auf einen Artikel in dieser Onlinezeitung warten. Bergenpost. Dann drei Tage später losschlagen. Der hätte in diesen Tagen erscheinen sollen, der Artikel. Wir waren in Bereitschaft.«

»Wer hat das gesagt?« Das ist Wiedenkopp.

Schweigen. Ein Schlag aufs Knie. Schweigen.

»Was hätte in dem Artikel stehen sollen?«

»Artikel eben. Von dieser Kanakenbraut, hab vergessen, wie die heißt.«

»Und verdammt noch mal, worüber?«

»Anschlag. Von den Ziegenfickern. Wir dann nur in Notwehr.«

Rainald Mehlhand wirkt bei diesem letzten kurzen Satz erschöpft. Schließt den Laden für heute. Das macht er hart und es wird so deutlich, dass selbst Wiedenkopp kapiert und nach ein paar weiteren Versuchen einfach aufgibt.

»Kriegen wir schon raus«, sagt Wiedenkopp zu Wanderer, der voller Sorge an Laya Niering denkt, aber kein Wort über sie verliert. »Gehen wir.«

Es ist halb drei Uhr morgens und Wiedenkopp setzt sich mit der Einsatzleitung in Verbindung, bald ist klar, dass sie tatsächlich einpacken und nach Hause gehen können. Mehlhand wird abgeführt und in eine Zelle im Justizgebäude gesperrt. Separiert von den meisten seiner Kameraden, die diese und die folgenden Nächte in der Justizvollzugsanstalt Achenburg verbringen werden.

Als Wanderer Rainald Mehlhands Wohnung verlassen will, fallen ihm jetzt, da all diese Leute verschwunden sind, die es sich zuvor in der Diele und der Küche bequem gemacht haben, die Kisten und Schachteln auf, die man anfängt, abzutransportieren. Randvoll mit Gasmasken sind die, mit Nachtsichtgeräten der ersten Generation, kugelsicheren Westen, die Wanderer an die Polizeischule erinnern, obwohl die damals noch älter und noch schwerer gewesen sind.

»Polizeidepot«, sagt Heller, der den Abtransport leitet. »Diese Schweine waren das. Hatten wir das geahnt?«

Wanderer knurrt. Er ist todmüde. Und er hat noch viel zu tun. Er hat ja den zweiten Speicherstick in der Tasche, den mit der Aufschrift *JPW*.

Nachdem er zu Hause den Inhalt des Sticks einer genauen Prüfung unterzogen und kopiert hat, kann er immer noch sagen, im Trubel sei der in seiner Jackentasche geblieben und niemand habe ihn vermisst. Ist ziemlich dumm, keiner wird ihm glauben, schon gar nicht bei dieser Sache, seiner Herzenssache, doch er wird damit durchkommen und Wirtt wird ihn rausholen aus dieser kleinen Notlage.

In dieser Nacht schläft Wanderer kaum. Denn auf dem Speicherstick hat er mehr gefunden, als er zu hoffen gewagt hat. Ein Video, das alle drängenden Fragen beantwortet. Und obwohl Wanderer manches gemutmaßt hat, anderes spekuliert – das hier, das hier hätte er niemals ahnen können. Etwas wie das kann sich niemand, der bei Sinnen ist, auch nur ausdenken.

Und weit und breit, das zumindest hat Wanderer schon zuvor erkannt, kein Araber und kein Muslim. Der V-Mann hatte von dieser Operation offenbar keine Ahnung. Wanderer trinkt Anisschnaps, um sich wachzuhalten. Zu solcher Stunde hilft Kaffee nicht mehr. Wie froh ist er, dass BKA und Verfassungsschutz bisher nur den Tod von Johann Per Westgart bekanntgegeben, aber noch Geheimhaltung über die genauen Todesumstände angeordnet haben. Morgen, bei der Pressekonferenz, da kann Wirtt, wenn er darf und will, höchstpersönlich die Verkündigung vornehmen.

Er schickt das Video von Westgarts Tod als komprimierte Datei an Wirtt und entschuldigt sich gleich, den Stick versehentlich mitgenommen zu haben. Dann sieht er sich alles noch einmal an. Fast ist ihm, als hätte er zuvor geträumt.

Epilog

Abdul, Merkmann und ich sind übereingekommen, niemals jemandem etwas von Meshaals zertrümmertem Kopf und gebrochener Halswirbelsäule – es war das Schanzkleid der Reling, meine Billardkugel war nur das Vorspiel – zu erzählen. Und Abduls Bootsmann, dem man die Kehle durchgeschnitten hat, wird im Kreis der Familie bestattet. Ein schrecklicher Herzanfall.

Niemandem ist geholfen, wenn man erfährt, dass Muhamad Meshaal alias Mustafa Sadr, aus dem palästinensischen Clan der Meshaals stammend, auf der Jacht von Abdul Hamid gestorben ist, unter Beisein oder gar Mitwirkung von Laya Niering und Albert Merkmann. Wir haben vor, noch den ein oder anderen Sommer in Deutschland zu erleben. Einer von uns dreien hinter Gittern. Und der Leibwächter? Abdul erwähnt ihn nicht mehr. Ich weiß nicht, wo er ist. Er scheint keine Gefahr darzustellen. Ist er verblutet? Hat er sich in die Havel gestürzt? Haben Abduls Leute ihn erledigt?

Abdul hat mir auch erzählt, dass Meshaal alias Mustafa Sadr vordergründig zwar durchaus Gummiharze importiert, in Wirklichkeit aber schon seit vielen Jahren mit Waffen gehandelt hat. Wie früher die ganze Familie.

»Multiple Interessen, Laya-Maus. Die deutschen Rechten hätten im Erfolgsfall sicher Mengenrabatt erhalten.«

»Nenn mich nicht ›Maus‹.«

Bei dem Gespräch habe ich noch immer Abduls Ring getragen. Das mit dem Ring beeindruckte ihn. Aber eine Einladung von Abdul werde ich niemals wieder annehmen.

Auch das beeindruckte ihn.

In Achenburg muss ich ein langes Treffen mit Wanderer

und Major Harrer hinter mich bringen. Es geht bei diesem schwierigen Gespräch um die gehackten Dateien – ich gebe meinen Informanten Hornbrille nicht preis –, die Rolle der Chemieanlage in der Lagerhalle, die wahren Pläne von Lukas Spahn, um Mareike Bittrams und al-Hassams Tod, Merkmann, meine Tonaufzeichnung von der »Star of Beirut« – ich händige eine Kopie aus – und meinen gelöschten und nicht veröffentlichten Artikel, den Herbert mit einer Wiederherstellungs-App von meiner Festplatte gefischt hat. Von Gesine Wildung und dem Depot erzähle ich ebenso. Ich ernte großes Staunen. Offenbar hatte ihr V-Mann Wasserthanner von Gesines Mitwirkung beim Depoteinbruch keine Ahnung.

»Selbst dieser Einbruch diente bloß dazu, eine Fährte zu legen«, verkünde ich Wanderer und Harrer, die mich immer noch anstarren. »Dass die die Ausrüstung danach benutzen wollten, war nur ein Jux.« Und zu Wanderer gewandt: »Die haben uns gesehen.«

»Wo?«

»Am Marienhof. Der Verfassungsschutz.«

Harrer wetzt auf seinem Stuhl herum. Das ist ihm unangenehm.

»Ich weiß«, sagt Wanderer. »Wusste ich immer schon. Ich hatte keine andere Wahl. Ich wollte die Kollegen zu mehr Akribie zwingen, indem ich die Presse hineingezogen habe. Es ist ja immer einfach mit den Schuldigen.« Er sieht Harrer dabei nicht an, lächelt aber halb zu ihm hin.

Harrer gibt sich sichtlich Mühe, jetzt kein einziges Wort mehr von sich zu geben. Er will nur noch weg, das ist klar.

Anschließend mache ich mich ans Schreiben. Ich brauche fast eine Woche, bevor meine Geschichte zurechtgetrimmt ist, dass sie auf die Onlineseite der Bergenpost passen kann. Die Wirklichkeit ist ja immer viel schräger als die Fiktion. Man muss daher eine gekonnte Hand anlegen, damit die Leser auch verkraften können, was sie lesen. Es wird eine Reportageserie mit sechs Artikeln geben. Martinger, ja, Martinger, das ist auch für dich. Ich schätze ja Loyalität.

Zu der gehört auch, dass H. M. neuerdings für die Stadt arbeitet. Er ist für die Möbelmontagen und Demontagen der städtischen Einrichtungen zuständig. Eine ganze Truppe um ihn. Gestern habe ich einen großen Strauß weißer Rosen von ihm erhalten.

Die Rätsel, die mir dann noch bleiben, sind meine Ehe, Gesine und der Brand in ihrem Wohnblock. Das erste löse ich nicht, doch ich habe einen Schritt getan. Ich habe Christian einen langen Brief geschrieben, der eine Roadmap enthält. Eine Weggabelung. Der eine Weg führt zu einem Neustart unserer Ehe unter geänderten Vorzeichen, indem wir aus dem alten Haus ausziehen und uns ein anderes kaufen, eines, das nie eine Whiskyflasche gesehen hat. Der andere führt zur Scheidung.

Den Drehbuchauftrag der ARD nimmt Christian an. Er wolle seine deutschen Fans nicht verprellen, sagt er, er wolle etwas Demut zeigen und nicht vorgeben, er wäre in Hollywood angekommen. Das sei er ja nicht. Dafür liebe ich ihn ein paar Minuten lang. Er war für mich immer ein eindrucksvoller Mensch, wären da nicht seine Selbstzweifel, der Alkohol und die Verblendung durch den Erfolg.

Gesine Wildung war der Lockvogel für mich und meine Verbindung zu Mareike. Mit dem Depot hat man nur den nötigen Lärm gemacht. Wanderer stimmt mir in diesem Punkt im Großen und Ganzen zu. Gesines Opfer galt dem Bösen, sinnlos war es jedoch nicht. Es war bloß Teil eines sinnlosen Plans. Aber sprechen nicht allein die großen Pläne und Schicksalskonstrukte das Urteil über unser Leben, sondern gerade auch die Haltungen, mit denen wir an unsere Taten herangehen? So gesehen erhielt Gesines Tod ein wenig von der Aura selbstlosen, fehlgeleiteten Heldenmuts. Jedenfalls tröstet mich dieser Gedanke.

Wirtt schrammt wegen der Westgart-Sache knapp an einem Rücktritt vorbei. Den Tod des Zweiten Bürgermeisters über viele Tage geheim zu halten und dann noch eine Woche länger Stillschweigen über die Todesumstände, das hätte selbst für einen Polizeipräsidenten, der vom Verfassungsschutz unter Druck steht, einen Karriereknick bedeuten können.

Doch warum hatte Lukas Spahn den Wohnblock abfackeln wollen? Oder wenigstens den Eingang und ein oder zwei anliegende Wohnungen? Bloßer Aktionismus, der mir die Sache noch drastischer erscheinen lassen sollte? Das ist angesichts der gesamten Vorgehensweise nicht auszuschließen, ich kann daran jedoch nicht glauben.

Die Lösung präsentiert sich eines Tages Ende September, als ich erneut bei Kassmann einkaufe. Denn was prangt über der Tür von Kassmann? Eine Zahl in goldenen Lettern, Kassmanns Hausnummer in Jugendstilmanier. Es ist die Nummer 16. Ich bleibe vor Kassmanns Eingangstür stocksteif stehen und starre auf die Zahl. Bei Kassmanns drinnen lugt man diskret heraus, stellt sich sicher bange Fragen nach Wohlbefinden und geistiger Gesundheit dieser kurz zuvor noch ungeheuer zielstrebig erschienenen Kundin.

Schnell sehe ich im Internet nach. Und ich habe recht mit meiner Vermutung. Die Predigt von Sheikh al-Kalani im Dom von Achenburg war die sechzehnte auf der Liste der Predigten des Sheikhs in diesem Jahr in Europa. Einmal mehr frage ich mich, warum Lukas auf die Idee mit dem Tarot verfallen ist. Aber er hat einen Code benötigt, mit dessen Hilfe er sich mir mitteilen konnte. Nicht zu plakativ, nicht zu vordergründig, nicht zu konkret. Ein Code, den ich früher oder später verstehen würde, wenn ich die Drucke bei Mareike zu Gesicht bekomme. Es musste etwas sein, das aussehen mochte, als kommunizierte ein Verräter mit mir, ein Zweifler. Oder ein

Wahnsinniger. Die Bilder passten in seinen Plan. Wahrscheinlich war es ein spontaner Entschluss, auf diese Weise vorzugehen. Viel besser als eine mir zugesteckte Notiz, ein Text in den Islamistendateien, ein nächtlicher Anruf oder die irre E-Mail eines Abtrünnigen, die meine Zweifel zu früh geweckt hätten. Islamisten geben Anschlagstermine und konkrete Ziele nicht bekannt, nicht einmal in verschlüsselten Darknet-Dokumenten. Und dabei war alles verrückt genug, damit ich nicht zu Wanderer oder zum Verfassungsschutz laufen konnte. Die hätten mich mit meinem Tarot nur ausgelacht.

Ich stelle mir vor, wie Lukas auf Mareikes Sofa sitzt, eine Flasche Bier vor sich, Mareike ist in der Küche oder im Bad, die Tarotbilder hängen vor ihm an der Wand, die Gedanken feuern durch sein Gehirn. »Der Eremit« hat er ihr selbst geschenkt. Er brauchte ja die richtige Zahl. Oder war das lange vorher und daher Zufall? Dazu kann ich Mareike nicht mehr befragen. Lukas musste gar nicht wissen, dass ich Yeats und Machen gelesen habe, den »Hermetic Order of the Golden Dawn« und das Rider-Waite-Tarotdeck kenne.

Zurück zur Nummer sechzehn. Die Nummer sechzehn ist »Der Turm«. Der brennende Turm der Katastrophe, aus dem sich Gestalten stürzen. Und ich hatte diesen Hinweis zur Lösung des verdammten Rätsels nicht einmal benötigt. Es war ein Back-up für Dumme.

***

Am Marienhof hat ein neues levantinisches Restaurant eröffnet. An einem Abend Ende September sitze ich mit Walter drinnen, hinter viel Glas. Es ist sehr warm. Draußen Dunkelheit, Wind, Nieselregen.

Wir trinken Bier und warten auf Hornbrille. Walter hat anfangs bestimmt gedacht, ich wollte ein Vielleicht-versuchen-wir-es-ja-doch-noch-einmal-so-richtig-Essen mit ihm. Dann aber bloß langes Warten auf Hornbrille, den Walter für einen Schwachkopf hält, der die Welt allein durch seinen Computer sieht. Und jetzt erscheint er nicht. Halbe Stunde bereits zu spät. Und unser Gespräch will nicht recht in Fahrt kommen. Wir beschließen, doch noch etwas zu essen.

»Wie lief das Gespräch mit Winkelmann?«, fragt Walter. »Hast mir nichts erzählt.«

»Bei Lage der Dinge hat er den Schwanz eingezogen«, sage ich. »Obwohl er mich hasst. Und ich habe jetzt sogar mehr Freiheiten.«

»Wow.«

»Martinger hat diskret bei den Grabherrs interveniert. Die müssen bei Winkelmann eine Andeutung verloren haben, vielleicht von der großartigen Reporterin, die die Bergenpost habe, auf die sie stolz seien und dergleichen. Die haben mich auch eingeladen, mit Martinger, Winkelmann und den Ressortchefs. Anfang November.«

»Ich war immer von dir überzeugt.«

»Weiß ich«, sage ich und ergreife Walters Hand. »Danke.«

Die Kellnerin tritt an den Tisch. Ich bestelle ein Couscous-Taboulé, Walter nimmt Mansaf, ein Lammgericht.

»Was ist mit Lukas Spahn?«, fragt er, während ich der Bedienung an der Bar, die ich kenne, zuwinke und überlege, ob ich noch ein kleines Bier bestellen soll.

Ich habe mächtig Durst. Ich trinke neuerdings öfter mal Bier. Das tut mir gut und ich habe bereits drei Pfund zugenommen. Wobei ich es damit auch wieder belassen will.

»Lukas? Zehn bis fünfzehn Jahre. Hat mir Staatsanwalt Möller gesteckt. Die Anklageliste ist lang und ich habe keine Lust, sie runterzubeten.«

»Schon gut«, sagt Walter.

»Du weißt, dass man auch in dem Arabercafé am Marienhof acht Wasserspender gefunden hat?«, sage ich. »Und zwanzig weitere in der MilaNBA?«

»Nö, wieso?«

»Die haben an beiden Orten im Keller gestanden. Genau solche wie in der Halle.«

»Und?«

»Jemand hat die hingebracht, niemand im Café weiß, wann und wie. Und auch in der MilaNBA hat keiner eine Ahnung, wie die dort hingelangt sind. Standen eines Tages in einer Ecke im Keller. Ich kenne eine Familie, die da lebt. Die waren überrascht, als sie die Behälter im Keller entdeckt haben. Man hat festgestellt, dass ein Konrad Benjamin sie gekauft und dort hat anliefern lassen.«

»Fies. Verdachtsmomente erzeugen.«

»Harte Indizien wohl eher«, sage ich. »Und wer weiß, was sonst noch für Details auftauchen werden von Lukas Spahns Plan. Ein Handy von einem der Betreiber des Arabercafés wurde gestohlen. Würde mich nicht wundern, wenn man da noch verdächtige Nachrichten und Gespräche darauf findet. Hat der Verfassungsschutz vielleicht auch schon gefunden. Die hängen das nicht an die große Glocke. Verdächtige brauchte Lukas jedenfalls. Für die längerfristige Glaubwürdigkeit seines fiktiven Angriffsplans.«

Walter will darüber nachdenken. Ich gebe ihm keine Zeit dafür.

»Dieser Konrad Benjamin war Merkmanns Part.« Das Essen wird aufgetragen. »Benjamins Telefonnummer hat den Verfassungsschutz – das ganz unter uns – über Umwege zu einem Araber geführt, der unschuldig mit seiner Familie seit Jahrzehnten in Mannheim lebt. Ist über siebzig Jahre alt. Da hat jemand geschlampt. Dschihad ist etwas für die Jüngeren.«

»Deine Araber sind immer unschuldig.«

Das war richtig sarkastisch.

»Hey, was soll das? In diesem Fall ganz sicher schon, Walter.«

Walter begutachtet sein Lamm in Joghurtsoße, nimmt die

Weinkarte, die er vorher achtlos weggelegt hat, und winkt der Bedienung.

»Eine Flasche Château Kefraya bitte«, sagt er zu ihr.

Er hat die Marke gewählt, ohne um mein Einverständnis zu fragen. Aber es ist ein guter levantinischer Wein.

Eine Weile essen wir schweigend. Sie haben eine hervorragende Küche hier, sollte häufiger herkommen, denke ich. Mittendrin legt Walter sein Besteck ab und lehnt sich zurück. Seine Bewegung hat etwas von Resignation. Was ist? Er kratzt sich am Hinterkopf. Ich lächle.

»Laya«, sagt er und schüttelt den Kopf.

Dann macht er sich wieder über sein Lamm her. Heute ist nicht sein Tag. Und eine Blöße will er sich auch nicht geben. Ich lege eine Hand auf seine und blicke ihm in die Augen. Ich sage kein Wort, will ihm jedoch zeigen, dass Zeit immer ein Faktor ist und ich irgendwie nicht ich selbst bin. Und dass ich keine Ahnung habe, wann alles so wird, wie es sein soll.

»Und dieser Rainald … wie noch gleich?«, sagt Walter mit einem entschuldigenden Lächeln.

»Mehlhand.«

»Mehlhand also. Der soll die Westgart-Sache auf eigene Faust durchgezogen haben? Ohne Lukas Spahn? Ich kann's nicht glauben.«

»Wollte sich profilieren. Rainald wusste, dass Lukas eine große Sache abziehen will, er hat selbstverständlich auch mitgemacht, aber Lukas hat ihn nur häppchenweise eingeweiht. Es kannte ja keiner das Ganze. Außer Lukas und Meshaal vielleicht. Und all das muss Rainald mächtig gewurmt haben.«

»Bestimmt hat er auch gedacht«, sagt Walter, »wenn diese große Sache hochgeht, dann ist der Lukas weg und ich bin noch immer da. Und das Westgart-›Interview‹«, er malt Anführungsstriche in die Luft, »sichert mir immerwährenden Siegfried-Ruhm.«

»Und deshalb hat Philipp Wasserthanner, Araberfresser –

dieser V-Mann? –, davon auch nichts gewusst, weil es ein Alleingang von Rainald gewesen ist. Araberfresser war eigentlich ein Protegé von Lukas. Lukas war da offenbar wirklich außen vor bei Westgart.«

In diesem Augenblick huscht ein Schatten am Fenster des Restaurants vorbei.

»War das dein Informant mit Brille? Du solltest schleunigst Wanderer von ihm erzählen. Denkst du nicht? Wie heißt der noch gleich?«

»Kevin. Spahn natürlich. Die Ähnlichkeit ist mir schon vor einer Weile aufgefallen, aber das war zu jener Zeit eine unbewusste Erkenntnis.«

»Und so groß ist sie ja auch nicht. Meine Meinung. Der scheue Bruder also. Selbe Mutter, anderer Vater, ganz anderes Ergebnis.« Walter schüttelt den Kopf.

Der Schatten huscht jetzt zur Eingangstür. Passiert sie. Nähert sich. Setzt sich. Nimmt Gestalt an.

Ich schaue Kevin Spahn fragend an.

»Sorry«, sagt er und wischt an seiner beschlagenen Hornbrille rum, »konnte bei all dem Glas die verflixte Tür nicht finden. Und um gleich zur Sache zu kommen, hab's eilig. Sie verraten mich nicht, okay? Sie wissen, die Polizei und ich … es fehlt einfach die Gesprächsbasis. Hätte wirklich keinen Sinn. Ganz mieses Karma. Übrigens habe ich eine Geschichte für Sie. Beide?«

Er schaut abwechselnd in Walters und mein Gesicht, dann auf meinen halb vollen Teller. Mit hin und her flitzendem Rehblick. Er zieht seine Jacke aus.

»So was von heiß hier drin«, murmelt er.

Und ich brauche eine halbe Minute, bis ich begreife, was Hornbrille unter der Jacke für ein T-Shirt trägt. Es ist »Der Narr«, die Nummer null der Tarotkarten. Ebenfalls aus dem Rider-Waite-Kartendeck. Sieht in seiner gekünstelten Körperhaltung auch ein wenig aus wie der tote al-Hassam im Glasbehälter der Lagerhalle. Und der dritte Druck an Mareikes Wand, es war »Der Narr«. Ich starre Hornbrille an.

»Ist echt 'ne Sache, diese Geschichte«, sagt er. »Das nächste große Ding. Wo isser denn? Ach ja, hier …« Hornbrille zieht einen Speicherstick hervor. »Hat mich meine letzten Neuronen gekostet, sag ich euch. Wird euch glatt umhauen. Die gefährlichsten Typen auf dem Planeten …«

Postskriptum

Die Betonbefragung

An einem Vormittag Anfang Oktober ruft Wanderer mich an.

»Ich bin im Besitz eines Videos, Laya«, sagt er. »Prädikat ›absolut sehenswert‹. Außer Polizei und Verfassungsschutz kennt das niemand. Sie werden das auf jeden Fall sehen wollen.«

»Was bringt Sie auf den Gedanken?«, sage ich.

»Ach«, sagt Wanderer. »Es war alles viel drastischer mit Westgart.«

Und so kommt es, dass ich an einem kalten Oktobertag mit Wanderer einen kleinen Videoabend in Annas Haus veranstalte.

»Ist gemütlicher bei mir«, habe ich Wanderer am Telefon gesagt.

Ich serviere Wanderer Bier und habe Pasta für ihn gemacht. Wanderer sagt, die Leute um Rainald Mehlhand hätten Westgart bloß demütigen und ein Exempel statuieren wollen, damit kein Politiker es jemals mehr wagen würde, eine weitere dieser Immigrantensiedlungen zu bauen. Zu diesem Zweck wurde auch das Video aufgenommen.

Bevor wir anfangen, so Wanderer, solle ich mich auf eine Menge Dummheit und auf eine nun gesicherte, ziemlich dreiste Wendung gefasst machen. Lange Zeit habe er nur einen Verdacht gehegt. Dann habe man ihm jedoch Verhöre mit Rainald Mehlhand und dessen rechter Hand Tim Lenninger genehmigt. Und dadurch sei er, Wanderer, zu einer tieferen Schicht von Wahrheit vorgedrungen, zum »Ende der Fahnenstange«.

Ich bin gespannt, wir stoßen an.

Wanderer sagt, Rainald Mehlhand habe dem Video einen

eigentlich recht einfallsreichen Titel geben wollen, der laute: *Die Betonbefragung*. Wanderer versorgt mich noch mit einer Einführung. Es handelt sich um Informationen, die er aus den Verhören von Rainald Mehlhand bezogen hat. Dieser und zwei seiner Leute, sagt Wanderer, hätten Johann Per Westgart hinter seinem Haus aufgelauert, wo er immer zum Rauchen hingegangen sei, an einer Treppe am Bach.

»Bevor es dunkel wird«, soll Rainald Mehlhand Westgart versprochen haben, »sind Sie wieder zu Hause und können sich die Abendnachrichten ansehen. Es geht um die Syrersiedlung.«

Und warum Westgart daraufhin einwilligte, mit den drei Männern über die Steine des fast kein Wasser führenden Bachs zu gehen und am anderen Ufer in ihren Wagen zu steigen? Erhoffte er sich durch Kontakte zur rechten Szene Hilfe gegen seinen politischen Gegner, die AfD? Westgart hatte ein paar schwierige Tage hinter sich. Die Achenburger Umfragewerte der CDU zeigten seit zwei Wochen einen konstanten Trend nach unten und ihn machte man dafür verantwortlich. Westgart also warf wohl einen Blick in das dichte Blätterdach über ihm, Erlen, Hartriegel, Weidenbüsche – das habe Wanderer sich an Ort und Stelle angesehen –, und fasste einen müden Entschluss.

»Gehen wir«, habe er gesagt. Er, Westgart, sei immer schon dafür gewesen, mit kritischen Bürgern in einen ordentlichen Dialog zu treten.

Eine halbe Stunde danach setzt die »filmische Dokumentation« ein, Zitat Wanderer. Wir gucken alles auf meinem von der Hausratversicherung bezahlten neuen Fernsehbildschirm.

In der ersten Szene sieht man Westgart an der Baustelle der MilaNBA II aus einem alten Passat Kombi steigen. Überall Gruben, Kellerwände, Stahlbewehrungsteile und Kräne. Keine Arbeiter. Sonntag. Am Rand der Baustelle abgestellte

Bagger, weiter drüben Bürocontainer für die Arbeiter und die Bauleitung.

Westgart macht ein paar Schritte. Da treten ganz unerwartet fünf Leute mit Skimasken ins Bild und stellen sich vor ihm auf. Einer von ihnen schüttelt Westgart die Hand.

»Da sind wir«, sagt Rainald Mehlhand mit unverkennbarer Stimme. Er steht hinter Westgart, ist bestimmt gerade aus dem Passat gestiegen und hat nun ebenfalls eine Skimaske übergezogen. »Lassen Sie uns anfangen.«

Die hätten geplant, kommentiert Wanderer, die Stimmen später digital unkenntlich zu machen. Und das gesamte Video sollte noch geschnitten werden.

Von hinten treten nun zwei kräftige, maskierte Gestalten an Westgart heran. Bevor er reagieren kann, packen ihn die beiden an den Armen und drücken sie nach hinten. Sekunden später trägt Westgart Kabelbinder als Fesseln. Rainald Mehlhand gibt ein Zeichen, Westgart nach vorne zur Baugrube zu bringen.

»Ich empfehle Ihnen, das rückgängig zu machen«, zischt Westgart die Umstehenden an. »Und wir wollen so tun, als wäre das alles nie geschehen.«

»Unsinn, Unsinn!«, schreit Rainald ihn an. »Ist *das* hier rückgängig zu machen?« Er zeigt auf die ferne MilaNBA I, auf die offenen Baugruben, die Keller und unfertigen Gebäude der MilaNBA II. »Na? Hier war Deutschland, jetzt ist es Kanakenland.«

»Sie werden das zu verantworten haben. Das verstehen Sie doch, Sie mieser …« Westgart verbeißt sich das letzte Wort. Für ihn ist das ab diesem Zeitpunkt wohl bereits alles ein Fall für Wirtt und für die Gerichte.

»Wir werden Ihnen Fragen stellen«, sagt ein gewisser Mathias Kemp, kommentiert Wanderer. »Wir filmen und Sie antworten. Wir werden die Fragen auf Tafeln schreiben und Ihnen die vor die Nase halten. Damit das alles ganz, ganz deutlich wird.«

»Und wenn ich geantwortet habe?«, fragt Westgart. In seiner Stimme ist Müdigkeit und Resignation auszumachen.

»Wenn alle Fragen zufriedenstellend beantwortet sind«, das ist jetzt wieder Rainald Mehlhand, »können Sie einfach gehen. Sie nehmen den Bus.«

Schallendes Gelächter von mindestens zehn Stimmen, deren Besitzer nicht alle auf dem Video zu sehen sind.

»Und um es klipp und klar zu sagen: Wir statuieren ein Exempel. Kein Politiker in diesem Land soll danach noch auf die Idee kommen, so was zu bauen. Keiner!« Die letzten Worte schreit Rainald wieder.

»Hier draußen?«, fragt Westgart.

Er bekommt keine Antwort, stattdessen rempelt man ihn an und zieht ihn an den auf dem Rücken befindlichen Händen hinüber zu der großen Fundamentgrube, die Michael Hanck vom Betonwerk nur Stunden vorher mit Beton der Festigkeitsklasse C25/30 und der Konsistenzklasse F6, praktisch flüssig, so Wanderer, aufgefüllt hat. Die Grube schätze ich auf etwa zehn Meter im Quadrat.

»Einer von denen«, wirft Wanderer dazwischen und hält dabei das Video an, »Jürgen Wallner, arbeitet im Betonwerk in der Auftragsorganisation. Die hatten direkten Zugriff. Ist alles erledigt mit ihm.« Er lässt das Video weiterlaufen.

Jetzt sieht man die Holzbohle. Sie ist wohl knapp drei Meter lang, über dreißig Zentimeter breit, dick und oben hat ein gewisser Tim Lenninger tags zuvor ein Loch mit einem Durchmesser von etwa fünf Zentimetern hineingebohrt. Durch dieses Loch haben sie ein starkes Kletterseil aus Polyester gezogen. Das Seil wiederum hängt am Haken eines Hubkrans, der auf einem Lastwagen montiert ist. Die Bohle liegt vor der Grube, der Kranarm mit dem Haken schwebt fünf Meter darüber.

Zwei Leute stellen die Bohle auf und Tim Lenninger, erklärt Wanderer, fängt an, Westgart daran festzubinden. Dazu müssen sie die Kabelbinder an Westgarts Handgelenken aufschneiden, die Arme um die Bohle legen und hinten neue Binder anbringen. Westgart wehrt sich, es ist aber aussichtslos. Die Füße werden mit Kletterseil an der Bohle befestigt, der Brustkorb ebenso. Sie unternehmen einen Probelauf, bei dem sie Westgart, wohl damit er sie nicht andauernd beschimpft, einen Knebel in den Mund stecken. Derart an die Bohle gebunden, wird Westgart von dem Autokran hochgehoben, bis er einen halben Meter über dem Boden hängt. Sie lassen ihn zwei Minuten lang in der Position, Westgart quellen vor Wut die Augen heraus, er windet und dreht sich, macht eine ganze Runde um sich selbst.

»Das funktioniert nicht«, sagt Lenninger, läuft zu einem Holzlagerplatz für Schalteile und Bretter – die Kamera folgt ihm – und kommt mit zwei kurzen Brettern zurück. »Wir machen das so.«

Sie lassen die Bohle herunter, binden Westgart los, wieder schnell Kabelbinder an seine Hände, und stellen ihn ein paar Meter weit weg. Westgart muss jetzt immer von vier Leuten gehalten werden. Dann nageln sie ein Bretterstück waagerecht in Brusthöhe an die Bohle und ein anderes, viel kürzeres Brettstück als Stütze für Westgarts Füße. Ein Suppedaneum. Sonst könnte er sich die Schultern auskugeln. So weit denken die jedenfalls.

»So, jetzt«, sagt Lenninger. »Der kann sich nimmer mehr drehen.«

»Wenn sie im Beton steckt, sowieso nicht!«, ruft einer aus dem Off.

Alle lachen.

»Gut, Tim«, sagt Rainald. Westgart stiert ihn ungläubig an. »Jetzt wieder dran mit ihm. Wir wollen ja heute noch feiern, Kameraden. Und den Knebel raus!«

Gejohle. Obschon es sonst zivilisiert zugeht, was Wortwahl und Gestik anbelangt. Man will Eindruck hinterlassen.

Westgart wird erneut an der Bohle befestigt. Diesmal schlauft man seine Arme um das obere waagerechte Brettstück nach hinten, wo sie mit Kabelbindern fixiert werden. Darauf binden sie Füße und Brustkorb mit Stricken wieder ordentlich an der Bohle fest. Am Ende kommt der Knebel raus.

Diese Kreuzstellung muss schmerzhaft für Westgarts Schultern gewesen sein. Man lässt ihn nun wieder vom Autokran nach oben ziehen. Sobald Westgart etwa einen Meter über dem Baugrund hängt, bewegt sich der Kran ruckelnd nach rechts, auf die Fundamentgrube zu. Ein gewisser Markus Mitterer, der den Autokran bedient, macht das gut. Doch nach eigener Aussage, so Wanderer, hat er das zum ersten Mal getan.

Westgart hängt über der Betongrube. Übt sich in wilden Beschimpfungen.

Nun wird die Kamera in Position gebracht und auf ein Stativ gestellt. Zwei der Maskierten halten große Schilder griffbereit. Markus Mitterer lehnt am Autokran, Tim Lenninger und Mathias Kemp stehen im Hintergrund. Rainald Mehlhand gibt den Einsatz zu Schild Nummer eins.

Die zwei Helfer halten das Schild zur Kamera. Darauf wird erklärt, was man beabsichtigt zu tun, was man sich davon verspricht. Es ist wie zu erwarten: Einwanderungsstopp, Grenzen dicht, Dexit, ein neues, *echtes* Grundgesetz. *Aber dalli*, ist am Ende zu lesen. Sonst würden noch andere Politiker *eine solche Schau* durchlaufen.

Ab Schild Nummer drei dreht sich alles um die MilaNBA, die *erschlichene* Baugenehmigung, die Täuschung der Öffentlichkeit, die geglaubt hätte, es handelte sich um eine normale Wohnsiedlung und nicht um ein *Feldlager für Invasorentruppen* et cetera, et cetera.

Westgart muss antworten, Statements abgeben. Er hängt noch fast einen Meter über der Betongrube, Mitterer stellt den Hubkran auf Automatik. Der Kran senkt augenblicklich seine Ladung mit langsamer Geschwindigkeit ab, wohl nicht mehr als ein, zwei Millimeter pro Sekunde. Ausreichend jedoch, um Westgart die Bewegung spüren zu lassen. Auch mit den Augen musste er sie deutlich wahrnehmen können. Das flüssige Betonbett näherte sich.

Die nächste Frage lautet: *Wem gehört dieses Land?*

Westgart versucht sich an verschiedenen Antworten. Keine gefällt. Dem deutschen Volk, das will er wahrscheinlich nicht sagen. Die Bohle berührt bereits die Betonfläche. Und Westgart sagt, »den Deutschen«. Er wiederholt es viermal. Und die Kameraden einigen sich, das ausnahmsweise als Antwort durchgehen zu lassen. Die Abwärtsbewegung stoppt.

Die nächste Frage bringt Westgarts Schuhe schon an die Betonoberfläche. Er kann sich einfach keine mögliche Antwort denken auf: *Was soll mit Deutschland geschehen?* Er schweigt und Rainald Mehlhand, zuerst in Rage, gibt das Zeichen zu Schild Nummer sechs. Der Hubkran stoppt nicht.

Die Schilder Nummer sieben und acht werden halb zufriedenstellend beantwortet, der Kran stoppt immer für eine halbe Minute.

Westgart hat inzwischen die Schuhe ganz im warmen Beton stecken. Worauf nun die haarigen Fragen gestellt werden. Sie drehen sich um konkrete Maßnahmen – Ausstieg aus der EU. Dexit, Grenzschließung, das neue Grundgesetz, in dem die Würde nur für »Volksdeutsche« gelten soll.

Westgart kann darauf für die Umstehenden nicht zufriedenstellend antworten. Das sei völlig ausgeschlossen, sagt er. Minutenlang lässt er sich nicht einmal zu einer ablehnenden Antwort hinreißen, dann verneint er das ein oder andere trotzig. Der Beton steht schon fast an seinem Gürtel. Markus Mitterer hat die Stopptaste am Hubkran kein einziges Mal gedrückt. Rainald Mehlhand springt vor der Kamera fuchsteufelswild hin und her.

»Stopp!«, schreit er Markus Mitterer zu. Dann zu Westgart:

»Sie haben nur eine einzige Wahl, Westgart. Diese Grube ist fast zweieinhalb Meter tief, die Bohle nur unwesentlich größer, auf der Sie eine wirklich jämmerliche Figur abgeben. Wäre das nicht was, ha? Im eigenen Verbrechen einbetoniert werden? Wollen wir nicht, nein, aber Sie müssen uns schon was anbieten. Sonst werden nicht nur Ihre Eier vollzementiert.«

Westgart denkt nicht daran, seinen politischen Selbstmord voranzutreiben. Er weigert sich standhaft, zu antworten. Er mag gedacht haben, die drohen, das sind besoffene, gelangweilte Kinder, die gehen weit, jedoch nicht so weit, wie er gehen kann. Westgart, das berüchtigte Karrieretier.

»Weiter«, ruft Rainald, seine Stimme überschlägt sich.

Zentimeter um Zentimeter senkt sich der Kranhaken. Immer wieder werden Westgart die Schilder vorgeführt. Mal schüttelt er den Kopf, sagt bloß »Nein« oder »Niemals«, »Das ist eine Unterstellung«, »Wo denken Sie denn hin?«, »Sie sind Verbrecher« und manchmal schweigt er auch wieder und zuckt mit keiner Wimper. Es gibt wohl zehn solcher Fragen, alle werden mehrmals durchgenommen und bei keiner einzigen kommen sie voran.

Zehn Minuten vergehen. Westgart steht die Zementsoße bereits in Brusthöhe. Insgeheim habe Rainald Mehlhand, so Wanderer, Mitterer ein Zeichen gegeben, die Senkgeschwindigkeit deutlich langsamer zu stellen.

Rainald Mehlhand wird ruhiger und wirkt entschlossen. Er winkt Tim Lenninger zu sich und berät sich mit ihm. Als eine Entscheidung getroffen ist, läuft Tim Lenninger hinüber zu Markus Mitterer beim Hubkran.

Der schaltet die Automatik aus, was die Abwärtsbewegung abrupt zum Stillstand bringt. Wanderer und ich können sehen, wie Westgart zwei Sekunden lang aufatmet. Dann geht Mitterer über zu Handbetrieb.

Innerhalb von etwa zehn Sekunden lässt er Westgart ganz rasch absinken. Die Kamera läuft dabei. Das mag nicht beabsichtigt gewesen sein. Rainald und Lenninger stehen nah an der Betongrube.

»Das ist eine Warnung und ein Vorgeschmack, Westgart«, tönt es aus der Maske von Rainald Mehlhand.

Westgart steht der Beton nun bis zum Kehlkopf. Sein Blick bekommt etwas Wildes, er ist ein in die Enge getriebenes Tier. Rainald hebt die Hand, Markus Mitterer stoppt den Kran.

»Na, Westgart«, sagt er.

Doch ein todesmutiger Westgart straft ihn mit eisiger Nichtbeachtung.

»Der braucht die volle Dröhnung«, sagt Rainald kaum hörbar zu Tim Lenninger und läuft hinüber zum Hubkran. »Lass mich mal ran, Markus. Und schau genau hin, damit nicht irgendetwas schiefgeht.«

Rainald Mehlhand drückt den Hebel nach unten und lässt Westgart bis zum Mund in den Beton eintauchen.

»Westgart, jetzt pass mal auf. Halt die Luft an. Auch wir können, was du kannst, Arschloch.« In einem einzigen Ruck lässt er Westgart, der die Augen weit aufgerissen hat, bis zum Scheitel im Beton versinken. »Eins, zwei, drei, vier, fünf«, zählt Rainald laut hörbar. »Sechs, sieben, acht. Jetzt hol ihn wieder rauf, Markus, der wird sich noch wundern. Muss ja nicht das letzte Mal gewesen sein.«

Er tritt vom Bedienpult zurück und Markus Mitterer zieht den Hebel in die andere Richtung.

Womit sie allerdings nicht gerechnet haben, das war erstens die starke Reibung zähen, wenn auch noch weitgehend flüssigen Betons und zweitens die Dummheit von Tim Lenninger. Er war es, der die Idee mit dem Loch in der Bohle gehabt hatte.

Ich sehe deutlich, wie sich das Polyesterseil spannt, wie es vibriert, als Mitterer den Hubkran stark nach oben rucken lässt. Westgart wird ein, zwei Zentimeter hochgezogen. Der Beton leistet seinen Reibungswiderstand, wozu das Gewicht der Bohle kommt, mehr als dreißig Kilogramm, und das Gewicht des Hünen Westgart, das mochten insgesamt etwa hundertdreißig Kilo gewesen sein.

Bohlen würden längs der Holzfaser aus einem Baumstamm geschnitten, erklärt Wanderer, und die Faserhaftung von Holz längs der Wachsrichtung sei nicht so stark, wie man erwarten mag, außerdem sei die von den Kerlen verwendete zementverkrustete Bohle ganz offensichtlich schon vielfach in Gebrauch gewesen.

»Aber«, sagt Wanderer, »da ist noch etwas.«

Ich schweige. Starre mit Entsetzen auf den Bildschirm.

Mit einem Ratschen reißt das Kletterseil einen vier Zentimeter breiten Keil aus der Bohle, genau über dem von Tim Lenninger gebohrten Loch. Den Bruchteil einer Sekunde später baumelt das leere Seil knapp oberhalb der Betongrube. Der Holzkeil ist ein paar Meter durch die Luft geflogen und auf dem Rand der Betonfläche gelandet. Der Scheitel von Westgart versinkt langsam vor den Augen der mit Bestürzung in die Betongrube blickenden strammen Kameraden, bis nur noch Betonblasen zu sehen sind, dort wo sich eine Sekunde zuvor noch Westgarts schütterer Haarschopf befunden hat. Die beiden oberen Enden der Bohle stehen ungerührt zwanzig Zentimeter über die Oberfläche hinaus.

»Macht doch was!«, schreit Rainald Mehlhand. »Holt ihn raus. Schnell!«

»Wie denn? Niemand kann da hin. Viel zu flüssig.« Das ist Tim Lenninger.

»Baut etwas, verdammt, eine Brücke aus Platten, Bohlen, Bretter!«

Lenninger, Mitterer und ein anderer rennen zu dem Platz mit den Betonschalteilen und kehren mit Bohlen, zwei Schaltafeln und ein paar Brettern zurück. Diese legen sie über die Betongrube, um die mehr als drei Meter bis zu dem versunkenen Westgart überbrücken zu können.

»Du bist der Leichteste, Tim« sagt Rainald zu Lenninger. »Mach schon, du Nutte.«

Die Kamera läuft, niemand kümmert sich um sie. Zwei Holzstücke ragen wie riesige bleiche Finger aus dem Beton.

Tim Lenninger rutscht auf einer gelben Schaltafel, die sie über eine dicke, auf dem Beton schwimmende Bohle gelegt haben, hinüber zu Westgart. Dort angekommen, greift er mit der Hand in den Beton, spürt offenbar Westgarts Kopf.

»Da ist er«, ruft Lenninger, als hätten daran Zweifel bestanden. »Aber wie krieg ich ihn jetzt raus? Ihr müsst das Seil vom Hubkran runternehmen und mir dann rüberwerfen.«

Während er das sagt und Mitterer zum Hubkran eilt, um den Kranarm einzufahren und dann das Seil vom Haken zu lösen, beginnt Tim Lenninger bereits mitsamt seiner Schaltafel im Beton zu versinken. Die Platte wird immer mehr zu einer schiefen Ebene. Mit Panik in den Augen kriecht er wieder an den Rand der Grube.

»Keine Chance!«, schreit er. »Jetzt muss jemand anders ran.«

Mitterer hat inzwischen das Seil vom Haken genommen und hastet zum Grubenrand. Diesmal ist er es, der sich auf die Betonfläche hinauswagt. Doch als er mit dem Seil bei Westgart ankommt, kniet er schon zwanzig Zentimeter tief im Beton und ihm bleibt nur übrig, sich schnell ins Trockene zu retten.

»Wir brauchen mehr Bohlen, mehr Platten«, ruft er den anderen zu, die bloß mit panischer, steifer Gestik rumstehen.

Manche von ihnen haben Schwerverletzte und Tote gesehen. Jedoch so ein hohes Tier? Das ist eine andere Nummer.

Sie holen mehr Bohlen, mehr Schalungstafeln, mehr Bretter und als sie eine ausreichend sichere Brücke zu Westgart gebaut haben und Mitterer einen weiteren Versuch wagen will, sagt Rainald kalt: »Vergesst es. Neuneinhalb Minuten inzwischen. Wisst ihr, was das heißt? Neuneinhalb Minuten. Bis wir ihn raushaben, noch eine Viertelstunde mehr. Die beste Option ist jetzt, abzuhauen. Alles weg! Putzkommando! Wem gehört diese Sonnenbrille da?«

Niemand kümmert sich um die Brille. Einer rennt zur Kamera und schaltet sie aus.

»Und jetzt Ihr letztes Geheimnis bitte, die dreiste Wendung«, sage ich zu Wanderer, nachdem wir die Szenen eine halbe Minute lang auf uns haben wirken lassen.

»Lukas Spahn«, sagt Wanderer. »Der hat die alle hereingelegt. Tim Lenninger hat gestanden.«

»Was hat er gestanden? Machen Sie es nicht so spannend, um Himmels willen.«

»Ich hatte mir vorher schon – wenigstens im Geheimen – gedacht, dass eine solche Bohle, wie alt auch immer, nicht einfach reißt«, sagt Wanderer. »Ist nicht unmöglich, aber eine Menge Pech ist dazu erforderlich. Tim Lenninger war Lukas Spahns Mann in Rainald Mehlhands Truppe. Er hat das Loch in die Bohle gebohrt. Die Bohle war fünf Zentimeter dick, die hält eine Menge aus. Doch er hat ja nicht nur gebohrt. Er hat die Bohle auch vorne und hinten ein wenig eingeschnitten, entlang der Faserrichtung, über dem Loch. Die Schnitte hat er mit Holzkitt vor den anderen wieder verborgen. Wir haben nachgesehen, es gibt tatsächlich Kittreste auf der Bohle und Schnitte. Die Bohle musste also reißen. Lenninger hat nach dem Zugriff kalte Füße gekriegt, wurde gesprächig. Er wollte einen Deal. Wird er nicht bekommen, dieser Schwachkopf. Es ist bei ihm jetzt Beihilfe zum Mord. Und das Video hätte er in Spahns Auftrag aus Rainald Mehlhands Wohnung stehlen und verschwinden lassen sollen. Hat er nun auch nicht geschafft.«

»Damit es am Ende doch noch aussieht, als wären es Dschihadisten gewesen.«

»Genau. Das war anfangs alles nicht Teil von Lukas Spahns Plan, als er dann jedoch von Mehlhands Alleingang mit Westgart erfuhr, muss er beschlossen haben, diese ungehorsame

Aktion für sich zu nutzen. Er ist noch nicht geständig in diesem Fall, Ihr Lukas. Wird schon noch werden.«

»Wanderer, es ist nicht *mein* Lukas.«

Wanderer brummt und trinkt von seinem Bier.

»Schon gut, Laya«, sagt er.

»Sie unterschätzen Lukas Spahn«, sage ich. »Haben Sie schon einmal darüber nachgedacht, dass es noch eine kleine Spitze auf Ihrer Fahnenstange geben mag und dass doch von Anfang an alles Lukas Spahns Plan gewesen ist?«

Wanderer sieht mich erstaunt an. Es ist Zeit, ihm auch von Hornbrille alias Kevin Spahn zu erzählen.

Gerasa

Mein Cousin Yunis und ich stehen einander sehr nah. Wir sehen uns nicht mehr oft, aber wir telefonieren über Skype und schreiben uns E-Mails. Mit mir redet Yunis über Dinge, die er mit niemandem sonst besprechen kann. Ich höre immer zu, lese aufmerksam, antworte sofort.

In Beirut hatte sich das Leben nach dem Libanonkrieg von 2006 und nach dem ein Jahr zuvor stattgefundenen Mord an dem Politiker Rafiq al-Hariri wieder eingerenkt, obwohl es niemals den Zustand von relativer Normalität erreichen wird, den der überwiegende Rest der Menschheit genießt. Dann kam die Explosion im Hafen von Beirut, dieses Ammoniumnitrat, das in einem riesigen Explosionspilz ein halbes Stadtviertel zerstörte und die Stadt bis heute lähmt. Der erbärmliche Zustand des Libanon ist also wiederhergestellt.

Onkel Dawud ist zwar wohlauf, Tante Yudit ist jedoch vor drei Jahren einem Krebsleiden erlegen, von dem sie glaubte, es hätte seinen Ursprung im Tod ihrer Schwester damals bei Damour gehabt. Weshalb sie ihrem eigenen Tod auch mit aufrechtem Haupt und in der Hoffnung entgegengesehen hat, meine Mama im Jenseits endlich wiederzusehen. So sind diese eingefleischten Christen. Und Yunis ist immer noch nicht verheiratet.

Yunis war lebenslang Atheist, einer, der zum Agnostiker tendiert, meiner Meinung nach. Er ist Professor für moderne arabische Literatur. In den letzten Jahren hat er sich der Religion angenähert. Vielleicht auch wegen des Kriegs. Die Religion, die er mag, ist aber nicht diese besondere Spielart des Katholizismus, die wir Melkiten zelebrieren, sondern der Islam. Natürlich nicht jedermanns Islam. Bei Yunis muss es schon etwas

Besonderes sein. Yunis ist beim Sufismus gelandet, doch das ausschließlich mit dem Herzen, denn jeder Sufi würde grün im Gesicht werden, erführe er, was Yunis in seinem Liebesleben treibt.

Und da der Sheikh Hamza al-Kalani, dessen Predigt im Dom zu Achenburg störungsfrei stattgefunden hat – ich war nicht dabei, ich bin an diesem Abend durch die Havel geschwommen –, in seinen Lehren dem Sufismus nahesteht, hat Yunis ihn schon ein paarmal in Gerasa besucht. Gerasa ist ein Städtchen im Norden Jordaniens. Dort lebt der Sheikh. Über einen dieser Besuche hat Yunis mir einen Bericht zukommen lassen. Das war Anfang Oktober.

Liebe Laya,
wie immer hoffe und bete ich, es geht dir gut. Ich bin dein Fürsprecher bei allen Dschinns und Gottheiten und mit mir musst du gut auskommen, merk dir das, Laya-Liebling.
Jetzt wirst du dich wundern, wenn ich dir gegen meine Gewohnheit etwas ganz ausführlich erzählen will. Ich komme gerade aus Gerasa. Ich war bei Hamza al-Kalani, der trotz all seiner Reisen immer noch dort wohnt. Ein Abend während meines dreitägigen Aufenthalts hat mich besonders beeindruckt. Daher für dich, meine liebe Vertraute, die ich so selten zu Gesicht bekomme, diese Geschichte. (Unter uns gesagt, ich habe alles auf meinem Telefon aufgenommen, das verbieten sie da zwar, aber du kennst mich ja.)

Incipit:
In seinem großen Armsessel empfing der Sheikh an diesem Abend Besucher wie an jedem Abend. Der Hof, in dem die Empfänge stattfinden, ist mit geflammten Klinkerziegeln ausgelegt. Wege aus grauweißen Gra-

nitplatten laufen wie dicke Adern zwischen den Ziegelflächen, dazwischen große Töpfe mit Fächerpalmen und kleine mit Iris und Rosensalbei. Vor dem Sheikh stehen Zitronenwasser, Tee und eine Schale mit Keksen auf einem dunklen Holztischchen.

Anfangs wiegte der Sheikh, auch wie immer, den Kopf und sah seine Besucher neugierig an. Siebzig, achtzig Jordanier, zwei Dutzend Libanesen. Vielleicht auch ein paar Syrer. Seine dürre Gestalt verschwand fast in dem großen Sessel, der die gleiche Farbe hatte wie sein Gewand: weiß. Sein Haar fiel in Wellen bis auf die Schultern hinab. Am Kinn war sein Bart dünn, lang, das Ende lag dem Sheikh auf der Brust.

Er nickte. Es begann. Wie immer sind die Abendversammlungen beim Sheikh Fragestunden, die meist in einem langen Vortrag und Monolog des Sheikhs enden. Ich überspringe dir zuliebe die ersten Fragen und gehe gleich in medias res.

Ein dicker Mann in grauer Hose und Hemd in der dritten Reihe wagte nämlich zu fragen, wie es denn mit dem Islam zu vereinbaren sei, dass er, ihrer aller verehrter Sheikh, jetzt in großen christlichen Kirchen in Europa predige? Sei das als eine Eroberung zu betrachten oder sei es um der Harmonie willen? Und wie könne Harmonie der Wille Allahs sein, der doch all seine Geschöpfe bei sich haben wolle und nicht bereit sei, Kompromisse mit dem Widersacher einzugehen?

Der Sheikh, zuvor ungewöhnlich redselig und gut gelaunt, blickte über die Köpfe hinweg lange in die Runde. Traurig schüttelte er dann den Kopf.

»Fragen wie diese sind es«, sagte er mit seiner hohlen alten Stimme, »die mir schlaflose Nächte bereiten. Denn ich weiß nicht, wie ich sie aus den Köpfen vertreiben kann.« Er machte eine Pause. »Wieder und wieder muss

ich sie beantworten in meinem langen Leben.« Ob er, der Frager, denn glaube, dass es nur einen Gott gebe? Der Angesprochene stand auf und nickte weithin sichtbar. Er brachte jedoch keinen Laut hervor.
Und wie könne, wenn es nur einen Gott gebe, fuhr der Sheikh fort, und alle großen Religionen in diesem einen Punkt übereinstimmten, es dann eine solche Frage geben?
Der Fragende, noch immer stehend, zuckte mit den Schultern. »Ich weiß nicht«, murmelte er.
»Es ist wie bei den Zedern«, sagte der Sheikh. »Jede steht für sich allein, groß und erhaben. Doch sind alle Zedern verbunden durch die Erde, durch das Sonnenlicht, durch Regen und Schnee, die auf sie fallen. Und wenn ein Feuer ausbricht, ist jede von ihnen gleichermaßen in Gefahr. Wenn Krieg herrscht zwischen den Menschen, sterben die stolzen Zedern. Und warum herrscht Krieg? Weil es Fragen wie deine gibt.«
Stille. Fledermäuse huschten über die Köpfe der Versammelten.
»Gäbe es Ketzerei«, redete der Sheikh weiter, »dann wäre diese Frage die größte der Ketzereien. Sie verneint die Einheit des Seins. Sie verneint also Allah. Es gibt jedoch keine Ketzerei, es gibt nur Nichtwissen, Halbwissen, verdunkeltes Wissen. Da es also nur einen Gott und eine Erde gibt, die Religionen und Kulturen wie erhabene Zedern aus sich herauswachsen lassen, worum sollte dann Streit geführt werden?«
Und deshalb könne es, so der Sheikh weiter, liebe Laya, nur eine Lösung geben, und das sei die unbedingte Einheit der Religionen. Eine einzige, aufgrund der unterschiedlichen menschlichen Neigungen sehr weit gefasste Religion für eine einzige Menschheit. Der Islam, zum Beispiel, sei nur eine orientalische Reformation und eine

Bruderreligion des Christentums und habe dieses weiterentwickelt. Es sei wie der Vater mit dem Sohn, der Sohn ist oft klüger, aber der Vater ist zu respektieren. Der Vater ist oft weiser, der Sohn aber verdiene viel Liebe. Vater und Sohn streiten, gut, doch dann sei wieder Friede. Raunen an der Stelle, wie du dir ausmalen kannst, Laya.

Und wie könnten sich die Religionen zu einer Einheit zusammenschließen, wenn es die Unterschiede ja gebe? Christus bei den Christen, Vielgötterei bei den Hindus, Atheismus bei den Buddhisten? Das fragte nun ein anderer.

Der Sheikh, der jetzt sehr angestrengt wirkte, sagte nur: »Wenn die Christen Christus den ›einzigen Gottmenschen‹ nennen und verneinen, dass es auch andere gegeben hätte, dann zeigt es nur, wie wenig sie tatsächlich wissen. Und hat schon einmal jemand die Hindus selbst gefragt, wie es sich mit der ihnen stets unterstellten Vielgötterei verhält? Ich glaube nicht. Denn diese Vielgötterei ist ein zuerst von muslimischen Eroberern, dann von den christlichen Missionaren mit bösem Willen erfundener Mythos. Der Glaube der Hindus ist der älteste Ein-Gott-Glaube, der existiert.«

Der Sheikh verstummte.

»Und der Atheismus der Buddhisten?«, erinnerte ihn, fast flüsternd, ein ebenfalls weiß gekleideter Mann neben ihm. Es handelte sich um einen der Assistenten des Sheikhs.

»Mir ist bekannt«, fuhr der Sheikh fort, »dass die Buddhisten auf ihrer Gottverneinung bestehen, doch sind sie Worteklauber wie die anderen auch und ihr Gott heißt das Nichts und die Leere, er könnte aber auch ebenso gut das Allsein heißen. Denn wenn unser kleiner menschlicher Geist in das Allsein hinabtaucht, dann

erscheint es ihm so unerklärlich und wunderbar, dass er manchmal dazu neigt, es als die ›strahlende Leere‹ zu bezeichnen.«
Ob das, was der Sheikh über die Religionen sage, nicht alles ähnlich dem Sufi-Glauben sei, fragte nun ein dritter Besucher.
Er vertrete, sagte der Sheikh, die Stimme spiritueller Vernunft, und wer dieser einen Namen und ein Etikett verpasse, den könne er nicht daran hindern. Aber er nehme sich die Freiheit, ihn »einen Narren« zu nennen.
Ein anderer weiter drüben sprang plötzlich auf und rief: »Sufi! Ketzerei, abscheulichste Ketzerei. Sufi! Die christlichen Kafirn sind strenggläubig im Vergleich zu dem, was dieser Mann an Höllenlehren verkündet. Allahu akbar! Allahu akbar!«
Dieser letzte Ruf führte zu Panik im Innenhof, wie du dir vorstellen kannst, liebe Laya, war doch jeder davon überzeugt, dass der nächste (und letzte) Laut, den er hören würde, die Detonation einer Bombe wäre. Ich war davon nicht ganz ausgenommen. Der Rufer, der keinerlei Waffen bei sich trug, wurde jedoch von Umstehenden eingekreist, darauf mit freundlichem Druck zum Ausgang geschleust.
Und deshalb war der nächste (und nicht letzte) Laut, den wir alle an diesem Abend hörten, keine Detonation, sondern ein Schluchzen, von dem zunächst niemand wusste, woher es kam. Es erfüllte den ganzen Innenhof, es war unwirklich, gespenstisch, von allen Seiten kam es. Doch bald schon erkannte man die Ursache. Man hatte im Aufruhr der letzten Minuten vergessen, das Mikrofon vor dem Sheikh abzustellen. Und jetzt sahen wir, uns umwendend, seine Tränen und wie sich die Brust des Sheikhs hob und senkte in bodenloser Trauer.

Nachwort & Dank

Dieser Roman entstand spontan, ohne Vorarbeit, in drei Regenwochen im Mai 2016. Mein Dank geht an meine drei Söhne, die damals im Nebenzimmer Kindervideos schauten, während ich meine Tastatur bearbeitete. Dass ihnen die Videos gefielen, ist der Grund, weshalb dieser Roman fertig geworden ist. Dass mir Wochen danach eine Zeitungsnotiz über tschechische Rechtsextreme in die Hände geriet, die auf dem Altstädter Ring in Prag, mit Spielzeugwaffen fuchtelnd, *»allahu akbar«* riefen und ihre Umgebung in Angst und Schrecken versetzten, muss der nachholende Grund gewesen sein, weshalb er begonnen wurde. Und dass Katrin Hörner, früher Ressortleiterin in einer der größten Onlineredaktionen des Landes, mir in der Folge mit der Beschreibung des Alltags einer solchen Redaktion zur Seite stand, ist der Grund, warum der Text jetzt besser ist, als er es zu Beginn war.

Lust auf weitere Lektüre?

Bernd Ohm

Sechs Tage im Herbst

ISBN 978-3-89425-768-2
Auch als E-Book erhältlich

Die blutige Spur der RAF

Henning Kollweys ruhiges Familienleben findet ein jähes Ende, als eines Abends auf ihn geschossen wird. Er bleibt unverletzt, die Ermittlungen verlaufen ergebnislos. Allerdings hegt Henning einen Verdacht, den er der Polizei verschweigt: Deutschlandweit kamen zuletzt alte Bekannte unter dubiosen Umständen ums Leben, er kennt sie alle aus der Zeit, als er während eines halbherzigen Soziologiestudiums in die RAF-Unterstützerszene geriet. Verfolgt von namenlosen Feinden, beginnt Henning ein Netzwerk aus Geheimdiensten, Terroristen und radikalen Politgruppen aufzudecken, das vor über dreißig Jahren die Geschichte der Bundesrepublik Deutschland für immer veränderte und das bis heute zu existieren scheint.

»Ein spannend konstruierter Plot, der ebenfalls das Geschäft der politischen Desillusionierung betreibt.«
Joachim Feldmann, der Freitag

»Ein smart konstruierter Roman.« FAZ

grafit

Hart – explosiv – brandaktuell

Sunil Mann

Das Gebot

ISBN 978-3-89425-774-3
Auch als E-Book erhältlich

Wenn Fanatismus zür tödlichen Waffe wird …

Marisa Greco und Bashir Berisha erhalten einen neuen Auftrag: Sie sollen Erich Bodmer suchen, den seine Eltern jahrelang auf einer Weltreise vermuteten. Tatsächlich reiste der junge Mann aber mit Freunden nach Syrien, um dort für den Islamischen Staat zu kämpfen. Während einer der Freunde unter fragwürdigen Umständen öffentlich hingerichtet wurde, führt Erichs Spur zurück in die Schweiz. Dort bleibt er jedoch unauffindbar – bis die beiden Privatermittler Hinweise auf ein geplantes Attentat erhalten. Während des Sechseläutens, mitten in Zürich. Schlagartig wird die Suche nach dem radikalisierten IS-Rückkehrer zu einem lebensgefährlichen Unterfangen.

»Brennende Brisanz.« Der BUND

»Sunil Mann hat sich eines brisanten und beklemmenden Themas angenommen, die Spannung ist hochexplosiv.«
Michael Schulte, Westfälische Nachrichten